무죄추정 1

무죄추정
PRESUMED INNOCENT
1

스콧 터로 장편 소설 | 한정아 옮김

황금가지

PRESUMED INNOCENT
by Scott Turow

Copyright © Scott Turow 1987
All rights reserved

Korean Translation Copyright © Minumin 2007, 2023
Korean translation edition is published by arrangement with
Scott Turow c/o Brandt & Hochman Literary Agents, Inc. through Eric Yang Agency.

이 책의 한국어판 저작권은 에릭양 에이전시를 통해
Brandt & Hochman Literary Agents, Inc.와 독점 계약한 ㈜민음인에 있습니다.
저작권법에 의해 한국 내에서 보호를 받는 저작물이므로 무단 전재와 무단 복제를 금합니다.

| 차례 |

모두진술 9
봄 13
여름 222

*2권 차례 **여름** 9
가을 276
최후진술 327

무죄추정 1

모두진술

나는 항상 이렇게 법정에서 시작했다.

"저는 검사입니다. 국가를 대변하는 사람입니다. 오늘 저는 여러분께 범죄의 증거를 제시하기 위해 이 자리에 섰습니다. 여러분은 저와 함께 이 증거를 자세히 검토하게 될 것입니다. 그리고 이 증거가 피고인의 유죄를 입증하는지도 결정하게 될 것입니다. 이 남자……"

여기서 나는 손을 들어 피고인을 가리켰다.

"반드시 손을 들어 가리켜야 해, 러스티."

존 화이트가 그렇게 가르쳤다.

검사 일을 시작한 첫날이었다. 보안관이 지문을 찍게 했고 수석판사는 선서를 시켰으며 존 화이트는 나를 법정으로 데려갔다. 거기서 나는 난생처음으로 배심재판을 지켜보게 되었다. 네드 핼지가 모두진술(검사가 공소장을 읽는 일—옮긴이) 을 하고 있었다.

존은 오전 열시밖에 안 되었는데도 술 냄새를 풍겼고 네드가 큰 동작으로 피고인을 가리키자 삼촌같이 친절한 목소리로 내게 속삭였다. 존은 옥수수수염 같은 백발이 성성한 아일랜드 사람으로 건장한 체구의 수석 부장 검사였다. 거의 12년쯤 전의 일이었는데, 그때는 내가 부장 검사가 되어야겠다는 아주 은밀한 야망을 품기도 훨씬 전이었다.

"손으로 피고인을 가리킬 용기가 없으면 배심원들이 용기를 내 유죄평결을 내릴 거란 기대도 할 수 없네."

존 화이트가 속삭였다. 그래서 나는 손으로 피고인을 가리켰다. 크게 뻗은 손을 빙 둘러 법정 안 사람들을 가리킨 다음, 한 손가락을 뻗어 피고인의 눈을 가리키며 말했다.

"이 남자는 바로 그 범죄를 저지른 혐의로 기소되어 여기 앉아 있습니다."

그러면 피고인이 고개를 돌리거나 눈을 깜박였다. 혹은 아무런 변화를 보이지 않았다.

나는 조용히 경청하는 사람들 앞에서 엄중한 심문과 가혹한 비난의 대상이 되어 피고인석에 앉아 있는 그의 기분이 어떨까 궁금했다. 그 자리에 앉아 인간의 가장 보편적인 권리인 상호 간의 인격 존중, 심지어 자유까지도 맡겨놓고 다시 되찾을 수 없는 외투처럼 되었다는 사실에 피고인의 기분이 어떨까 궁금했던 것이다. 나는 피고인의 그 두려움, 극심한 좌절감, 처절한 외로움을 피부로 느낄 수 있었다.

그러나 지금은 그런 연약한 감정들이 사라지고 대신 광석처럼 굳건한 의무감이 내 마음속에 자리를 잡았다. 이것이 내가 할 일이다. 그렇다고 무감각해졌다는 말은 아니다. 정말이다. 하지만 기소와 공판과 처벌이라는 일은 끊임없이 이어지고 있다. 이것은 세상을 굴러가게 하는 커다란 수레바퀴들 중 하나다. 나는 거기서 내가 맡은 역할을 할 뿐이다. 나는 전 세계적으로 높은 평가를 받는 우리의 사법 제도, 진실과 거짓을 구별하고 선과 악을 판가름하는 우리의 사법 제도를 집행하는 공무원이다. 이것은 금지되어야 하고 저것은 괜찮다고 주장하는 것이 내 일이다. 어떤 사람들은 그 오랜 세월동안 기소하고 재판하고 피고인들이 오고 가는 것을 지켜보면서 내 모든 가치관이 뒤죽박죽되어 버렸을지도 모른다고 생각했다. 그러나 다행히도 그런 일은 내게 일어나지 않았다.

나는 배심원단을 향해 돌아섰다.

"오늘 여러분은 미국 시민으로서 가장 숭고한 의무들 중 하나를 맡게 되었습니다. 여러분은 사실을 찾아내야 합니다. 진실을 밝혀내야 합니다. 결코 쉬운 일이 아닙니다. 기억이 희미해질 수도 있고 기억이 다른 모습으로 자리를 잡았을 수도 있습니다. 증거가 다른 곳을 가리킬 수도 있습니다. 아무도 알지 못하는 것 같은 일, 혹은 아무도 감히 말하려 하지 않는 일에 대해서 결정을 내려야 할지도 모릅니다. 지금 여러분이 집이나 직장, 혹은 일상의 삶을 영위하는 다른 어떤 곳에 있다면 훌훌 손 털고 일어나 버릴 수도 있습니다. 진실을 밝히려는 노력을 하고 싶지 않을 수도 있습니다. 그러나 여기서는 안 됩니다.

그래서는 안 됩니다. 여러분, 실제로 범죄가 있었습니다. 누구도 그것을 부인하지는 못할 것입니다. 실제로 피해자가 생겼습니다. 고통도 생겼습니다. 왜 그런 일이 일어났는지를 알려 주실 필요는 없습니다. 어떤 일의 동기는 영원히 그 일을 행한 사람의 마음속에 숨어 있을 수도 있습니다. 하지만 적어도 실제로 무슨 일이 일어났는지는 파악하려고 노력해 주셔야 합니다. 여러분이 못 하신다면, 우리는 이 남자가 무죄 석방되어야 하는지 아니면 처벌을 받아야 하는지도 판단할 수 없을 것입니다. 또한 누구를 비난해야 하는지도 알 수 없게 될 것입니다. 진실을 밝힐 수 없다면, 과연 정의는 실현될 수 있겠습니까?"

봄

"앞으로 유감스러운 일이 더 많을 것 같군."

레이먼드 호건이 말했다.

처음에는 그가 곧 하게 될 조사(弔詞) 얘기를 하고 있다고 생각했다. 그는 연설문을 적은 쪽지를 다시 훑어보더니 푸른색 서지 정장 윗도리 가슴 주머니에 그것을 집어넣었다. 그런데 표정을 보고 사적인 말이란 걸 알아차렸다. 그는 군(郡) 관용 뷰익 자동차 뒷자리에 앉아 사우스 엔드에 가까워지자 차들이 늘어나는 모습을 창문 너머로 물끄러미 바라보고 있다. 생각에 잠긴 표정이다. 이 모습을 선거 운동용 홍보 사진으로 썼더라면 좋았으리라는 생각이 들었다. 엄숙함과 용기와 약간의 슬픔을 머금은 당당한 모습의 레이먼드. 그의 모습은 가끔씩 슬프게 느껴지는 이 대도시의 처연한 분위기를 풍기고 있다. 이 지역 건물에서 흔히 볼 수 있는 퇴색한 빛깔의 벽돌과 타르지 지붕처럼 말이다.

레이먼드의 주변 사람들은 요즘 그가 건강이 안 좋아 보인다고 말했다. 그는 20개월 전, 30년을 함께 살아온 부인 앤과 갈라섰다. 그 후로 그의 몸은 불고 표정은 딱딱하게 굳어 버렸다. 이것은 세월이 흐른다고 고통스러운 상황이 나아지지는 않는다는 깨달음의 단계에 그가 도달했다는 것을 보여줬다. 1년 전만 해도 사람들은 레이먼드를 두고 내기를 걸곤 했다. 대부분의 사람들은 그가 선거에 출마할 여력이 없거나 선거에 관심이 없다는 쪽에 내기를 걸었다. 그러나 그는 잠자코 있다가 예비 선거 4개월 전에 재선 출마를 선언해 모두를 깜짝 놀라게 했다. 그의 출마를 두고 항간에는 권력과 공직 생활에 대한 중독 때문이라는 말도 나돌았다. 그러나 나는 레이먼드의 최대 경쟁자이자 작년까지만 해도 우리 검찰청의 또 다른 부장 검사였던 니코 델라 가르디아에 대한 그의 증오심이 출마를 선언하게 된 주된 동기라고 믿었다. 동기야 어찌 됐건 선거 운동은 점점 더 힘들어졌다. 돈이 있을 때는 같이 뛰어 줄 운동원도 많았고 홍보 업체의 컨설팅도 받을 수 있었다. 성별이 의심스러운 청년 세 명이 홍보 사진 같은 문제들을 전담했고 시내버스 네 대당 한 대 정도는 지금 레이먼드의 모습과 같은 분위기의 사진을 붙이고 다녔다. 사진 속의 그는 산전수전 다 겪고 도통한 사람처럼 너그럽게 웃고 있다. 얼간이처럼 보인다는 생각도 들었다. 그 사진은 레이먼드가 시대에 뒤떨어졌다는 것을 보여주는 또 하나의 증거였기 때문이다. 아까 한 말도 그런 뜻으로 했을 것이다. 세상 일이 다시 자기를 스쳐 지나가고 있다는 뜻일 것이다.

레이먼드는 사흘 전, 4월 1일 밤에 발생한 캐롤린 폴헤무스의 죽음에 대해서 이야기를 계속했다.

"다들 내가 귀머거리인 줄 아나? 한편에서는 니코가 내가 죽이기라도 한 것처럼 떠들고 있지, 기자라는 놈들은 너나 할 것 없이 언제 살인범을 잡을 거냐고 물고 늘어지지, 비서들은 화장실에서 울고불고 난리지, 이 판국에 캐롤린도 자꾸 생각나고. 캐롤린이 보호 관찰관이었을 때 처음 봤거든. 그녀가 법대를 졸업하기 전이었네. 내 밑에서 일했지. 내가 뽑았다네. 영리하고 섹시한 여자였어. 꽤 능력 있는 검사였고. 결국에는 그 일을 생각하게 되는구먼. 그 날 밤 일 말일세. 넌덜머리가 나, 젠장. 어떤 미친놈이 침입했고 그렇게 끝났잖아. 그런 식으로 세상과 작별하다니. 그 미친놈이 강제로 그 짓을 하고 그 여자 골통을 부숴 버렸잖아, 젠장. 정말 안됐어."

"침입자는 없었어요."

내가 말문을 열었다. 갑작스레 터져 나온 단언하는 말투에 내 자신도 놀랐다. 사무실에서 가져온 한 뭉치의 서류를 훑어보려던 레이먼드는 머리를 뒤로 젖히고 날카로운 회색 눈으로 나를 바라봤다.

"어디서 들었나?"

나는 대답을 망설였다.

"그 여잔 강간당했고 몸이 묶여 있었네. 나라면 남자 친구들이나 그녀를 짝사랑했던 남자들을 대상으로 수사를 시작하진 않을 것 같은데."

"깨진 창문이 하나도 없었어요. 억지로 연 흔적이 있는 문도 없고요."

이때 운전을 하던 코디가 끼어들었다. 30년 경력의 경찰관인 그는 레이먼드의 관용차를 몰면서 정년퇴직을 기다리고 있다. 오늘따라 그는 이상할 정도로 말이 없다. 길거리에서 간혹 보게 되는 소매치기나 불량배 단속에 대해 우리가 이러쿵저러쿵 떠들어 대도 잠자코 듣기만 했다. 그러나 캐롤린의 죽음에 대해서는 슬픔을 감출 이유가 없다. 잠을 못 잔 듯 그의 얼굴은 푸석푸석하고 얼굴에는 슬픈 기색이 역력하다. 캐롤린의 아파트 상태에 대한 내 말이 어떤 이유에선지 그의 마음을 흔들어 놓은 것 같다.

"그 집 문과 창문은 모두 잠겨 있지 않았어요. 그 여자 버릇이죠. 그 여잔 동화 속 나라에 살고 있었어요."

"누군지 꽤 영리한 것 같아요. 수사에 혼동을 줄 심산인 거죠."

내가 두 사람 모두 들으라고 말했다.

"정신 차려, 러스티. 우린 얼간이 한 놈을 찾고 있는 거라고. 셜록 홈즈는 필요 없어. 살인범 새끼들하고 두뇌 싸움 하려고 하지 마. 고개 숙이고 곧장 걷는 거야. 알아들어? 그 새끼를 어서 잡아서 내 밥줄 좀 끊어지지 않게 해 줘."

말을 끝마친 레이먼드가 내 마음을 다 안다는 표정으로 나를 향해 온화하게 웃어 보였다. 자신이 끝없는 인내심을 발휘하고 있다는 사실을 내게 알리고 싶은 것이다. 게다가 캐롤린의 살인범을 잡는 일이 그에게 어떤 의미인지에 대해서는 더 강조할 필요도 없다.

니코가 언론에선 캐롤린의 죽음에 관해 쓴 평은 비열하고 집요했으며 또 가혹했다. '지난 12년 동안 법 집행에서 보여 주었던 검찰 총장의 안일한 태도는 그가 이 도시 범죄자들의 공범임을 여실히 보여 주었습니다. 이번 비극적인 사건에서도 알 수 있듯이 이제는 그의 부하 직원들조차 안전하지 않습니다.' 니코는 십여 년 전 그 자신이 범죄자들의 공범인 레이먼드에 의해 부장 검사로 기용되었다는 대해서는 아무런 언급도 하지 않았다. 정치인은 원래 그런 설명을 하지 않았다. 게다가 니코는 항상 공개석상에서는 뻔뻔스러운 태도를 보여 주었다. 이것이 그가 정치를 할 만큼 성숙했다는 것을 보여 주는 증거다.

어찌 됐건, 앞으로 18일 후에 있을 예비 선거에서 니코가 패배할 것이라는 예상이 대세다. 레이먼드 호건은 지난 십여 년 간 킨들 군 150만 등록 유권자들의 마음을 사로잡아 왔다. 올해에는 아직까지 소속 정당의 공천을 받지 못했지만 단지 현 시장과의 오랜 감정의 골 때문이리라. 나는 단연코 이 파벌에 속한 적이 없지만, 정치 쪽으로 레이먼드를 지지하는 사람들은 열흘 후 최초 여론조사 결과가 공표되고 나면 당내 지도자들이 시장에게 입장을 바꾸도록 압력을 행사할 수 있을 것이고, 그러면 레이먼드는 다시 한 번 4년 임기를 보장받을 것이라고 믿고 있다. 한 정당이 압도적인 우세를 보이는 이 지역에서는 예비 선거에서 승리하면 당선은 따 놓은 당상이다.

코디가 운전석에서 고개를 돌리더니 한시가 다 되어 간다고 알려 줬다. 레이먼드가 멍한 표정으로 고개를 끄덕였다. 이것을 허락의 표시로 받아들인 코디는 계기판 아래로 손을 뻗어 사이렌을 울렸다. 마침표를 찍듯이 짧게 두 번을 울리자 자동차와 트럭들이 일제히 길을 터주고 우리의 검정색 뷰익 자동차는 조심스레 앞으로 나섰다. 이쪽 동네는 아직도 많이 낙후되어 있다. 나무판자로 지붕을 대고 현관은 다 쓰러져 가는 집들이 즐비하다. 희멀건 낯

빛의 아이들이 길가에서 공과 밧줄 따위를 가지고 놀고 있다. 나는 여기서 세 블록 떨어진 곳에서 자랐다. 아버지가 경영하는 빵집 위의 아파트에 살았다. 나는 그때를 암흑기로 기억했다. 낮에는 어머니와 학교에서 돌아논 내가 가게에서 아버지를 도왔다. 밤이면 아버지는 술을 마셨고 그동안 우리는 방에 들어가 문을 잠그고 있었다. 나는 외동아들이었다. 지금도 이곳은 크게 달라지지 않은 것 같다. 아직도 나의 아버지 같은 사람들이, 아버지 같은 세르비아인이나 우크라이나인, 이탈리아인, 폴란드인 등 다양한 민족의 사람들이 이곳에서 조용히 누추한 삶을 이어 가고 있다.

우리는 금요일 오후의 교통 혼잡 때문에 오도 가도 못 하고 서 있다. 코디는 우리 차를 시내버스 궁둥이에 바짝 붙여 놓았는데 시내버스는 속이 안 좋은 듯 부르릉거리며 매캐한 연기를 내뿜고 있다. 거기에도 너비가 1미터 80센티가 넘는 레이먼드의 사진이 붙어 있는데 사진 속의 그는 TV 토크쇼 사회자나 애완동물 사료를 만드는 회사의 대변인처럼 음울하고 진지한 표정을 짓고 있다. 어쩔 수 없다. 레이먼드 호건은 내 미래이자 과거다. 그와 함께해 온 12년 동안 나는 진정으로 그에게 충성을 바쳤고 그를 존경해 왔다. 나는 그의 2인자이고 그의 추락은 곧 나의 추락이 될 것이다. 그러나 마음속에 자리 잡은 의심을 조용히 시킬 수는 없다. 내 통제 밖이다. 버스 뒤꽁무니에 붙은 사진을 보는 동안 갑자기 마음속 외침이 들렸다.

'넌 지쳐 가고 있어. 넌 얼간이야.'

3번가로 접어드니 장례식은 경찰청 사람들에게 중요한 행사가 된 것 같다. 주차된 차들의 반 정도는 순찰차고 경관들이 두세 명씩 무리를 지어 걷고 있는 모습도 보였다. 검사가 살해된 것은 경찰이 살해된 것이나 매한가지이고 조직의 이해관계야 어찌 됐든, 경찰청에는 캐롤린의 친구들이 많이 있었다. 유능한 검사는 경찰의 노련한 업무 수행을 높이 평가하고 그 노력이 법정에서 물거품이 되지 않도록 함으로써 경찰 쪽에 충성스러운 심복을 심어 놓기 마련이다. 게다가 캐롤린은 시원시원한 성격에 아름다운 여성이었다. 다 아는 사실이지만 캐롤린에게는 사람을 끌어당기는 힘이 있었다.

교회가 가까워지자 도로는 완전히 꽉 막혀 있다. 교회를 바로 몇 미터 앞에 두고 멈춰 선 우리 차는 앞의 차들이 사람들을 토해 내는 것을 기다리고 있다. 관용 번호판을 단 리무진들과 근처에 주차할 곳을 찾는 언론사 차량 같은 귀빈 차량이 소처럼 무심하게 길을 막고 있다. 특히 방송사 차량은 교통법규나 공중도덕 따위는 안중에도 없다. 지붕에 접시 안테나를 단 한 방송사의 미니밴은 교회 입구 열려 있는 참나무 문 바로 앞 인도에 떡하니 서 있고, 많은 기자들이 마치 권투 경기를 취재하러 나온 듯 인파 속을 헤집고 다니며 속속 도착하고 있는 관리들에게 마이크를 들이대고 있다.

"먼저 가."

레이먼드는 모퉁이에 다다른 우리 차 주위로 몰려드는 기자들 속으로 발걸음을 내디디며 말했다. 그는 장례식이 끝나고 밖에 나와 다시 말할 테지만, 조사 내용 일부를 기자들에게 미리 얘기 하고 들어가겠다고 했다. 그는 5번 방송의 스탠리 로젠버그 앞에 멈취 섰다. 늘 그렇듯이 스탠리가 가장 먼저 인터뷰를 따낼 것이다.

시장 쪽 사람인 폴 드라이가 나를 향해 손짓하고 있다. 시장이 장례식이 시작되기 전에 레이먼드와 몇 마디 나누고 싶다는 얘기인 것 같다. 나는 기자들을 떨치고 나오는 레이먼드에게 이 소식을 전했다. 그는 드라이가 볼지도 모르는 상황에서 어리석게도 얼굴을 찌푸렸다. 그러곤 드라이와 함께 교회의 음침한 어둠 속으로 사라졌다. 시장인 어거스틴 볼캐로는 폭군 같은 인물이다. 10년 전 레이먼드 호건이 정계에 기대주로 떠올랐을 때 예비 선거에서 도전자로서 볼캐로를 밀어낼 뻔 했다. 밀어낸 것이 아니고 밀어낼 뻔 했다는 얘기다. 그때 예비 선거에서 지고 나서 레이먼드는 볼캐로에게 최선을 다해 화해와 충성의 제스처를 보여 주었다. 그러나 볼캐로의 옛 상처는 아직도 아물지 않고 있다. 이번엔 레이먼드가 검찰 총장 예비 선거 경합에서 도전자를 이겨내야 할 때가 되자 시장은 중립 유지가 자기 임무라고 주장하며 당의 공천마저 뒤로 미뤄 놓았다. 그는 레이먼드가 혼자 죽을힘을 다해 해변을 향해 헤엄쳐 오는 모습을 즐겁게 구경하고 있었다. 레이먼드가 해변에 도착하면 볼캐로가 제일 먼저 그를 맞으며 결국 이길 줄 알았다고 말할 것이다.

교회 안 신도석은 이미 거의 다 차 있었다. 제대 앞 관을 놓은 단상은 백합과 달리아로 쌓여 있고 희미하게 꽃향기가 나는 것 같다. 나는 앞으로 걸어가며 아는 사람들에게 고개를 끄덕여 인사하기도 하고 악수를 하기도 했다. 시와 군의 높으신 분들은 다 모인 것 같다. 판사들도 거의 다 온 것 같고 내로라하는 검사, 변호사들도 다 온 것 같다. 캐롤린과 인연을 맺은 적이 있는 많은 좌파 단체와 여성 단체들 쪽 사람들도 보였다. 다들 놀랍고 슬프다는 표정을 지으며 낮은 목소리로 수군거리고 있었다.

나는 사람들과 대화를 나누고 있는 니코 델라 가르디아와 마주쳤다.

"니코!"

그와 악수를 했다. 그의 옷깃에 꽃이 꽂혀 있다. 선거 후보가 된 이후로 그는 늘 이렇다. 그는 내 아내와 아들의 안부를 묻지만 나의 대답은 듣지도 않았다. 대신 갑자기 엄숙하고 슬픈 표정을 지으며 캐롤린의 죽음에 대해서 이야기를 꺼냈다.

"그녀는 정말……."

그는 손을 휘저으며 적당한 말을 찾는 시늉을 했다. 나는 이 당당한 검찰 총장 후보가 시적인 표현을 찾고 있다는 것을 알아차리고 그의 말을 잘랐다.

"눈부셨지."

내가 말했다.

갑자기 밀려오는 그리움에, 그리고 마음속 깊은 곳에 숨어 있던 그 감정이 너무도 빨리, 너무도 강하게 터져 나와 버린 것에 내 자신도 놀라고 말았다.

"눈부시다……. 바로 그거야. 아주 적절하군."

니코가 고개를 끄덕였다. 갑자기 그의 눈이 총기를 띠었다. 그에 대해 잘 아는 내가 보기엔 그가 자신에게 이로운 말을 생각해 낸 게 분명했다.

"레이먼드가 이 사건은 철저히 수사하고 있겠지?"

"레이먼드 호건은 모든 사건을 다 철저히 수사해. 알잖아."

"흠, 그래? 자넨 정치하곤 거리가 먼 사람인 줄 알았는데, 러스티. 지금 보니 레이먼드의 연설문 작성자가 써 준 말을 그대로 읊고 있는 것 같군."

"자네보단 낫잖아, 딜레이('미루다' '연기하다'는 뜻의 동사이지만 여기서는 한 인물의 별명이므로 '느림보' 정도로 해석하는 것이 낫겠다. 델라 가르디아라는 이름과 라임을 맞춘 별명이므로 그대로 사용하겠다—옮긴이)."

니코는 우리 둘이 항소부 부장 검사로 일하기 시작하면서 '딜레이'라는 별명을 얻었다. 그는 준비서면(사건과 관계되는 법률상의 논점에 관해 결론을 내리는 데 도움을 주기 위한 것으로 변론의 요지를 기재하여 법원에 제출하는 문서—옮긴이) 하나 제때 끝내는 법이 없었다. 선배인 수석 부장 검사 존 화이트는 그를 '구제불능 딜레이 가르디아'라고 불렀다.

"이런. 자네, 내가 한 말 때문에 화난 건 아니지? 난 진짜 그렇게 믿고 있거든. 효과적인 법집행은 최상부로부터 시작된다고 말이야. 사실이잖아. 그런데 레이먼드는 너무 물렁해. 지쳐 있기도 하고. 좀 강하게 밀어붙여야 하는데 이젠 그러지 못하는 것 같아."

니코가 말했다.

나는 12년 전 부장 검사로 일을 시작한 첫날 니코를 처음 보았다. 우리는 같은 사무실을 쓰게 되었다. 그러고 나서 11년 후 나는 수석 부장 검사가 되었고 그는 살인사건부 부장 검사였는데 내가 그를 해고했다. 그전부터 그는 레이먼드를 몰아내려는 시도를 공공연히 하고 있었다. 낙태를 지지하는 흑인 내과 의사가 있었는데, 니코는 그를 살인 혐의로 기소하고 싶어 했다. 법률적인 면에서 보자면 니코의 주장은 터무니없었지만 여러 낙태 반대 단체들의 환영과 지지를 받았다. 그는 언론을 통해 자신이 레이먼드와 입장이 다르다는 것을 심심찮게 흘리고 다녔고, 배심원들 앞에서도 선거 연설 같은 주장을 늘어놓았는데 기자들을 어떻게 구슬렸는지 이런 그의 주장은 잘도 방송을 탔다. 레이먼드는 최종 결정권을 내게 넘겼다. 어느 날 아침 나는 K마트에 가서 제일 싸구려 운동화를 한 켤레 사 가지고 와서 니코의 책상 한가운데 쪽지와 함께 운동화를 올려놓았다.

'안녕. 잘 해 봐. 러스티로부터.'

나는 항상 선거 운동이 니코에게 잘 어울린다고 생각했다. 괜찮은 외모라서 말이다. 니코 델라 가르디아는 마흔쯤 되었고 중간키에 군살 하나 없이 날씬하다. 그는 붉은 살코기를 먹는 등 항상 몸매 관리에 신경을 썼다. 피부 상태는 그다지 좋지 않고 머리는 붉었으며 피부는 올리브색이고 눈 색깔은 옅어서 어딘지 부자연스러운 느낌을 주지만, 카메라나 법정 안의 누구도 그의 단점을 감지하지 못했고 다들 그가 잘생겼다고 말했다. 게다가 그는 항상 의상에 신경을 썼다. 양복 한 벌 값으로 봉급의 반이 나가도 그는 항상 맞춤 양복을 입고 다녔다.

그러나 잘생긴 외모를 넘어서 그의 가장 큰 무기는 때와 장소를 가리지 않는, 뻔뻔스럽기까지 한 진지함이었다. 그것은 자기 경쟁자의 최고 참모와 대화를 나누며 자신의 공직자관을 늘어놓는 지금도 여실히 드러나고 있다. 지난 12년 동안 그를 지켜본 바로는 그는 언제라도 자신에 대한 과다한 믿음을 기꺼이 드러낼 수 있는 사람이었다. 9개월 전 내게 해고당한 날 아침에도 그는 내 사무실을 지나가면서 자신 있게 한 마디 던졌더랬다.
"곧 돌아올게."

이제 나는 니코의 흥분을 가라앉히려고 농담을 던졌다.
"너무 늦었어, 딜레이. 이미 레이먼드 호건에게 표를 주겠다고 약속했거든."

그는 농담을 못 알아들었고, 알아듣더라도 화제를 돌리지는 않을 것이다. 우리는 법조인들이 흔히 그렇듯 상대방의 약점을 물고 늘어지고 있다. 그는 선거 자금이 떨어져 간다는 걸 인정하면서도 대주교의 무언의 지지가 '도덕적인 자금'이 되고 있다고 주장했다.

"그게 우리의 무기야, 정말로. 그 덕분에 우리가 표를 얻을 거거든. 사람들은 민권운동가 레이먼드에게 표를 던져야 하는 이유를 잊어 버렸어. 그는 잊혀져 가고 있어. 희미한 기억이 되었지. 반면에 나는 분명하고도 강한 메시지를 전달하고 있거든."

늘 그렇지만 그가 자신에 대해 말할 때면 그의 자신감은 정말 경이로울 정도다.

"뭐가 걱정이었는지 알아? 누가 나왔으면 상대하기 어려웠을지 알아?"

그가 물었다. 그러고는 한걸음 다가서더니 목소리를 낮췄다.
"자네야."

내가 큰 소리로 웃음을 터뜨리지만 니코는 아무렇지도 않은 듯 말을 계속했다.

"안심했어. 정말이야. 레이먼드가 출마 선언을 했을 때 안심이 되더라고. 내 예상은 좀 달랐거든. 레이먼드가 기자들을 다 불러 놓고 자기는 출마 안 한다고 그러곤, 대신 자기 최고 참모더러 나가라고 했다고. 언론은 러스티 사비치를 좋아 할 게 분명해. 정치색이 전혀 없는 사람이고 유능한 검사야. 안정감 있고 성숙한 사람. 누구나 믿을 수 있는 사람. 밤의 성자들파를 박살낸 바로 그 검사. 이런 이야기를 떠들어 대겠지. 레이먼드는 볼캐로를 당신 편으로 끌어들일 거고. 당신이 나왔다면 여러 가지로 힘들었을 거야, 아주 힘들었을 거야."

"웃기는 이야기군. 자네 정말 대단해, 딜레이. 팀을 분열시키고 정복한다 이거지? 늘 그런 식이군."

나는 그런 생각은 꿈에도 해 본 적이 없다는 듯 단호하게 말했다.

"어이, 들어 봐, 친구. 난 자네 팬이라고. 정말이야. 다른 감정은 없어. 그건 내가 승리해도 변하지 않을 몇 가지 사실 중 하나야. 그리고 자네는 계속 수석 부장 검사로 남게 될 거야."

그는 가슴에 손을 대며 말했다. 나는 다정한 목소리로 개소리 말라고 말해 줬다.

"자네가 검찰 총장이 되는 일은 없을 거야. 만약 된다면, 토미 몰토가 수석 부장 검사가 되겠지. 자네가 지금 몰토를 숨겨 놓고 있는 건 세상이 다 아는 일이거든."

토미 몰토는 니코의 제일 친한 친구이자 니코가 살인사건 부장으로 있을 때 바로 밑에 부리던 사람이다. 몰토는 벌써 사흘째 사무실에 나타나지 않고 있다. 전화도 없었고 책상은 깨끗하게 치워져 있다. 사람들은 다음 주쯤 캐롤린의 죽음에 대한 분노가 좀 수

그러들면, 니코가 다시 기자들을 불러 놓고 몰토가 자기 진영에 합세했다고 발표할 거라고 믿었다. 그렇게 되면 '실망한 호건 측 부장 검사 니코 진영 합세'라는 식의 기사가 나올 게 분명하다. 딜레이는 이런 일을 잘도 꾸몄다. 때문에 레이먼드는 몰토라는 이름을 들을 때마다 발작을 일으킬 지경이다.

"몰토?"

니코가 물었다. 그의 순진한 표정은 전혀 설득력이 없지만 내게는 맞받아칠 시간이 없었다. 조금 전 강론대에 선 목사가 조문객들에게 자리에 앉아 달라고 했다. 대신 나는 니코 델라 가르디아 곁을 떠나며 그에게 미소를, 아니 솔직히 말하자면 능글맞은 비웃음을 흘렸다. 그러고는 제대 앞으로 걸음을 옮겼다. 제대 앞 귀빈석에는 레이먼드와 내가 검찰청 대표로 앉을 자리가 마련되었다. 걸어가며 아는 사람들과 조용히 인사를 나누는 와중에도 니코의 막강한 자신감에서 나온 열기가 아직도 나를 감싸고 있는 것을 느꼈다. 쨍쨍 내리쬐는 태양 아래 있다가 들어온 느낌이었다. 살갗에 손을 대면 아플 것같이 화끈거렸다. 그때 갑자기, 백랍 빛깔의 관이 처음으로 눈에 또렷이 들어오는 그 순간, 니코 델라 가르디아가 승리할지 모른다는 생각이 들었다. 내 마음속 어딘가에서 들려오는 조용한 목소리가 그렇게 예언하고 있었다. 어린 아이처럼 잉잉 울어 대는 양심이 내게만 들릴 만큼 작은 소리로, 듣고 싶지 않은 이야기를 속삭이고 있었다. 니코는 가치도 자격도 없는 인간이지만, 왜소하기 짝이 없는 영혼의 소유자이지만, 알 수 없는 힘이 그를 승리로 이끌지도 몰랐다. 여기, 이 죽은 자들의 땅에서, 나는 그가 지닌 생명력을 그리고 그것이 그를 어디로 이끌 것인지를 느끼고 있다.

이 공식 행사의 특성에 걸맞게 귀빈용 접의자가 캐롤린의 관 옆에 두 줄로 놓여 있다. 거기에는 예상할 수 있는 귀빈들이 앉아 있다. 유일하게 낯선 인물은 영구대 발치 바로 앞, 시장 옆에 앉아 있는 10대 후반의 청년이다. 이 친구는 이발을 제대로 하지 않은 듯 덥수룩한 금발머리에 넥타이를 너무 꽉 조여 매고 있어서 와이셔츠 깃 끝이 삐죽 겉으로 드러나 있다. 나는 캐롤린의 사촌이나 조카일 거라고, 놀랍게도 가족일 거라고 결론 내렸다. 내가 아는 한 캐롤린의 가족은 모두 동부에 있고 그녀는 오래전에 그들을 떠나왔다. 그 청년 옆으로 시장의 측근들이 생각보다 더 많이 눈에 띄었다. 거기에 내가 앉을 자리는 없다. 내가 뒷줄로 가서 레이먼드 뒤를 지나가자 그가 몸을 뒤로 젖혔다. 내가 니코 델라 가르디아와 이야기를 나누는 걸 봤나 보다.

"딜레이가 뭐래?"

"뭐, 별로. 개소리죠, 돈이 떨어져 간대요."

"저만 그런가?"

내가 시장과의 대화에 대해서 묻자 레이먼드는 눈을 부라렸다.

"충고를 해 주고 싶었대. 자기랑 나만 알게 조용히. 자기가 누구 편을 드는 것처럼 보이긴 싫으니까 말이야. 선거 전에 캐롤린을 죽인 놈을 잡으면 크게 도움이 될 거라더군. 이런 미친놈 봤어? 아주 진지하게 말해서 잠자코 들어줄 수밖에 없더라고. 아주 신났어."

레이먼드가 손가락으로 시장을 가리켰다.

"저기 좀 봐. 조문객 대표 나리 말이야."

늘 그렇듯이 레이먼드는 볼캐로 얘기만 나오면 자제를 못했다. 나는 엿들은 사람이 없기를 바라며 주위를 둘러보았다. 나는 시장 옆에 앉은 청년을 턱으로 가리켰다.

"쟨 누구예요?"

레이먼드가 뭐라 그러는데 못 알아들어 나는 그에게로 몸을 기울였다. 레이먼드가 내 귀에 얼굴을 바짝 갖다 대고 속삭였다.

"캐롤린 아들."

나는 몸을 똑바로 펴고 섰다.

"뉴저지에 사는 아버지 밑에서 자랐대. 대학 때문에 이리로 왔대. 여기 대학에 다닌다는군."

놀라움이 내 머리채를 확 잡아채는 것 같았다. 나는 레이먼드에게 뭐라고 중얼거리고 나서 제대 끝, 커다란 화환 두 개 사이에 있는 내 자리를 향해 휘청거리며 걸어갔다. 이 아찔한 충격은 사라지지 않고 내 바로 뒤 오르간에서 찬송가가 귀청이 떨어질 듯 크게 울려 퍼지고 목사가 추도사를 시작하자, 충격은 점점 더 깊어지고 물결처럼 퍼져 갔으며 갑작스러운 슬픔으로 가슴은 먹먹해졌다. 몰랐다. 바보가 된 것처럼 멍했다. 이런 일을 숨겼을 리는 없는데……. 남편이 있었다는 것은 예전에 이미 알았지만 아이에 대해서는 한 마디도 들은 적이 없었다. 나는 자리를 박차고 나가고 싶은 것을, 이 칠흑 같은 어둠을 벗어나 밝은 빛 속으로 걸어 나가고 싶다는 욕망을 꾹꾹 눌러 참았다. 잠시 후 나는 자신에게 현재에 집중하라고 주문했다.

레이먼드가 강론대 앞에 섰다. 소개의 말은 없었다. 힐러 목사나 여성 법조인 협회의 리타 워스 같은 사람들은 이미 짧게 연설을 마친 상태였다. 갑자기 무거운 침묵이, 내 안의 슬픔으로부터 나를 끌어낼 만큼 강력한 어떤 힘이 좌중을 감쌌다. 여기 모인 수백 명의 사람들이 쥐 죽은 듯 조용해졌다. 정치인으로서의 레이먼드 호건은 이러저러한 단점을 갖고 있지만 연설가로서의 그는 더 할 나위 없이 훌륭했다. 점점 더 머리가 벗겨지고 땅딸막해져 가는 그가 푸른색 정장을 말쑥하게 차려 입고 어둠 속에 환하게 불을 밝힌 등대처럼 서서 자신의 슬픔과 권위를 풀어냈다.

그의 조사는 캐롤린에 관한 일화들로 가득 차 있다. 그는 보호관찰관을 사회복지사쯤으로 여기는 완고한 검사들의 반대를 무릅쓰고 그녀를 고용했던 일을 회상했다. 그녀의 엄격함과 냉정함을 칭찬했다. 그녀가 승리한 사건들과 그녀가 맞서 싸운 판사들, 무너져 내리는 것을 보며 기꺼워했던 고색창연한 법 조항들에 대해서 언급했다. 캐롤린과 그녀의 용기에 관한 이야기가 레이먼드의 입에서 흘러나오자 사람들은 흐뭇한 미소를 짓기도 하고 달콤한 슬픔에 눈물을 흘리기도 했다. 자신의 생각과 느낌을 전달하는 데 있어서 레이먼드를 따라올 사람이 없었다.

하지만 나는 조금 전에 입었던 충격에서 쉽게 회복되지 못하고 있다. 아픔과 충격과 레이먼드의 말이 지닌 강력한 설득력과 내 안의 말로는 표현 못 할 깊은 슬픔이 장마에 불어나는 강물처럼 점점 더 크게 불어나 지켜내야 할 인내심과 침착함이라는 방파제를 무너뜨리려 하고 있다. 나는 자신과 타협을 했다. 묘지까지 따라가지는 않을 것이다. 할 일도 있고 내가 아니더라도 지켜봐 줄 직장 동료는 많을 것이다. 캐롤린이 잘난 척한다고 흉을 봤으면서도 지금은 앞줄에 앉아 울고 있는 여비서와 여직원들이 그녀의 무덤가까지 따라가 서로를 끌어안으며 인생의 덧없음을 슬퍼해 줄 것이다. 캐롤린이 입을 벌린 땅속으로 사라지는 것을 지켜봐 줄 것이다.

레이먼드의 공식 조서가 끝났다. 그 인상적인 연설은 이미 그를 패배자라고 낙인찍어 놓은 수많은 사람들의 마음까지도 흔들어 놓은 것 같다. 연설을 마친 그는 당당하게 자기 자리로 걸어왔다. 목사가 세부적인 매장 절차에 대해 설명하고 있지만 나는 귓등으로 흘렸다. 결심했다. 사무실로 돌아갈 것이다. 레이먼드의 바람대로 캐롤린의 살인범에 대한 수사를 재개할 것이다. 내가 매장식에 가지 않는 걸 신경 쓸 사람은 없을 것이다. 더군다나 캐롤린은. 난 이미 그녀에게 경의를 표했다. '그것도 너무 많이.' 라고 그녀가 말할지도 모르지만. 그리고 너무 자주 말이다. 내가 이미 캐롤린 폴헤무스에 대해 충분히 슬퍼했다는 것을 그녀도 알고 있을 것이다.

이상하게도 검찰청 안은 어수선한 분위기였다. 사무실 대부분이 비어 있지만 여기저기서 전화벨이 시끄럽게 울려 대고 있다. 장례식에 참석하지 않고 남은 비서 두 명이 전화를 받느라고 정신없이 복도를 뛰어다니고 있다.

지금이 제일 나은 상황인데도 킨들 군 검찰청은 황량하기 짝이 없다. 부장 검사 대부분은 19세기풍의 칙칙한 사무실을 두 명이 같이 쓰고 있었다. 킨들 군청은 1897년 당시 새롭게 등장한 공장과 고등학교 같은 공공건물 양식으로 세워졌다. 누구나 이것이 공공

건물임을 쉽게 알아볼 수 있도록 도리스 양식의 기둥에다 붉은 벽돌로 견고하게 지은 건물이었다. 문 위마다 광창(光窓)이 달려 있고 창문은 음침한 두 짝 여닫이창으로 되어 있다. 벽은 병원에서 흔히 볼 수 있듯 칙칙한 녹색이었다. 제일 끔찍한 건 전등인데 셀락 도료를 바른 듯 칙칙한 노란 불빛이 압권이다. 이런 곳에서 지칠 대로 지친 200여 명의 검사들은 인구 100만의 도시와 200만 인구의 주변 군에서 일어난 모든 범죄를 다루고 있다. 여름이면 우리는 끊임없이 울려 대는 전화벨 소리에 낡은 유리창들이 덜그럭거리는 소음과 정글처럼 후덥지근한 열기를 견디며 일했다. 겨울이면 좀처럼 빛이 들지 않는 사무실에서 낡은 난방 장치가 내는 소음을 견뎌야 했다. 이것이 중서부 지방의 사법부 건물의 현실이다.

내 방에서는 리프랜저가 서부 영화에 나오는 악당처럼 문 뒤에 몸을 숨기고 앉아 나를 기다리고 있었다.

"다들 죽기라도 한 거야?"

그가 물었다.

나는 왜 그렇게 예민하게 구냐고 말한 후 외투를 의자에 던져 놓았다.

"그런데 자네는 어디 갔었어? 5년차 이상의 형사들은 다 모인 것 같던데."

"원래 장례식은 안 찾아다녀."

리프랜저가 무덤덤하게 말했다.

살인사건 담당 형사가 장례식을 싫어하는 데는 뭔가 그럴 만한 이유가 있다는 생각은 드는데 뚜렷하게 떠오르는 건 없어서 난 그냥 넘어가기로 했다. 이곳 생활이 이렇다. 하루에도 수도 없이 세상일의 숨겨진 의미와 신호들이 의식의 표면 위로 떠올랐다가 쏜살같이 달아나는 짐승처럼 이내 도망쳐 버렸다.

나는 현재에 주목하기로 했다. 책상 위에 맥두걸 사무부 수석 부장 검사가 보낸 쪽지와 리프랜저가 가져다 놓은 봉투가 놓여 있다. 맥두걸의 쪽지는 간단명료하다.

'토미 몰토는 어디 있는 거야?'

모두들 정치적인 음모라고 의심하고 있긴 하지만 확인 절차를 무시해서는 안 된다는 생각이 들었다. 병원들과 몰토의 아파트를 확인해야 했다. 이미 부장 검사 하나가 죽었다. 리프랜저가 갖다 놓은 봉투도 그 일에 관한 것이다. 경찰 과학수사대가 보낸 것으로 겉봉에는 '가해자 : 미상, 피해자 : C. 폴헤무스'라는 타자로 친 제목이 붙어 있다.

"고인에게 상속자가 있다는 거 알고 있었어?"

나는 편지 개봉용 칼을 찾으면서 물었다.

"아니."

"아들이 있어. 열여덟에서 스무 살쯤 되어 보이던데. 장례식에 왔더군."

"젠장. 장례식에 가면 별걸 다 알게 된다니까."

리프랜저가 담배를 입에 물며 말했다.

"걔를 만나 봐야겠어. 여기 대학에 다닌대."

"주소 줘 봐. 내가 만나 볼 테니. 오늘 아침에 모라노가 또 개소리를 하더라고. 레이먼드 쪽 사람들이 원하는 건 뭐든지 도와주라고 말이야."

모라노는 경찰청장이고 볼캐노 쪽 사람이다.

"레이먼드가 쓰러지는 걸 보고 싶어 안달이면서 말이야."

"모라노랑 니코랑 다 그렇지 뭐. 아까 니코 만났어. 니코는 자기가 이길 거라고 굳게 믿고 있던데. 같이 얘기하고 있자니까 나도 잠시 그렇게 믿게 될 정도였어."

나는 리프랜저에게 장례식에서 있었던 일을 들려주었다.

"니코는 사람들이 예상하는 것보다 잘 해낼 거야. 그러면 자네도 한번 나서 볼 걸 그랬다고 후회하실지도 모르죠."

나는 얼굴을 찌푸렸다. 그럴 수도 있겠지. 리프랜저가 곁에 있으면 크게 문제될 것도 없을 것 같다.

대학 졸업 후 15년이 지났을 때 동문의 날 행사 준비 위원회로부터 설문지를 받은 적이 있다. 거기에는 대답하기 어려운 개인적인 질문들이 많이 있었다.

'현대 미국인 중 당신이 가장 존경하는 사람은 누구입니까? 유형의 재산 중 당신이 가장 소중하게 여기는 것은 무엇입니까? 제일 친한 친구는 누구이며 왜 그렇습니까?' 이런 식이었다.

친구에 관한 질문에서는 나는 한참을 망설이다가 리프랜저를 적었다.

'내 제일 친한 친구는 경찰관입니다. 키는 158센티미터, 몸무게는 식사 후에는 55킬로그램 정도 나가며, 오리 엉덩이 같은 헤어스타일에 뒷골목을 어슬렁거리는 비행청소년에게서 볼 수 있는 음흉하고 심술궂은 표정을 짓고 있습니다. 하루에 카멜 담배를 두 갑씩 피워 댑니다. 우리에게 어떤 공통점이 있는지는 모르겠지만 나는 그를 존경합니다. 그는 자기 임무를 아주 훌륭하게 수행합니

다.'

리프랜저를 처음 본 것은 7, 8년 전 쯤이었는데, 그때 나는 폭력범죄부에 배속이 된 직후였고 그는 살인사건부에서 일을 시작한 지 얼마 안 된 때였다. 그 후로 우리는 십여 건의 사건을 같이 맡았는데, 아직도 나는 어떤 면에서는 그를 불가사의한 인물로, 심지어 위험인물로 여기고 있었다. 그의 아버지는 웨스트엔드 한 지역의 파출소장이었고 아버지가 죽은 후에 그는 대학을 그만두고 경찰 내 장자 상속권 덕분에 주어진 기회를 잡아 경찰 공무원이 되었다. 그 후로 지금까지 그는 경찰특수부 소속으로 두 조직 간의 업무 협조를 위해 검찰청에 파견 나와 일하고 있다. 문서상에 명시된 그의 임무는 특수 살인사건 수사시 경찰과 검찰의 연락책 역할을 하는 것이다. 현실에서의 그는 떠돌이별처럼 외로운 존재였다. 그의 보고를 받는 직속상관은 슈미트라는 경위인데, 그 경위는 매 회계연도 말에 자기 밑에서 일하는 살인사건 담당 형사가 열여섯 명인지 확인하는 인원 점검이나 했지 그 외의 다른 일에는 도통 관심이 없었다. 리프랜저는 혼자 술집이나 선착장을 어슬렁거리다가 좋은 정보를 가진 사람을 만나면 그가 누구라도 그와 함께 술을 마시며 시간을 보내곤 했다. 건달이나 기자, 동성애자, 연방요원, 범죄 조직에 대해 최신 정보를 줄 수 있는 누구하고라도 말이다. 그는 어둠의 세계를 연구하는 학자였다. 세월이 흐르면서 나는 그가 그동안 주위들은 기괴한 정보들 때문에 이렇게 음침하고 뚱한 얼굴이 되었다고 생각하게 되었다.

나는 아직도 봉투를 들고 있다. 리프랜저에게 물었다.
"뭐가 든 거야?"

"부검 보고서. 수사 보고서. 그리고 벌거벗은 채 죽은 피해자 사진 한 뭉치."

세 페이지짜리 수사 보고서는 현장을 살펴본 형사들이 작성한 것으로 검찰용으로 보낸 사본이었다. 마지막 장은 복사용 묵지가 덧대어 있다. 이 형사들하고는 직접 이야기를 나눴다. 나는 경찰청 소속 부검의인 구마가이의 보고서로 관심을 돌렸다. 구마가이는 기괴하게 생긴 작달막한 일본인으로 40년대의 정치선전 전단에서 빠져 나온 것 같은 인상을 풍겼다. '무고통'이라는 별명을 가진 악명 높은 인간이다. 그를 증인석에 세우는 검사치고 불안감에 가슴 졸이지 않는 사람이 없다.

"그래, 새로운 게 뭐야? 구멍마다 정액이 있대?"

"주요 구멍에만. 여잔 두개골 골절과 그로 인한 출혈로 죽었어. 사진을 보면 질식사했다고 생각할 수도 있겠지만, 무고통 말에 따르면 폐에 공기가 차 있었대. 놈이 뭔가로 내리친 게 분명해. 무고통은 그게 뭔진 모르겠대. 무거운 거로 진짜 세게 내리친 거라고만 하던데."

"아파트에서 살인 무기 찾아봤었지?"

"아파트를 아예 들었다 놨었지."

"뭐 사라진 거 없어? 촛대나 북엔드 같은 거?"

"전혀. 세 번이나 형사들을 보내서 샅샅이 찾아봤어."

"그렇다면 놈이 뭔가로 내리칠 생각을 미리 하고 갔었단 말인가?"

"그럴 수도. 아니면 뭔가를 미리 가져갔을 수도 있지. 하지만 난 놈이 미리 준비해 갔다는 가설은 별로 안 끌려. 여잘 제압하려고 내리쳤지만 죽었다는 건 몰랐던 것 같아. 사진을 보면 밧줄이 쉽게 풀릴 수 있도록 매듭이 지어져 있거든. 여잘 내리쳐서 눕혀 놓은 다음 묶은 거야. 그러곤 덮친 거지. 질식할 정도로 말이야. 놈은 여자가 죽은 것도 모르고 신나게 그 짓을 했단 얘기지."
"멋지군."
"아주 멋져. 정말 멋진 놈이야."
우리는 한동안 말이 없다. 이윽고 리프랜저가 말을 이었다.
"팔이나 손 같은 데 멍든 자국이 없어."
그 말은 캐롤린이 묶이기 전에 전혀 반항을 하지 않았다는 얘기였다.
"타박상은 엉덩이에 나 있어. 놈이 뒤에서 여잘 내리친 뒤에 묶었단 얘기지. 먼저 내리친 다음에 그 짓을 시작했다는 게 이상하긴 해. 이런 새끼들은 당하는 여자들한테 자기가 하는 짓을 과시하고 싶어 하는데 말이야."
나는 어깨를 으쓱해 보였다. 글쎄다.
봉투에서 제일 먼저 사진 뭉치를 꺼내 들었다. 깨끗한 컬러 사진이다. 캐롤린은 해안가에 있는 아파트에서 살았는데 창고 맨 위층을 나눠 아파트로 개조한 건물이었다. 그녀는 중국식 발과 양탄자로 자신의 집 공간을 아기자기하게 나눠 놓았다. 주로 현대적인 취향의 가구에다 골동품 가구 몇 점을 가미해서 고전적인 멋스러움도 풍기는 곳이었다. 그녀는 주방 옆 거실로 사용하던 공간에서 살해되었다. 사진들 중 맨 첫 장은 그 살해 현장의 전경을 담고 있었다. 티 테이블의 가장자리가 초록색인 두꺼운 유리 상판은 놋쇠 다리에서 떨어져 나와 바닥에 놓여 있고 등받이가 없는 의자 하나는 거꾸로 뒤집혀 있었다. 그러나 전반적으로는 리프랜저의 말대로 이제까지 보아온 다른 사건 현장들과는 달리 싸움을 벌인 흔적이 별로 없었다. 그리스산 수직 양탄자 속으로 스며들어 커다란 구름 같은 모양이 된 혈흔을 무시한다면 말이다. 나는 사진에서 눈을 뗐다. 아직은 시신 사진을 대할 용기가 없었다.

"무고통이 또 뭐래?"

내가 물었다.

"놈이 공포탄을 쏘아댔다는군."

"정자가 없어?"

"응. 들어 봐, 재밌어."

리프랜저는 발견된 정액에 관한 무고통의 분석 내용을 자세히 설명했다. 음순으로 스며든 정액이 거의 없었는데, 이것은 캐롤린이 성 관계를 가진 후 그리 오래 서 있지 못했을 것이라는 뜻이라고 했다. 이것은 또한 강간과 살인이 거의 동시에 이루어졌다는 증거이기도 하다. 4월 1일 캐롤린은 저녁 일곱시가 조금 넘어서 퇴근했다. 무고통은 사망 시각을 아홉시로 추정하고 있다.

"그리고 나서 열두 시간쯤 지나서 시체가 발견됐거든. 무고통 말에 따르면 그 정도의 시간이 흐른 뒤에는 현미경으로 들여다볼 때 나팔관과 자궁에서 놈의 새끼들이 헤엄을 치고 있어야 정상이라는 거야. 근데 아무것도 없었대. 어디에도 말이야. 그래서 무고통은 놈이 무정자증을 앓고 있다는 거야. 이하선염을 앓아도 그렇게 될 수 있대."

"그러면 아이가 없으면서 이하선염을 앓은 병력이 있는 강간범을 찾아야 한다는 얘긴가?"

봄 37

리프랜저가 어깨를 으쓱했다.

"무고통은 정액 샘플을 채취해서 법의학 분석실로 보낼 거라더군. 그러면 또 뭐 새로운 소식이 있을 거랬어."

좀 더 고차원적인 화학 분야를 연구하고 있는 무고통의 모습이 떠오르자 한숨이 절로 나왔다.

"좀 괜찮은 부검은 없을까?"

내가 물었다.

"이미 무고통이 했잖아."

리프랜저가 순진한 대답을 하자 나는 다시 한숨을 쉬며 무고통의 보고서를 뒤적였다.

"범인은 분비자인 거야?"

인간은 혈액형뿐만 아니라 타액 내로 ABO 혈액형 물질을 분비하는가 그렇지 않은가에 따라 나뉜다.

리프랜저가 보고서를 뺏어가 들춰 보더니 대답했다.

"응."

"혈액형은?"

"A형."

"이런, 내가 A형인데."

"나도 알아. 하지만 당신은 자식이 있잖아."

나는 다시 그의 예민함을 꼬집었다. 그는 굳이 대답하려고 하는 대신에 담배에 불을 붙이고는 고개를 저으며 말했다.

"아직 확실히 잡히는 게 없어서 그래. 말이 안되는 게 너무 많아. 뭔가 놓치고 있는 것 같아."

그래서 우리는 다시 수사관들이 좋아하는 추측 놀이를 시작했다. 리프랜저가 처음부터 주장했던 가정은 캐롤린은 자기가 감방에 보낸 누군가에 의해서 살해되었다는 것이다. 검사라면 누구나 한번쯤 자신이 감방에 보낸 범죄자가 앙심을 품고 복수를 할 거라는 섬뜩한 상상을 해 보았을 것이다. 내가 배심 재판부에 배속되고 나서 얼마 지나지 않았을 때 한 청년을 기소한 적이 있었는데, 언론에서는 그를 판초 멀캐도라고 불렀다. 나는 최후 진술에서 일흔일곱 세의 노인들을 권총으로 때리는 것으로 돈을 번 사람을 과연 남자답다고 할 수 있겠느냐고 말했는데, 그는 이 말에 불같이 화를 냈다. 185센티미터의 키에 100킬로그램이 넘는 거구의 판초가 피고인석에서 벌떡 일어나 나를 향해 돌진했고, 내가 도망가자 벼락같이 소리를 지르며 따라오다가 검찰청 식당에서 맥두걸의 휠체어에 막혀 서는 바람에 잡히고 말았다. 이 일은 기사화되어 '벌벌 떨던 검사, 장애자 덕분에 목숨 구해' 라는 식의 기괴한 제목과 함께 《트리뷴》지 3면에 실렸다. 내 아내 바바라는 이 사건이 내가 유명해진 첫 사건이라고 즐겨 말하곤 했다.

캐롤린은 판초보다 더 이상한 놈들을 다뤘다. 과거 몇 년 동안 그녀는 소위 강간사건부의 책임자로 일했다. 이름만으로도 무슨 사건을 다루는 곳인지 쉽게 알 것이다. 하지만 그곳에서는 강간 사건뿐만 아니라 아동 학대까지 포함하여 성 폭행 사건들을 포괄적으로 다뤘다. 기억나는 한 사건에서는 남자들끼리의 삼각관계가 심각해져 법정까지 왔는데 검찰 측 주요 증인이 증언한 날 밤 직장(直腸)에 전구가 박힌 채 살해되었다. 리프랜저는 이 사건처럼 캐롤린도 자기가 기소한 강간범들 중 한 명에게 복수를 당한 거라고 추측했다.

따라서 우리는 캐롤린이 기소하거나 수사했던 사람들 중 사흘 전날 밤에 일어난 사건과 유사한 범죄를 저지른 사람이 있나 알아보기 위해 그녀가 처리하고 있던 사건 목록을 살펴보기로 했다. 나는 캐롤린의 사무실에 있는 기록들을 확인하겠다고 약속했다. 주 정부 경찰청에도 성 범죄자들에 대한 컴퓨터 파일이 있으므로 리프랜저는 거기에서 캐롤린의 이름을 쳐서 흥미로운 사건이 뜨는지 알아보기로 했다.

"수사는 어떻게 되어 가?"

리프랜저가 술술 읊어 대기 시작했다. 사건 다음 날 캐롤린의 이웃들을 모두 만나 보았지만 심문이 성급하게 진행되는 바람에, 살인사건부 형사들을 다시 보내야 한다고 리프랜저가 말했다. 캐롤린의 아파트를 기준으로 사방 한 블록 안에 살고 있는 사람들을 모두 다시 만나 보게 하겠단다. 이번에는 사건 발생 시각에 보통 집에 있는 사람들을 모두 만날 수 있도록 저녁에 조사를 벌일 것이다.

"계단에서 레인코트를 입은 남자를 봤다는 여자가 있어. 크래포트닉이라는 부인인데, 그 남자가 낯익기는 한데 그곳에 사는 것 같진 않다고 했어."

리프랜저가 수첩을 보면서 말했다.

"과학수사대가 먼저 다녀갔었지? 결과는 언제 나온대?"

내가 물었다.

과학수사대는 핀셋을 들고 시체와 범죄 현장을 샅샅이 훑어서 찾아낸 범죄의 흔적을 현미경으로 검사하는 섬뜩한 임무를 맡고 있다. 그들은 보통 범인의 머리카락과 옷에서 나온 섬유를 조사하여 신원을 확인해 냈다.
"일주일에서 열흘 정도 걸린대. 밧줄에서 뭔가 얻어 내려고 하고 있어. 그 사람들 얘기 중에 하나 더 흥미로운 건 카펫 보푸라기가 많이 나왔다는 거야. 머리카락도 몇 가닥 있긴 한데, 뭐 싸움이 있었다고 볼 정도는 아니라네."
"지문은?"
"현장에 있는 모든 것에서 지문 채취를 했대."
"여기 유리 탁자도?"
나는 리프랜저에게 들고 있던 사진을 보여줬다.
"응."
"잠재 지문이 나왔대?"
"응."
"결과는?"
"잠정적이야."
"누구건대?"
"캐롤린 폴헤무스."
"훌륭하군."
"완전히 비관적이진 않아."
그는 내게서 사진을 받아 들고 가리켰다.
"여기 바 있지? 유리컵 보여?"
술 한잔 할 수 있게 마련된 바에는 목이 긴 유리컵 하나가 얌전히 놓여 있다.
"여기서 잠재 지문이 나왔어. 손가락 세 개. 근데 피해자 것이 아냐."

"누구 건지 나왔어?"

"아니. 감식반은 삼 주쯤 걸린다대. 일이 많이 밀렸다나 봐."

경찰청 지문감식반은 지문 날인이 된 모든 사람의 지문을 융선에 일일이 번호를 매겨 비교하기 쉽게 분류하여 기록으로 남겨 놓고 있다. 예전에는 열 손가락 전체의 잠재 지문이 있어야만 기록과 비교하여 식별해 낼 수 있었다. 따라서 신원 미상자의 일부 지문만 가지고는 신원을 확인할 수 없었다. 그러나 컴퓨터가 보편화된 요즘에는 기계가 일을 다 했다. 레이저 지문감식기가 지문을 읽고 난 뒤 컴퓨터에 저장된 사람들의 지문과 일일이 대조하여 누구인지 찾아냈다. 몇 분밖에 걸리지 않는 일이지만 군 경찰청 지문감식반은 예산상의 제약 때문에 필요한 모든 장비를 갖춰 놓지 못했다. 그래서 꼭 필요한 경우에는 주 정부 경찰청에서 장비를 빌려 사용하고 있다.

"후딱후딱 해 달라고 말해 놓긴 했는데, 지로그가 어떻고 지문 입력이 어떻고 말이 많더라고. 검찰 총장이 전화 한번 해주면 일이 금방 될 텐데. 군 경찰청 기록에 들어 있는 사람 모두의 지문과 비교해 달라고 말해 주면 말이야. 지문 기록이 있는 전과자 모두."

나는 리프랜저의 요구 사항을 메모했다.

"통화 기록도 필요해."

리프랜저가 내 메모지를 가리키며 말했다. 잘 알려지진 않았지만 전화 회사는 대부분의 전화 교환기에서 이루어지는 모든 시내 통화 기록을 컴퓨터에 저장해 놓고 있다. 나는 통화 기록을 요구하는 대배심 소환장을 쓰기 시작했다.

"그리고 여자가 지난 6개월 간 전화 건 사람들의 명단도 달라고 해."
리프랜저가 말했다.
"성질 깨나 부리겠군. 족히 200명은 될 텐데."
"세 번 이상 통화한 사람으로 할까? 명단에 나온 사람들한텐 내가 전화해 볼게. 어쨌든 방금 말한 통화자 명단도 지금 요청해. 나중에 다시 소환장 써 달라고 자네 찾아다니느라 고생하지 않게 말이야."
나는 고개를 끄덕였다. 그런데 걸리는 게 있다.
"6개월 전까지 올라가면 이 번호도 나올 거야."
나는 고갯짓으로 내 책상에 놓인 전화기를 가리켰다.
"알아."
리프랜저가 나를 물끄러미 바라보며 말했다.
'그래, 알고 있군.'
나는 그의 마음을 들여다보려고 애써 봤다. 다들 의심은 하고 있다. 그리고 뒤에서 쑥덕이고 있을 것이다. 게다가 리프랜저는 다른 사람이 놓칠 법한 일도 결코 놓치는 법이 없다. 잘한 짓이라고 생각하지는 않을 것 같다. 그는 독신이지만 여자가 없는 것은 아니다. 자기보다 족히 열 살은 더 먹은 폴란드 여자와 사귀고 있는데, 미망인에다가 성인이 된 자식까지 있는 그녀는 일주일에 두세 번 정도 리프랜저를 찾아와 식사도 차려 주고 같이 자기도 잔다. 리프랜저는 통화를 할 때면 그녀를 엄마라고 불렀다.
"저기 말야, 말이 나왔으니 하는 말인데, 캐롤린은 문단속을 철저히 했어. 창문도 꼭 잠갔고."
나는 놀랄 정도로 침착하게 말했다.

"항상 그랬어. 좀 유한 성격이긴 했지만 어린애는 아니었어. 자기가 어디에 살고 있는지 알고 있었다고."

나를 바라보는 리프랜저의 눈이 점점 더 예리해졌다. 내 말의 의미를, 혹은 내가 하지 않은 말의 의미를 알아차린 것이다.

"그래서 뭐야? 놈이 돌아다니면서 창문을 열어 놓기라도 했다는 거야?"

마침내 그가 말문을 열었다.

"그럴 수도 있겠지."

"누가 침입한 것으로 보이게 말야? 사실은 캐롤린이 문을 열어 줬는데?"

"그래야 말이 되지 않겠어? 바에 유리컵이 있다고 말한 사람이 당신 아냐? 캐롤린은 놈을 대접하고 있었어. 감방에서 나온 어느 미친놈이 복수한 거라는 건 말이 안 돼."

리프랜저는 담배를 노려봤다. 문밖을 보니 비서 유지니아가 돌아와 있다. 복도에서 다른 사람들 목소리도 들렸다. 장례식에 다녀온 사람들이 각자의 자리로 돌아오고 있었다. 조심스러운 웃음소리에서는 안도감이 느껴졌다.

"글쎄. 캐롤린 폴헤무스라면 모르는 일이야. 황당한 면이 있는 여자니까."

리프랜저가 말하며 나를 물끄러미 바라봤다.

"뭐야. 그러니까, 자기가 감방에 보낸 놈에게 문을 열어 줬다는 얘기야?"

"캐롤린이라면 그럴 수도 있지 않을까? 예를 들어 그녀가 어느 술집에서 그런 놈을 만났다고 쳐 봐. 아니면 어떤 놈이 전화를 걸어서 술이라도 한잔 하자고 했다 봐. 그러자고 했을 가능성이 전혀 없을 것 같아? 캐롤린이 어떤 여잔지 알잖아."

그가 무슨 말을 하고 싶은 건지 알겠다. 변태들을 다루는 여검사, 자기가 감방에 보낸 놈하고도 쉽게 붙어먹고 금지된 환상을 실현시킬 수 있는 여자라는 것이다. 그가 제대로 알고 있다. 캐롤린 폴헤무스는 어느 놈이 감방에서 자기 생각을 하며 몇 년을 썩다 나와 만나자고 해도 전혀 꺼려 하지 않을 것이다. 이런 이야기를 하고 있자니 고통과 절망에 속이 울렁거리기 시작했다.

"캐롤린을 별로 안 좋아했지, 자네?"

"응."

우리는 서로를 바라봤다. 리프랜저가 손을 뻗어 내 무릎을 툭 쳤다.

"적어도 하나는 확실해. 캐롤린은 남자 보는 눈이 정말 없었어, 안 그래?"

리프랜저는 이 말을 마지막으로 카멜 담배를 잠바 주머니에 집어넣더니 방을 나갔다. 나는 유지니아에게 당분간 어떤 전화도 연결시키지 말고 사람도 들이지 말라고 큰 소리로 말했다. 잠시 혼자 있으면서 사진들을 검토해 볼 생각이다. 사진을 추려 모으고 있자니 내 자신이 걱정스러워졌다. 이 일을 잘 견뎌 낼 수 있을까? 검사로서 마음의 평정을 잃지 말아야 한다고 다짐했다.

그러나 당연한 일이겠지만 천천히 마음이 술렁이기 시작했다. 큰 충격을 받은 유리컵에 잔금이 서서히 퍼져 나가는 것 같다. 처음에는 주저하듯 서서히 흥분이 되기 시작하더니 그 속도가 점점 빨라졌다. 맨 위에 놓인 사진에서는 티 테이블의 두꺼운 유리 상판이 떨어져 나와 캐롤린의 어깨를 누르고 있다. 실험용 슬라이드를 보는 것 같다. 다음 장에서는 유리 상판이 치워져 있다. 경이로울 정도로 매끄럽고 풍만한 캐롤린의 몸이 엄청난 고통을 겪었을 것이 분명한 데도 여전히 유연하고 생생해 보이는 자세로 누워 있다. 여전히 다리는 날씬하고 우아하고 가슴은 탐스럽고 풍만하다. 죽는 순간에도 섹시함을 잃지 않았다. 그러나 그녀와의 추억이 이런 생각을 하게 만들고 있다는 것을 서서히 깨달았다. 사실 사진 속 그녀의 모습은 끔찍하기 짝이 없었다. 얼굴과 목에는 짙은 자주색 멍이 들어 있다. 밧줄이 발목에서부터 무릎과 허리와 팔목을 감고 올라가 목에서 단단히 매듭이 지어져 있고, 그 주변으로 불에 덴 듯 벌건 자국이 선명하다. 끔찍한 고문을 당한 듯 뒤로 확 젖혀진 얼굴은 소름이 끼칠 정도로 무시무시하다. 목이 눌려서 그런 듯 크게 확장되고 튀어 나온 눈은 공포에 질려 있고 입은 조용히 비명을 지르고 있다. 나는 사진을 자세히 살펴봤다. 그녀의 표정은 언젠가 부둣가에서 보았던, 땅에 올라와 죽어 가고 있는 물고기의 크고 검은 눈이 그랬던 것처럼 공포와 경악과 절망을 담고 있었다. 나는 그 물고기를 봤을 때처럼 놀랍고 두렵고 착잡한 마음으로 사진 속의 그녀를 바라보았다. 그런데 놀랍게도 어느 순간 내 안에서는 공깃방울처럼 가볍고 유쾌한 기분이 들기 시작했다. 부끄러움이나 두려움조차 어쩌지 못한 이 가벼움은 만족감이라고 해야 할 것 같다. 참 야비한 인간이라고 자신을 질책해도 이 기분은 좀처럼 수그러들지 않았다. 우아함과 용기의 화신인 캐롤린 폴헤무스가 살아 있을 때는 한 번도 보여주지 않은 표정으로 내 눈 앞에 누워 있다. 이제야 알겠다. 그녀는 내가 동정해 주기를 바라는 것이다. 내 도움이 필요한 것이다.

캐롤린과의 관계가 끝났을 때 나는 정신과를 찾았다. 거기서 로빈슨이라는 의사를 만났다.
"내가 본 여자들 중에 가장 흥분되는 여자였다고 해야 할 것 같군요."
"섹시했어요?"
내 고민에 그가 잠시 후 물었다.
"네, 섹시했어요. 아주 섹시했죠. 탐스러운 긴 금발머리에 엉덩이에는 군살이 별로 없었고 가슴은 아주 풍만했죠. 손톱은 길게 길러서 빨간색 매니큐어를 발랐고요. 정말, 말 그대로, 믿을 수 없을 만큼 섹시했죠. 눈에 안 띌 수가 없었어요. 캐롤린은 그런 여자였어요. 눈에 확 들어오는 그런 여자요. 물론 내 눈에도 들어왔죠. 몇 년째 같은 건물에서 일했어요. 법대에 가기 전엔 보호 관찰관으로 일했다고 하더라고요. 처음엔 그저 가슴 빵빵하고 예쁜 금발머리 아가씨 정도로만 생각했어요. 그녀와 마주치는 형사들은 하나같이 눈을 번득이며 꼴린다고들 했죠. 그게 다예요.
시간이 지나면서 사람들은 그녀에 대해 이야기하기 시작했어요. 심지어 그녀가 법정에 앉아 있을 때도요. 유능하고 정력적이고 섹시하기까지 하잖아요. 한동안 그녀는 3번이나 방송 기자하고 사귀기도 했어요. 이름이 쳇이라나 뭐라나. 그리고 그녀는 여러 단체에 얼굴을 내밀었어요. 법조인 단체 일에 아주 적극적이었어요. 한동안은 전미 여성 연대 킨들 군 지부에서도 활동했고요. 아주 명민한 여자였어요. 검찰청 내 강간사건부 근무를 자원하기도 했어요. 다들 거기서 일하기를 꺼려했는데 말이죠. 진실에 가까운 쪽이 피해자인지 가해자인지 분간하기도 어려운 난감한 사건들이 대부분이었죠. 감방에 보내는 것은 차치하고 기소할 만한 사람인지 가려내는 것조차 어려운 사건들이 많았어요. 그런데 그녀는 거기서 일을 아주 잘 해냈어요. 얼마 지나자 레이먼드는 강간 관련 사건은 전부 그녀에게 맡겨 버렸어요. 그리고 일요일 아침 TV 토크쇼 같은 데에 내보내기도 했죠. 자기가 여성 문제에 얼마나 관심이 많은가를 보여주고 싶어 했으니까요. 캐롤린은 그런 일을 즐겨 했어요. 스포트라이트를 받는 것을 좋아했어요. 뿐만 아니라 그녀는 유능한 검사이기도 했어요. 아주 괄괄해서 다루기 힘든 검사였죠. 피고인 측 변호사들은 그녀한테 남성에 대한 열등감이 있다고, 자기한테도 불알이 있다는 것을 입증하려 한다고 투덜대곤 했어요. 하지만 형사들은 그녀를 사랑했죠.

그땐 내가 그녀를 어떻게 생각했는지 잘 모르겠어요. 좀 지나친 면이 많은 여자라고 생각했던 것 같아요."

로빈슨이 나를 바라보았다.

"사실 모든 면에서 좀 지나치다고 생각했던 것 같아요. 지나치게 용감하고 지나치게 자신감이 있고 말이죠. 항상 남들보다 한 발 앞서 갔어요. 보조를 맞춘다는 게 뭔지 잘 모르는 것 같았어요."

"그런데 그녀를 사랑하게 됐군요."

로빈슨이 목적지에 먼저 도착했다.

"네, 그녀를 사랑하게 됐어요."

레이먼드는 캐롤린에게 파트너가 필요하다고 판단했고 그녀는 나를 지명했다. 작년 9월의 일이었다.
"거절할 수 있었을 것 같아요?"
로빈슨이 물었다.
"아마도요. 수석 부장 검사는 사건을 많이 맡지 않아도 되거든요. 거절할 수도 있었을 겁니다."
"하지만?"
하지만 나는 받아들였다.
사건이 흥미롭기 때문이라고 자위하면서 말이다. 이상한 사건이었다. 대릴 맥가펜이라는 은행 고위간부가 있었다. 그에게는 조이라는 남동생이 있었는데, 조이는 한 폭력 조직의 거물이었으며 괄괄한 성격이었고 군 경찰의 요주의 대상으로 사는 것을 즐겼다. 조이는 맥크래리에 있는 대릴의 은행을 이용해서 검은 돈을 세탁하곤 했다. 그러나 그건 조이 혼자 한 행동이었다. 대릴은 그런 일에 관여하지 않았고 계좌에 손을 대거나 어떤 부정도 저지르지 않았다. 조이가 괄괄하고 정열적인 성격이라면 대릴은 온화한 성격이었다. 평범한 남자였다. 대릴은 가족과 함께 맥크래리 근교에 살았다. 그러나 그의 삶은 평탄하지 않았다. 그의 맏딸은 세 살 때 죽었다. 내가 이 사실을 알게 된 것은 언젠가 조이가 대배심 앞에서 자기 조카딸이 형네 집 2층 테라스에서 떨어져 죽었다고 증언했기 때문이다. 조이는 그 아이의 두개골 골절과 곧 이은 죽음에 충격을 받아 판단력이 흐려져, 문제가 많은 채권인 것을 모르고 신원이 밝혀지지 않은 남자 네 명을 시켜 형네 은행에 전달토록 했다고 설명했다. 굉장히 설득력이 있는 증언이었다. 죽은 조카에 대해서 말할 때는 고통스러운 듯 두 손을 꼭 잡고 비틀었다. 실크 손수건으로 두 눈에서 눈물을 찍어 내기도 했다.

대릴 부부에게는 자식이 하나 더 있었는데 웬델이라는 이름의 사내아이였다. 웬델이 다섯 살이었을 때, 대릴의 아내는 아이를 데리고 웨스트엔드 종합병원 응급실로 달려왔다. 머리에 중상을 입은 아이는 의식이 없었고 엄마는 아이가 높은 곳에서 떨어졌다면서 병적인 흥분 증세를 보이고 있었다. 엄마는 아이가 그 병원에 처음 왔다고 주장했지만, 응급실 담당 의사인 나라지라는 젊은 인도계 여의사는 1년 전에도 웬델을 치료한 적이 있다는 사실을 기억해 냈다. 진료 기록을 찾아보니 이전에도 두 번 그곳에서 치료를 받은 적이 있었는데 한 번은 쇄골이 부러져서 또 한 번은 팔이 부러져서였다. 엄마는 두 번 다 높은 데서 떨어져서 그렇게 된 것이라고 말했다는 기록이 남아 있었다. 아이가 의식불명이어서 말을 할 가능성이 거의 없어 보이자 나라지는 아이의 부상을 면밀히 살펴보았다. 나중에 나라지는 처음부터 아이의 상처가 너무나 상칭하고 옆으로 고르게 나 있어서 떨어져서 생긴 상처라는 말이 의심스러웠다고 증언했다. 그녀는 머리 양 옆에 난 가로 7센티미터, 세로 3.5센티미터의 깊게 팬 상처를 이틀에 걸쳐 여러 번 검사했고, 어느 정도 판단이 서자 검찰청의 캐롤린 폴헤무스 검사에게 전화를 걸어 두개골 골절상을 입은 남자 아이를 치료하고 있는데, 아이의 엄마가 아이의 머리를 바이스(틀로 된 아가리에 작은 공작물을 물려 고정시키는 공구―옮긴이)에 끼워 넣어서 그렇게 된 것 같다고 신고했다.

캐롤린은 즉시 수색영장을 발부받았다. 그리고 대릴 맥가펜의 집 지하실에서 아직도 두개골 파편이 붙어 있는 바이스를 찾아냈다. 의식불명인 아이의 몸을 살펴보다가 지금은 아물었지만 담뱃불로 지져서 난 것으로 보이는 항문의 상처들도 발견했다. 검찰은 아이의 상태가 어떻게 될 것인지 기다려 보기로 했다. 다행히 아이는 깨어났다.

이제 아이는 법원의 보호를 받고 있었다. 그리고 검찰청에는 엄청난 비난의 화살이 쏟아졌다. 대릴 맥가펜은 아내의 편을 들고 나섰다. 아내는 헌신적이고 사랑이 넘치는 엄마였다고 주장했다. 그런 그녀가 자기 아들을 다치게 했다는 것은 말도 안 되는 소리라는 것이다. 그는 아이가 떨어지는 것을 직접 목격했다고 말했고, 무슨 이유에선지 정신나간 의사와 검사들이 이 끔찍한 비극을 이용해 아픈 자기 아들을 빼앗아 가려 한다고 주장했다. 대단히 감동적이고 준비가 잘 된 주장이었다. 조이는 기자들을 구워삶아 형이 법정에 출두하는 장면이 방송을 타게 했고, 형에게는 레이먼드 호건이 조이를 압박하기 위해 자기 가족에게 복수를 하고 있다고 주장하게 했다. 처음에는 결백을 입증하기 위해 레이먼드가 직접 그 사건을 맡으려고 했다. 그러나 선거 운동이 본격화되던 때였다. 레이먼드는 사건을 캐롤린에게 되돌려 보내면서, 언론의 관심도를 고려해 볼 때 검찰청이 이 사건에 깊은 관심을 가지고 있음을 보여줄 수 있도록 나 같은 검찰 고위간부와 함께 이 사건을 맡는 것이 어떻겠느냐고 권고했다. 그래서 캐롤린은 내 이름을 거명했고 나는 그 제안을 받아들였다. 나는 레이먼드를 위해서라고 스스로에게 다짐했다.

물리학에 브라운 운동이란 이론이 있는데, 대기 중에서 분자들이 다른 분자들과 충돌하여 불규칙적으로 움직이는 현상을 가리켰다. 이런 움직임은 일종의 윙 하는 소리를 만들어 내는데 인간의 가청 주파수 경계에 다다르면 날카로운 비명에 가까운 고음이 들렸다. 어렸을 때 나는 이 소리를 들을 수 있었다. 원하면 언제라도 들을 수 있었다. 보통은 이 소리를 무시해 버리고 말지만, 내 의지력이 약해지면 귓속에서 소리가 점점 더 높아져 나중에는 귀가 먹먹해질 정도로 날카로운 소리가 들리기도 했다.

사춘기가 되면 귓속뼈가 단단해져 브라운 울림 현상은 사라지게 됐다. 사실 그때가 되면 정신을 팔 일들이 많아져 자연스럽게 들리지 않게 됐다. 내게 있어 결혼 이후 다른 여자들의 유혹은 내 의지로 무시해 버릴 수 있는 일상의 작은 울림이었다. 그러나 캐롤린과 함께 일을 시작하자 내 의지는 갈수록 약해졌고 소리는 점점 더 커져 나를 온통 흔들어 대기 시작했다.

"정말 이유를 모르겠어요."

로빈슨에게 캐롤린에 관해 말했다.

나는 내 자신이 가치관이 뚜렷한 사람이라고 생각했다. 나는 항상 외도를 일삼던 아버지를 경멸했다. 아버지는 금요일 밤이면 도둑고양이처럼 집을 빠져 나가 술집으로 향했고 나중에는 웨스턴 가에 있는 딜레이니 호텔로 가곤 했다. 말이 호텔이지 싸구려 여인숙보다 별로 나을 게 없는 그곳에는 계단에서부터 객실 안벽까지 낡은 모직 카펫이 깔려 있었고 무슨 방충제를 뿌렸는지 석유 냄새가 코를 찔렀다. 그곳에서 아버지는 술집 종업원이나 발정난 이혼녀, 바람기가 있는 유부녀 같은 싸구려 여자들과 정열을 불태

우곤 했다. 아버지는 이런 여흥을 위해 집을 나서기 전에는 꼭 가족과 함께 저녁을 먹었다. 우리는 아버지가 어디 가는지 다 알고 있었다. 그럴 때면 아버지는 콧노래를 흥얼거리곤 했는데 한 주 동안 아버지에게서 들을 수 있는 유일한 소리였다.

그런데 어찌 된 일인지 캐롤린과 같이 일하기 시작하면서 나는 그녀에게 완전히 사로잡히고 말았다. 딸랑거리는 귀걸이와 옅은 향수 냄새, 실크 블라우스와 빨간 립스틱과 매니큐어를 칠한 손톱에, 그 풍만한 가슴과 긴 다리와 찰랑이는 금발머리에 완전히 빠져 들고 말았다. 복도를 지나가는 다른 여자에게서 그녀의 향기가 나면 흥분이 될 정도였다.

"정말 이유를 모르겠어요. 그래서 여기 앉아 있는 건지도 모르지만요. 귀에서 무슨 소리가 나면 모든 것이 부서지기 시작해요. 윙 하는 소리가 들리기 시작하면 모든 것이 흔들리는 거예요. 우리는 맥가펜 사건 공판에 대해서, 생활에 대해서, 그리고 다른 모든 일에 대해서 이야기를 나누곤 했어요. 그녀는 정말 놀랄 정도로 다양한 면을 가지고 있었어요. 교향곡 같다고나 할까. 그래요 교향곡 같은 성격을 가졌죠. 엄격하고 지적이면서도 관능적이고 말이죠. 고른 이를 내보이며 웃으면 얼마나 아름다운지 몰라요. 그리고 예상했던 것보다 훨씬 더 유머가 있었어요. 사람들 말처럼 괄괄한 면도 있었지만 냉혹하진 않은 것 같았고요."

나는 특히 그녀가 무심코 내뱉는 말과 아이섀도와 아이라이너로 강조한 눈이 상대방을 냉정히 평가하듯 바라보는 모습에 매혹되었다. 정치나 증인들, 형사들을 분석하는 그녀의 얘기를 듣고 있자면, 그녀가 세상 돌아가는 일을 얼마나 정확하게 파악하고 있는지 알 수 있었다. 이렇게 세상사를 꿰뚫고 있는 여자, 자기 속도대로 세상을 살아가는 여자, 그 수많은 사람들에게 수많은 다른 의미가 될 수 있는 여자를 만난 것은 정말 흥분되는 일이었다. 아내 바바라와 정 반대의 여자여서 그랬는지도 모르겠다.

"이 용감하고 지적이고 아름다운 여자가, 게다가 어딜 가나 스포트라이트를 받는 아주 유명한 여자가 내 앞에 나타난 거예요. 정신을 차리고 보면 내가 그녀의 사무실로 가고 있어요. 그 여자 사무실은 황량하기 짝이 없는 우리 건물 안에서 경이로운 외딴 섬 같은 곳이었죠. 오리엔탈풍의 작은 카펫에다가 화분도 여러 개 있고 골동품 책장에, 구매과에 아는 사람이 있어서 가져왔다는 나폴레옹 시대풍의 커다란 책상도 있어요. 난 별로 할 말도 없으면서 그녀의 사무실을 향해 가고 있는 거예요. 그럴 때면 진부한 표현이긴 하지만 목이 바싹바싹 타들어 가는 것 같으면서 몸에서 후끈한 열기가 느껴져요. '세상에, 어떻게 이런 일이.' 라고 생각하죠. 어쩌면 내가 착각하고 있는 건지도 모른다고 생각했어요. 하지만 그때쯤 나도 느끼기 시작했어요. 그녀가 내게 관심을 보이고 있다는 걸요. 날 바라보고 있다는 걸요. 아, 나도 알아요. 고등학생같이 유치한 표현이라는 거. 더 유치한가요? 중학생처럼? 아무 사이가 아닌 사람들끼리는 서로를 바라보지 않죠. 그런데 그녀가 나를 보고 있는 거예요."

증인 심문을 하다가 고개를 돌리면 캐롤린이 나를 뚫어지게 바라보고 있었다. 잔잔하고 슬퍼 보이기까지 하는 미소를 머금고 말이다. 서류를 읽고 있다가 혹은 레이먼드와 다른 검찰 간부들과 회의를 하다가도 그녀의 눈의 무게가 느껴져 고개를 들면 그녀의 눈과 마주치게 됐다. 그녀는 흔들림 없이 계속 나를 바라보았다. 그럴 때면 나는 윙크를 하거나 미소를 지어 보이고 그녀는 그 환한 미소로 화답했다. 말을 하고 있다가 그녀의 눈과 마주치게 되면 말을 멈추게 되어버렸다. 머릿속이 텅 비어 버리고 세상 모든 것이 사라지고 오로지 그녀만 눈에 들어왔다. 실타래의 실이 헝클어지듯 세상 모든 일이 마구 헝클어지기 시작했다.
"내가 감정에 사로잡히게 된 것, 그게 최악이었어요. 샤워를 하거나 운전을 하다가도 캐롤린이 떠오르면 멍해져 버리는 거예요. 환상이 날개를 펼치죠. 그녀와 나눈 이야기들이 다시 떠오르고 그녀와 함께 있는 모습이 영화처럼 눈앞에 펼쳐지는 거예요. 편안하고 유쾌한 모습의 그녀가, 나를 좋아하고 있다는 것을 보여주는 그녀의 표정이 떠오르면, 난 정말 아무 일도 할 수가 없어요. 전화를 하다가도 멍해지고, 검찰 비망록이나 준비서면 한 장 읽을 수가 없는 거예요."
이 엄청난 집착의 순간에도 가슴은 쿵쾅거리고 속은 울렁거리며 머리는 끈질기게 부인하고 저항했다. 갑자기 몸서리가 쳐지는 때도 종종 있다. 난 아무 일도 일어나지 않았다고 내 자신에게 되뇌었다. 데자뷰 현상일 뿐이다. 사춘기에 있었던 일을 다시 느끼고 있을 뿐이다. 나는 예전에 이와 비슷한 일이 있었는지 기억을 되살려 보았다. 어느 날 아침잠에서 깨면 아무 일도 없었던 듯 다시 예전의 나로, 멀쩡한 정신의 나로 되돌아가 있을 것이라고 내 자신에게 속삭였다.
그러나 물론 그런 일은 일어나지 않았다. 그녀와 함께 있을 때면 기대감과 흥분에 가슴이 뻐근하게 아플 정도다. 숨이 가빠지고 어지럽다. 너무 쉽게 너무 많이 웃었다. 그녀 곁에 있기 위해 유치한 짓도 서슴지 않았다. 책상 앞에 앉아 있는 그녀 곁에 서서 그녀의 어깨 너머로 서류를 보여주기도 했다. 조금이라도 그녀 곁에 있기 위해, 찰랑이는 금귀걸이와 탐스러운 금발머리 사이로 어렴풋이 보이는 옅은 푸른빛의 목덜미를 가까이서 보기 위해, 바디샴푸의 향기와 그녀의 숨결을 가까이서 느끼기 위해 말이다. 그러고 나서 혼자 있을 때면 절망감과 수치심에 몸을 떤다. 이 광포한 집착을 어쩌면 좋을까! 내 세계는 어디 있는가? 나는 그곳에서 걸어 나오고 있다. 아니 이미 그곳을 떠나 왔다.

아들의 침대 위 벽에 붙은 빨간색과 파란색으로 그려진 스파이더맨의 모습은 어둠 속에서도 쉽게 알아볼 수 있다. 레슬링 선수처럼 쭈그리고 앉아 있는 실물 크기의 그는 침입자가 있으면 금방이라도 달려들 것처럼 보였다.
  나는 만화책을 못 보고 자랐다. 부모님이 만화 보는 것을 아주 저속한 취미로 생각했기 때문이었다. 그러나 나는 아들 냇이 두세 살 무렵부터 일요일마다 함께 만화를 보기 시작했다. 바바라가 자는 동안 나는 냇에게 아침을 차려 주었다. 그러고 나서 우리는 일광욕실 소파에 나란히 앉아 함께 만화를 읽고 한 주간의 줄거리에 대해 이야기를 나누었다. 그럴 때면 냇은 그 또래 아이 특유의 흥분과 열정으로 가득 찼는데 옆에 앉은 내게도 그 열기가 전달되었다. 내가 스파이더맨의 팬이 된 것도 바로 그때였다. 냇은 이제 초등학교 2학년이고 뭐든지 자기가 다 알아서 하려 해서 만화도 혼자 읽었다. 그래서 나는 아무도 몰래 스파이더맨이 어떻게 됐는지 알아보곤 했다.

"정말 재밌어."

몇 주 전 만화책을 들고 있다가 바바라에게 딱 걸렸을 때 이렇게 말했다.

"어휴, 제발 좀!"

곧 박사 학위를 받게 될 아내가 쏘아붙였다.

냇의 머리를 어루만졌다. 머리카락이 아주 가느다랗다. 좀 더 부스럭거리면 밤늦게 퇴근하는 아빠에 익숙해진 냇이 잠결에라도 뭐라고 달콤한 말을 속삭일 것이다. 난 매일 밤 퇴근하면 아들 방부터 들렀다. 아들의 따뜻한 말을 듣고 싶은 마음이 간절했다. 아내와 나는 냇이 태어나기 직전에 이곳 니어링으로 이사를 왔다. 아주 옛날에는 나룻배가 드나들던 나루터였다는데, 아주 오래전부터 도시에서 사람들이 몰려들기 시작해서 지금도 교외 지역이 아니라 마을로 불리고 있다. 처음에 이곳으로 오자고 주장한 사람은 바바라였지만 지금은 언제든 이곳을 떠나려 할 것이다. 가끔씩 자신이 소외감을 느끼는 것은 다 이곳으로 이사 왔기 때문이라고 불평을 하기도 했다. 도시로부터 거리를, 시간과 공간적으로 거리를 두고 싶어 하는 사람은 바로 나다. 나는 이렇게 거리를 둠으로써 매일 목격하는 일로부터 우리 가족을 보호할 수 있다고 생각했다. 이런 생각 때문인지 아들 방에 있는 스파이더맨이 반갑다. 철통같이 경계 근무를 서는 모습을 보니 안도가 되었던 것이다.

바바라는 거의 옷을 안 입은 상태로 침대에 엎드려 있다. 숨을 헐떡이고 있고 좁은 등의 단단한 근육은 땀으로 번들거렸다. 비디오는 되감기 상태에서 윙윙 소리를 내고 있었다. 텔레비전에서는 뉴스가 방금 시작된 것 같다.

"운동?"

내가 물었다.

"자위행위. 외로운 아줌마를 위한 위로."

아내는 고개를 돌려 나를 바라보려고도 하지 않았다. 내가 다가가 그녀의 목에 짧게 입을 맞췄다.

"여덟시 삼십오분 차를 놓쳐서 버스 정류장에서 전화했어. 안 받던데. 메시지 남겨 놨는데."

"들었어. 냇을 데려오는 중이었어. 엄마랑 저녁 먹었거든. 냇이 외할머니랑 함께 있는 시간을 좀 늘려 보려고."

아내가 말했다.

"효과가 있었던 것 같아?"

"아니, 전혀."

아내가 나를 향해 돌아누웠다. 스포츠 브래지어를 한 가슴이 눈에 띄었다.

나는 옷을 벗으면서 바바라로부터 낮에 있었던 일을 짤막하게 보고받았다. 아내는 이불에 얼굴을 묻은 채 피곤한 어조로 옆집 사람이 아프다고, 기술자가 수리비로 얼마를 청구했다고, 그리고 자기 엄마는 요즘 어떻게 지내더라고 말했다. 피곤해 죽겠는데 마지못해 이야기한다는 식의 말투 속에서 나를 향한 가시 돋친 마음이 느껴지지만, 나는 그런 건 전혀 느끼지 못하는 것처럼 행동함으로써 내 자신을 방어했다. 나는 아내의 말 한 마디 한 마디마다 관심을 보이고 대꾸를 했다. 그러는 동안 혈관 속에 납이 들어차

앉은 듯이 답답하고 묵직한 기분이 되었다. 집에 왔다는 것이 비로소 실감이 났다.

5년 전쯤 나는 이제 둘째를 가져야 하지 않을까 생각하고 있었는데, 바바라는 학교로 돌아가 수학박사 과정을 밟겠다고 선언했다. 나한텐 한 마디 말도 없이 이미 지원서를 내고 입학시험까지 치른 후였다. 내가 놀라워하자 바바라는 자신의 의견에 내가 반대한다고 생각했다. 그렇지 않다는 나의 항변은 무시했다. 난 반대하지 않았다. 아내가 집에만 있어야 한다고 생각한 적이 단 한 번도 없었다. 놀랍다는 반응을 보인 것은 다른 문제 때문이었다. 아내가 나와 아무런 상의 없이 일을 벌인 것도 놀랍긴 했지만 그보다는 아내가 그럴 수 있다는 것을 상상하지 못했던 내 자신에 대한 놀라움이 더 컸다. 학부 시절의 바바라는 수학 천재였다. 수염을 덥수룩하게 기른 은둔자 형색의 저명한 수학 교수들과 함께하는 대학원 강의도 여러 개 들었다. 그러나 당시 그녀는 자신의 수학적 재능에 대해 자신감을 보인 적이 없었다. 그런데 이제 와서는 수학이 자신의 소명이라고 했다. 열정을 가지고 덤벼들고 싶은 학문이라고 했다. 5, 6년 동안 수학에 대해서 한 마디도 들은 적이 없었는데 말이다.

요즘 바바라는 박사 논문을 준비하고 있다. 논문 준비를 시작할 때 그녀는 자신이 쓸 논문 주제는 십여 페이지 정도의 작은 공간에 충분히 들어갈 수 있는 것이라고 했다. 나는 도저히 설명할 수 없는 주제인 것은 확실했다. 희망 사항인지 착각인지는 모르겠지만, 논문은 만성질환처럼 끈질기게 그녀를 괴롭혀 왔고 우울증의 한 요인이기도 했다. 서재를 지나가다 보면 그녀는 항상 책상 너머 창밖 뒷마당에 있는 벚나무 한 그루를, 진흙 위에서 제대로 자라지 못하고 있는 키 작은 벚나무 한 그루를 우울한 눈으로 물끄러미 바라보고 있었다.

아내는 영감을 얻기 위해 책을 읽었다. 신문이나 잡지같이 이 세상의 일을 다룬 것은 거의 읽지 않았다. 대신, 대학 도서관에서 심리언어학이나 기호언어학, 점자법, 수화와 같은 고색창연한 주제에 관한 두꺼운 책들을 한 아름씩 빌려 와 읽곤 했다. 그녀는 사실을 숭배했다. 밤이면 거실의 무늬를 짜 넣은 천 소파에 길게 몸을 기대고 앉아 벨기에산 초콜릿을 먹으며 자신이 한 번도 가 보지 못한 세계에 빠져 들었다. 화성에 사는 생명체에 대해 읽기도 하고 다들 지루하게 여기고 기억도 하지 못할 사람들의 전기를 읽기도 했다. 그러다가 가끔씩 의학 서적에 빠져 들기도 했다. 지난달에는 저온학과 인공수정, 렌즈의 역사에 관한 책들을 탐독했다. 나는 그 거대한 다른 세계에서 어떤 일이 벌어지고 있는지 도통 알지 못했다. 물론 물어보면 아내는 새로 알게 된 지식을 기꺼이 들려줄 것이다. 그러나 시간이 흐르면서 관심 있는 척 할 여력도 사라졌고 바바라는 이런 주제들에 대한 내 무관심을 심각한 단점으로 여겼다. 어쨌든 그녀가 저 먼 세상을 돌아다니고 있는 동안 난 내 일에나 신경을 쓰는 것이 훨씬 편했다.

얼마 전에는 갑자기, 사회적 매너리즘에 빠져 타인을 혐오하고 무겁게 침묵하는 일이 많으며 겉으로 드러내지 않는 자기만의 열정을 가진 아내가 혹 사이코가 아닌가 하는 생각도 들었다. 그녀는 자기 엄마를 제외하고는 타인과의 교류가 거의 없었다. 우리가 처음 만날 당시에는 그나마 자기 엄마하고도 거의 연락을 하지 않고 살았고 지금도 냉소적이고 의심하는 태도로 엄마를 대했다. 살아 계실 때의 내 어머니처럼 아내는 기꺼이 자기 집 벽 속에 자신을 가두고 티끌 하나 없게 집 안을 쓸고 닦고 아들을 돌보고 수학 공식과 컴퓨터 알고리즘에 빠져 살았다.

처음에는 잘 몰랐는데 언제부턴가 우리는 대화를 중단하고 움직이지도 않은 채 텔레비전만 바라보고 있었다. 오늘 있었던 캐롤린의 장례식에 관한 보도가 나왔다. 레이먼드의 차가 도착하는 모습이 보이더니 내 뒤통수도 잠깐 비쳤다. 다른 사람들에게 이끌려 교회 안으로 들어가는 캐롤린의 아들 모습도 보였다. 기자의 모습은 보이지 않고 목소리만 들렸다.

"사흘 전날 밤 끔찍하게 강간당한 후 살해당한 캐롤린 폴헤무스 부장 검사의 장례식이 열리는 이곳 제일장로교회에는 수많은 시 지도층 인사들을 포함하여 팔백여 명의 조문객들이 모였습니다."

이제 사람들이 교회 밖으로 나오고 있다. 기자들과 인터뷰하는 시장과 레이먼드의 모습도 보이지만 목소리까지 들리는 것은 니코뿐이다. 니코는 아주 조용한 목소리로 말하면서 수사에 관한 질문은 교묘히 피해 갔다.

"전 동료를 추모하기 위해 왔을 뿐입니다."

그는 자동차에 한 발을 들여 놓은 채로 카메라를 향해 말했다.

바바라가 먼저 말문을 열었다.

"어땠어?"

어느새 빨간 실크 가운을 걸치고 있었다.

"대단했어. 내로라하는 유명 인사들은 다 모였더라고."

"울었어?"

"왜 그래, 바바라."

"농담이 아니라, 정말로."

그녀가 앞으로 몸을 기울였다. 입을 굳게 다물고 냉정한 눈초리로 나를 보고 있다. 그녀의 분노가 손에 잡힐 듯 이렇게 가까이에 있다니 놀라웠다. 세월이 흐르면서 그녀가 내 위에서 몸을 기울여 나를 노려보면 정말 무서워졌다. 내가 예전의 어두운 기억 때문에 대답을 빨리 하지 못하고 있다는 건 아내도 안다. 내 부모님은 자주 큰 소리를 내며 싸웠다. 어느 날 밤에는 시끄러운 소리에 잠이 깼는데, 어머니가 아버지의 붉은 머리카락을 한 움큼 움켜쥐고 둘둘 만 신문지로 아버지를 마구 때리고 있었던 것이 생생히 기억났다. 이렇게 싸우고 나면 어머니는 며칠을 앓아누웠다. 커튼을 쳐 어두컴컴한 방에 누워 어머니는 머리가 깨질 듯 아프다면서 내게는 숨소리도 내지 말라고 했다.

나는 아내가 가져다 놓은 마른 빨래가 담긴 바구니로 다가가 양말을 찾아 개기 시작했다. 한동안 둘 다 말이 없었다. 텔레비전에서 나는 웅웅거리는 말소리와 집 밖에서 들리는 시냇물 소리만이 들릴 뿐이다. 반 블록 떨어진 곳에 작은 시내가 흐르는데 차가 다니지 않는 밤이면 시냇물 소리가 여기까지 들렸다. 아래층 난로에 불이 들어오며 쿵쾅거리는 소리도 들리기 시작했다. 오늘 처음 켰으니 조금 있으면 배관을 타고 역한 석유 냄새도 올라올 것이다.

"니코는 슬퍼 보이려고 애를 쓰고 있네."

바바라가 말했다.

"가까이서 보면 알겠지만 별로 효과는 없었어. 기쁜 기색을 감추질 못하더라고. 레이먼드를 한 방 먹인 거라고 생각하거든.”
"정말 그런 거야?”
나는 양말짝을 맞춰 개며 어깨를 으쓱해 보였다.
"이 일로 많이 유리해진 건 사실이지.”
지난 십여 년 동안 레이먼드의 불패 신화를 지켜보아 온 바바라의 얼굴에는 놀란 기색이 역력하다. 그러나 곧 수학자로서의 기질을 드러내며 새로운 가능성을 검토해 보는 것 같다. 요즘 유행하는 망사망으로 감싸 묶은 굽실굽실한 머리카락을 매만지며 그녀가 예쁜 얼굴에 호기심을 드러내며 물었다.
"만일 그런 일이 생기면 어떡할 거야, 러스티? 레이먼드가 지면?”
"받아들여야지, 뭐, 별수 있어?”
"아니, 내 말은, 당신은 뭐 해먹고 살 거냐고.”
파란색과 파란색. 검정색과 검정색. 백열등 하나만 켜져 있으니 양말 색깔을 맞춰 찾아 개기도 쉽지가 않다. 몇 년 전만 해도 나는 검사 일을 그만두는 것이 어떨까 하는 이야기를 가끔씩 입 밖에 내곤 했었다. 그때만 해도 변호사로 나선 내 모습이 상상이 되었다. 그러나 실제로 그렇게 하진 못했고 내 미래에 대해 아내와 이야기를 나눠 본 지도 꽤 오래됐다.
"글쎄, 잘 모르겠어. 변호사 자격증이 있으니까 개업을 할 수도 있을 거고. 대학에서 학생들을 가르칠 수도 있고. 잘 모르겠어. 니코가 나를 수석 부장 검사로 남게 해주겠다고 하긴 하는데.”
내가 솔직하게 대답했다.
"그 말을 믿어?”

"아니. 요즘 들어 그 인간은 헛소리를 많이 하거든. 글쎄 아주 진지한 투로 자기가 두려워했던 유일한 적수는 나였다는 거야. 마치 내가 레이먼드를 꼬드겨서 나를 후계자로 지목하게 한 다음, 검찰총장직에서 물러나게 했을 것처럼 말이야."

나는 내 양말을 내 서랍에 집어넣었다.

"그랬어야 했어."

바바라의 말에 그녀를 보았다.

"정말로."

어찌 보면 아내가 이런 태도를 보이는 것도 놀라운 일이 아니다. 배우자들이 흔히 그렇듯이 바바라도 남편의 상관을 별로 좋아하지 않았다. 게다가 요즘 돌아가는 상황이 나만 손해 보는 것 같지 않은가 말이다. 다른 사람들 눈에는 분명해 보이는 일을 할 용기를 내지 못하고 있는 것은 바로 나다.

"난 정치인이 아니야."

"일단 발을 들여놓고 나면 달라질걸. 당신도 검찰 총장 해보고 싶잖아."

아내가 나를 너무 잘 알고 있다는 것이 부담스럽다. 문제를 살짝 비켜 가기로 결심한 나는 이런 얘기는 모두 탁상공론일 뿐이라고, 결국에는 레이먼드가 승리할 것이라고 말했다.

"결국에는 볼캐로가 레이먼드를 지지할 거야. 아니면 우리가 살인범을 잡든가. 그러면 언론에서 난리가 날 거고 레이먼드는 선거 날까지 승승장구하겠지."

나는 텔레비전을 향해 고갯짓을 해보이며 말을 이었다.

"어떻게 잡을 건데? 용의자라도 있어?"

바바라가 물었다.
"전혀."
"그러면?"
"댄 리프랜저와 러스티 사비치가 앞으로 이 주 동안 밤낮으로 뛰어다녀서 살인범을 잡아 줘야지, 뭐. 그게 전략이야. 아주 치밀하게 세운 전략."
리모컨에서 뻑 하는 소리가 나더니 텔레비전이 꺼졌다. 등 뒤에서 바바라의 코웃음 소리가 들렸다. 언짢아진 거다. 돌아보니 바바라가 증오에 가득 찬 눈으로 나를 노려보고 있다.
"당신은 정말 속이 환하게 들여다보여. 당신이 이 사건 수사 맡았어?"
그녀가 낮은 목소리로 쏘아붙였다.
"당연하지."
"당연해?"
"바바라, 난 수석 부장 검사고 레이먼드는 지금 목숨 걸고 뛰고 있어. 이걸 누가 맡겠어? 하루에 14시간씩 선거 운동하면서 뛰어다니지 않는다면 레이먼드가 직접 맡았겠지."
이틀 전 바바라에게 전화를 걸어 캐롤린이 살해당했다는 사실을 알려야 했을 때, 바로 이런 일이 있을 것 같아 아주 불안했다. 예전 일을 무시할 수 없었다. 모르는 척 한다면 너무 뻔뻔한 일이었다. 퇴근이 늦어질 거라고 말하기 위해 바바라에게 전화를 건 나는 검찰에 난리가 났다고 말했다.
"캐롤린 폴헤무스가 죽었어."
"뭐?"

별 관심 없다는 투였다.
"약물 중독이야?"
그녀는 그렇게 물었다. 나는 이렇게 생각이 다를 수 있을까 놀라워하며 손에 든 송수화기를 뚫어지게 바라봤더랬다. 그리고 지금, 아내의 관심을 다른 데로 돌릴 수가 없었다. 화가 치밀어 오른 것이 눈에 보였다.
"솔직하게 말해 봐. 당신이 원해서 맡은 것 아냐?"
"바바라!"
"왜! 말해 봐. 직업적인 이유만으로 당신이 이 일을 맡은 거야? 거기 검사들이 120명이나 있잖아. 그중에 그 여자랑 잠 안 잔 남자가 하나도 없대?"
아내가 벌떡 일어서며 언성을 높였다. 나는 이렇게 목소리를 높이며 죽일 듯이 달려드는 아내의 모습에 익숙해져 있다. 나는 냉정을 잃지 않으려고 애를 썼다.
"바바라, 레이먼드가 부탁한 거야."
"아, 제발 그만 좀 해, 러스티. 그런 고상한 개소리 그만하라고. 레이먼드한테 당신이 왜 이 일을 맡으면 안 되는지 말해 줄 수 있잖아."
"그러고 싶지 않아. 그를 실망시키고 싶지도 않고. 그와는 상관없는 일이니까."
이 말을 내가 캐롤린과의 일이 알려질까 봐 두려워하고 있다는 증거라고 생각한 바바라는 코웃음을 쳤다. 전략이 나빴고 지금은 진실을 말하기에는 시기가 적절치 않았다는 것을 알고 있다. 바바라는 내 비밀 지키기에 관심이 거의 없다. 그 비밀이 알려지더라도 자기는 나만큼 고통 받지 않을 거라는 생각이 들면, 아마 사방팔방에 떠들어 대고 다닐 것이다. 캐롤린과 만났던 그 짧은 기간 동안 나는 그 사실을 바바라에게 고백할 용기, 혹은 예의, 혹은 의도가 없었다. 고백은 나중에 했다. 모든 것이 끝났다고 깨닫고 나서도 이 주가 더 흐른 후 바바라에게 털어 놓았다. 어느 날 저녁 식사를 함께 하기 위해 일찌감치 집에 들어갔다. 그전 달에 이미 끝난 재판이 계속되고 있다고, 그래서 재판 준비를 해야 한다고 거짓으로 둘러 대며 매일 밤 늦게 들어간 것을 속죄하기 위해서였다. 냇이 30분 동안 텔레비전을 봐도 된다는 허락을 받고 거실로 들어가자 나는 무너져 버렸다. 보름달 때문인지도 모르겠다. 어쩌면 그냥 기분이 그랬기 때문일 수도 있다. 아니면 식사 때 한 잔 했던 술 때문일 수도 있겠다. 정신과 의사들은 몽롱한 환각 상태에 빠졌기 때문이라고 할지도 몰랐다. 나는 식탁을 한참 노려보고 있다가 목이 긴 유리컵을 집어들었다. 캐롤린 집에 있는 것과 똑같다는 데 생각이 미치자 갑자기 그녀가 미치도록 그리워지며 자제력을 잃고 말았다. 울음을 터뜨렸다. 내 집 식탁에 앉아 격정에 사로잡혀 목 놓아 울었다. 바바라는 무슨 일인지 즉시 알아차렸다. 내가 아파서 그런다고 생각하지 않았다. 피곤해서거나 재판에 대한 스트레스 때문이라고, 혹은 누관이 터져 버렸기 때문이라고 생각하지 않았다. 그녀는 알아차렸다. 내가 수치심 때문이 아니라 상실감 때문에 울고 있다는 것을 즉시 알아차렸다.

심문하는 그녀의 목소리에는 부드러움이라곤 찾아볼 수 없었고 심문이 오래 지속되지도 않았다.

"누구야?"

누군지 말해 줬다.

"내가 떠날까?"

"끝났어. 잠깐 동안이었어. 금방 끝났어."

세상에, 난 참 용감도 했다. 내 집 식탁에 앉아 두 손에 얼굴을 묻고 목 놓아 울다니 말이다. 바바라가 일어나서 그릇을 치우는지 접시 부딪치는 소리가 났다.

"적어도 누가 누굴 찼는지는 물어보지 않아도 되겠네."

그녀가 말했다.

냇을 잠자리에 들게 하고 나서 나는 여전히 참담하고 애처로운 기분으로 침실로 올라갔다. 바바라는 이미 오래전에 침실에 가 있었다. 그녀는 운동을 하고 있었다. 느리고 지루한 음악이 방 안이 떠나갈 듯 크게 울려 퍼지고 있었다. 나는 너무도 혼란스럽고 참담한 기분으로 그녀가 몸을 굽혔다가 펴기를 반복하는 것을 지켜보고 있었다. 부드러운 살가죽만이 나를 지탱해 주고 있는 것 같았다. 뭔가 감상적인 화해의 말을 하기 위해 침실로 올라왔는데 말이 안 나왔다. 방어기제가 무너져 버린 내게도 몸을 굽혔다 펴기를 반복하는 그녀에게서 분노가 화산처럼 뿜어져 나오는 것이 확실히 느껴져서 지금은 아무 말도 소용없을 거라는 것을 깨달았다. 나는 5분쯤 아무 말 없이 그녀를 지켜보고만 있었다. 그녀는 나를 쳐다보지도 않았다. 그러다가 몸을 구부리면서 내게 한 마디 던졌다.

"더 잘 해주지 그랬어."

그녀가 숨을 헐떡이며 말하는 터라 내가 듣지 못한 말이 뒤에 더 있었다. "그 갈보한테."라는 말이었다.

그 후 그럭저럭 시간이 흘렀다. 이상하게 들리겠지만 캐롤린과의 외도는 어떤 면에서 안도감을 주었다. 바바라가 그렇게 분노 발작을 일으키는 것에, 그리고 우리 부부 사이가 안 좋은 데에 분명한 이유가 생겼기 때문이다. 이제는 극복할 뭔가가 있고 앞으로는 상황이 나아지리라는 희미한 희망도 있다.

문제는 지금까지 좋아진 상황을 다시 악화시켜야 하는가 마는가이다. 지난 몇 개월 동안 캐롤린은 우리집에서 서서히 떠나가고 있는 악령이었다. 그런데 그녀의 죽음으로 그녀가 다시 살아난 것이다. 바바라가 불평하는 것을 이해했다. 그러나 그녀가 바라는 대로 할 수가 없다. 포기할 수가 없다. 그리고 그 이유는 말로 표현되지 않는, 혹은 말로 표현할 수 없는 영역에 자리하고 있는 지극히 개인적인 것이다.

나는 조용히 맞섰다.

"바바라, 무슨 차이가 있어? 딱 2주 반만 있으면 돼. 예비 선거까지 말이야. 그 다음에는 경찰이 알아서 처리할 거야. 미궁에 빠진 살인 사건으로 말이야."

"당신이 무슨 짓을 하고 있는지 모르겠어? 당신 자신한테? 그리고 나한테?"

"바바라."

내가 말을 시작하지만 그녀가 잘랐다.

"이미 알고 있었어. 당신이 이런 일을 할 거라는 거 이미 알고 있었어. 지난번에 전화했을 때 말이야. 목소리에서 느낄 수 있었어. 다시 시작하려는 거야, 당신은. 그러고 싶은 거야. 내 말이 맞지? 그러고 싶은 거야. 그 여잔 죽었지만 당신은 아직도 그 여자한테서 헤어 나오지 못하고 있어."

"바바라."

"러스티, 이미 겪은 것만으로도 충분해. 더 이상은 못 참아."

이럴 때 바바라는 울지 않았다. 대신 화산 같은 분노를 내뿜었다. 그녀는 의지를 다잡으려는 듯 침대에 털썩 주저앉았다. 그리고 책과 리모컨과 베개 두 개를 움켜쥐었다. 세인트 헬레나 화산이 우르릉거리기 시작했다. 자리를 떠야겠다는 생각이 들었다. 나는 옷장으로 걸어가 잠옷 가운을 찾았다.

급히 문을 나서려는데 그녀가 등 뒤에 대고 말했다.

"뭐 하나 물어봐도 돼?"

"응."

"예전부터 물어보고 싶었던 건데."

"뭔데?"

"그 여자가 왜 그만 만나자고 그랬어?"

"캐롤린?"

"그럼 누구겠어?"

너무 심하게 쏘아붙여서 곧 침을 뱉을지도 모른다는 생각이 들었다. 내가 왜 그 여자를 만났는지 물어볼 거라고 생각했는데, 그 문제에 대해서는 이미 오래전에 답을 찾은 모양이다.

"모르겠어. 별로 중요한 사람이 아니었나 보지."

아내는 눈을 감았다가 다시 뜨곤 고개를 흔들었다.

"개새끼. 나가버려."

내 아내가 비장하게 선언했다. 나는 그렇게 했다. 재빨리. 좀 더 있으면 물건들이 날아올 거다. 마땅히 갈 데가 없어서, 그리고 누군가 함께 있어 주면 좋겠다는 생각이 들어 나는 다시 냇의 방으로 향했다. 깊은 잠에 빠졌는지 숨소리가 고르게 들렸다. 나는 어둠 속 아들의 침대 맡에 앉았다. 스파이더맨의 보호에 안도감을 느끼면서 말이다.

한 주가 시작되는 월요일 아침, 강 양쪽으로 통근 버스들이 회색 플란넬 옷을 입은 사람들을 내려놓았다. 터미널 앞 광장은 봄을 맞아 이파리가 무성한 느티나무들로 둘러싸여 있다. 나는 아홉 시가 되기 전에 사무실에 도착했다. 그리고 언제나처럼 비서 유지니아 마티네즈로부터 우편물과 전화 메시지를 적은 쪽지들을 전해 받았다. 유지니아는 늘 그렇듯 뚱한 표정이다. 그녀는 뚱뚱한 중년의 독신 여성인데, 그런 사실에 복수라도 하려는 듯 늘 뚱한 표정이다. 마지못해 타자를 치긴 하지만 지시 사항을 무시하기를 밥 먹듯 했다. 전화벨이 울려 대도 성가시다는 표정으로 노려보고만 있을 때도 한두 번이 아니다. 그렇다고 해고를 하거나 직위를 강등시킬 수도 없다. 콘크리트처럼 견고한 공무원의 직위 보장제도 때문이다. 그녀는 벌써 10년째 수석 부장 검사들의 애물 덩어리로 살고 있다. 처음에는 존 화이트가 그녀를 이곳에 배치했다. 다른 곳에 배속시켰더라면 그 엄청난 비난을 감당할 수 없을 거라고 생각했을 것이다.

유지니아가 건네준 것 맨 위에는 무단결근을 하고 있는 토미 몰토를 위한 휴가 신청서가 놓여 있다. 인사부에서는 그를 무단결근으로 처리하고 싶어 했다. 이 문제에 대해 맥과 얘기를 나눠야 한다고 메모를 한 후, 다른 메모들을 살펴봤다. 기록보관실에서는 캐롤린에 의해 기소되어 유죄 판결을 받고 투옥되었다가 지난 2년 동안 출소한 13명의 전과자 명단을 보내왔다. 손으로 쓴 메모에는 이들의 사건 파일은 캐롤린의 사무실에 가 있다고 적혀 있다. 나는 명단을 책상 중앙에 놓았다.

레이먼드가 업무 시간의 대부분을 선거 운동을 위해 자리를 비우기 때문에 검찰 총장의 업무를 거의 다 내가 맡아 처리했다. 사건 기소와 소추 면제, 유죄 답변 거래 등을 지휘 감독하고 수사 기관과의 연락 책임도 내가 맡았다. 오늘 아침에는 기소 관련 회의를 주재하고 이번 주에 있을 모든 기소 사건의 요점들을 파악하고 공소장 문구를 정해야 했다. 오후에는 지난 주에 있었던 경찰과 마약단속국과의 충돌에 대한 대책 회의가 있다. 지난 주 비밀 수사를 벌이던 경찰과 신분을 숨긴 채 수사를 하고 있던 마약단속국 요원이 범죄 현장에서 서로를 범인으로 잘못 알고 충돌한 일이 있었다. 둘은 권총을 빼들고 서로에게 신분증을 보이며 투항하라고 소리쳤다. 얼마 후 양쪽의 지원 요원들이 합세했고 결국에는 경찰과 마약단속국 요원 11명이 길 양쪽에서 대치하며 서로에게 권총을 휘두르고 욕을 해대게 되었다. 이와 관련한 대책 회의가 소집된 것이다. 경찰은 연방 수사 요원들이 뭐든지 비밀로 진행하는 것이 문제라고 비난할 것이다. 마약단속국 대표로 올 요원은 경찰이 수집한 모든 비밀 정보를 기꺼이 사겠다는 뜻을 넌지시 비칠 것이다. 이 문제 말고도 해결해야 할 일이 또 있다. 캐롤린 폴헤무스 살인 사건을 맡아 기소할 사람을 찾아야 했다.

이 사건에 주목하는 사람이 또 있는 것 같다. 아홉시 반쯤 《트리뷰》지의 스튜 두빈스키에게서 전화가 왔다. 선거운동 기간 동안 걸려오는 기자들의 전화는 대부분 레이먼드가 직접 받았다. 공짜 홍보 기회를 놓치고 싶지 않거나 본연의 임무를 태만히 하고 있다는 비난을 받고 싶지 않기 때문이다. 그러나 스튜는 법정 출입 기자들 중 최고다. 제대로 된 정보를 수집하고 또 어디서 그런 정보를 얻을 수 있을지 잘 알고 있다. 그하고는 말이 통했다.

"캐롤린 건에 대해 뭐 새로운 거 없어요?"

이름만으로 짧게 사건을 지칭하는 것을 듣자 적잖이 당혹스럽다. 캐롤린의 죽음은 벌써 비극의 반열에서 떠밀려 내려와 끔찍한 역사적 사건들 중에 하나가 되어 가고 있다.

물론 스튜에게 아무런 진척이 없다고 실토할 수는 없다. 그러면 말이 돌고 돌아 니코에게까지 들어갈 것이고 이는 우리를 공격할 또 다른 빌미를 주게 될 것이다.

"레이먼드 호건 검찰 총장은 아무런 공식적인 언급을 하지 않았습니다."

내가 말했다.

"다른 정보에 대해서는 언급을 할까요?"

스튜가 전화 건 진짜 목적은 이것이다.

"고위간부 한 명이 변절했다는 말이 들리던데. 살인사건부 사람이 말예요. 무슨 말인지 아시죠?"

몰토 얘기다. 니코가 떠난 후 서열 2위였던 몰토가 살인사건부 부장 검사 직무 대리가 되었다. 언젠가는 이런 일이 생길 거라고 우려했던 호건은 그에게서 '대리' 자를 떼어 주기를 거부했다. 나는 잠시 머리를 굴렸다. 언론이 벌써 냄새를 맡은 것이다. 불길한 조짐이다. 아주 안 좋다. 스튜의 질문을 들어 보니 이 일이 어떻게 보도가 될지 알겠다. 부장 검사 한 명은 살해당했다. 그리고 수사 책임을 맡아야 할 다른 부장 검사는 일을 그만뒀다. 검찰청이 대혼란을 겪고 있는 것처럼 보일 것이다. 내가 말했다.

"같은 대답입니다. 공식 언급 없음이에요."

스튜가 하품소리를 냈다. 믿지 않는다는 뜻이다.

"비공식으로 얘기할까요?"

내가 물었다.

"좋죠."

"당신 정보 얼마나 신빙성이 있는 거요?"

그가 어느 정도까지 알고 있는지 알고 싶다.

"뭐 그저 그래요. 실제보다 더 많이 알고 있다고 생각하는 사람한테 들은 거라서. 내 생각엔 토미 몰토인 것 같은데. 토미와 니코는 바늘과 실이잖아요, 안 그래요?"

스튜가 갖고 있는 정보는 기사화할 만큼 충분하진 않은 게 분명하다. 나는 그의 질문은 무시하고 다른 질문을 던졌다.

"니코 델라 가르디아는 뭐래요?"

"공식 언급은 하지 않겠대요. 자, 말 좀 해봐요, 러스티. 어떻게 된 거예요?"

"스튜, 비공식으로 얘기하자면, 토미 몰토가 어디 있는지 오리무중이오. 하지만 그가 니코와 손을 잡고 있는 거라면, 니코가 왜 그런 사실을 숨기겠소?"

"내 생각을 듣고 싶어요?"

"물론."

"어쩌면 니코가 독자적으로 그에게 이 사건 수사를 맡겼는지도 모르죠. 생각해 봐요. '살인범은 니코 델라 가르디아가 잡다.' 어때요, 이 제목?"

말도 안 되는 소리다. 독자적인 살인 사건 수사는 경찰의 공무집행 방해가 되기 쉽다. 안 좋은 전략이다. 정말 말도 안 되는 소리이긴 하지만 니코라면 그럴 수도 있겠다는 생각이 들었다. 게다가 스튜는 아무 정보 없이 헛소리를 지껄일 사람이 아니다.

"이것도 당신이 들은 소문의 일부요?"

"공식 언급 없음이에요."

스튜가 말했다.

둘 다 한바탕 웃고 난 후 전화를 끊었다. 나는 즉시 전화를 몇 통 걸었다. 레이먼드의 비서 로레타에게 레이먼드가 전화하면 내가 통화하고 싶어 한다고, 급한 일이라고 메시지를 남겼다. 그러고는 몰토에 대해 이야기를 나누기 위해 사무부 부장 검사인 맥에게 전화를 걸지만 자리에 없었다. 또 메시지를 남겼다.

그러고 나서 기소 회의까지 몇 분이 남은 것을 확인한 나는 서둘러서 캐롤린의 사무실로 갔다. 이곳은 벌써 황량한 분위기다. 구매과에서 가져왔다는 나폴레옹 시대풍의 책상은 깨끗이 치워져 있고, 서랍 안에 있던 오래된 콤팩트 두 개, 스프 분말, 냅킨 한 뭉치, 니트 스웨터, 페퍼민트 향이 나는 네덜란드 진 한 병은 벽에 걸려 있던 캐롤린의 학위증과 변호사 자격증 등과 함께 두꺼운 종이 상자 안에 들어가 있다. 창고에서 가져온 종이 상자들이 방 중앙에 쌓여 있어서 이제는 주인을 잃은 공간임을 여실히 보여주고 있다. 한 주 정도 버려져 있었는데도 곳곳에 먼지가 수북이 쌓여 있고 방 안은 퀴퀴한 냄새를 풍기고 있다. 나는 물 한 잔을 따라 시들시들한 화분에 붓고 이파리에 쌓인 먼지를 닦아 줬다.

캐롤린의 사건 파일의 대부분은 성 폭행 사건과 관련된 것이다. 참나무로 된 파일 캐비닛 맨 윗서랍을 열어 보니 기소나 재판을 기다리고 있는 사건들을 모은 파일이 있는데 22건이나 됐다. 캐롤린은 성 폭행 사건의 피해자들에게 특별한 동정심을 보였고 옆에서 지켜보니 그녀의 태도는 내가 처음에 생각했던 것보다 더 진지했다. 피해 여성들이 겪는 공포에 대해 이야기할 때면, 그녀의 얼굴에는 연민과 분노가 그대로 드러나곤 했다. 그러나 이런 사건들에는 기괴한 면도 적지 않았다. 이곳 대학병원 인턴의 성 폭행 사건을 예로 들 수 있겠는데, 그는 많은 여자 환자들의 신체검사를 실시하면서 여자 환자들에게 자신의 성기를 집어넣는 치료를 시행했다. 세 번이나 이런 치료를 받은 한 환자가 용기를 내 그를 고발해 사건이 알려지게 된 것이다. 용의자의 여자 친구는 심문 둘째 날에 둘이 사귀게 된 엽기적인 사연을 들려주었다. 처음 그를 만나게 된 것은 그가 자신의 아파트 문을 따고 들어와 강제로 자신을 범했기 때문이라고 했다. 그런데 그가 칼을 내려놓자 정말 멋진 남자로 보였다고 했다.

다른 많은 사람들처럼 나도 이런 사건에 대한 캐롤린의 관심이 일시적인 것이라고 생각했다. 이제 나는 뭔가 단서를 발견하게 되기를 바라면서 사건 파일들을 훑어보았다. 엿새 전 캐롤린의 아파트에서 일어난 일과 유사한 엽기적인 사이비 종교 의식 같은 사건이 있었는지, 혹은 캐롤린이 관음증 환자처럼 지나치게 관심을 보인 사건이 있었는지 찾아보았다. 헛수고다. 명단에 오른 13건의 사건도 별다른 점이 보이지 않았다. 아무런 단서가 나오지 않는 것은 다른 사건 파일도 마찬가지다.

이제 기소 회의에 들어갈 시간인데 뭔가 자꾸 걸리는 것이 있다. 프린터로 뽑은 사건 파일 명단을 다시 한 번 훑어보는데 아까는 보지 못했던 새로운 사건 파일이 눈에 띄었다. B파일이다. B파일이라면 검사들이 법 집행 공무원의 뇌물 수수와 관련된 주 형법 조항을 가리킬 때 쓰는 약칭이다. 캐롤린은 성 폭행이 아닌 다른 범죄를 거의 맡지 않았고 소위 특별수사 사건인 B파일은 내가 직접 맡아 사건을 배당하곤 했다. 처음에는 컴퓨터가 실수를 했거나 뇌물 수수까지 포함된 성 폭행 사건인가 보다고 생각했다. 그러나 이 파일에 성 폭행 사건 기록이 없다. 게다가 이 파일은 주체 미상 사건으로 분류가 되어 있다. 용의자 체포 없이 수사만 진행했다는 얘기다. 다시 한 번 서랍을 뒤져본 나는 서둘러 내 사무실로 돌아가 찾아보았다. 내가 뽑아 놓은 B사건 명단에는 이것이 포함되어 있지 않다. 캐롤린의 명단에만 남겨두고 중앙 컴퓨터 기록에서 완전히 삭제된 것 같다.

나는 'B파일? 캐롤린 폴헤무스?' 라고 메모를 했다.

유지니아가 문가에 서 있다.

"이런, 어디 계셨어요? 찾고 있었는데. 미스터 빅 치즈가 전화했어요."

물론 미스터 빅 치즈는 레이먼드 호건을 두고 하는 말이다.

"미스터 빅 치즈가 한시 삼십분에 딜랜시 클럽에서 보재요."

선거 운동이 시작되고 나서 레이먼드와 나는 이런 식의 회의를 자주 갔았다. 점심 식사를 마친 레이먼드를 잡아 놓고 오후 일정이 시작되기 전에 잠깐 검찰청 일의 현황을 보고했다.

"맥은? 무슨 소식 있었어?"

유지니아가 적어 놓은 내용을 읽었다.

"오전 내내 죽치고 있음."

중앙지방법원에서 오전에 출두하는 신참 부장 검사들이 하는 일을 지켜보고 있다는 얘기다.

나는 유지니아에게 기소 회의를 30분 뒤로 미뤄 달라고 한 후, 맥을 만나러 법원으로 갔다. 2층 대법정에서는 재판이 진행 중이었다. 지방법원은 구속된 사람들이 보석금을 정하기 위해 처음으로 공식 출두하는 곳이고 경범죄 재판이 이루어지며 중범죄 관련 예비 심리가 열리는 곳이다. 이곳은 부장 검사가 항소부나 민원처리부, 영장심사부를 거치고 나서 두 번째나 세 번째로 거쳐 가는 곳이다. 나는 여기서 19개월을 근무하다가 중범죄 검토부로 발령이 났는데 웬만하면 이곳에 다시 돌아오고 싶지 않다. 범죄가 아주 현실적으로 느껴지고 고통이 제 목소리를 내고 있는 곳이기 때문이다.

두 개의 대법정 밖 복도는 사람들로 북새통을 이루고 있다. 그들은 낡은 여객선의 좁은 3등칸에 쭈그리고 앉아 있다가 몰려나온 사람들 같다. 어머니들과 여자 친구들과 형제들이 법정 옆에 붙은 화강암으로 된 견고한 구치장에 갇힌 젊은 죄수들의 이름을 소리쳐 부르면서 울고 있다. 변호사들이 이리저리 떠밀려 다니는 고객들 사이를 누비며 암표상처럼 낮은 목소리로 이야기를 하고 있고, 국선 변호인은 한 번도 만난 적이 없는 곧 변호를 맡을 사람들의 이름을 소리쳐 부르고 있다. 검사들도 사건 담당 형사를 찾느라고 소리를 치고 있다. 약식으로 작성된 경찰의 수사보고서의 내용을 좀 더 자세히 파악해서 반대 심문에 대비하고 싶은 것이다.

붉은색 대리석 기둥과 참나무 버팀벽과 등받이가 직각인 의자들이 있는 둥근 지붕의 법정 안도 소란스럽기는 마찬가지다. 사건이 호명될 때를 놓치지 않기 위해 앞쪽에 모여 있는 검사들과 변호인들은 정중한 말투로 유죄 답변 거래의 가능성을 놓고 협상을 벌이고 있다. 판사석 아래 서기석에는 예닐곱 명의 변호인들이 모여 출두 신고서를 제출하거나 법정 기록을 검토하거나 서기에게 자기가 맡은 사건을 다음번에 불러 달라고 요청하고 있다. 보석금 심리를 위해 들어온 경관들 중에는 아침 여덟시까지 밤 근무를 마치고 온 사람들이 많아서 대부분이 졸지 않으려고 커피를 홀짝이거나 발 뒤꿈치로 바닥을 탕탕 치고 있다. 법정 끝에 있는 구치장도 소란스럽다. 출두를 기다리고 있는 피고인들 중 한두 명은 법원 경위나 자기 변호인에게 구치장이 너무 좁고 변소에서 악취가 난다면서 욕을 해대고 있다. 나머지는 가끔씩 신음소리를 내거나 철창을 탕탕 쳤다.

오전 재판이 끝나 갈 즈음인 지금은 딱 달라붙는 끈 달린 상의와 반바지 차림의 창녀들이 심문과 재판을 받은 후 벌금을 언도받고 풀려나고 있다. 법원을 나선 이 여자들은 한잠 자고 일어나 밤이 되면 다시 거리로 나설 것이다. 변호사 두세 명이 이들을 단체로 변호하는 것이 보통이지만 돈을 아끼려고 포주가 직접 나서는 경우도 간혹 있다. 그런데 선홍색의 양복을 입은 포주 한 명이 경찰이 가혹 행위를 했다고 떠들어 댔다.

맥은 나를 외투 보관실로 데려갔다. 외투는 하나도 걸려 있지 않다. 아무도 지키지 않는 곳에 비싼 외투를 보관할 만큼 용감한 방문객은 하나도 없을 것이다. 속기사의 속기용 타자기와 곧 호명될 사건의 증거물 같은 거대한 식당용 샹들리에를 제외하면 방 안은 텅텅 비어 있다.

맥이 무슨 일이냐고 물었다.

"캐롤린 폴헤무스가 왜 B파일을 갖고 있었는지 말해 봐."

"캐롤린이 허리 위 범죄에 관심이 있었는지는 몰랐는데."

진부한 표현이다. 맥이 휠체어에 앉아 환하게 웃었다. 걸걸하고 당당한 여자다. 싫어하는 사람이 없다. 그녀가 B파일에 관해 몇 가지 가능성을 제시하지만 내가 다 생각해 본 것들이다.

"그렇다면 나도 모르겠는데."

마침내 그녀가 항복을 선언했다.

사무부 부장 검사인 리디아 맥두걸은 직원 인사와 물품 조달의 책임을 맡고 있다. 이름은 그럴싸하지만 욕이나 안 들으면 다행인 시시한 일이다. 이제는 그녀도 욕먹기를 예사로 알고 있다. 12년 전쯤 나와 함께 검사 생활을 시작한 그녀는 얼마 후 교통사고로 하반신 불수가 되었다. 짙은 안개와 함께 눈발이 흩날리던 어느 초겨울 밤이었다. 그녀가 운전을 하고 있었는데 차가 강물로 뛰어들었고 첫 남편인 톰은 그 사고로 사망했다.

모든 면에서 맥은 검찰청 내 최고의 검사일 것이다. 업무 수행이 체계적이고 민첩하며 법정에서는 대단한 설득력을 발휘했다. 사고 이후 그녀는 반신불수가 된 자신의 모습을 배심원들 앞에서 유리하게 이용하는 방법도 알게 되었다. 어떤 비극들은 너무도 깊은 고통과 상처를 안고 있어서 그 비극을 경험해 보지 않은 사람들에게는 그들의 고통과 상처가 단편적으로 밖에 느껴지지 않을 것이다. 배심원들은 아름답고 설득력 있고 유머가 넘치는 이 여검사가 다리를 축 늘어뜨리고 앉아 비극적인 사고와 남편의 죽음과 자신의 아이에 대해 아무렇지 않은 듯 말하는 것을 들으면서, 그리고 그런 비극을 겪고 난 후에도 지극히 정상적인 것을 보면서, 존경심과 희망을 가득 품게 됐다.

9월이면 맥은 판사가 될 것이 분명했다. 이미 당에 후보로 등록이 되었고 예비 선거에서도 그녀와 맞설 사람은 없었다. 본 선거에서도 당연히 승리할 것이다. 여성 단체와 장애인들, 법과 질서를 중시하는 사람들, 그리고 시의 주요 법조인협회 세 곳으로부터 지지를 받는 이 여검사를 물리칠 수 있다고 생각하는 사람은 별로 없다.

"레이먼드한테 물어보지 그래?"

맥이 마지막으로 제안을 했다.

나는 코웃음을 쳤다. 레이먼드는 꼼꼼한 성격이 아니다. 각각의 사건에 대해서는 아무것도 기억하지 못할 것이다. 그리고 요즘에는 그에게 안 좋은 일들을 보고하기가 망설여졌다. 늘 다른 사람에게 비난을 돌리기 때문이다.

맥과 재판 법정으로 걸어가면서 나는 토미 몰토의 무단결근 문제를 꺼냈다. 몰토를 해고하면 니코를 도와주는 일이 될 것이다. 그는 레이먼드가 자기 친구들을 상대로 마녀 사냥을 하고 있다고 주장할 것이다. 그렇다고 계속 놔 둬도 문제다. 니코에게 정보가 새어 나갈 테니 말이다. 결국 무단 휴가라는 새로운 제도를 만들어 처리하기로 했다. 나는 맥에게 믿을 수 있는 누군가가 몰토가 살아 있는 것을 봤다면 덜 불안할 것 같다고 말했다.
"경찰을 풀어 보자고. 이미 부장 검사 하나가 죽었잖아. 내일 아침에 자기 집 쓰레기통에서 몰토의 시체 일부를 발견했다는 사람이 나오더라도 적어도 우린 열심히 찾아봤다고 주장할 수는 있을 테니까."
이번에는 맥이 코웃음을 쳤다.

지략과 위엄이 넘치는 크고 검은 얼굴의 라렌 리틀 판사가 먼저 나를 알아봤다. 이 흑인 판사는 3년 전만 해도 백인 전용이었던 클럽에 앉아 있음에도 아무런 거리낌이 없어 보였다. 그는 녹색 제복을 입은 종업원들이 오가는 클럽 안 가죽 의자에 편안히 앉아 있다.
라렌은 레이먼드의 변호사 시절 동료다. 그 당시 둘은 수임료를 지불하는 의뢰인들뿐만 아니라 군복무 기피자, 마리화나 소지자, 흑인 민병대원 같은 사람들을 변호해서 언론에 자주 오르내리곤 했다. 라렌이 판사가 되기 전, 나는 한 소년의 절도 사건에서 그와 맞붙은 적이 있었다. 서부 해안가 교외 지역에 살고 있던 엄청난 부자의 아들인 이 소년은 부모의 친구들 집을 털곤 했다. 라렌은 당당한 체구에 위압감이 느껴지는 모습이었고 기민하고 증인들을 마음대로 주물렀으며 대단한 달변가였다. 그러나 세련된 태도로 정중하게 말을 하다가도 곧 3류 선교사나 슬럼가 주민처럼 지껄여 대기도 했다. 배심원들은 그에게 압도되어 법정 안에 검사도 있다는 사실조차 잊곤 했다.

먼저 정치판에 뛰어든 것은 레이먼드였다. 라렌은 공공연히 레이먼드를 도와 왔고 흑인들의 표를 엄청나게 끌어 모았다. 2년 뒤 레이먼드가 시장에 출마하자 라렌은 판사 후보로 나섰다. 라렌은 이겼고 레이먼드는 졌다. 그리고 라렌은 레이먼드 편에 선 대가를 혹독히 치러야 했다. 볼캐로는 그를 북부 지원에 격리시켰고, 4년 뒤 볼캐로가 재선 출마를 선언하자 레이먼드가 즉시 열성적으로 볼캐로를 지지함으로써 간신히 라렌의 귀양이 풀릴 때까지, 라렌은 거기서 교통 위반 건이나 취객의 난동과 같은 치안 판사가 하는 일을 맡아야 했다. 그 후로 라렌은 중앙지방법원에서 중범죄를 담당하는 판사로서 일해 왔다. 법정에서의 그는 냉혹한 독재자였고 레이먼드와의 친분에도 불구하고 드러내고 부장 검사들을 괴롭혀 왔다. 항간에는 법정에 피고인 측 변호사가 두 명 있는데, 다루기 힘든 쪽은 법복을 입은 판사라는 말까지 돌았다.

라렌은 여전히 적극적으로 레이먼드의 선거 운동을 돕고 있다. 법조인 직업윤리 규정 때문에 공개적으로 나서지는 못하지만, 레이먼드의 법대 동기들과 변호사 시절 동료들과 함께 드러나지 않게 그를 돕고 있다. 이들과 레이먼드의 친분을 보면서 가끔씩 나는 사춘기 소년처럼 질투를 느끼곤 했다. 레이먼드의 동료들은 라렌, 시내의 거대한 법률 법인의 최고 파트너인 마이크 듀크, 퍼스트 조 라일리 같은 사람들인데, 요즘 레이먼드는 이들에게 많이 의지하고 있다.

선거자금 관리 책임은 마이크 듀크가 맡고 있다. 그것도 레이먼드에게 마땅한 적수가 없었던 과거와는 달리 요즘은 만만치 않은 일이 되었다. 과거의 레이먼드는 독립성을 해치게 될까 봐 선거자금 모금 자리에는 전혀 얼굴을 들이밀지 않았다. 그러나 올해에는 그런 망설임은 접어 두었다. 레이먼드는 오늘과 같은 모임에 빠짐없이 참석하여 돈에 인색하지 않은 점잖은 얼굴의 신사들에게 자신이 10년 전에 그랬듯 지금도 능력 있는 법조인임을 과시하고 있다. 레이먼드가 지인과 이야기를 나누는 듯한 어투로 연설을 하고 나가면 곧이어 판사가 자리를 뜨고 그러고 나면 마이크가 돈줄을 풀게 했다.

오늘 여기서 나는 레이먼드가 자리를 뜰 핑계거리가 되어야 했다. 레이먼드는 사람들에게 나를 소개하고 나서 검찰청 상황을 보고 받아야 한다고 설명했다. 이런 분위기에서 나는 완전히 심부름꾼이다. 아무도 내게 앉으라고 말할 생각조차 않고 있다. 리틀 판사만이 자리에서 일어나 내게 악수를 청했다. 레이먼드가 사람들과 작별의 악수를 하고 허세 섞인 농담을 주고받는 동안 나는 시가 연기 자욱한 테이블 뒤에 잠자코 서 있다. 그러고는 레이먼드를 따라 나섰다.

"뭐야?"

도어맨을 지나 클럽의 녹색 차양 밖으로 나서자마자 레이먼드가 물었다. 아침부터 느낀 건데 대기가 따뜻해지기 시작하는 것 같다. 이제 곧 봄이다.

스튜 두빈스키와 통화한 얘기를 하자, 레이먼드는 짜증을 냈다.

"그렇게 개지랄을 떨고 다니다 잡히기만 해봐."

니코와 몰토 얘기다. 우리는 군 청사를 향해 서둘러 걸어갔다.

"도대체 그건 무슨 개소리야? 독자적인 수사라니."

"레이먼드, 기자가 그렇게 떠들더란 얘기예요. 아무것도 아닐 수도 있어요."
"당연히 그래야지."
경찰과 마약단속국 간의 충돌에 대해서 얘기를 시작하려는데 레이먼드가 말을 자르고 물었다.
"우리는 수사가 얼마나 진행된 거야?"
몰토 이야기를 듣자 우리 쪽 수사 결과가 궁금해진 것이다. 그는 따발총처럼 질문을 쏟아 냈다.
"과학수사대에서 보고서 왔어? 얼마나 걸린대? 지문에 대해서는 더 좋은 소식 없나? 캐롤린이 기소한 성 폭행범들 명단에서는?"
아직 들어온 건 하나도 없다고, 곧 나올 거라고, 그리고 나는 여기 오기 전까지 3시간 동안 기소 회의에 들어가 있었다고 이야기하자, 레이먼드는 발걸음을 멈추더니 불같이 화를 냈다.
"제기랄, 러스티!"
얼굴이 붉으락 푸르락해지고 찡그린 이마에 주름살이 잡혔다.
"전에도 얘기했지? 이 수사에 최우선 순위를 두라고. 마땅히 그래야지. 이 일 가지고 니코 델라 가르디아가 나를 산 채로 잡아먹으려 들잖아. 그리고 캐롤린에게 그 정도는 해줘야지. 다른 일은 맥한테 맡겨. 능력이 충분하잖아. 마약단속국 사람들하고 경찰들이 서로에게 오줌을 갈겨 대는 것을 지켜볼 수 있을 거야. 기소 건들도 처리할 수 있고. 자네는 이 일에나 전념해. 좀 제대로 뛰어들라고. 체계적으로 말이야. 프로답게."
나는 길 양쪽을 살펴봤다. 아는 사람의 모습은 보이지 않았다. 난 서른아홉 살인데, 검사 일을 시작한 지도 벌써 13년째인데 하는 생각을 했다.
레이먼드는 아무 말 없이 성큼성큼 걸어갔다. 그러다가 뒤를 돌아보더니 고개를 젓기에 내 업무 수행에 대해서 할 말이 더 있나 보다고 생각하는데 다른 이야기를 했다.
"젠장, 아까 그 인간들은 순개자식들이야."
레이먼드는 점심 식사 자리가 전혀 즐겁지 않았나 보다.
군청 건물로 들어서자 덩치가 자그마하고 머리가 백발인 엘리베이터 운전수 골디가 우리를 보고 걸상을 엘리베이터 안으로 던져 넣더니 신문을 접었다. 그는 하루 종일 빈 엘리베이터 옆에 앉아 있다가, 레이먼드나 다른 군 고위간부들을 모시고 건물 위아래를 오르락내리락했다. 조금 전부터 사라진 B파일에 대해 이야기를 하고 있던 나는 엘리베이터 안으로 들어가면서부터는 잠시 말을 멈췄다. 골디와 니코는 친한 사이였다. 언젠가 한두 번은 골디가 규칙을 무시하고 니코를 그 엘리베이터에 태워 주는 것을 목격하기도 했다. 니코는 이런 데 감동을 받았다. 귀빈용 엘리베이터. 그의 운명. 골디가 보는 사람이 없나 확인하러 주위를 둘러보는 동안 니코는 짐짓 무표정한 얼굴을 하고 있었다.
검찰청으로 들어오자 이야기를 계속 하기가 어려웠다. 부장 검사들이 다가와 레이먼드와 잠깐씩 이야기를 나누고 갔기 때문이다. 몇몇은 문제가 있어서 상의를 하고 또 몇몇은 선거 운동은 어떻게 되어 가는지 물어보았다. 나는 막간을 이용하여 캐롤린이 가지고 있던 서류들을 훑어봤다고 말했다. 욕을 더 먹고 싶은 생각이 전혀 없었기에 가능한 한 지나가는 말투로 B파일에 관한 사실을 털어놓았다. 레이먼드는 대화가 자꾸 끊겨서 그런지 내 말을 건성으로 듣는 것 같다.

"파일 하나가 사라졌어요. 캐롤린이 가지고 있던 사건 파일 하나가 어디 갔는지 없어요."

내가 다시 말했다.

이 말이 겨우 레이먼드의 관심을 끌었다. 조금 전 우리는 옆문을 통해 레이먼드의 사무실로 들어왔다.

"무슨 사건? 뭔데?"

"B파일로 저장되어 있던 건데요, 뇌물수수 관련사건 말이에요. 파일이 어디로 갔는지 아무도 모르는 것 같아요. 맥한테 물어봐도 모른대요. 제가 가진 기록들도 살펴봤고요."

레이먼드가 잠시 내 표정을 살폈다. 그러더니 멍한 표정이 되었다.

"두시에는 내가 어디에 있어야 하지?"

그가 물었다.

내가 모르겠다고 하자 그는 비서 로레타가 나타날 때까지 그녀의 이름을 소리쳐 불렀다. 로레타는 변호사협회가 주최하는 사법 제도 개혁에 관한 공청회에 참석해야 한다, 거기서 선거 공약으로 내세운 주 법원의 판결 제도에 대한 몇 가지 개혁안을 설명하기로 되어 있다, 보도 자료도 이미 나와 있고 그 자리에는 신문 및 TV 방송 기자들도 참석할 것이다, 벌써 출발했어야 했는데 늦었다고 레이먼드에게 보고했다.

"제기랄."

그는 투덜거리며 사무실 안을 왔다 갔다 했다.

내가 다시 말을 꺼냈다.

"그 파일이 아직 컴퓨터 시스템 안에 남아 있는 것만은 분명해요."
"코디한테 전화했대?"
그가 물었다.
"캐롤린이요?"
"아니, 로레타 말이야."
"모르겠는데요."
레이먼드가 다시 로레타를 소리쳐 불렀다.
"코디한테 전화해. 했어? 젠장, 지금 당장 해. 아냐, 누굴 내려보내 봐."
그가 나를 바라보며 말했다.
"그 주정뱅이가 카폰을 붙잡고 있어서 통화가 되어야 말이지. 도대체 누구랑 그렇게 전화를 하고 있는 거야?"
"전 총장님이 이 파일에 대해서 알고 있을 거라고 생각했는데요. 아니면 뭐 기억나는 거라도 있거나 말이죠."
레이먼드는 내 말을 듣고 있지 않았다. 그는 안락의자에 앉아 일이 마음대로 풀리지 않은, 나이 든 남자가 지을 법한 피곤하고 사색에 잠긴 표정을 다시 짓고 있다. 안락의자 뒤로는 부장 검사들이 불손하게도 '레이먼드의 자랑거리 벽'이라고 부르는 벽에 각종 상장과 상패, 사진 액자들과 승리와 영광의 순간을 기억하게 하는 다른 기념품들이 걸려 있다. 각종 법조인협회에서 주는 상장들과 법정 출입 화가들이 그린 레이먼드의 모습을 담은 연필 초상화, 신문에서 오린 풍자만화를 담은 액자들도 눈에 띄었다.
"젠장, 이게 웬 난리야. 선거 때마다 리틀 판사가 그랬거든. 부장 검사 한 명한테 검찰청 일을 완전히 맡기라고 말이야. 이제까지 그렇게 안 해도 그런대로 굴러갔는데 이번엔 아주 엉망이군. 할 일은 산더미고 책임자는 한 명도 없고. 지난 두 달 동안 여론 조사가 한 번도 없었던 거 알아? 이제 선거가 두 주 앞으로 다가왔는데, 도대체 어떤 상태인지 알 수가 있어야지."

그는 한 손으로 입을 가리고 고개를 저었다. 근심 어린 표정이라기보다는 스트레스가 쌓인다는 표정이다. 레이먼드 호건 킨들군 검찰 총장은 일에 대한 대처 능력을 완전히 상실한 것이다.

둘 사이에 잠깐 동안 침묵이 흘렀다. 길에서 된통 당한 나는 레이먼드의 기분을 맞춰 줄 생각이 없다. 그리고 13년 동안 공무원 생활을 해온 터라 어떤 것이 공무원다운 것인지 잘 알고 있어서 사라진 파일 문제에 대해서는 레이먼드 뒤로 확실히 숨겨 버리기로 했다.

"그런데."

내가 다시 말을 꺼냈다.

"그 파일이 얼마만큼 중요한 건지는 모르겠어요. 분류가 잘못된 파일인지 아니면 뭔가 구린 일을 담고 있는 건지도 모르겠고요."

레이먼드가 노려봤다.

"또 그 파일 얘기야?"

내가 대답을 하기도 전에 로레타가 전화가 왔음을 알리고 그가 수화기를 집어들었다. 변호사 협회장인 알리잔드로 스턴 변호사로부터 온 전화였다. 레이먼드는 사과의 말을 건넨 후, 마약단속국과 군 경찰의 대치건 때문에 회의가 길어졌다면서 막 나서려던 중이라고 변명했다. 수화기를 내려놓은 레이먼드는 이번에는 코디를 소리쳐 불렀다.
"여기 있습니다."
코디가 대답했다. 그는 어느 새 옆문으로 들어와 있었다.
"좋아. 제기랄, 외투는 어디 있는 거야?"
자리에서 일어선 레이먼드가 문을 향해 가다가 되돌아섰다. 코디가 외투를 들고 있었다. 나는 레이먼드에게 잘 다녀오라고 인사했다. 코디가 문을 열어주자 레이먼드가 나가다가 말고 되돌아왔다.
"로레타! 내 연설문은 어디 있어?"
그것도 코디가 가지고 있다. 그런데도 레이먼드는 책상까지 걸어와서는 서랍을 열더니 서류철 하나를 꺼내 나가면서 내게 건넸다. B파일이었다.
"나중에 얘기하자고."
말을 끝낸 레이먼드는 잰걸음으로 사무실을 나갔다. 그 뒤를 코디가 역시 잰걸음으로 따라갔다.

"웬델이라는 그 남자 아이가 중요해졌어요."
내가 정신과 의사인 로빈슨에게 말했다.
"우리한테요. 아니 적어도 나한테는요. 설명하기가 쉽지 않은데, 그애는 캐롤린과 나 사이에 중요한 연결 고리가 되었죠."
웬델은 보통 아이들하고는 달랐다. 나이에 비해 덩치가 크고 바보처럼 보였으며 말과 행동이 느리고 서툴렀다. 느리다기보다는 둔하다는 표현이 더 맞을 것 같다. 꼭 그럴 필요가 있었던 것은 아니었지만, 정신과 의사에게 이 아이에 대해 물어보았는데, 의사는 이 다섯 살짜리에게 우울증이 있다고 했다.

아동학대에 대한 자기 엄마의 재판이 진행되는 동안 웬델 맥가펜은 군립 아동보호소에서 지내다가 단기 입양 가정으로 보내졌다. 친아버지는 매일 봤지만 엄마는 보지 못했다. 흔히 그렇듯 법정에서 여러 차례 입씨름을 벌인 끝에 캐롤린과 나는 그 아이와의 면담을 허가받았다. 사실 처음에는 그 아이와 한 마디도 나누지 못했다. 정신과 상담 때 옆에서 지켜보기만 했는데 의사가 그 아이에게 우리를 소개해 주었다. 웬델은 진료실에 있는 장난감과 그림 카드를 가지고 놀기만 했고 의사가 여러 주제들에 관해 어떻게 생각하는지 물어봐도 별다른 대답을 하지 않았다. 매팅리라는 그 의사는 웬델이 몇 주 동안 상담을 받으면서도 자기 엄마에 대해서는 한 마디도 묻지 않더라고 했다. 그래서 엄마에 관한 이야기는 꺼내지 않았다고도 했다.

웬델은 처음부터 캐롤린을 마음에 들어 했다. 자기가 가져온 인형들을 캐롤린에게 주기도 하고 말을 걸기도 했다. 창밖으로 지나가는 새들이나 트럭 같은 것들에 대해 말하며 그녀의 주의를 끌기도 했다. 세 번째인가 네 번째인가 방문했을 때 캐롤린은 웬델에게 엄마에 대해 이야기하고 싶다고 말을 꺼냈다. 의사는 깜짝 놀라는 얼굴이었지만 웬델은 인형을 두 손으로 꼭 쥐고 물었다.

"무슨 이야기요?"

그렇게 해서 면담이 시작되었고 면담은 하루에 20분에서 30분간 진행되었다. 정신과 의사는 놀라움을 감추지 못했고, 면담을 지켜보게 해 달라고 캐롤린에게 허락을 구하기까지 했다. 몇 주간의 면담을 통해 웬델에게서 들은 단편적인 이야기들을 모아 보니 사건의 전체적인 윤곽이 드러났다. 웬델은 두서없이 중얼거렸다. 캐롤린이 며칠 전에 물어본 것에 대한 대답을 나중에 들려주기도 했다. 웬델은 망설이는 기색 외에는 어떤 감정도 드러내지 않았다. 캐롤린 앞에 서서 인형 허리를 두 손으로 꼭 쥐고 인형을 노려보면서 말을 했다. 캐롤린은 그 아이가 한 말을 반복하고 나서 더 물어보곤 했다. 그러면 웬델은 고개를 끄덕이거나 흔들기도 하고 아무 대답도 하지 않을 때도 있었다. 가끔씩은 '아팠어요.' 라든가 '울었어요.' '엄마가 조용히 하랬어요.' 라고 설명을 덧붙이기도 했다.
"엄마가 조용히 하랬어?"
"네. 엄마가 조용히 하랬어요."
다른 사람이 이렇게 대답을 똑같이 따라 했다면 잔인해 보였을지도 모르지만 어찌 된 일인지 캐롤린은 그렇지 않았다. 재판을 얼마 남겨 놓지 않았을 때, 캐롤린과 정신과 의사는 절대적인 필요성이 생기지 않는 한 웬델을 증인석으로 불러내지 말자고 결정했다. 엄마와의 대면이 그 아이에게는 감당하기 힘든 일일 것이라는 판단에서였다. 그러나 그런 결정을 내리고 나서도 캐롤린은 계속해서 웬델을 만났다. 그 아이에게서 더 많은 것을 끌어내기 위해서였다.
"어떻게 설명해야 할까요. 그녀가 그 아이를 바라보던 눈길을 말예요. 아이를 꿰뚫어 보고 있는 것 같았어요. 그 정도로 강렬했고 그 정도로 진실해 보였어요. 그녀가 아이들에게 눈높이를 맞출

줄 아는 사람이라고는 생각도 못 했거든요. 그런데 그런 모습을 보니까 정말 놀랍더라고요."
 내가 로빈슨에게 말했다.
 이 일을 겪으면서 캐롤린은 내게 더욱더 불가사의한 인물로 다가왔다. 그녀는 인간의 모든 감정을 다 가지고 있는 힌두교 여신처럼 보였다. 외모와 말과 행동으로 내가 꼭꼭 막아 두었던 격렬한 성적 본능의 물꼬를 튼 것도 그녀였지만 익사 직전의 나를 끌어내 준 것도 그녀였다. 그녀가 이 불쌍한 아이에게 부드럽고 자상한 관심을 보이는 것을 지켜보면서 냉정하게 굳어 있던 내 마음도 녹아내렸다. 이런 따뜻한 감정이 성적인 흥분보다 훨씬 더 중요하게 느껴졌다. 그녀가 상처받은 가여운 웬델에게로 몸을 기울이며 조용하고 진실한 어투로 말을 할 때면 내 마음은 그녀에 대한 사랑으로 가득 찼다.
 격정적인 사랑. 필사적이고 집착하고 기꺼이 눈이 멀어 버린 사랑. 진정한 의미의 사랑이 그렇듯이 미래에 대해 아무 생각을 하지 못하게 만드는 사랑. 현재 내 앞에 보이는 그녀밖에 아무것도 볼 수 없는 사랑. 눈앞에 보이는 것들의 의미를 보지 못하게 만드는 사랑. 캐롤린에 대한 내 사랑이 그랬다.
 언젠가 매팅리에게 캐롤린이 웬델을 다루는 능력에 대해서 이야기한 적이 있었다.
 "정말 대단하죠?"
 내가 물었다. 나는 그가 놀랍다고 대단하다고 그녀를 칭찬해 주기를 바랐다. 그러나 매팅리는 내가 전문가의 의견을 구하고 있는 것이라고 받아들였다. 이 놀라운 현상의 원인을 묻고 있다고 생각한 것 같았다. 그는 생각에 잠긴 표정으로 파이프 담배를 한 모금 빨더니 말문을 열었다.
"나도 생각해 봤는데요."
그러더니 표정이 어두워졌다. 잘못하면 캐롤린을 비난하는 것으로 들릴까 봐, 아니면 자신의 능력을 의심받게 될까봐 걱정하는 눈치였다. 그가 말을 이었다.
"어떤 면에선 그녀가 자기 엄마를 연상시키는 것 같아요."

재판은 순조롭게 진행되었다. 맥가펜 부인의 변호는 알리잔드로 스턴이 맡았다. 그는 아르헨티나계 유대인으로, 머리를 단정하게 빗고 손톱 손질도 잘 하고 다니며 말투도 부드러운 신사로, 정중하고 세심한 변호사다. 우리는 그의 태도에 맞춰 가기로 결정했다. 먼저 우리 검찰 측이 물증과 의사들의 증언과 진단 결과와 가택 수색의 결과를 제시했다. 스턴은 정신과 의사를 증인으로 세워 콜린 맥가펜의 부드러운 성정을 증언토록 했다. 그는 예상하지 못했던 순서로 증인들을 불러서 자신의 유능함을 입증했다. 먼저 피고인이 증인석에 나와 모든 혐의를 부인했다. 그러고 나서 피고인의 남편이 증인으로 나서서 맏딸의 죽음에 대해 이야기하며 통곡했고 웬델이 떨어지는 것도 자신이 목격했다고 주장했으며 자기 아내는 아들에게 헌신적인 엄마였다고 증언했다. 능력 있는 변호사는 직접 말로 하기에 부적절하거나 편파적이라고 판단되는 사항은 간접적인 암시만 하고 판단은 배심원들에게 맡겼다. 즉 흑인 피해자가 백인 용의자를 기소하는 것과 같은 인종적인 갈등의 요소가 있는 사건일 때나 이 사건처럼 미수에 그친 별것 아니라고 판단될 수 있는 범죄를 변호해야 할 때를 예로 들 수 있겠다. 이 사건에서 스턴은 피고인의 남편이 피고인 콜린 맥가펜을 용서했다는 사실을 배심원들에게 알리고 싶어 했고 남편이 용서한 마당에 배심원단이 용서 못 할 이유가 어디 있겠느냐는 메시지를 전하고 싶어 했다.

직업이 나를 구원해 주었다고 할까, 법정 안에서는 캐롤린과 상당한 거리를 둘 수 있었다. 오랜 시간 딴 일에 집중하는 것을 즐기다가 그녀가 내 곁에 있다는 사실이 불현듯 떠오르면 나는 깜짝 놀라 정신이 들곤 했다. 그러나 이렇게 의지력을 발휘하는 데는 엄청난 대가가 따랐다. 법정 밖에서의 나는 무능하기 짝이 없었다. 증인을 심문하거나 증거물을 수집하는 것과 같은 아주 간단한 일상의 업무를 처리하는 것도 엄청나게 힘이 들었다. 마음속으로는 그녀를 생각하지 말자고, 제발 생각하지 말자고 끊임없이 주문을 외며 일을 해야 했다. 그러나 불가능했다. 나는 갖가지 환상에 빠져 멍한 상태로 돌아다녔고 그러다가 극심한 자괴감에 시달렸으며 그녀가 곁에 있을 때는 구제불능일 정도로 멍해져 버렸다.

"드디어 올 것이 오고야 말았어요. 어느 날 밤 우리는 그녀의 사무실에 함께 있었죠."

내가 로빈슨에게 말했다.

맥가펜 재판이 막바지에 이르렀을 때였다. 대릴의 증언은 배심원들의 엄청난 연민을 불러일으켰다. 반대 심문을 앞두고 있던 캐롤린은 흥분해 있었다. 법정은 기자들로 가득 찼고 거의 매일 밤 두세 군데의 TV방송에서 이 사건에 대한 보도가 나오고 있었다. 반대 심문은 일종의 외과 수술 기술을 요했기 때문에 그 자체로서 아주 흥분되는 일이었다. 증인으로서의 대릴은 밟아 버려야 했지만 인간으로서의 대릴은 건드리면 안 되었다. 그의 입장이 된다면 대다수의 사람들이 그렇게 행동할 수밖에 없었을 것이고, 남은 가족이라도 어떻게든 끌어안으려고 노력하는 그의 모습은 감동적이었다. 그 때문에 배심원들이 어떤 경우에라도 그에 대한 연민을 거두지는 않을 것이었다. 그래서 캐롤린은 반대 심문에 엄청난 노력을 기울이며 질문 내용을 작성하고 고치고 큰 소리로 연습해 보고 있었다. 그런 그녀의 모습이 공중에 던져진 동전처럼 반짝였다. 그녀는 스타킹을 신고 품이 낙낙한 스커트를 입고 있었는데 좁은 공간에서 휙 돌아서기라도 하면 스커트가 물결처럼 가볍게 출렁였다. 그녀는 어투를 바꿔 가며 질문 연습을 하면서 빠른 걸음으로 방 안을 서성이고 있었다.

"책상에는 우리가 저녁으로 때운 패스트푸드 포장지들과 여러 가지 서류들이 흩어져 있었어요. 대릴이 집에서 일어나는 일에는 신경 쓸 수 없을 만큼 직장일로 바빴다는 것을 보여주기 위해 그의 직장에서 가져온 출근부, 웬델에 대한 진료 기록, 웬델의 선생들과 숙모의 증언 내용 같은 것들이요. 그리고 우리는 질문을 하나하나 다듬고 있었어요."

"아니, 더 부드럽게, 더 부드럽게. '맥가펜 씨, 웬델이 학교에서 멍든 자국을 보여주었다는 사실은 모르셨나요?' 이런 식으로 말이야. '비버리 모리슨 씨를 아십니까? 그럼, 웬델의 선생님이라고 하면 혹시 기억나시나요? 모리슨 씨가 작년 11월 7일 저녁에 웬델의 몸 상태에 대해서 부인과 이야기를 나눴다는 사실은 알고 계셨습니까?' 이렇게 세 번에 나눠 물어보는 게 어떨까?"

"부드럽게."

그녀의 말에 내가 맞장구쳤다.

"그래, 맞아, 부드럽게. 그에게 너무 가까이 다가가지 마. 그리고 법정에서 너무 돌아다니지도 말고. 화가 난 것처럼 보일 수도 있거든."

"그때 캐롤린이 아주 흥분한 표정으로 책상을 돌아 내게로 다가오더니 내 두 손을 꼭 잡았어요. '아주 잘 될 것 같아.' 그녀가 이렇게 말하는 거예요. 그리고 그 짙은 녹색의 눈이 나를 바라보는데 좀 오래 머무는 거예요. 그 순간 우리가 재판을 떠났다는 것을 알아차릴 정도로 오래요. 그래서 내가 말했죠. 그때까지는 한 번도 그런 말을 한 적이 없었는데 아주 얼떨떨한 기분으로 내가 말했어요. '젠장, 이게 뭐야, 캐롤린?' 그랬더니 그녀가 아주 잠깐 미소를 짓더니 놀랄 정도로 반짝이는 눈으로 말하더군요. '지금은 아니야.' 그러고는 다시 반대 심문 질문으로 돌아갔어요."

'지금은 아니야.' 지금은 아니다. 그날 밤 나는 니어링으로 가는 마지막 버스를 탔고, 어둠 속에 앉아 스쳐 지나가는 가로등들을 바라보며 생각에 잠겼다. 지금은 아니다. 내가 결심이 안 선 건가? 아니다. 좋은 일이야. 아니 나쁜 일이야. 모르겠다. 당신이 자연스럽게 알게 해주고 싶어.

그러나 뭔가가 있긴 있었다. 나는 점차로 우리가 나눈 대화의 의미를 깨닫게 되었다. 내가 미친 것이 아니었다. 상상에 사로잡혀 있는 것도 아니었다. 무슨 일인가가 실제로 일어나고 있었다. 우리는 그 무슨 일에 대해서 이야기한 거였다. 그러자 그토록 격정적이고 불안하던 마음이 서서히 가라앉기 시작했다. 그 어두컴컴한 버스 뒷좌석에 앉아 생각에 잠겨 있던 나는 나만의 환상이 아닌 현실 속으로 발을 들여놓았다는 사실을 깨달았고 갑자기 두려워지기 시작했다.

문밖에는 '스튜디오 B'라는 문패가 달려 있다. 나는 작은 체육관 크기의 커다랗고 탁 트인 공간으로 들어섰다. 노란색 타일로 된 벽이 희미하게 빛을 발하고 있는 것 같아서 전체적으로 겨자색 분위기가 풍겼다. 꼭 냇이 다니는 초등학교에 온 것 같았다. 세면대 몇 개가 일렬로 서 있고 흰 자작나무로 된 학생용 사물함이 천장에까지 닿아 있다. 한 젊은이가 창가에 놓인 이젤 앞에서 작업을 하고 있었다. 물론 나는 이 대학에서 몇 년을 보냈다. 이런 비참한 평가를 하게 되어 유감이지만 그때가 내 인생에서 가장 행복했던 때였다. 하지만 이 미술센터에는 한 번도 와 보지 못했던 것 같다. 바바라가 연극을 보자고 해서 옆에 있는 강당에는 몇 번 와 본 적이 있지만 말이다. 그래선지 내가 이곳에 있다는 것이 약간 당혹스러웠다. 리프랜저를 보내는 것이 나을 뻔 했다. 내가 말문을 열었다.

"마티 폴헤무스?"

뒤돌아보는 청년의 얼굴에서 걱정스러운 빛이 비쳤다.

"경찰에서 오셨어요?"

"아니, 검찰."

나는 악수를 청하며 이름을 밝혔다. 마티는 아크릴 물감과 석고

가 든 흰색 병들이 흩어져 있는 테이블 위에 붓을 던져 놓더니 셔츠 자락을 들어 손을 닦고 나서 내 손을 잡았다. 그래, 미술 전공이군. 옅은 녹색 머리가 덥수룩하게 자라 있고 여드름이 한창이다. 옷에는 물감 얼룩이 군데군데 묻어 있고 긴 손톱에는 물감 얼룩과 때가 끼어 있다.

"누가 날 찾아올지도 모른다는 말을 들어서요."

마티가 말했다. 소심하고 남의 비위를 잘 맞추는 성격인 것 같다. 커피 한잔 하겠냐고 해서 우리는 드립식 커피 포트가 있는 문가로 갔다. 마티는 플라스틱 컵 두 개에 물을 가득 따르더니 내려놓고 동전을 찾는지 호주머니를 뒤졌다. 내가 십오 센트짜리 동전 두 개를 던져 놓았다.

"누구였어?"

둘 다 커피를 후후 불며 서 있는 동안 내가 물었다.

"누가 찾아올지도 모른다고 누가 그랬어, 맥?"

"레이먼드 호건 씨라던데요."

"아."

잠깐 동안 어색한 침묵이 흘렀다. 마티와 함께 있으면 이런 순간이 많을 것 같다. 나는 엄마의 살인 사건 수사를 맡은 부장 검사라고 신분을 밝히고 학적과에서 수업 시간표를 얻을 수 있었다고 설명했다. 시간표에는 화요일 오후 한시에서 네시까지 스튜디오에서 개인 작업을 한다고 적혀 있었다.

"혹시 더 하고 싶은 말이라도 있나 해서 온 거야."

"네. 무엇이든 물어보세요."

마티가 말했다. 우리는 이젤이 있는 곳으로 돌아왔다. 마티가 넓은 창문턱에 걸터앉았다. 여기서 보면 교정 너머로 선로들이 보였다. 터널 아래 숨어 있다가 도시의 한 중간에서 땅 위로 올라와 한데 모여 있는 선로들이 커다란 흉터처럼 보였다. 마티는 그쪽을 바라보고 있고 나도 잠시 그곳을 바라보았다.

"엄마에 대해서는 별로 아는 게 없어요. 들으셨죠?"

그러면서 내 눈치를 살피는데, 내가 그렇다고 하길 바라는지, 아니라고 하길 바라는지 잘 모르겠다. 내가 듣지 못했다고 대답하자 그는 고개를 끄덕이더니 고개를 돌렸다.

"오랫동안 엄마를 보지 못했어요. 원하시면 아버지가 다 얘기해 주실 거예요. 전화해 보세요. 도울 일이 있다면 기꺼이 돕겠다고 그랬거든요."

"뉴저지에 계시나?"

"네. 전화번호 가르쳐 드릴게요."

"두 사람이 이혼했다고 들었는데."

이 말에 마티가 웃음을 터뜨렸다.

"네, 그렇죠. 아버지는 지금 엄마랑 살고 있거든요. 아, 제 말은 새 엄마 뮤리엘이요. 그냥 엄마라고 불러요. 15년 전에 두 분이 결혼하셨어요."

그는 두 다리를 창턱에 올려놓고 앉아 다닥다닥 붙은 대학 건물들을 바라보며 말했다. 잠시 말이 없더니 곧 자기 가족 이야기를 들려주었다. 이런 상황이 편치 않은지 두 손을 마비가 될 정도로 꽉 잡고 있었다. 그러면서도 이야기를 계속했다. 마티가 두서없이 들려준 이야기는 평범한 가족 이야기였다. 그의 아버지 케니스는 뉴저지의 한 작은 마을 고등학교 영어 선생님이었고 캐롤린은 그의 제자였다.

"아버지는 엄마가 정말 매력적이었다고 그러셨어요. 엄마가 고등학교를 졸업하기도 전에 사귀기 시작한 것 같아요. 몰래 숨어서 연애를 했나 봐요. 아버지답지 않은 일이죠. 전혀요. 아버진 진짜 조용한 분이거든요. 엄마를 만나기 전엔 여자를 전혀 몰랐을 거예요. 아버지가 그런 말을 하신 적은 없지만, 장담해요. 굉장히 정열적인 연애였나 봐요. 진짜 낭만적인. 적어도 아버지 쪽에서는요."

여기까지 말한 그는 당혹스러운 표정이 되었다. 캐롤린에 대한 그의 평가는 모호했다. 엄마의 감정을 추측할 수 있을 만큼 엄마를 잘 알지 못하는 게 분명했다.

"엄마를, 내 말은 캐롤린, 내 친엄마 말이에요."

청년은 얼굴을 찌푸리며 말을 이었다.

"아버지는 엄마를 캐리라고 불렀어요. 엄마한테는 남자 형제들이 많았어요. 아버지도 계셨고요. 어머니는 돌아가셨대요. 엄마는 외갓집 식구들을 아주 싫어했던 것 같아요. 잘은 모르지만요. 서로들 싫어했대요. 외할아버지는 엄마를 심하게 때리곤 했다고 아버지가 그랬어요. 그래서 엄마는 집을 나오게 된 것을 아주 기뻐했대요."

마티는 갑자기 창턱에서 내려오더니 그림 앞으로 다가갔다. 눈을 가늘게 뜨고 붉은색 소용돌이 모양의 눈 하나가 그려진 캔버스를 바라보더니, 물감 쪽으로 팔을 뻗었다. 이야기를 하면서 작업도 함께 할 모양이었다.

그는 자기 부모가 어떻게 해서 헤어지게 됐는지 잘 모른다고 말했다. 캐롤린이 대학 입시를 준비하는 중에 그가 태어났는데, 그녀는 출산 때문에 대학을 포기할 수밖에 없게 되자 무척 불행해했다. 그의 아버지는 그때부터 결혼 생활이 지옥 같아졌다고 했다. 그녀에게 남자 친구가 생겼던 것이다. 마티는 아버지가 직접적으로 말하진 않았지만 엄마에게 남자 친구가 생긴 것이 분명하다고 말했다. 그의 아버지는 이 일에 대해서는 거의 말을 하지 않았다. 캐롤린은 여러 가지 불만 때문에 자기가 살고 있던 마을과 남편과 자신의 생활을 좋아하지 않았다고 했다.

"아버지는 엄마가 너무 어릴 때 결혼했다고 했어요. 그래서 나이가 들면서 뭔가 하고 싶은 일이 생기니까 그것을 하기로 결심한 거라고요. 정말 힘든 시기였대요. 어느 날 갑자기 엄마가 집을 나가 버렸대요. 아버지는 그게 서로를 위해 잘된 일 같다고 그래요. 아버진 그런 분이세요. 말과 생각이 같은 분이죠."

그의 말을 듣고 있자니 점잖고 지혜로운 중년의 신사가 한 손에는 안경을 다른 손에는 신문을 들고 있는 모습이, 깊은 밤 거실에 앉아 생각에 잠겨 있는 모습이, 항상 학생들을 진심으로 대하는 선생님의 모습이 떠올랐다. 내게도 아들이 있다는 말이 나오는 걸 가까스로 참았다. 언젠가 내 아들도 자라 나를 이런 식으로 기억해 주면 좋겠다.

"엄마를 죽인 사람이 누군지는 모르겠어요. 그 일 때문에 여기 오신 것 같은데."

마티 폴헤무스의 말이 생뚱맞게 들렸다.

내가 여기 왜 왔을까? 글쎄다. 그녀가 숨기고 있던 것을, 혹은 굳이 이야기하지 않았던 것을 보러 온 것 같았다. 아니면 친근한 관계라고 생각했던 것이 얼마나 헛된 착각이었나를 확인하기 위해서 온 것도 같기도 했다.

"엄마가 알고 있었던 사람이라고 생각하세요? 뭐라고 할까요, 실마리나 단서 같은 거 있어요?"

나는 아니라고 대답했다. 잠겨 있지 않은 창문이나 유리컵 같은 증거물이 있긴 한데, 확실한 건 아니라고 설명했다. 밧줄과 정자가 없는 정액에 대해서는 말하지 않았다. 어찌 됐든 그의 엄마가 아닌가. 특별히 신경 쓰거나 걱정할 필요는 없을 것 같지만 말이다. 마티의 불안하고 당혹스러워하는 표정이 특별히 최근에 일어난 일들과 관계가 있는 것 같지는 않았다. 왜 이런 생각이 드는지는 모르겠지만 그가 이 모든 일을 남의 일처럼 생각하고 있는 것 같았다.

"엄마는 강간 사건을 많이 다뤘어. 그런 사건과 관련된 사람일 수도 있다고 생각하는 사람들도 있고."

내가 말했다.

"검사님은 아니에요?"

"살인 사건은 대체로 불가사의하지가 않아. 요즘 이곳에서 일어나는 살인 사건들 중에 반은 조직 폭력배하고 관련이 있고 나머지는 거의가 잘 아는 사람이 범인이야. 이런 사건들 중에 반 정도는 치정 관련 사건이지. 화가 난 배우자나 애인이 범인일 경우가 많아. 사건이 일어나기 전 6개월 안에 어떤 식으로든 남녀 관계에 문제가 생긴 경우가 대부분이야. 꽤 분명한 동기가 있지."

"엄마한텐 남자 친구가 많았어요."

물어보지도 않았는데 마티가 끼어들었다.

"그래?"

봄 103

"그런 거 같아요. 엄마가 날 성가셔 하는 것 같을 때가 많았어요. 가끔씩 전화하면 옆에 누가 있는 것 같았어요. 누군지 무슨 일인지는 모르겠지만요. 엄마는 비밀을 좋아했던 것 같아요."

그가 어깨를 으쓱였다.

"엄마에 대해서 좀 더 알고 싶었어요. 이 대학에 온 것도 그 때 문이고요. 아버지는 계속 말렸지만 난 꼭 여기로 오고 싶었어요. 하지만 지금은 여기 생활에 흥미가 없어졌어요. 대학은 어디나 거기서 거긴 것 같아요. 게다가 듣고 있는 과목도 다 낙제한 것 같고요."

"그래?"

"전부는 아니고요. 물리학은 확실해요. 그건 정말 하나도 모르겠어요. 분명히 그건 낙제예요."

그때 한 록 그룹의 세계 순회공연 기념 티셔츠를 입은 아가씨가 들어오더니 할리라는 사람을 봤냐고 물었다. 마티는 못 봤다고 대답했다. 아가씨가 들어왔다 나가는 동안 밖에서 음악 소리가 들렸다. 마티는 붓을 바꿔 들고 캔버스 앞으로 다가갔다. 그의 붓 터치는 놀랄 정도로 가늘고 짧았다.

마티는 캐롤린에 대한 이야기를 계속했다.

"엄마가 여기 사는 건 오래전부터 알고 있었어요. 엄마한테 편지를 쓰기 시작했어요. 그러다가 진짜로 용기가 생겼을 때 전화를 했어요. 엄마랑 얘기하고 싶었던 게 그때가 처음이라는 뜻은 아니고요. 가끔씩 엄마가 전화를 걸곤 했어요. 정초에 특히 많이 했죠. 신년 휴가 때 전화를 하고 싶었는데 참았던 것 같았어요. 전화할 때 엄마는 친절했어요. 정말 친절했어요. '오, 정말 잘된 일이구나.' 어쩌구 저쩌구, 호호호. 정말 정중했어요. 상냥하다는 말이 맞을 것 같네요, 그렇죠?"

그가 약간 고개를 끄덕였다.

"응."

내가 대답했다.

"그러고는 엄마를 만나기 시작했어요. 주로 일요일에 많이 봤어요. 한두 번은 다른 사람들도 같이 봤어요. 엄마는 그래야 한다고 생각하는 것 같았어요. 엄마가 날 레이먼드 호건 씨에게 소개시킨 것도 그때였어요."

갑자기 내 가슴이 쿵쾅거리기 시작했다. 뭔가 더 물어보고 싶더라도 참아야 한다고 속으로 다짐했다.

"엄만 정말 바쁜 사람이었어요. 일 때문에 항상 바빴죠. 언젠가는 검찰 총장 선거에 나가고 싶어 했어요. 알고 계셨어요?"

나는 아무리 어색하게 대화를 이어 나가고 있는 중이더라도 좀 지나치다 싶을 정도로 대답을 망설였다. 마티가 이상하다는 듯이 나를 쳐다보는 걸 보면 나도 모르게 내 얼굴에 실망하는 기색이 비쳤나 보다. 이윽고 나는 검찰청에는 그런 야망을 가진 사람들이 많다고 말했다. 그러나 이 말로는 부족한 듯했다.

"엄마랑 잘 아는 사이셨어요? 같이 일하거나 그러셨어요?"

"가끔은."

내가 대답했다. 그러나 그가 계속 물끄러미 바라보는 걸 보니 가능한 한 모호하게 대답하고 있는 내가 마음에 안 드는 것 같다.

"엄마를 만났을 때의 일을 얘기하던 중이었잖아. 계속해 봐."

그는 잠시 잠자코 있더니 붓을 팔레트에 대고 문질렀다. 어른들에게 협조하는 것에 익숙해져 있는 것 같았다. 어깨를 한번 으쓱해 보이더니 곧 말문을 열었다.

"별다른 일은 없었어요. 엄마는 옛날 일에 대해서는 한 마디도 하지 않았어요. 내가 어렸을 때의 일에 대해서는요. 난 엄마가 그때 이야기를 들려주길 바랐던 것 같아요. 하지만 엄만 자기 인생에서 그 부분은 떠올리고 싶지 않았나 봐요. 한 마디도 하지 않았어요."

그가 덥수룩한 머리를 뒤로 젖히고 나를 쳐다보았다. 나는 고개를 끄덕였다. 우리는 잠시 아무 말 없이 서로를 바라보고 있다. 그의 눈이 다시 반짝였다.

"난 엄마에게 조금도 중요한 존재가 아니었어요. 아시겠어요? 엄마는 정말 친절했어요. 하지만 나한테 신경을 쓰지는 않았어요. 그래서 아버지가 날 이곳으로 보내고 싶어 하지 않았던 것 같아요. 그동안 아버지는 엄마의 빈자리를 채워 주려 애를 썼고 엄마한텐 엄마 인생이 있는 거라고 나를 설득했거든요. 내가 나 때문에 엄마가 떠났다고 생각하기를 바라지 않았어요. 하지만 아버지도 알 건 다 알고 있었어요. 사실 장례식에 간 것도 레이먼드 호건 씨 설득 때문이었어요. 난 갈 생각이 없었어요. 정말 가고 싶지 않았어요. 내 친엄마 장례식인데도요. 정말 못됐죠?"

그는 붓을 던져 놓았다.

"글쎄."

내가 말했다.

그는 캔버스를 바닥에 내려놓더니 뚫어지게 바라보았다. 내가 자기를 면밀히 관찰하고 있다는 것을 깨닫고 또 즐기고 있는 것 같았다. '아직 어려.' 난 생각했다. 그의 불편해하는 여린 모습이 안쓰러웠다. 내가 조용히 말했다.

"내가 법대에 다닐 때 어머니가 돌아가셨어. 그 다음 주에 아버지를 보러 집에 들렀지. 그전에는 한 번도 들르지 않았는데, 그땐 상황이……."

나는 손을 내저었다.

"집에 들렀더니 아버지가 짐을 싸고 계셨어. 집 안 곳곳에 상자들이 흩어져 있고. '아빠, 이사 가세요?' 라고 물었더니 '애리조나로.' 라고 대답하시더군. 알고 보니 그곳에 땅을 샀고 이동 주택 차도 한 대 사셨더라고. 그런데도 나한테는 한 마디도 안 한 거야. 그날 내가 들르지 않았다면 작별 인사도 없이 떠나셨을 거야. 우린 항상 그런 식이었어. 부모와 자식 사이가 그런 식일 때가 있어."

내 솔직함에 놀랐는지 아니면 내 이야기 내용에 놀랐는지 마티는 오래도록 나를 바라보고 있었다.

"그럴 땐 어떻게 해야 돼요? 어떻게요?"

"철이 들어야지. 성숙해지려고 노력해야지. 내게도 아들이 있는데, 나한테는 그 아이가 세상의 전부야."

"이름이 뭐예요?"

"내 아들?"

"네."

"냇."

"냇."

캐롤린의 아들이 말했다. 그가 다시 나를 바라보았다.

봄 107

"그런데 엄마는 선생님한테 어떤 사람이었어요? 단순히 직장 동료만은 아니었죠, 그렇죠? 여자 친구였어요?"

내 결혼반지를 본 게 틀림없었다. 이 질문을 하면서 턱으로 반지를 가리키는데, 이 여리고 예민한 청년의 질문을 피해 갈 자신이 없었다.

"미안하지만, 맞아, 한때는 내 여자 친구였어. 작년 말에 잠깐 동안."

"네."

그가 대답하더니 혐오스럽다는 듯 고개를 흔들었다. 자기 엄마랑 같이 자지 않은 사람을 보고 싶은데 이곳에는 그렇게 주장할 사람이 한 사람도 없는 것이다.

"다 낙제하면 집으로 돌아갈 거예요."

즉석에서 이런 결심을 한 게 분명해 보이지만 그는 굉장히 단호한 어투로 말함으로써 진심임을 강조하고 있었다. 나는 얼마나 그를 좋아하는지 보여주기 위해 최선을 다해 따뜻한 미소를 지어 보였다. 그러고는 자리를 떴다.

"홀에서는 말이야."

리프랜저가 말했다. 경찰청 본부가 있는 맥그래스 홀을 가리키는 것이다.

"이 일을 미션 임파서블이라고 부르고 있어."

캐롤린 살인 사건에 대한 수사를 두고 하는 말이었다.

"자기들끼리는 그렇게 부른대. '미션 임파서블인데 어쩌란 말이냐?' 뭐 이런 식이지. 누구도 이 지랄 같은 사건을 해결 못 할 거라는 거야. 적어도 레이먼드를 위해 빨리는 못 한다는 얘기지. 레이먼드도 문제야. 우리가 뭔가 빨리 해낼 수 있을 거라고 언론에 흘리지 말았어야 했어. 그냥 별것 아닌 사건으로 무시해 버릴 것이지, 마흔 번이나 인터뷰를 해서 열심히 수사하고 있다는 말은 뭐 하려고 하냐고."

그는 입 안 가득 빵을 물고서도 불평을 멈추지 않았다. 짜증이 극에 달해 있다. 우리는 고속도로 고가다리 아래에 있는 공터에 서 있었다. 이곳은 쓰레기장을 방불케 했다. 녹슨 철근 보강재가 삐죽 드러나 보이는 부서진 콘크리트 덩어리들이 울퉁불퉁한 땅 위에 나뒹굴고 있고 병, 신문, 버려진 자동차 부품들 같은 일반 쓰레기들도 어지러이 널려 있었다. 우리보다 먼저 길 건너 지아칼로네에서 샌드위치를 산 사람들이 버린 흰 파라핀 종이로 만든 공들과 찌그러진 컵들도 보였다. 지아칼로네는 리프랜저가 단골로 다니는 이탈리아 노점 식당인데 비엔나 롤빵에 다진 송아지 고기를 넣고 마리나라(토마토, 양파, 마늘, 향신료로 만드는 이탈리아의 소스—옮긴이)를 듬뿍 뿌려 줬다. 독신인 리프랜저는 혼자임이 부담스러운 저녁보다 점심때 거하게 먹었다. 우리는 등받이가 떨어져 나간 벤치에 다리 하나씩을 올려놓은 채 서 있었다. 벤치에는 탄산음료 컵 몇 개가 놓여 있다. 건달들과 10대 어린 연인들이 그 벤치 곳곳에 자기네 이름을 새겨 놓았다.

우리는 리프랜저의 차로 돌아가면서 정보를 교환했다. 나는 마티를 만났지만 이렇다 할 성과는 없었다고 말했다. 그는 최근에 자기가 한 일을 들려줬다. 그는 낯선 사람을 본 것 같다고 증언한 캐롤린의 이웃을 만났다.

"크래포트닉 부인인데 정말 대단한 여자야. 얘기 좀 해봤냐고? 세상에. 어찌나 말이 많던지. 용의자 사진을 보여주려면 먼저 귀마개를 해야 할 정도야."

그가 고개를 저었다.

"파일을 보곤 뭐래?"

주 정부가 보관하고 있는 성 범죄자들 사진과 기록 말이다.

"전혀 모르겠다던데."

"비슷한 놈도 없대?"

"응. 이 여자 하는 말이 언젠가 책에서 이런 이야길 읽은 적이 있대. 실제로 이런 일이 일어날 수 있다는 건 꿈에도 몰랐다나? 세상에. 그런 걸 읽고 있다니, 믿어져? 형사를 시켜도 잘할 여자야."

리프랜저는 늘 그렇듯 경찰 관용차를 몰고 나왔다. 황금색 에어리스인데 경찰차라는 표시는 없지만, 블랙월 타이어와 다른 관용차들처럼 ZF로 시작되는 번호판 때문에 건달이라면 누구나 경찰차임을 알아보았다. 길모퉁이를 돌자 그는 속도를 내기 시작했다. 하루 종일 차에서 살다시피 하는 경찰들이나 택시 운전사 같은 사람들은 항상 이렇게 속도를 냈다. 그는 자신이 아는 많은 지름길 중 하나를 택해 들어서지만, 그곳에 우회 표지판이 있어 어쩔 수 없이 내가 어릴 때 살던 킨바크로로 들어갔다. 차들이 많아 우리는 행진하듯 천천히 움직였다. '저기 있네, 저기 있어.' 나는 생각했다. 아버지가 떠날 때 빵집을 인수한 아버지의 사촌 밀로스는 간판도 바꾸지 않았다. 짙은 청녹색 페인트로 '사비치즈'라고 쓴 간판이 그대로 달려 있다.

매일 그곳에서 일했지만 기억나는 것은 별로 없다. 거리를 다르게 보이게 했던 여름철의 방충망, 카운터 뒤에 높다랗게 쌓여 있던 푸른색 금속 쟁반들, 쨍그렁거리는 소리가 요란했던 강철로 된 육중한 현금출납기 정도가 기억에 남아 있다. 아버지는 내가 여섯 살 때부터 빵집에 나와 일하게 했다. 종업원이 아니라 공짜 일꾼이 필요했던 것이다. 나는 흰색의 매끈한 케이크 상자들을 잘라 조립해 쌓는 일을 배웠다. 한 번에 열두 개씩 만들었고 거미줄이 쳐진 지하실에서 가게로 상자를 가져오는 일도 내가 맡았다. 상자용 판지는 아주 매끄러웠고 잘못하면 가장자리에 손이 베일 정도로 빳빳했다. 한번 베이면 아주 잘 드는 칼에 베인 것처럼 아팠다. 내 손가락 마디들과 손가락 끝은 베인 상처가 아물 날이 없었다. 나는 손가락을 베일까 봐 두려웠다. 아파서라기보다는 케이크 상자에 핏자국이 보이면 아버지가 난리를 쳤기 때문이다.

"여기가 정육점이냐?"

아버지는 혐오감과 역겨움이 섞인 표정으로 무섭게 나를 노려보며 이렇게 말하곤 했다. 그 당시 꿈을 꾸면 항상 여름이었는데, 대기는 늪지처럼 후텁지근했다. 오븐에서 나오는 열기가 더해져 가게 안을 돌아다니는 것만으로도 숨이 턱턱 막혀 힘들었다. 꿈속에서 나는 온몸이 땀으로 번들거렸고 케이크를 떨어뜨렸는데 마침 아버지가 부르는 소리가 들렸다. 그러면 나는 황산을 뒤집어써서 뼈와 살이 타들어 가고 있는 것 같은 두려움을 느꼈다.

내가 아버지를 그린다면 이무기돌(고딕 건축물에서 낙숫물받이로 만든 괴물 형상의 돌—옮긴이)의 얼굴과 비늘로 덮인 용의 심장을 가진 모습일 것이다. 아버지의 감정들은 아주 복잡하게 얽혀 있고 억눌러져 있으며 심술까지 있어서 어린 아들을 위해 어떤 따뜻한 감정도 드러내지 않았다. 내 편을 든다는 건 상상할 수도 없었다. 아버지는 벽과 그림들과 아버지가 부순 가구들이 있는 우리 아파트처럼 나도 어머니의 소유물로만 여겼다. 그리고 나는 어머니는 나를 사랑하고 아버지는 그렇지 않다는 단순한 생각을 하며 자랐다.

이렇게 말하면 너무 무미건조한 것 같지만 아버지는 가게 문을 열고 오븐에 불을 지피고 블라인드를 걷고 문 닫기 전에 뒷문에 수북이 쌓인 먼지를 털어 내는 것에 만족하며 살았다. 아버지의 가족은 4대째 빵집을 해왔고 아버지는 배운 대로 빵을 구웠다. 항상 자로 잰 듯 정확하게 재료를 섞고 정해진 절차를 거쳐 빵을 만들었다. 융통성이나 변화라곤 찾아볼 수가 없었다. 아버지는 손님들의 비위를 맞추려고 노력도 하지 않았다. 유머라곤 찾아볼 수도 없고 외골수였다. 사실 아버지는 가게 안으로 들어서는 사람들을 전부 자신의 적으로 간주했다. 불평하고 참견하고 속이고 그러다가도 오래된 빵에 만족하는 사람들로 생각했다. 하지만 아버지는 항상 꾸준한 소득을 올렸다. 아버지는 믿을 만한 사람으로 평이 나 있었다. 종업원을 믿지 못했던 아버지는 적어도 두 사람 몫을 거뜬히 해냈다. 그리고 아버지는 20년 넘게 소득 신고를 하지 않았다.

아버지는 1946년에 이 나라로 왔다. 그리고 벨그레이드로부터 320킬로미터 떨어진 곳에 있는 아버지가 자란 마을의 이름을 따서 내 이름을 지었다. 당시 그곳 사람들은 거의 모두가 나치에 대한 저항군을 돕고 있었다. 1941년 나치가 침공하자 어른들은 모두

학교 건물 벽에 줄 세워져서 총살당했다. 아이들만 살아남았고 방치되었다. 어려 보이는 얼굴 덕분에 살아남은 열여덟 살의 아버지는 다른 아이들과 함께 거의 6개월 동안 산을 헤매 다니다가 붙잡혔다. 그러고는 전쟁이 끝날 때까지 나치의 포로수용소에서 지내다가 해방 후에는 연합군의 난민수용소로 보내졌다. 아버지의 친척들은 아버지를 석방시켜 미국으로 보내기 위해 그 지역 의회 의원과 그의 보좌관들을 끊임없이 못살게 굴었다. 아버지는 미국 이민이 허용된 최초의 난민들 무리에 섞여 이곳으로 왔다. 그리고 이곳에 온 지 1년이 지나자 자기를 구하기 위해 갖은 애를 썼던 자기 고모와 사촌들하고 연락을 끊었다.

뒤에서 경적 소리가 요란해서 무슨 일인가 하고 뒤를 돌아보았다. 우리 뒤를 따라오던 차에서 한 백인 남자가 운전대를 쾅쾅 치더니 나를 향해 가운뎃손가락을 세워 보였다. 그러고 보니 리프랜저가 갑자기 차를 세웠다. 내가 어디를 보는지 살피기 위해 잠시 차를 멈춘 것이다. 그러나 내가 고개를 돌려 자기를 바라보자 재빨리 눈을 돌리고 다시 앞으로 나가기 시작했다.
"과학수사대에서 보고서가 왔어."
마침내 그가 입을 열었다. 그의 회색 눈과 광대뼈가 불거진 얼굴은 호수처럼 고요할 뿐 아무 감정도 드러나지 않았다.
"말해 봐."
내가 말하자 리프랜저는 보고서의 내용을 성실하게 들려줬다. 캐롤린의 옷과 몸에서 자기 아파트에 깔린 것과는 다른 카펫의 미세한 보푸라기들이 발견됐다. 조락 V라는 상표인데 합성섬유로 만든 국산 제품이다. 색상은 가장 인기 있는 옅은 갈색이다. 염색한 곳은 찾을 수 없었고 섬유는 공장에서 직조되었을 수도 있고 가내수공업으로 만든 것일 수도 있다. 이 카펫은 킨들 군에서만도 오만여 가정과 사무실에 깔려 있을 것이다. 캐롤린의 손가락과 손톱 밑에서는 머리카락과 살점이 전혀 발견되지 않았는데 이것은 그녀가 밧줄에 묶이기 전에 몸싸움을 하지 않았다는 것을 확인시켜 줬다. 시체 근처에서 발견된 머리카락 중 캐롤린의 것이 아닌 것은 여자의 것으로 밝혀졌고 이것은 별로 중요한 증거가 못 됐다. 그녀를 묶은 밧줄은 평범한 빨랫줄로 국산이고 국내 어느 K마트나 시어즈, 월그린즈를 가도 살 수 있는 것이다.

"별 수확이 없군."

내가 리프랜저에게 말했다.

"그건 그래. 하지만 적어도 그녀가 누군가를 붙잡고 싸우지 않았다는 건 확실해졌잖아."

"글쎄. 지난주에 우리끼리 했던 말에 대해 계속 생각해 봤는데 말이야. 캐롤린이 알고 있던 놈이 범인일 거라는 얘기. 내가 법대 다닐 때 학생들끼리 돌려가며 연구했던 사건이 있거든. 사망자의 생명보험사가 보험금 지급을 거절한 사건이었어. 미망인이 소송을 제기했는데 정말 골 때리는 사건이더라고. 알고 보니 남자가 목을 맨 상태에서 자위행위를 하다가 죽었더라고. 말 그대로야. 올가미에 머리를 집어넣고 말이야. 그리고 서서 자위행위를 하는데 몸을 받치고 있던 걸상을 잘못해서 발로 쳐서 넘어뜨리는 바람에 죽고 말았어."

"정말? 누가 이겼어?"

리프랜저가 크게 웃음을 터뜨렸다.
"보험사였던 것 같아. 법정은 그 사고가 보험으로 보장이 안 되는 위험이라고 판단했어. 어쩌면 이 사건도 그런 경우가 아닐까? 기막힌 우연의 일치? 자꾸 그런 생각이 들어. 어느 미친놈이 그녀가 죽어 가고 있는지도 모르고 절정에 달했단 말이야."
"그럼 두개골 골절은 어떻게 설명할 건데?"
"놈은 두려웠던 거겠지. 그 짓을 하다가 죽였다고 생각하니까 말이야. 놈은 존 벨루시(미국의 유명 코미디언—옮긴이)같이 웃기는 인간이라 다른 종류의 사건으로 보이게 하려고 내리친 걸 거야."
리프랜저가 고개를 저었다. 내 가설이 마음에 안 드는 것이다.
"너무 황당한 얘기야. 부검 보고서하고도 안 맞는 것 같은데."
"무고통보다는 내 말이 더 신빙성이 있지 않아?"
이 말에 리프랜저는 잊고 있던 것을 기억해 냈다.
"이틀 전에 무고통에게서 전화를 받았어. 법의학 분석실에서 결과가 나왔대. 말투로 봐서는 별다른 건 없는 것 같은데 언제든 자기한테 들를 때 찾아가래. 난 오늘 캐롤린 집에 다시 가 봐야겠어. 크래포트닉 부인한테 보여줄 사진이 좀 있어서."
그는 눈을 감고 고개를 절레절레 흔들었다. 그렇게 하면 곧 닥쳐올 괴로운 일에 대한 생각을 견뎌 낼 수 있기라도 한 것처럼 말이다.
이제 우리는 다시 번화가로 들어와 있었다. 리프랜저는 군청 건물 앞 경찰용 주차장에 차를 댔다. 우리는 점심을 먹으러 몰려나온 사람들을 뚫고 군청 건물을 향해 걸어갔다. 거리는 어느새 여름으로 접어들고 있었다. 더위가 한두 달 정도 빨리 찾아온 것 같다. 그래서 인지 벌써부터 가볍고 딱 달라붙는 민소매 셔츠 같은 여름옷을 입은 여자들이 제법 눈에 띄었다.

"어이, 친구. 정말 아무 성과도 없어서 큰일이야."

내가 불쑥 말을 꺼냈다.

리프랜저가 코웃음을 치더니 물었다.

"지문감식반에 연락은 했어?"

내가 욕을 내뱉었다.

"뭔가 잊어 버렸다 했더니."

"자네는 정말 대책 없는 사람이야. 내가 말하면 안 해 준단 말이야. 벌써 두 번이나 얘기했는데도."

나는 오늘이나 내일 중으로 감식반에 연락을 하고 무고통한테도 가 보겠다고 약속했다.

사무실로 돌아온 나는 유지니아에게 어떤 전화도 연결시키지 말라고 하고 방문을 닫았다. 그러고는 서랍에서 레이먼드에게서 받은 B파일을 꺼냈다.

리프랜저가 잠시 그 파일을 물끄러미 바라보았다.

레이먼드에게서 받은 B파일은 이 사건이 검찰 컴퓨터에 입력될 때 나온 로그인 쪽지와 캐롤린이 쓴 메모 쪽지 한 장, 그리고 장문의 편지 복사본이 전부였다. 이 편지를 보낸 사람으로부터 원본을 받았는지, 아니면 이 복사본을 받은 건지 보여주는 증거는 어디에도 없었다. 편지는 타자로 친 것이고 깨끗한 상태인데, 타자를 자주 쳐본 사람의 솜씨는 아닌 것 같다. 줄 간격이 너무 촘촘하고 내용 전체가 한 문단으로 되어 있다. 편지를 쓴 사람은 타자치는 방법은 알지만 자주 치지 않는 사람, 이를 테면 가정주부나 타자치는 일이 별로 없는 남자일 것 같다.

벌써 네다섯 번은 읽었지만 리프랜저가 읽고 건네주는 것을 한 장 한 장 받아 다시 읽었다.

레이먼드 호건 검찰 총장님께.

이 편지를 쓰는 것은 제가 오래전부터 총장님을 존경해 왔기 때문입니다. 총장님은 제가 이 편지를 쓰게 된 이유에 대해 전혀 모르고 계실 거라고 확신합니다. 그렇지만 이 편지를 읽고 나면 뭔가 조치를 취하고 싶어 하실 거라고 생각합니다. 하지만 이 모든 일이 오래전에 일어난 일이기 때문에 아무런 조치도 취하지 못 하실지도 모르겠습니다. 이 일에 대해 알고는 계셔야 할 것 같아서 이렇게 편지를 씁니다. 이 일은 총장님의 임기 중에 있었던 일이고 총장님 밑에서 일하던 어떤 사람과 관련된 일입니다. 단도직입적으로 말씀드리자면 부장 검사 한 명이 뇌물을 받았습니다. 9년 전 여름, 한 남자가 체포되었습니다. 이제부터 그를 노엘이라고 부르겠습니다. 노엘은 실명이 아니지만 제가 실명을 밝히면 총장님께서 먼저 그를 찾아가 그에게 이 편지 내용에 대해 물으실 것이고, 그러면 그는 자기를 밀고한 사람이 저라는 것을 알게 될 것입니다. 그러면 그는 제게 복수를 하려 들겠지요. 저는 그를 아주 잘 알고 있고 또 제가 지금 무슨 짓을 하고 있는지도 잘 알고 있습니다. 그가 이 일을 알게 되면 저를 해치려고 들 것입니다. 어쨌든 노엘이 체포되었습니다. 그 이유는 별로 중요하지 않다고 생각되지만, 굳이 말씀드리자면 그가 정말로 부끄러워하는 어떤 일 때문이었습니다. 그는 그 일이 알려질까 봐 전전긍긍했습니다. 노엘은 직장 동료들이나 친구들이 그 사실을 알게 되면 자기와 상종을 하지 않을 거라고 생각했습니다. 정말 훌륭한 친구들이지요? 노엘은 그런 사람입니다. 그의 사건을 맡은 변호사는 그에게 아무 일도 없을 것이고 아무도 모를 테니까 법정에서 인정하기만 하라고 충고했습니다. 하지만 노엘은 심한 과대망상증에 시달리는 사람이라 그 일이 알려지면 큰일이라고 자기 입으로 떠들고 다녔습니다. 그러고는 곧 누군가에게 뇌물을 먹일 거라고 말하고 다니기 시작했습니다. 처음에는 농담인 줄 알았습니다. 노엘은 비굴한 짓도 서슴지 않는 사람이지만 이건 아무래도 그답지 않은 일이었습니다. 그를 아신다면 제가 왜 그렇게 생각했는지 이해하실 것입니다. 하지만 그는 그렇게 하겠다고 몇 번이나 제게 말했습니다. 1500달러를 뇌물로 바칠 거라는 말도 했습니다. 제가 이 모든 사실을 알게 된 것은 그 돈을 대준 사람이 바로 저이기 때문입니다. 노엘이 어떤 사람인지 잘 알고 있었던 저는 그가 정말로 자기가 말한 대로 돈을 쓰는지 확인하는 것이 좋겠다고 생각했습니다. 그래서 러넌 111번지에 있는 북부 지방 법원으로 함께 갔습니다. 거기서 채 1분도 기다리지 않았는데 노엘을 알고 있는 것 같은 비서가 올라오더니 우리를 아래층 검찰 총장 사무실로 데려갔습니다. 레이먼드 호건이라고 총장님 이름이 적힌 문패가 달려 있었던 걸 생생히 기억합니다. 노엘은 제게 밖에서 기다리라고 했습니다. 두려움에 완전히 얼어 버린 저는 잠자코 그가 하라는 대로 했습니다. 그가 누군가에게 돈을 주는 것을 직접 보기 위해 거기까지 따라가 놓고 참 어리석었지요. 안으로 들어간 그는 2분도 채 안 되어 나왔습니다. 그는 돈을 전부 양말 한 짝에 넣어 갔는데, 농담이 아닙니다. 다시 밖으로 나와서는 양말을 보여주는데 비어 있었습니다. 저는 뛰다시피해서 그곳을 빠져 나왔는데 노엘은 정말 침착했습니다. 나중에 어떻게 됐느냐고 물어봤습니다. 노엘은 이 일에 대해서 이야기하고 싶어 하지 않았습니다. 저를 보호하기 위해서 이야기하지 않겠다고 그랬습니다. 정말 웃기는 소리죠. 제가 이 일을 잊어버리지 않으면 조만간 돈을 돌려 달라고 할 거라고 생각한 게 분명합니다. 그가 털어 놓긴 했습니다. 비서가 그를 사무실로 데리고 들어가더니 거기 책상 앞에서 기다리라고 했답니다. 얼마 후 한 남자가 그의 등 뒤에서 말했답니다. 가져온 것을 책상 중간 서랍에 넣고 나가라고요. 노엘은 지시대로 했고 나오면서도 뒤를 돌아보지 않았다고 했습니다. 열흘 후 노엘은 법정에 출두해야 했습니다. 그는 또 난리를 쳤습니다. 사기당한 거라고 법석을 떨었죠. 하지만 법정에 가 보니 담당 검사가 판사에게 공소를 취소하겠다고 말했습니다. 이 검사의 이름을 기억하려고 애를 써 봤지만 아무래도 기억이 나질 않습니다. 한두 번은 노엘에게 누구한테 뇌물을 건네줬냐고 물어봤습니다만, 말씀드렸다시피 그는 이 일에 대해 이야기하고 싶어 하지 않아 했고, 신경쓰지 말라고만 했습니다. 그래서 이렇게 총장님께 편지를 쓰고 있는 것입니다. 저는 지난 2년여 동안 노엘을 본 적이 없습니다. 이것이 그가 한 일들 중에 제일 못된 짓은 아니지만, 진짜로요, 유일하게 제가 직접 본 일입니다. 노엘을 잡아 넣고 싶어서 이러는 건 절대로 아닙니다. 하지만 이 검사가 뇌물을 받고 이런 식으로 사람들을 이용해 먹는 것은 잘못된 일이라고 생각했고, 총장님이 어떤 조치를 취하실 수 있도록 이 일을 알려드리고 싶었습니다. 이 일에 등장하는 사람들의 이름은 전혀 밝히지 않고 이 이야기를 두세 명에게 털어놓은 적이 있는데, 그들은 공소시효가 이미 지났기 때문에 총장님이 알게 되더라도 어쩔 수 없을 거라고 했습니다. 하지만 저는 이런 일이 그때 한 번만 있었던 것은 아닐 것이고 어쩌면 아직도 똑같은 일이 되풀이되고 있을지도 모른다고 생각했습니다. 제 생각이 틀렸기를 바랍니다. 그리고 총장님이 노엘을 잡아 사실을 확인해 보시길 바랍니다. 하지만 총장님이 이 일을 제게서 들었다는 사실을 그가 알게 되는 것은 바라지 않습니다. 노엘을 잡더라도 제발, 제발 이 편지를 보여주지는 말아 주시기를 부탁드립니다. 총장님을 믿습니다.

물론 이 편지에는 보낸 사람의 서명이 없다. 검찰은 이런 편지를 하루에도 수도 없이 받았다. 직원 두 명이 이런 편지에 답을 하고 직접 찾아오는 괴짜들을 상대하는 일을 전담하고 있다. 좀 더 심각한 제보는 상부에 보고가 되는데 이번 경우도 그렇게 해서 레이먼드에게까지 올라온 것 같다. 이렇게 상부에까지 올라오는 것들 중에도 상당수가 허위 제보다. 이 건은 좀 이해가 안 가는 부분들이 있긴 하지만 진짜인 것 같은 느낌이 들었다. 물론 이 정보 제공자가 노엘이라는 친구에게 속은 것일 가능성도 크다. 하지만 사실인지, 사기인지 가장 잘 판단할 수 있는 이 정보 제공자는 사기라고는 생각하지 않는 것 같다.

사기건 아니건, 왜 레이먼드가 선거가 있는 해에 이 파일이 돌아다니는 것을 원치 않았는지는 분명하다. 레이먼드의 임기 중에 일어났으면서도 드러나지 않고 있는 이 범죄의 증거가 니코의 수

중으로 들어간다면 그는 기뻐서 펄쩍 뛸 것이다. 편지를 쓴 사람 더 추측하듯, 그의 친구 노엘의 일이 유일한 경우는 아닐 것이다. 이건 일급 스캔들이다. 알려지지 않고 체포도 되지 않은 뇌물수수 조직이 아직도 법원 안에 버젓이 남아 있다는 것이다.

리프랜저가 담배에 불을 붙였다. 한동안 그는 아무 말이 없다.

"개소리 같아?"

내가 물었다.

"아니. 뭔가 있는데……. 이 사람 말이 다 사실은 아닐지 몰라도 뭔가 있긴 있어."

그가 말했다.

"알아볼 필요가 있을까?"

"나쁘진 않겠지. 지금 우리가 단서들에 파묻혀 있는 것도 아니고 말이야."

"나도 그렇게 생각했어. 캐롤린은 이 남자들이 동성애자들이라고 생각했던 것 같아. 내 생각도 그렇고."

내가 그녀의 메모를 가리키며 말했다. 그녀는 주 형법에서 아직도 미풍양속에 관한 죄라고 불리는 장의 법 조항들 번호를 적어놓고 그 옆에 물음표를 해놓았다.

"시민의 숲에서 있었던 동성애자 단속 기억나? 이 편지에 나온 일이 일어난 때하고 거의 같은데. 게이들을 수도 없이 잡아들였지. 그리고 북부 지원이 이 사람들 재판을 맡았지, 아마?"

리프랜저가 고개를 끄덕였다. 모든 것이 잘 들어맞았다. 부끄러운 성격의 범죄라는 것과 그것을 숨기려고 애를 썼다는 걸 봐도 그렇다. 게다가 시기도 딱 들어맞았다. 레이먼드의 첫 임기 중에

봄 121

는 성인들 간의 동의하에 일어난 성 범죄는 정책적으로 무시되었다. 경찰이 잡아들여도 검찰이 되돌려 보냈다. 그러나 레이먼드가 재선 출마를 할 당시에는 성 범죄자들이, 특히 매춘부와 게이들이 거의 통제불능일 정도로 공공연히 못된 짓을 일삼고 다녔다. 도시를 둘러싸고 있는 시민의 숲에서 보이는 게이들의 작태는 심각했다. 주민들은 자녀들이 못 볼 것을 보게 될까 두려워 주말 낮에도 숲을 찾으려 하지 않았다. 음식을 먹어야 할 피크닉 테이블에서, 그것도 백주대낮에 어떤 일이 벌어지고 있는지에 대해 아주 생생하고도 끔찍한 제보들이 잇따랐다. 선거를 9개월 앞둔 검찰은 일종의 선전 효과를 위해 대대적인 합동 단속을 실시했다. 매일 밤 수십 명의 게이들이 현행범으로 잡혀 왔다. 그리고 그들 사건은 기록이 말소될 수 있는 법원 관리라는 형식의 유죄 판결만을 받은 채 종결되었고 피고인들은 그대로 풀려났다.

　그게 문제다. 리프랜저와 나는 노엘을 찾기가 어려울 것임을 깨달았다. 그해 여름 잡혀 들어온 게이들은 족히 400명은 될 것이고 우리는 그의 실명조차 알지 못하고 있다. 캐롤린의 수사가 어느 만큼 진전이 있었는지는 모르겠지만 파일에서는 그런 내용을 찾아볼 수 없었다. 파일 겉장에 나온 날짜를 보니 그녀가 이 파일을 입수한 것은 살해되기 5개월 전이었다. 적어 놓은 메모에도 별다른 것은 없었다. 왼쪽 상단에 '노엘'이라고 적어 놓고 여러 번 밑줄을 그어 놓았다. 그리고 좀 아래 쪽에는 '레온'이라고 적어 놓았다. 처음에는 이게 무슨 뜻인지 몰랐지만, 그녀는 대다수의 가명이 그렇듯이 이 편지를 쓴 사람이 실명과 어떤 식으로든 연관이 있는 가명을 지었을 것이라고 추측했다는 것을 깨닫게 되었다. 어쩌면 실명의 철자를 거꾸로 해서 만든 것일 수도 있다는 뜻이다. 캐롤린은 레온이라는 이름의 남자를 찾을 생각이었던 모양이다. 쪽지 맨 아래쪽에는 '케넬리'라는 이름과 직책이 적혀 있다. 그렇다면 리오넬 케넬리다. 훌륭한 경관이었고 지금은 경찰서장으로 있는 사람이다. 밤의 성자들 사건 때 함께 일한 적이 있다. 지금 32번 구역 서장으로 있는데 북부 지원 관할이다.

"내가 왜 이 사건에 대해 아무것도 듣지 못했는지 아직도 이해가 안 가."

내가 말했다.

절차상의 이유로 내게 알리지 않았을 수는 없다. 이 파일이 검찰 내 공무원 부패 전담반에 속해 있지도 않았던 캐롤린의 손에 들어가 있는 것도 도무지 이해가 안 갔다. 이 수수께끼에 대해서 몇 번 생각해 봤는데, 이것은 나와 레이먼드 호건 사이의 애정이 식어 가고 있다는 것을 암시하는 슬픈 증거라는 것만 느껴질 뿐이었다.

리프랜저가 어깨를 으쓱해 보였다.

"레이먼드는 뭐래?"

"붙잡아 놓고 자세히 물어볼 수가 없었어. 선거까지 12일밖에 안 남았잖아. 지금 24시간 풀가동 중이야."

"케넬리는? 그 사람은 뭐래?"

"휴가 중이야."

"그 인간을 만나 봐. 나한테는 대꾸도 안 할걸. 서로 좋아하는 사이가 아니라서 말이야."

경찰에는 리프랜저와 사이가 좋지 않은 사람들이 수두룩하다.

하지만 케넬리는 다를 줄 알았다. 리프랜저는 유능한 경찰을 좋아하니까 말이다. 둘 사이에 뭔가 있다. 예전에 넌지시 그런 암시를 한 적이 있는 것도 같다.

리프랜저가 사무실을 나서다 말고 돌아왔다. 나는 이미 유지니아에게로 걸어가는 중이었는데, 그가 내 팔꿈치를 잡더니 내가 열었던 문을 닫았다.

"한 가지 더. 캐롤린의 통화 기록을 입수했어."

그가 나를 똑바로 쳐다보며 말했다.

"그런데?"

"뭐 별다른 건 없어. 그녀가 지난 6개월 동안 세 번 이상 전화를 건 번호들만 달라고 했잖아."

"그런데?"

"훑어보니까 한 번호는 자네 거더라고."

"여기 사무실?"

내가 물었다.

슬라브인 특유의 갸름한 리프랜저의 얼굴이 눈에 띄게 까칠해졌다.

"집. 작년 10월쯤."

그가 말했다.

나는 그럴 리가 없다고 말하려 했다. 캐롤린이 우리집으로 전화한 적은 한 번도 없었다. 그러나 곧 어찌 된 일인지 알아차렸다. 캐롤린의 아파트에서 집으로 전화를 건 건 바로 나였다. 아내에게 거짓말을 하기 위해서, 아들에게 또 늦겠다고 알리기 위해서였다.

"이 재판이 아주 더러워지고 있어. 여기서 저녁 먹고 들어갈

게."

리프랜저는 생각에 잠긴 나를 바라보고 있다. 그의 회색 눈은 아무런 감정도 드러내지 않았다.

"이건 그냥 넘어가 줬으면 좋겠어. 바바라가 전화 회사에서 법원 소환장 통지문을 받으면 난리를 칠 거야. 지금 같은 상황에서는 말이야. 괜찮다면 넘어가 줬으면 고맙겠어."

마침내 내가 말했다.

그가 고개를 끄덕이지만 나는 그가 괜찮지 않다는 것을 알 수 있다. 이제까지 우리는 거의 맹목적으로 서로를 믿고 의지해 왔던 터라, 그는 그 회색 눈으로 나를 나무라듯 바라봄으로써 내가 그를 실망시켰다는 사실을 의도적으로 내게 알렸다. 만약 그가 그런 식의 표현도 하지 않았다면 그것이 오히려 그가 진심으로 나를 친구로 생각한 것이 아니라는 것을 보여 주는 증거가 될 것이다.

"결국에는 웬델 맥가펜을 증인석에 앉혀야 했어요."
내가 정신과 의사인 로빈슨에게 말했다.

유일하게 아이의 증언만이 아버지의 증언에 맞설 수 있는 효과적인 대책이어서 원고 측의 항변을 할 때 우리는 아이를 불러냈다. 캐롤린은 눈부셨다. 그녀는 베이지색 블라우스에 커다란 비단 나비넥타이를 매고 짙은 푸른색 치마 정장을 입었다. 그녀는 바닥에 발이 닿지 않은 채 딱딱한 참나무로 만든 증인석에 앉아 있는 웬델 곁에 줄곧 서 있었다. 법정 안에서는 숨소리도 들리지 않았다.

"그러면 그때 엄마가 어떻게 했어, 웬델?"
웬델이 물을 달라고 했다.
"엄마가 널 지하실로 데려갔을 때, 웬델, 엄마가 어떻게 했어?"
"아픈 거였어요."
웬델이 말했다.
"이거였니?"
캐롤린은 재판 내내 불길한 조짐처럼 검사석 가장자리에 놓여 있던, 기름얼룩이 남아 있는 검은색 바이스 쪽으로 걸어갔다. 부품 모두가 웬델의 팔다리보다 두꺼운 바이스였다.
"네."
"엄마가 널 아프게 했어?"
"네."
"그래서 울었어?"
"네."
웬델은 물을 좀 더 마시더니 덧붙였다.
"많이요."
"엄마가 어떻게 했는지 말해 줄래?"
마침내 캐롤린이 부드러운 목소리로 말했고 웬델은 시키는 대로 했다.
"엄마가 누우라고 그랬어요. 난 막 울었어요. 난 울고 엄마는 안 울었어요. 엄마한테 빌었어요."
웬델은 자신이 결국 누웠고 엄마가 소리 지르지 말라고 했다고 말했다.
웬델은 이야기하는 동안 다리를 떨었고 인형을 꼭 쥐고 있었다.

그리고 캐롤린과 매팅리가 시킨 대로 엄마 쪽은 한 번도 쳐다보지 않았다. 반대 심문에 나선 스턴은 웬델에게 캐롤린을 몇 번 만났는지, 그리고 엄마를 사랑하는지를 물었고 나중 질문을 들은 웬델은 물을 더 달라고 했다. 논쟁은 없었다. 법정 안에 있던 사람들은 모두 이 아이가 진실을 이야기하고 있다는 것을 알았다. 연습을 많이 한 것 같았거나 어떤 특별한 감정이 느껴지는 어투였기 때문이 아니다. 웬델은 자신이 내뱉는 말 한 마디 한 마디에서 엄마가 자신에게 행한 일들이 나쁜 짓이었다는 것을 분명히 알고 있었다. 웬델은 그 도덕적인 용기로 사람들을 설득했다.

검찰 측 최후 진술은 내가 맡았다. 마음의 동요가 극에 달해 있던 상태라 연단으로 걸어가면서도 무슨 말을 해야 할지 아무 생각도 나지 않았고, 아무 말도 나오지 않을 것 같아 한순간 극심한 공포에 휩싸였다. 그러나 나는 내 열정의 샘물을 찾아냈고 이 아이를 위해, 매순간 공포와 불안 속에 살았을 이 아이를 위해, 우리 모두가 그렇듯 사랑을 원했지만, 오히려 고문을 받은, 무관심이나 냉대가 아니라 고문을 받은 이 아이를 위해 열변을 토해냈다.

그러고 나서 기다렸다. 배심원단의 평결이 나오기를 기다리는 동안은 세상의 모든 것이 정지되어 있는 것 같았다. 책상을 정리하고 부재중 전화를 건 사람에게 전화를 하고 검찰 조서를 읽는 것과 같은 지극히 간단한 일에도 집중을 할 수가 없었다. 결국 나는 복도를 왔다 갔다 했고, 불행하게도 마침 그때 내게 재판이 어떻게 되어 가냐고 물어온 사람이면, 누구라도 붙잡고 증거와 양측 주장에 대해 이야기를 늘어놓았다. 오후 네시쯤, 캐롤린이 들어와서 모톤즈에 뭔가를 환불하러 갔다 오겠다고 했고, 나는 따라가겠다고 했다. 건물을 나서는데 비가 세차게 내리기 시작했다. 바람 때문에 사선으로 비가 내리쳤고 겨울비처럼 차가웠다. 사람들은 두 손으로 머리를 가리고 뛰어다녔다. 캐롤린은 유리그릇을 환불했는데 누구에게서 받은 건지는 말하지 않았다. 우리는 다시 빗속으로 나왔다. 바람이 세차서 그녀는 소리를 지르다시피 말을 했고 나는 그녀를 감싸 안았다. 그녀는 우산 속에서 내게 어깨를 기대 왔다. 뭔가 일이 벌어지려 하고 있었다. 그렇게 아무 말 없이 몇 블록을 걷다가 마침내 내가 용기를 내 입을 열었다.
"저기."
내가 말했다. 그러고는 다시 말했다.
"저기."
캐롤린은 하이힐을 신고 있어서 키가 180센티미터가 넘었고, 나보다 3~4센티미터가 더 커서, 그녀가 내 쪽으로 고개를 돌리자 우리는 마치 포옹하는 것같이 되어 버렸다. 자연광 속에서 보니 그녀가 화장품과 운동과 유행하는 옷을 이용해 그렇게도 감추려고 했던 것들이, 화장품이 얼룩처럼 붙은 눈가의 잔주름과 거칠고 초췌한 피부가 그대로 드러나 보였다. 그러나 그것이 그녀를 더 현실적으로 보이게 했다. 실제로 그녀가 내 삶 속으로 걸어 들어와 일이 벌어지고 있었다.
"당신이 한 말에 대해 줄곧 생각해 봤어. 요 전날 밤 아직은 아니라고 했던 말이 무슨 뜻일까 하고 말이야."
그녀가 나를 바라봤다. 그리고 무슨 말인지 모르겠다는 듯 고개를 저었지만 입은 웃음을 억지로 참는 듯했고 얼굴은 변덕을 부릴 채비를 하고 있었다.

그때 다시 바람이 거세어져 나는 그녀를 한 상점의 차양 아래로 데려갔다. 우리는 도로 중앙에 웅장한 모습의 느릅나무들이 늘어서 있고 상점들이 줄지어서 있는 그레이선 가에 있었다.
"내 말은 우리 사이에 뭔가 있는 것 같은데 말이야. 내가 미친 거야? 그렇게 생각하는 게?"
비참하고 초라한 심정으로 내가 말했다.
"아니."
"아냐?"
"아냐."
"아."
그녀는 환하게 미소 지으며 내 팔짱을 끼더니 나를 거리로 잡아끌었다.
일곱시가 되기 직전에 배심원단이 돌아왔다. 모든 혐의에 있어서 유죄. 사무실에서 평결을 기다리고 있던 레이먼드는 군청 건물 2층부터는 카메라의 출입이 허용되지 않아서 우리와 함께 아래층으로 내려와 기자들의 인터뷰에 응했다. 그러고는 우리를 데리고 한잔 하러 갔다. 그는 약속이 있다고 여덟시 삼십분쯤 자리를 떴고 카발레로즈의 구석 자리에는 캐롤린과 나만 남게 되었다. 거기서 우리는 이야기를 나누며 술에 취했고 점점 더 감상적인 기분이 되어 갔다. 나는 그녀에게 오늘 훌륭했다고 말해 주었다.
"훌륭했어."
도대체 몇 번이나 그 말을 되풀이했는지 기억도 안 났다.
우리 삶에서 가장 친밀한 순간을 TV와 영화가 다 망쳐 놓았다. TV와 영화는 이런 순간에는 이래야 한다는 전례를 남겨서 즉흥적이고 독특한 일이 벌어져야 할 순간에도, 이미 우리의 마음은 TV와 영화에서 본 어떤 것을 기대하게 되었다. 우리는 케네디 가의 비극을 보면서 비통할 땐 어떤 표정이어야 한다고 생각하게 되었고, 지하철 광고에 붙은 운동 선수들의 모습을 보면서 승리의 몸짓은 어때야 한다고 생각하게 되었다. 그 운동 선수들은 또 TV에 나온 누군가를 보고 그런 몸짓을 익혔을 것이다. 이제는 유혹도, 느리게 흘러가는 순간과 숨 막힐 듯 팽팽한 긴장감과 즉흥성이 특징인 유혹의 순간에도 기준이 생겨 버렸다.

그래서 나와 캐롤린은 영화에 나오는 세련되고 침착한 커플들처럼 부드럽고 용감할 정도로 침착한 모습을 유지했다. 어쩌면 둘 다 이럴 때는 어떻게 행동해야 하는지 알지 못했기 때문이었을 수도 있다. 그렇더라도 둘 사이에는 어떤 전기가 흐르고 있었다. 가만히 앉아 입술을 움직이는 것조차, 잔을 드는 것조차 힘겹게 만드는 어떤 전기가 흐르고 있었다. 식사를 주문하지는 않았던 것 같다. 그렇지만 요부가 들고 있는 비단 부채처럼 뭔가 쳐다볼 거리를 만들기 위해 메뉴판은 가지고 있었다. 테이블 아래에는 캐롤린의 손이 내 엉덩이의 아주 가까운 곳에 무심하게 놓여 있었다.

"이 일이 시작되기 전까진 당신을 몰랐어."

"무슨 일?"

그녀가 물었다.

우리는 벨벳 소파에 가까이 붙어 앉아 있지만, 내가 아주 조용히 말을 하고 있어서 그녀는 내 쪽으로 조금 몸을 기울여야 했다. 그녀의 숨결에서 술 냄새가 났다.

"이 사건 전에는, 이 일이 시작되기 전에는 당신을 몰랐어. 그게 놀라워."

"왜?"

"왜냐면 지금은 그렇지 않으니까."

"지금은 나를 알아?"

"좀 더. 그렇게 생각하는데. 아냐?"

"그럴 수도. 어쩌면 지금은 당신 자신이 나를 알고 싶어 한다는 사실을 알게 된 건지도 모르지."

"그럴 수도."

내가 말했다. 그녀가 내 말을 되풀이 했다.

"그럴 수도."

"그러면 내가 당신을 알게 될까?"

"그것도 그럴 수도. 그걸 원한다면."

그녀가 말했다.

"그런 것 같은데."

"그건 당신이 원하는 것 중에 하나야."

"하나?"

"하나."

그녀가 말했다.

잔을 들어 입으로 가져가면서도 내게서 눈을 떼지 않았다. 둘의 얼굴이 아주 가까이 맞대어 있다. 그녀가 잔을 내려놓을 때 블라우스에 달린 나비 넥타이가 내 턱을 스쳐갈 정도다. 그녀의 얼굴은 화장을 너무 짙게 해서 거칠어 보이지만 눈만은 깊고 눈부시게 반짝였다. 그리고 공기 중에는 화장품과 향수 냄새와 우리 둘의 몸에서 나는 땀 냄새가 어우러져 있었다. 우리는 이렇게 언덕 위를 맴도는 매처럼 몇 시간이고 나른한 대화를 이어 갔던 것 같다.
"내가 또 뭘 원하지?"
내가 물었다.
"당신이 알고 있다고 생각하는데."
그녀가 말했다.
"내가 알고 있다고?"
"그럴 거라고 생각해."
"나도 그렇게 생각해. 하지만 아직도 내가 모르는 게 하나 있어."
"그래?"
"그걸, 내가 원하는 걸 어떻게 얻을 수 있는지 잘 모르겠어."
"몰라?"
"응, 잘 모르겠어."
"잘 모르겠어?"
"전혀 모르겠어."
살짝 미소 짓고 있던 그녀가 환하게 웃더니 말했다.
"그냥 다가와."
"다가오라고?"
"그냥 다가와."
"지금 당장?"
"그냥 다가와."
기대감과 흥분이 극에 달해 있어서인지 마치 안개가 낀 것처럼 눈앞이 흐려졌다. 나는 천천히 손을 뻗어 그녀의 부드러운 비단 넥타이의 끝을 만졌다. 내 손은 그녀의 가슴 근처에는 얼씬도 하지 않았다. 그러면서 나는 그녀의 눈에서 눈을 떼지 않은 채 비단 넥타이를 천천히 잡아끌었다. 넥타이의 매듭이 매끄럽게 스르르 풀리고 블라우스 칼라의 단추가 드러났다. 바로 그 순간 테이블 밑에 있던 캐롤린의 손이 새처럼 파닥인다 싶더니 그녀의 긴 손가락 하나가 아프게 솟아 오른 내 성기를 스쳐 갔다. 나는 거의 비명을 지를 뻔했지만 겨우 참고 대신 격하게 몸을 떨었다. 그때 캐롤린이 택시를 잡자고 조용히 속삭였다.

"그렇게 우리 관계가 시작됐어요."
내가 로빈슨에게 말했다.
"나는 그녀를 따라 그 멋진 아파트로 가서 부드러운 그리스산 카펫 위에서 그녀와 사랑을 나눴어요. 그녀가 문을 거는 순간 내가 그녀를 와락 껴안았고, 한 손으로는 그녀의 치맛자락을 들어 올렸고 다른 한 손은 그녀의 블라우스 속으로 집어넣었어요. 아주 순조로웠어요. 나는 번개에 맞은 듯 금방 절정에 다다랐어요. 그러고 나서 그녀 위에 엎드린 채로 방 안을 둘러보았죠. 티크와 밤나무로 된 가구들과 크리스털 조각상들을 보며 고급 상점의 진열창을 보고 있는 것 같다고 생각했고, 도대체 내가 무슨 짓을 하고 있나 생각했어요. 오랫동안 잠자코 있던 열정이 한순간에 터져 나와 도대체 무슨 일이 일어난 것인지 믿어지지가 않았어요. 그런 생각을 오래 할 겨를도 없이 우리는 자리에서 일어나 술을 더 마시고 침실로 갔고 심야 뉴스에서 우리 재판 보도가 나오는 것을 지켜봤어요. 그러던 중 다시 힘이 솟은 나는 이번에는 뒤에서 그녀를 안았고 그때 알았어요. 내가 길을 잃었다는 것을요."

"당신을 위해 할 수 있는 일이면 뭐든지요, 러스티. 당신이 원하는 일이면 뭐든지."
 루이스 발리스트리에리 경찰청 특별 업무부장이 말했다. 나는 경찰청 본부인 맥그래스 홀, 그의 사무실에 앉아 있었다. 이곳에는 루이스 같은 사람들이 얼마나 많을까. 희끗희끗한 머리와 오랜 세월 힘겨운 노동 덕분에 축 늘어진 심장과 오랜 동안의 흡연으로 가래 섞인 목소리를 가진 쉰다섯 살의 중늙은이들이 얼마나 많을까. 루이스는 자신이 부리는 사람들에게는 가차 없고 나처럼 자신에게 해를 끼칠 수 있는 사람들에게는 뻔뻔스러울 정도로 알랑거리는, 영락없는 공무원이다. 지금 그는 자기 지휘 하에 있는 범죄분석실에 전화를 걸고 있다.
 "모리스, 나 발리스트리에리인데, 디커맨 좀 바꿔봐. 그래, 지금. 화장실에 갔으면 가서 데려와. 그래."
 발리스트리에리가 나를 향해 윙크했다. 그는 20년 동안 지서를 돌아다니며 근무했지만, 지금은 사복을 입고 본부에서 일했다. 그의 레이온 셔츠 겨드랑이가 땀으로 젖어 있다.
 "디커맨? 그래. 폴헤무스 건 말인데. 러스티 사비치가 여기 와 있어. 그래, 사비치. 사비치라고, 젠장. 맞아, 호건 밑에 있는, 수석 부장 검사. 유리컵인지 뭔지 있잖아. 그래, 거기 잠재 지문이 있다며. 그래서 전화하는 거야. 무슨 생각하고 있는 거야, 지금? 그래, 맞다, 나 꼴통 대장이다. 단단히 들어 둬. 이 꼴통 대장이 자넬 콱 잘라 버릴 수 있다고. 그래, 그래. 어쨌든 왜 전화했냐면, 그 레이저 어쩌고를 컴퓨터로 스캔해서 우리가 갖고 있는 전과자들 지문하고 맞춰 볼 수 있지? 그래, 상태 좋은 지문이 세 개 있다며,

가서 컴퓨터로 돌려 봐. 그리고 우리가 알고 있는 어떤 놈 것인지 알아보라고. 이 사건 맡은 형사가 열흘 전부터 해달라고 부탁했다며? 머피? 그래, 어느 머피? 레오? 아니면 헨리? 헨리는 멍청한 놈인데. 좋아. 그 인간 시켜. 나한테 복잡한 데이터 갖고 오지 마. 뭔 말인지 쥐뿔도 모르니까. 아냐. 아냐. 그것 가지곤 안 돼. 좋아. 다시 전화해. 10분 안에. 10분이야. 결과가 어떻게 나오나 보자고."

나중에 알게 된 사실이지만, 문제는 장비 자체가 아니라 컴퓨터가 다른 부서 관할 하에 있다는 것이다. 경찰청 내에 컴퓨터는 단 한 대뿐인데 임금 계산 같은 일을 하는 사람들이 그 컴퓨터를 독차지하려고 한단다.

"그렇군. 물어볼게, 잠깐만."

다시 걸려온 전화에 대고 발리스트리에리가 말했다. 그러더니 수화기를 막으며 내게 말했다.

"범위를 얼마나 크게 잡을 거냐고 묻는데요. 전과자들 지문만 볼 수도 있고 군에서 지문 채취가 된 사람들의 것을 전부 볼 수도 있다는데. 이를 테면 군내 모든 공무원들 것까지도요."

나는 잠시 생각하다가 대답했다.

"전과자들 것만 하죠. 필요하면 나중에 더 부탁할게요."

발리스트리에리가 얼굴을 찌푸리며 말했다.

"전부 해요. 내가 다시 도와줄 수 있을지 어떤지는 아무도 모르니까."

그는 내 대답을 기다리지도 않고 수화기를 막은 손을 떼더니 말을 이었다.

봄 135

"전부 해. 그래. 언제까지? 젠장, 뭐 때문에 일주일씩이나 걸려? 검사님이 지금 제일 중대한 살인 사건을 수사 중이신데, 자네한테 구걸하다시피 부탁해야겠어? 젠장, 머피가 통계 분석을 해야 한다고? 이것부터 하라고 그래. 내가 그렇게 말했다고 일러줘. 알았어."

그가 수화기를 내려놓았다.

"일주일에서 열흘 정도 걸린대요. 임금 계산부터 하고 또 법 집행 원조청이 요구한 통계도 내야 되거든요. 계속 압력은 넣겠지만 더 빨리 될 것 같진 않은데요. 그리고 말씀하신 그 형사한테 증거물 유리컵을 실험실에 가져다주라고 하세요. 혹시 필요할지도 모르니까."

나는 발리스트리에리에게 도와줘서 고맙다고 인사를 한 후 아래층 부검실로 향했다. 복도가 광을 낸, 반짝반짝한 참나무 바닥인 것을 보니 오래된 고등학교 같은 느낌이 났다. 복도에는 짙은 푸른색 셔츠에 검은색 넥타이를 맨 경찰들이 서로 농담을 주고받으며 바삐 오가고 있다. 나와 같은 연령층과 사회 계층에 속한 사람들은 경찰을 별로 좋아하지 않았다. 과거에 경찰은 시민을 함부로 폭행하기도 하고 금지된 약물을 복용하지는 않았는지 알아보기 위해 킁킁대며 코를 들이밀고 냄새를 맡아보기도 했다. 한마디로 사납고 미개했다. 그래서 나는 신참 검사 시절에는 의도하지는 않았지만 자연스럽게 그들과 거리를 두고 일했다. 그 후로 십여 년을 경찰들과 함께 일을 해왔다. 그 중에는 마음에 드는 형사들도 생겼지만 싫어하는 경찰이 더 많다. 경찰들 대부분은 두 가지 단점을 가지고 있다. 너무 딱딱하고 사이코 같다. 그들은 보는 게 너무 많고 하수구에 코를 처박고 살기 때문일 것이다.

삼사 주 전쯤 어느 금요일 밤, 길스에 지나치게 오래 앉아 있던 나는 팔루치라는 순경에게 술을 사준 적이 있었다. 그는 맥주와 양주를 번갈아 가며 서너 잔 마시더니 그날 아침 사람의 심장이 플라스틱 통에 담겨 있는 것을 발견했다는 이야기를 하기 시작했다. 어느 거리 끝에 있는 쓰레기통 옆에 심장만 담긴 플라스틱 통이 덩그러니 놓여 있었다고 했다. 그는 그것을 집어 들고 살펴본 후 다시 내려놓고 차를 타고 떠났다. 그러나 곧 다시 돌아갔다. 그러고는 쓰레기통 뚜껑을 들고 쓰레기를 뒤지기 시작했다. 인체의 다른 부분은 없었다.

"그뿐이에요. 내 임무는 다 했어요. 난 그걸 들고 지서로 들어가서 염소 심장으로 처리하라고 그랬죠."

사이코. 국민의 세금이 이런 사이코들에게 들어가고 있다. 흐린 날 아침에 경찰에게 좋은 아침이라고 인사를 하면 미친놈 아닌가 하는 눈으로 노려볼 것이다. 그들은 모든 이를 나쁘게 생각하는, 사회에서 자연스럽게 생겨난 염세주의자들이다.

엘리베이터가 지하층에 다다랐다.

"구마가이 박사님."

내가 그의 이름을 부르며 인사했다. 그의 사무실은 시체보관소 바로 바깥에 위치해 있다. 유리벽 너머로 보니 시체보관소 안에는 스테인리스 강철로 만든 테이블이 여러 개 있고 절개된 복막에서 나오는 역한 냄새가 진동하고 있는 것 같다. 벽을 통해 외과 수술용 톱의 무시무시한 소리가 들려왔다. 구마가이, 즉 무고통의 책상은 그야말로 난장판이다. 보고서와 의학 잡지들이 산처럼 쌓여 있고 나무쟁반들이 아무렇게나 놓여 있다. 한쪽 구석에 놓인 소형 TV는 볼륨을 줄인 채 야구 경기 중계에 맞춰져 있다.

"세비지 씨('비열한'이라는 뜻. 사비치라는 이름을 이용하여 만든 별명인 듯 함—옮긴이). 정말 중요한 일인가 보죠? 수석 부장 검사님께서 몸소 찾아주시다니."

무고통은 키가 160센티미터가 조금 넘고 짙고 굵은 눈썹에 콧수염은 입술 중간에서 활처럼 휘어져 올라가 있는, 괴상하게 생긴 일본인이다. 쉴 새 없이 서성거리고 몸을 비틀어 대기도 하고 말을 할 때도 두 손을 가만히 두지 않고 휘젓고 있는 것을 보면 잠시도 가만히 못 있는 사람인 것 같다. 광기 어린 과학자. 잘 봐야 그렇게 봐 줄 수 있을까, 그는 좋게 보려야 좋게 볼 구석이 한 군데도 없는 사람이다. 누가 무고통에게 시체 다루는 일을 시키면 제일 좋을 거라고 생각해 냈는지는 모르겠지만 제대로 판단한 것 같다. 침대에서는 어떤 모습일지 상상이 안 갔다. 물건을 던지고 욕이나 해댈 사람이다. 조금만 기분이 안 좋아도 얼굴에 그대로 드러날 사람이다. 가끔씩 세상에 이런 사람들이 너무 많은 거 아닌가 하는 생각이 들게 만드는, 그런 사람들 중에 한 명이다. 도통 그를 이해할 수 없을 것 같다. 내가 그를 이해하려고 무지 애를 쓴다면, 곧 내 머릿속 컴퓨터 화면은 알 수 없는 기호들로 가득 찰 것이다. 그가 일을 할 때, TV를 볼 때, 아니면 여자를 따라 다닐 때, 도대체 무슨 생각을 할지 감도 안 잡혔다. 지난 토요일 밤 그가 무슨 일을 했을까 추측하는 돈 내기 게임을 한다면, 난 돈을 다 날리고 말 것이다.

"실은, 보고서 가지러 들렀어요. 리프랜저에게 전화하셨다면서요."

"아, 예, 예. 바로 여기 어딘가에 뒀는데. 그 리프랜저라는 양반, 정말 한 까탈스럽데요. 별걸 다 가지고 당장 전화해 달라고 난리더라고요."

무고통은 보고서를 찾느라고 서류 더미를 이리저리 옮기고 헤집고 정신이 없었다.

"그러고 보니 수석 부장 검사님 소리 듣는 것도 얼마 안 남았네요? 내 생각엔 니코 델라 가르디아가 레이먼드 호건을 밀어낼 것 같은데, 안 그래요?"

나를 바라보며 대답을 기다리고 있다. 남들이 불쾌해 할 만한 말을 할 때 늘 그러는지는 모르겠지만 지금 무고통은 빙그레 웃고 있었다.

"두고 봐야죠."

내가 대답했다. 그리고 좀 더 공세적으로 나가기로 결심했다.

"딜레이하고는 친한가 보죠, 의사 선생?"

"니코는 진짜 사나이죠, 사나이 중에 사나이예요. 그럼요. 함께 일 많이 했죠. 별별 대형 살인 사건들을 다 다뤄 봤어요. 그 사람 능력 있어요, 정말로 능력 있어요. 그 사람이 나서면 변호사들은 쪽도 못 썼어요. 여기 있네요."

그가 내 쪽으로 파일 하나를 던지더니 TV를 향해 몸을 구부렸다.

"데이브 파커 새끼, 약이라도 했나, 엄청 잘 쳤네."

이제까지는 니코와 무고통이 친분이 두터울 거라는 생각을 못 하고 있었는데, 생각해 보니 당연한 것도 같다. 살인 사건 담당 일류 검사와 경찰청 부검의라, 자연스러운 일이다. 때때로 서로의 도움이 절실히 필요한 관계가 아닌가 말이다. 나는 무고통에게 잠시 앉아도 되는지 물었다.

"그럼요, 앉으세요, 앉으세요."

그가 서류 더미를 한 켠으로 밀어 놓더니 다시 TV 쪽으로 고개를 돌렸다.

"리프랜저와 나는 요즘 이 이론을 두고 생각 중인데요. 아니 가정이라고 해두죠. 치정 관계가 이상하게 끝이 난 거 아닐까요? 캐롤린이 어떤 미친놈하고 연애를 하고 있었는데, 그녀의 유효 기간이 지났다고 생각한 놈이 목을 졸라 죽인 것 아닐까요? 강도 강간범의 소행으로 보이려고요. 어때요?"

흰 실험복을 입은 무고통은 두 팔꿈치를 서류 더미 위에 올려놓고 있다.

"말도 안 돼요."

"안 돼요?"

"말도 안 돼요. 하여튼 경찰들은 다 멍청한 새끼들이야."

경찰청 소속 부검의인 무고통이 말했다.

"어려운 건 쉽게 생각하고, 쉬운 건 어렵게 생각하고. 젠장, 보고서 좀 읽어요. 내가 쓴 보고서 좀 읽어 봐요. 리프랜저는 빨리 달라고 난리를 치더니, 젠장, 읽지는 않는단 말이야."

"이 보고서요?"

"그거 말고요."

그는 내가 들어 보이는 보고서를 손으로 툭 쳤다.

"내 부검 보고서 말예요. 팔목에 멍이 있는 거 봤죠? 발목에 있는 것도? 무릎에 있는 것도요? 이 여잔 맞아서 죽은 거예요, 목 졸려 죽은 게 아니라. 제발 보고서 좀 읽어요."
"밧줄로 심하게 졸려 있던데요. 사진을 보면 목에 밧줄에 졸린 자국이 있던데."
"그건 맞아요, 맞아. 아주 세게 단단히 묶여 있었죠. 시체가 이리로 옮겨졌을 때 보니까 꼭 활과 화살처럼 보였어요. 하지만 목에 난 자국은 하나뿐이에요. 밧줄로 목을 세게 조르다 보면 밧줄이 움직이거든요. 그래서 멍이 넓게 나죠. 하지만 이 여잔 목에 아주 좁게 난 작은 멍 하나밖에 없어요."
"그 말은?"
내가 물었다.
무고통이 미소를 지었다. 그는 카드 패를 내놓지 않고 쥐고 있는 것을 즐기고 있다. 그가 TV 가까이 얼굴을 들이밀자, 그의 눈썹 위로 회색 화면이 비쳤다.
"1루와 3루라."
그가 말했다.
"좁은 멍 자국이 있다는 건 무슨 뜻이죠?"
내가 다시 물었다.
아나운서가 공이 땅에 닿지 않고 직선으로 날아가고 있다고 외쳤다.
"소환장이 필요해요?"
내가 조용히 물었다. 억지로 미소는 짓고 있지만 가시 돋친 말투가 나오는 것은 어쩔 수 없다.
"뭐라고요?"

무고통이 물었다.
"목에 난 멍을 어떻게 해석해야 하냐고요."
"그건 먼저 밧줄에 묶였다는 뜻이에요. 됐어요?"
나는 이 말을 이해하기 위해 잠시 가만히 있다. 무고통도 알다시피 나는 도통 감을 못 잡고 있다.
"잠깐만."
내가 말했다.
"이제까지 주된 이론은 누군가가 그녀를 제압하기 위해 뭔가로 먼저 내리쳤다는 거라고 알고 있었는데요. 그래서 그녀는 이미 죽었는데, 놈은 그걸 알지 못했거나 신경을 쓰지 않은 거라고요. 그러고 나서 놈이 그녀를 묶고 강간을 했고 희한하게도 풀리는 매듭을 지어놓고 강간과 동시에 그녀를 질식시켰다고요. 내가 바로 알고 있는 건가요, 아니면 당신이 마음을 바꾼 건가요?"
"내가 마음을 바꿨다고요? 젠장, 보고서를 봐요. 그런 말은 어디에도 없을 걸요. 난 그런 말 한 적 없는데. 그렇게 보일 수는 있어요. 형사들이 그렇게 생각할 수도 있겠죠. 하지만 난 아니에요."
"그럼, 어떻게 생각하세요?"
무고통이 빙그레 웃더니 어깨를 으쓱여 보였다.
나는 잠시 눈을 감았다.
"이것 봐요."
내가 말했다.
"이 중대한 살인 사건을 수사하는 데 기한이 열흘밖에 없어요. 그런데 먼저 밧줄로 목이 묶였다는 이야기를 지금 여기서 처음 들어요. 좀 미리 알려줬으면 좋지 않았을까요?"

"그럼 물어봐야죠. 리프랜저는 전화해서 서두르라고 빨리 보고서 달라고 재촉해 댔어요. 그래서 보고서 줬어요. 하지만 내가 어떻게 생각하고 있는지는 아무도 물어보지 않았잖아요."

"지금 내가 물어봤잖아요."

무고통이 의자 깊숙이 앉으며 말했다.

"어쩌면 내가 아무 생각도 하지 않는 게 아닐지도 모르죠."

이 남자는 내가 생각했던 것보다 더 얼간이이거나 뭔가 숨기고 있는 것이 있다. 나는 잠시 아무 말도 하지 않고 상황을 정리했다.

"지금 그녀가 강간부터 당했고 그 다음에 밧줄에 묶였다고 말씀하시는 겁니까?"

"나중에 묶였다, 그건 맞아요. 그렇죠. 강간을 당했다? 지금 생각해 보니 그건 아닌데."

"지금이요?"

"그래요, 지금."

무고통이 말했다. 우리는 서로를 노려봤다.

"보고서 좀 읽어요."

그가 말했다.

"부검 보고서요?"

"이 보고서요, 젠장, 이 보고서요."

내가 들고 있는 파일을 툭 치면서 말했다. 그래서 나는 보고서를 읽었다. 법의학 분석실에서 작성한 것이다. 캐롤린 폴헤무스의 질에서 나온 또 다른 물질이 무엇인지 밝혀졌다. 논옥시놀 9라는 물질인데, 실험실에서는 농도로 보아 정충을 죽이는 젤리 형태의 피임약인 것 같다고 결론지었다. 그래서 살아 있는 정자가 하나도 없었던 것이다.
고개를 들어 보니 무고통이 능글맞게 웃고 있다.
"지금 이 여자가 피임약을 사용했다고 말하고 있는 건가요?"
내가 물었다.
"말하고 있는 것이 아니라 실제로 사용했어요. 젤리 타입의 피임약이죠. 농도는 2%, 젤리 형태이고, 다이아프램(성 관계 전 여성의 질 내에 삽입하여 정자가 자궁으로 들어가지 못하도록 하는 피임 기구. 철테에 라텍스 재질의 격막을 씌운 모양. 젤리나 크림 형태의 피임약과 함께 사용——옮긴이)과 함께 사용했어요."
"다이아프램이라고요?"
내가 아주 천천히 되물었다.
"부검 때는 그런 말 안 했잖아요."
"젠장, 무슨 말이에요!"
흥분한 무고통이 책상을 쳤다. 그는 큰 소리로 나를 비웃었다.
"당신도 부검 때 있었잖아요, 새비지 씨. 여자의 몸을 갈라 봤죠. 그 여자 몸속에는 다이아프램이 없었어요."
나는 미소 짓는 무고통을 노려봤다.
"어디로 갔을까요?"
"내 추측을 듣고 싶어요?"
"말해 봐요."
"누가 가져간 거예요."
"경찰이요?"
"경찰들이 그렇게까지 멍청하진 않죠."
"그럼 누구요?"

"이것 봐요, 새비지 씨. 경찰이 아니고, 나도 아뇨. 그럼 누구겠어요? 그놈밖에 없지."
"범인이요?"
"젠장, 아니면 누구겠소?"
나는 보고서를 집어 들고 다시 읽었다. 그러면서 아까 읽었을 때는 몰랐던 새로운 사실을 깨닫게 되고, 갑자기 모든 것이 분명해졌다. 진정하려고 노력해 보지만 열이 오르기 시작했다. 귀까지 화끈거렸다. 10분 동안이나 미끼로 나를 유혹한 후에 마침내 솔직히 털어놓는 걸 보면 무고통의 눈에도 내 변화가 보이나 보다. 조만간 내가 이해하게 될 거라고 생각한 모양이다.
"내 생각을 알고 싶어요? 내 생각엔 이건 계획된 범행이에요. 살인범은 여자의 정부고. 여자의 집을 방문해서 술을 마시고 여자와 성 관계를 가지죠. 알겠어요? 그때까진 모든 게 순조롭죠. 하지만 놈은 화가 나죠. 그래서 뭔가를 집어 들고 여자를 죽인 후 강간으로 보이게 꾸며 놓죠. 여자를 묶고 다이아프램을 꺼내고, 내 생각은 그래요."
"토미 몰토는 뭐래요?"
내가 물었다.
피학적인 성향의 무고통 구마가이가 마침내 궁지에 몰렸다. 그는 열적은 듯 억지로 웃으려고 애를 쓴다. '웃음'이란 말은 적합하지 않다. 웃으려는 듯 입을 씨근거리지만 소리는 나오지 않았다.
그에게 보고서를 돌려주며 보니 작성일이 닷새 전으로 되어 있다. 보고서 맨 꼭대기에는 '몰토 762-2225'라고 그가 직접 쓴 메모가 있다.

"필요할 때 몰토에게 연락하려면 이거 어디에 다시 써 놓아야 하지 않겠어요?"

무고통의 말이 다시 빨라졌다.

"아, 토미 몰토."

그는 표정 관리를 잘했다.

"좋은 사람이에요, 좋은 사람."

"요즘 어떻게 지내요?"

"아, 잘 지내요, 잘 지내요."

"시간 나면 전화 좀 하라고 전해 줘요. 아니, 무슨 일인지 내가 알아볼 수도 있겠네."

나는 자리에서 일어나 손가락으로 구마가이를 가리켰다. 그러고는 그가 싫어하는 별명을 불렀다.

"무고통, 몰토랑 니코에게 전해 줘요. 이건 비열한 짓이라고. 정치적으로도 비열한 짓이고 경찰청에서 한 행동치고도 비열한 짓이라고. 내가 사건 조작 혐의로 고발하지 않게 해달라고 하나님께 기도하는 게 좋을 걸요."

나는 무고통에게서 보고서를 잡아채고는 대답을 기다리지도 않고 자리를 떴다. 화가 나서 심장이 쿵쾅거리고 팔다리가 후들거렸다. 군청 건물로 돌아와 보니 물론 레이먼드는 자리에 없었다. 나는 로레타에게 급한 일이니 연락 부탁한다고 레이먼드에게 전해 달라고 했다. 맥을 찾지만 마찬가지로 자리에 없다. 나는 사무실로 돌아와 앉아 생각에 잠겼다. 아, 얼마나 영리한 짓인가. 우리가 요청한 건 다 들어주지만 그 이상은 아니다. 결과는 가르쳐 주되, 의견은 말하지 않았다. 법의학 분석실에서 보고서가 들어왔다는 사실을 알려는 주되, 그 내용은 말하지 않았다. 최대한 헤매게 했다. 한편 알고 있는 모든 사실을 시시콜콜 몰토에게 흘렸다. 제일 화나는 게 그거다. 세상에, 정치가 이렇게 더러운 것이라니. 경찰청은 더 더럽다. 메디치 가(家)가 살았던 세상도 이만큼 음모와 계략으로 얼룩져 있지는 않았을 것이다. 사방에서 암묵적인 눈감아 주기와 봐 주기가 판을 치고 있다. 시의원과 마권 영업자와 여자 친구. 처가 쪽 식구들, 무능한 남동생, 항상 나사못을 싸게 해 주는 철물점 주인. 경계해야 할 신참 직원, 진지한 모습이 인상적인 마약 밀매범, 계속 지켜봐야 할 정보 제공자. 삼촌을 도와준 운전면허 시험 교관, 볼캐로와 친분이 있어서 곧 서장으로, 아니 그 이상으로 승진할 부 지서장. 이웃, 얼굴만 아는 사이이지만 사람 좋아 보여 호감이 가는 남자. 다들 한번 눈감아 주기를, 한번 봐 주기를 원했다. 그러면 못 이기는 척 들어줬다. 대도시의 경찰청에서는, 적어도 킨들 군의 경찰청에서는, 원칙대로 한다는 것은 기대하기 어려운 일이다. 원칙은 이미 오래전에 쓰레기통에 던져졌다. 2000명의 푸른 제복을 입은 경찰들은 자기 조직을 위해 원칙을 이용했다. 다들 그렇듯, 무고통도 자기 이익을 위해 원칙을 이용했을 뿐이다. 어쩌면 무고통은 니코로부터 검시관으로 만들어 주겠다는 약속을 받았을지도 몰랐다.

전화벨이 울렸다. 맥이었다. 내가 그녀에게 말했다.
"드디어 토미 몰토가 뭘 하고 있는지 알아냈어."

퇴근하면서 보니 아직도 레이먼드의 사무실에 불이 켜져 있다.

봄 147

밤 아홉시가 다 되어 가는 시각인데 불청객이 와 있다는 생각이 먼저 들었다. 나는 사흘 전 구마가이를 만나고 나서부터 불안과 의심이 많아졌다. 책상 앞에 앉아 담배 연기를 내뿜으며 평소답지 않게 느긋한 표정으로 컴퓨터 화면을 바라보고 있는 레이먼드의 모습에 나는 약간 놀랐다. 선거 운동이 막바지로 접어들고 있는 요즘 이런 모습은 보기 드물었다. 성실한 법조인인 레이먼드는 평소에는 밤늦도록 사무실에 남아 검찰 조서나 공소장을 산더미처럼 쌓아 놓고 검토하기도 하고 곧 하게 될 연설문을 작성하고 연습하기도 했다. 그러나 검찰 총장 선거 유세가 시작된 후부터는 거의 매일 밤 유세장을 돌아다니고 있다. 그가 사무실에 있을 때는 라렌 리틀 판사를 비롯한 선거 참모들이 모여 앉아 전략 회의를 했다. 지금도 혼자 있는 것은 아닌 것 같아서 나는 낡은 참나무 문밖에 서서 노크부터 하고 들어섰다.

"운세라도 보고 계신 거예요?"

내가 물었다.

"그 비슷한 거. 하지만 훨씬 더 정확한 거, 불행히도 말이야."

그가 아나운서 같은 말투로 말을 이었다.

"3번 방송과 《트리뷴》지가 공동으로 실시한 여론 조사에 따르면, 검찰 총장 선거를 8일 앞둔 지금, 도전자인 니코 델라 가르디아가 현직 검찰 총장인 레이먼드 호건을 앞서고 있는 것으로 나타났어."

내 반응은 간결했다.

"개소리예요."

"읽으면 울고 싶어질걸."

그가 컴퓨터 화면을 내 쪽으로 돌려놓았다.
나는 그래프를 읽는 데는 젬병이라 멀뚱히 화면만 바라보았다.
"맨 밑에 줄을 봐."
레이먼드가 말했다.
"'미'는 미결정이란 뜻인가요? 43 대 39. 미결정 8퍼센트. 아직은 승산이 있네요."
내가 말했다.
"난 현직 총장이잖아. 니코에게도 가능성이 있다는 것을 알게 되면 사람들은 그에게로 기울어질 거야. 선거에서는 새 얼굴이 더 인기가 있잖아."
레이먼드의 정치적 식견은 거의 아폴로신의 신탁과 같은데, 그것은 레이먼드 자신뿐만 아니라 마이크와 라렌의 견해까지도 담고 있기 때문이다. 그런데도 나는 낙관적인 자세를 유지하려고 애를 쓴다.
"지난 두 주 동안 안 좋은 일만 있었잖아요. 니코가 캐롤린 살인 사건을 아주 잘 이용했어요. 곧 회복될 거예요. 지금까진 니코가 앞서 가도록 가만히 내버려 두고 있었던 것뿐인데요, 뭘. 그나저나 이거 오차 범위가 얼마예요?"
"글쎄, 다행인지 불행인지, 4퍼센트야."
레이먼드의 말에 따르면, 마이크 듀크는 여론조사 결과가 막상막하의 접전을 의미한다는 기사를 내보내야 한다고 TV방송국을 설득 중이라고 했다. 같은 임무를 가지고 신문사에 급파된 라렌 역시 이미 편집자들로부터 3번 방송이 합의한다면, 자기네도 그런 해석 기사를 내겠다는 약속을 받아냈다.

"신문사는 합동 여론조사 결과를 놓고 TV방송과 다른 견해를 내려고 하진 않아."

레이먼드가 설명했다. 그러고는 담배 연기를 훅 내뿜더니 말을 이었다.

"우리 뜻대로 될 것 같아. 그 사람들 나한테 좋은 일 한번 해주겠지. 그렇지만 그게 무슨 소용 있어? 숫자는 숫잔데. 모두들 내가 나자빠지는 모습을 보게 될 거야."

"자체 조사 결과는 어때요?"

"그건 믿을 만한 게 못 돼."

그의 진영은 신뢰할 만한 여론 조사를 할 만큼 재원이 충분치 못했다. 이번 조사도 형식적으로 소규모로 이루어졌다. 레이먼드 자신을 비롯하여 라렌과 마이크, 아니 그 어느 누구도 상황이 이만큼 안 좋을 것이라고는 예상치 못했고 이제 와서 상황이 그렇게 나쁜 건 아니라고 주장할 사람은 아무도 없었다.

"캐롤린에 대한 건 자네 말이 맞아. 우리한텐 큰 타격이었어. 어쨌든 그것 때문에 우린 기세가 완전히 꺾여 버렸어. 우리가 질 거야, 러스티. 이런 말은 지금 자네한테 처음 하는 거지만 말이야."

레이먼드 호건은 파이프를 내려놓더니 나를 똑바로 바라보며 말했다.

나는 내 오랜 우상이었고 지도자였던 레이먼드 호건의 지친 얼굴을 바라봤다. 그는 손을 맞잡고 있다. 편안해 보였다. 법조계 혁신에 대해 말하기 시작한 지 12년 6개월이 지난 후, 그는 마침내 두 손을 들어 버렸고, 이것은 우리 둘의 입장을 고려해 볼 때 1년은 늦은 감이 있었다. 이제 법조계 개혁은 다른 사람의 일이 되어 버렸다. 법 철학의 이념과 원칙을 고수하기 위해서 법조계를 개혁해야 한다는 생각은 12년의 세월이 흐르는 동안 점점 지쳐 가는 이 남자에게 점점 더 큰 압박으로 작용해 왔고, 이제 그는 아예 두 손 두 발을 다 들어 버렸다. 현 상황에서 이념과 원칙은 최우선 순위가 아니다. 잡아들인 악한들을 수용할 감옥과 그들을 재판할 법정이 충분치 않을 때는 최우선 순위가 될 수 없다. 판결을 내릴 판사가 자기 아버지의 보험 덕분에 무상으로 교육받을 기회를 자기 형제에게 뺏겨 버리고 자신은 야간 법대를 나와 30년을 충성스럽게 일해 판사로 임명된 사람이 많을 경우에는 최우선 순위가 될 수 없다. 니코 델라 가르디아가 총장직을 물려받더라도, 지금 그가 TV에 나와 무슨 공약을 내걸더라도, 상황은 마찬가지일 것이다. 범죄는 너무 많이 일어나고, 그걸 다룰 적절한 수단은 충분하지 않고, 법조인은 너무 적고, 정치적 청탁은 너무 많이 들어오고, 검찰 총장의 이념과 원칙이 어떻든 간에 불행과 악행은 끊임없이 일어나는 이런 상황에서는, 개혁은 그에게도 결코 쉽지 않은 일일 것이다. 그래도 시도를 해야겠지만 말이다. 벼랑 끝에서 보이는 레이먼드의 평안함이 내게도 전염이 되었다.

"제기랄."

내가 말했다.

"그러게 말이야."

레이먼드는 껄껄 웃더니 맞장구를 쳤다. 그러더니 사무실 한 쪽에 있는 회의 탁자로 걸어가 연필 넣는 서랍에 항상 넣어 두는 위스키 병을 꺼냈다. 그러고는 정수기 옆에 있는 작은 접이용 종이

컵 두 잔에 술을 따랐다. 나도 그에게로 걸어가 컵을 받아 들었다.

"검사 일을 시작했을 때는 술을 마시지 않았어요. 지금도 문제가 될 정도로 많이 마시는 건 아니고, 불평하는 것도 아니지만, 12년 전에는 술을 한 모금도 입에 대지 않았거든요. 맥주, 와인, 럼콜라 칵테일, 어떤 것도요. 하지만 지금은 이렇게 스카치 위스키를 쭉쭉 들이키네요."

나는 술을 단숨에 들이켰다. 식도가 오그라드는 것 같고 눈가에 눈물이 맺혔다. 레이먼드가 한 잔을 더 따라 주며 말했다.

"세월이 인간을 망치지. 자네도 늙나 보군, 러스티, 그렇게 과거를 돌아보는 걸 보니 말이야. 난 이혼하고부터 그 짓을 그만뒀어. 여길 떠나더라도 맥주나 홀짝이고, 좋았던 옛 시절 이야기나 하면서 석달 열흘을 훌쩍이는 짓은 안 할 거야."

"총장님은 IBM 건물 40층에 있는 유리로 된 비까번쩍한 사무실에 앉아 있겠죠. 쭉쭉빵빵한 비서들도 있고, 총장님 이름을 빌리는 대가로 엄청난 돈을 지불하면서, 일주일에 서른 시간 일하는 게 너무 많은 건 아니겠냐고 묻는 백만장자 파트너들 사이에서 말이에요."

"헛소리 집어치워."

레이먼드가 말했다.

"정말이에요."

지난 몇 년 동안 레이먼드가 그런 장밋빛 상상을 하면서 하는 소리를 몇 번인가 들은 적이 있었다. 몇 년은 대기업에서 일하며 돈을 벌고, 그 다음엔 판사 자리에 앉지만, 처음에는 상고 법원 정도에 있다가 주 대법원으로 진출한다는 생각이었다.

"글쎄, 그럴 수도 있겠지."
우리는 웃음을 터뜨렸다.
"자네도 떠날 건가?"
그가 물었다.
"선택안이 별로 많지 않은 것 같은데요. 니코는 내 자리에 토미 몰토를 앉힐 거예요. 그건 확실해요."
레이먼드가 육중한 어깨를 으쓱이며 말했다.
"니코라면 모르는 일이야."
"어쨌든 저도 떠날 때가 된 것 같아요."
내가 말했다.
"판사 자리 하나 줄까, 러스티?"
내게는 지금이 황금 같은 기회다. 마침내 충성의 대가가 찾아온 것이다. 판사가 되고 싶냐고? 버스에 바퀴가 있냐고, 양키스 홈구장이 브롱크스에 있냐고 묻는 것이나 마찬가지인 뻔한 질문이다. 목으로 넘어가는 위스키가 갑자기 달콤하게 느껴졌다.
"생각해 볼게요. 변호사 개업이나 할까 생각 중이었거든요. 돈을 벌어야 해서요."
"그럼 상황이 어떻게 되나 지켜보자고. 이 사람들 나한테 빚진 게 있거든. 내가 웃으면서 떠나기를 바랄 거야. 당에 충성한 대가를 내게 치러야 되니까, 몇 사람 정도 뒤를 봐줄 수 있을 거야."
"감사합니다."
레이먼드가 다시 자기 잔을 채웠다.
"내 사랑하는 미결 살인 사건은 어떻게 되어 가나?"
"별로 진척이 없어요. 전반적으로요. 무슨 일이 일어났는가에

봄 153

대해서 좀 더 알게 되기는 했어요. 부검의의 말을 그대로 믿는다면 말이죠. 맥이 몰토에 대해서 얘기하든가요?"

"듣긴 들었는데, 그건 또 무슨 개소리야?"

"스튜 두빈스키가 제대로 하나 물은 것 같아요. 니코가 몰토를 통해 우리 수사 상황을 다 듣고 있었어요."

"듣기만 한 거야? 방해를 한 건 아니고?"

"둘 다겠죠. 내 생각엔 대체적으로 몰토는 정보만 물어다 준 것 같아요. 경찰청 친구들을 시켜 보고서를 몰래 빼돌리게 해서 말이죠. 범죄 분석실 작업을 더디게 했을 수도 있겠지만, 그걸 어떻게 증명하겠어요? 도대체 그 인간들이 무슨 생각을 하고 있는지 아직도 모르겠어요. 어쩌면 저를 바지저고리로 보고, 자기들이 사건을 해결하려고 하는 건지도 모르죠. 선거 전에 크게 한 건 올리려고 말이에요."

"아냐. 말은 그렇게 할지 몰라도 말이야. 우리 수사를 방해하고 돌아다니면 내가 난리를 칠 거 아냐. 그럼 몰토를 내세우겠지. 살인사건부 부장 검사 대리인 그를 내세워서 말이야. 우리가 일을 그르칠까 봐 걱정이 되서 그런 거라고 할 테고. 왜 니코가 몰토를 시켜서 정보를 캐내고 있는지 말해 줄까? 정탐 활동이야. 아주 영리한 짓이지. 우리가 어쩌고 있나 알아내서 얼마나 세게 칠까 판단하는 거지. 위험 부담은 거의 없이 말이야. 우리가 비틀거릴 때마다 좀 더 목소리를 높여서 우릴 칠 수 있잖아."

우리는 잠시 구마가이에 대해 이야기를 나눴다. 그가 결과를 바꿨을 것 같지는 않다는 데 둘 다 동의했다. 단지 늑장을 부리며 결과를 알려주지 않고 있었을 뿐이다. 그의 조수를 시켜서 작업을 관찰하게 할 수도 있었겠지만 지금 와서는 그렇게 해봐야 소용없는 일이었다. 내일 이 여론 조사 결과가 발표되면 이제 경찰청의 충성심을 기대하기란 쉽지 않을 것이다. 한 번이라도 니코의 이름을 친근하게 불러본 적이 있는 경찰관이라면 미래를 위해 투자한다는 심정으로 그에게 정보를 물어다 줄 것이 뻔하다.
"그럼 이 부검 보고서의 결론은 뭐야? 누가 범인이야?"
레이먼드가 물었다.
"남자 친구일 수도 있고 우연히 알게 된 남자일 수도 있고요. 강간 사건으로 꾸미기까지 한 걸 보면 캐롤린을 잘 아는 남자인 것 같아요. 아니면 우연일 수도 있고요. 누가 알겠어요? 질문 하나 해도 될까요?"
나는 위스키 표면에 비치는 전등불의 동그라미를 물끄러미 바라봤다.
"해봐."
레이먼드가 도대체 왜 B파일을 책상 서랍에 숨겨 놓고 있었는지 알아낼 수 있는 절호의 기회였다. 그도 이 질문을 예상하고 있을 것이 틀림없으리라. 하지만 그것 말고 그에게 물어보고 싶었던 것이 또 있었다. 몇 년 전 밤의 성자들과 관련 사건들 중 하나를 함께 맡은 후, 실로 오래간만에 찾아온, 가장 화기애애한 순간에 이런 질문을 한다는 것은 위험을 자초하는 일일지도 몰랐다. 그리고 검사의 지위를 이용해 오랫동안 집착해 온 사적인 의문을 해소하려 하는 것이 부당한 일이라는 것도 잘 알고 있다. 그러면서도 결국 질문을 하고 만다.
"캐롤린하고 잤어요?"

레이먼드는 육중한 몸을 흔들어 대며 과장된 웃음을 터뜨려 실제보다 더 술에 취한 것처럼 보였다. 법정에서 익숙해진 몸짓, 위기를 맞아 생각할 시간이 필요할 때 그가 시간을 버는 방법이다. 마음에 안 드는 창녀가 따라붙을 때, 마주친 교도관보의 이름이 떠오르지 않을 때, 기자가 농담처럼 지껄이는 말이 마음에 찔릴 때 그가 보여주는 몸짓이다. 지금 그의 컵에 얼음이 있다면 입에 넣고 씹을 것이다. 입에 뭐가 들어 있어 말을 할 수 없게 말이다.

레이먼드가 말했다.

"저기 말이야. 수사관으로서의 자네 기술에 대해서 말해 줄게 있네, 러스티. 자넨 너무 돌아가는 경향이 있어. 단도직입적으로 물어보는 방법을 배워야 돼."

우리는 웃음을 터뜨렸다. 하지만 나는 아무 말도 하지 않았다. 그가 위기를 모면하고 싶다면 꿈틀거리며 좀 더 고생해야 할 것이다.

"고인과 나는 둘 다 독신이었고 성인이었다고만 해두자고."

마침내 그가 자기 컵을 내려다보며 말했다.

"그게 문제가 되는 건 아니겠지, 안 그런가?"

"범인이 누군지 알 수 있는 단서가 아니라면 크게 문제될 건 없겠죠."

"그런 건 아냐. 그 여자의 비밀을 누가 알겠어? 솔직히 말해서 잠깐 사귀었을 뿐이야. 이미 옛날 일이고, 4개월쯤 전에 끝났어."

지금은 패가 많이 놓여 있는 체스 경기 같은 상황이다. 하지만 캐롤린이 레이먼드의 급소를 찔러 사로잡았더라도 그의 표정에서는 아무것도 읽을 수 없었다. 그는 쉽게 넘어갔을 사람으로 보였다. 그리고 잠자리에서는 내 생각보다 더 많은 능력을 보여 줬을 것도 같다. 나는 다시 술잔을 내려다봤다. B파일, 캐롤린의 아들이 했던 말, 그 모든 것이 단서였다. 하지만 사실 나는 오래전부터 캐롤린과 레이먼드의 관계를 눈치 채고 있었다. 그녀가 레이먼드의 사무실을 자주 방문하던 것, 둘이 함께 자리를 비운 시간이 많았던 것과 같은, 눈에 보이는 조짐들을 보면서 이미 어느 정도 알고 있었다. 물론 그때 나는 그런 상황에 익숙해 있었다. 나는 그전에 벌써 캐롤린의 이상한 나라에 들어갔고 갑자기 쫓겨나 있는 상태였다. 나는 그들의 애정 행각을 지켜보며 캐롤린에 대한 향수와 강한 욕망이 한데 어우러진 느낌을 맛보았다. 이제 와서 왜 굳이 그 모든 것을 확인하려는 것인지 모르겠다.

"캐롤린의 비밀을 알고 있었죠? 아들을 만나셨다면서요."

내가 물었다.

"그래. 자네도 걔 만났어?"

"지난주에요."

"엄마의 비밀을 불던가?"

나는 그랬다고 대답했다. 레이먼드 같은 사람들은 남들이 자기가 무슨 생각을 하고 있는지 모른다고 생각했다.

"그 아이 참 안됐어."

레이먼드가 말했다.

"자기 엄마가 검찰 총장이 되고 싶어 했다고 그러던데요."

"나도 캐롤린에게서 들은 적이 있어. 검찰 총장이 되려면 좀 더 일선에서 일해야 한다고 말해 줬지. 경력이 많거나 정치적인 연줄이 있어야 하거든. 그냥 되는 게 아니야."

레이먼드는 일상적인 어투로 말을 하면서도 나를 뚫어지게 바라보고 있다.

'난 자네가 생각하는 만큼 어리석지는 않아. 난 나무가 아니라 숲을 볼 수 있다고.'

그는 이렇게 말하고 있는 것 같았다. 십수 년 동안 권력과 아부의 맛을 보고 살았지만 그는 그렇게 아둔해지지는 않은 것이다. 나는 다시 그에 대한 자부심과 존경심에 마음이 뿌듯해졌다.

'대단하군요, 레이먼드.'

나는 속으로 말했다.

결국 그렇게 된 거다. 레이먼드의 말대로라면 그들의 관계는 4개월 전에 끝났다. 셈이 맞아 떨어졌다. 그때 레이먼드는 재선 출마를 선언했고 캐롤린은 자기 길을 갔다. 다른 사람들처럼 그녀도 레이먼드가 재선에 나서지 않을 것이고 다른 사람에게 자리를 물려줄 것이라고 생각했던 것이다. 어쩌면 여성에게 자리를 물려줄 수도 있다고 생각했을지도 몰랐다. 마지막으로 진보적인 결단을 내리고 떠나는 모양새가 되게 말이다. 하나 이해할 수 없는 것은 영광을 향해 달려가는 캐롤린의 열차가 왜 나한테 먼저 멈췄나 하는 점이다. 급행열차에 올라탈 준비를 하고서 완행열차에서 꾸물거리고 있을 이유가 뭐란 말인가? 계산상의 착오가 아니라면 말이다.

"다루기 힘든 여자였어. 캐롤린 말이야. 물론 멋진 여자였지. 하지만 힘들었어, 정말 힘들었어."

레이먼드가 말했다.

"네. 멋지고 다루기 힘들고 이젠 죽고 없고요."

내 말이 끝나자 레이먼드가 일어섰다.

"하나 더 물어봐도 되요?"

"이제 공격을 하고 싶은 건가?"

레이먼드가 이를 다 드러내며 아일랜드인의 푸근한 미소를 띠었다.

"그 파일 가지고 도대체 뭐 하고 있었냐고 물어보고 싶은 거 아냐?"

"비슷해요. 총장님이 왜 그 파일이 돌아다니는 것을 원치 않았는지는 알 것 같아요. 그런데 왜 그걸 그녀에게 줬어요?"

"제기랄. 달라더라고. 비웃고 싶어? 나랑 잔 여자가 달라는데 어떡해? 내 생각엔 린다 페레즈에게 파일에 대해서 들은 것 같아."

린다 페레즈는 각종 제보 편지들을 읽는 직원들 중 한 명이다.

"자네도 캐롤린을 잘 알잖아. 뭔가 있을 거라고 생각한 거지. 자기 경력에도 도움이 될 거라고 생각했을 거고. 나도 한참을 망설였어. 그 남자 이름이 뭐더라?"

"노엘이요?"

"맞아, 노엘. 그가 이 남자를 조종한 거야."

사기를 쳐서 돈을 갈취했다는 뜻이다.

"내 생각은 그래. 자넨?"

"모르겠어요."

"캐롤린이 그걸 보더니 나가서 32번 구역에 있는 기록들을 뒤졌나 봐. 그런데 아무것도 안 나왔어. 자기 말로는 그래."

"저도 이 일에 대해 미리 알고 있었어야 하는 거 아닌가요?"

내가 말했다. 급하게 마셔 댄 술로 혀 꼬인 소리가 나왔다.
레이먼드가 고개를 끄덕이더니 위스키를 한 모금 마신다.
"러스티, 자네도 알 거야. 멍청한 짓을 한 번 하고 나면 또다시 멍청한 짓을 하게 되지. 캐롤린은 내가 그 편지에 대해서 아무한테도 말하지 않기를 바랐어. 그런데 누군가가 왜 그걸 그녀에게 줬느냐고 묻고, 곧 그녀가 상관이랑 잤다는 사실을 모두가 알게 되지. 상관은 그 사실을 비밀로 하고 싶어 했는데 말이야. 알겠어? 그런데 그 일이 누굴 다치게 했겠어?"
"저요."
내가 말했다. 진심이었다.
그가 다시 고개를 끄덕였다.
"미안하네, 러스티. 정말 미안해. 제기랄, 난 이곳에서 제일 슬픈 놈이야."
그가 벽에 붙은 찬장 쪽으로 가더니 자기 자녀들 사진을 바라봤다. 사진 속에는 다섯 아이들이 있다. 곧 그는 옷걸이 쪽으로 걸어가 외투를 입었다. 옷깃을 매만지는 손이 떨리고 있다.
"있잖아, 이 원수 같은 선거에서 지면 난 바로 물러날 거야. 니코 보고 맡아 하라지 뭐. 그러고 싶어 안달이 났잖아."
그러고는 잠시 말을 멈췄다가 다시 이었다.
"아니면 자네가 하든가. 잠시나마 검찰 총장이 되어 보고 싶지 않나?"
'고마워요, 레이먼드'
나는 생각했다.
'정말 고마워요.'

결국에는 캐롤린의 판단이 맞았던 거다.

하지만 그럴 수는 없다. 나도 자리에서 일어섰다. 뒤집힌 레이먼드의 옷깃을 바로 잡아줬다. 그러고는 불을 끄고 사무실 문을 닫은 후, 그를 오른쪽 현관으로 이끌고 갔다. 그가 택시를 잡을 때까지 기다렸다. 나는 그가 떠나기 전에 마지막으로 한 마디 했다.

"총장 일은 너무 버거워요."

그 말을 하고 나니 그게 내 진심이 되어 버렸다.

어찌 된 일인지, 캐롤린에 대한 아찔하고 광적인 허기는 록 음악 중독의 부활이란 형태로 나타났다.

"그건 캐롤린의 취향과는 아무 관련이 없는 일이었어요."

내가 로빈슨에게 말했다. 정신 병원 같은 검찰청에서도 캐롤린은 자기 사무실에서는 라디오를 클래식 채널에 고정해 놓고 있었다. 록 음악을 다시 즐겨 듣게 된 것은 사춘기에 대한 향수때문도 아니었다. 나는 10대 후반과 20대 초반을 풍미했던 60년대의 소울과 록 음악을 특별히 좋아하지도 않았다. 요즘의 록 음악은 뉴 웨이브라는 쓰레기인데, 회괴망측한 가사와 빗소리처럼 불규칙적인 리듬을 가진 꽥꽥거리거나 칭얼대는 음악일 뿐이다. 나는 자가용으로 출퇴근을 시작하면서 이것은 해마다 한 번씩 찾아오는 버스에 대한 공포증 때문이라고 바바라에게 변명했다. 자가용 출퇴근은 캐롤린의 아파트로의 밤도망을 보다 수월하게 해주었다. 물론 자가용이 아니더라도 어떻게든 그녀를 찾아갈 수 있었을 테지만 말이다. 그보다도 내가 원한 건 차 안에서 50분 동안 창문을 닫은 채 록 음악 채널에서 흘러나오는 음악을, 베이스 음부가 강해지는 부분에선 창틀이 흔들릴 정도로 크게 틀어 놓고 듣는 것이었다.
"난 아주 엉망인 상태였어요. 줄이 다 끊어져 나간 기타 같았어요."
주차하고 사무실을 향해 걸어올 때면 나는 거의 발정 난 짐승 같았다. 출근해서 하루 일을 시작한다는 것은 짜릿한 흥분감 속에, 내 은밀한 보물인 캐롤린에게로 살금살금 기어가는 것과 같았기 때문이었다. 하루 종일 땀이 났고 가슴이 두근거렸다. 거의 한 시간마다 한 번 꼴로, 통화 중이거나 회의 중에도, 열정에 사로잡혀 누워 있는 캐롤린의 모습이 손에 잡힐 듯 너무도 선명하게 그려졌고, 그럴 때마다 나는 길 잃은 사람처럼 멍해지곤 했다.
반면에 캐롤린은 냉정하기 그지없었다. 처음으로 함께 밤을 보내고 난 후에 맞은 주말, 나는 우리의 다음 만남을 그려 보며 몇 시간이고 멍하니 앉아 있었다. 어떻게 해야 할지 도통 알 수 없었다. 첫날 밤 헤어질 때 그녀는 아파트 문간에서 내 손에 입을 맞추더니 '또 봐.'라고만 말했다. 나로선 저항할 생각이 전혀 없었다. 무엇이든 그녀가 하자는 대로 할 작정이었다.
월요일 아침, 나는 파일을 하나 들고 그녀의 사무실 문 앞으로 갔다. 어떤 표정을 지을지, 어떻게 걸을지 이미 수도 없이 계획한 후였다. 서두르지 말아야 했다. 나는 문설주에 몸을 기대고는 우울과 평온함이 깃든 미소를 지어 보였다. 캐롤린은 책상 앞에 앉아 있었다. 주피터 교향곡이 흐르고 있었다.
"나겔 건 말이야."
내가 말했다.

나겔 사건은 나겔 부부의 강간 및 매춘 알선 혐의를 다룬 사건으로 교외 지역 거주자의 어두운 면을 보여 주는 또 하나의 사건이었다. 아내는 거리에서 여자들에게 접근해 그녀들을 납치해 사창가에 팔아넘기는 일을 도왔다. 캐롤린은 아내에게는 남편보다 가벼운 혐의를 두고 싶어 했다.

"기소하는 건 좋은데, 죄목을 두 가지 정도는 걸어야 할 것 같아."

내가 그녀에게 말했다.

그제야 캐롤린이 고개를 들었다. 무표정한 얼굴이다. 눈동자가 흔들리지도 않았다. 그녀는 동료에게 보이는 온화한 미소를 지어 보였다.

"그 여자, 누가 맡았어?"

내가 물었다. 변호사가 누구냐는 뜻이다.

"샌디."

캐롤린이 대답했다.

샌디는 알리잔드로 스턴의 애칭이다. 이 주에서 기소된 상류층 사람들의 변호는 모두 그가 맡고 있는 것 같다.

"샌디한테 말해 놔. 그 여자한테 특수 폭행죄도 걸 거라고 말이야."

내가 말했다.

"판사에게 우리가 그의 손발을 묶어 두려 한다는 인상을 줄 필요는 없잖아. 그리고 우리가 여성 성 폭행범에 대해서만 보호 관찰형을 얻어 내려 한다는 인상을 언론에 줄 필요도 없고."

"그러게. 샌디나 우리나 모두 동등한 기회를 가진 대리인들이

니까."
 내가 웃었다. 그녀도 따라 웃었다. 나는 잠시 머뭇거렸다. 할 말은 마쳤지만 아직도 가슴이 두근거렸다. 내 말투에서 초조함이 드러났을까 봐, 그리고 내 말이 싱거운 핑계거리로 들렸을까 봐 걱정이 되었다.
 "그럼 이만."
 나는 파일로 내 허벅지를 툭 치고는 돌아섰다.
 "한잔 할까?"
 그녀가 말했다.
 나는 입을 다문 채 고개를 끄덕였다.
 "길스에서 볼까?"
 내가 물었다.
 "지난 금요일 날 마지막으로 갔던 데는 어때?"
 그녀의 아파트. 가슴이 설렌다. 그녀는 어렴풋이 미소를 지어 보이더니 내가 떠나기도 전에 다시 일을 시작했다.
 "돌이켜 보면 그때 나는 참 한심했어요. 희망에 부풀어 있었죠. 기분이 날아갈 것 같았어요. 과거의 경험에서 미래를 점칠 수 있었어야 했는데 말이죠."
 캐롤린에 대한 내 사랑에는 엄청난 열정은 있었지만 기쁨은 거의 없었다. 캐롤린의 방을 나오면서 우리의 관계가 지속되리라는 것을 깨달은 그 순간부터, 나는 대학 때 읽은 시에 나오는 흰독말풀, 흙에서 비명을 질러 댄다는 그 풀이 되어 버렸다. 나는 내 열정에 의해 파괴되고 부서지고 갈가리 찢기고 죽임을 당했다. 매 순간이 내겐 큰 혼란이었다. 제일 먼저 깨닫게 된 것은 내가 내 자신의 모습을 잃어 버렸다는 암울한 현실이었다. 나는 사랑을 찾아 울부짖으며 성 안을 헤매 다니는 눈먼 유령 같았다. 매 순간 캐롤린이라는 이름이 그녀의 모습보다 더 선명하게 내 머릿속에 각인되어 있었다. 지금은 정확히 어떤 느낌이었는지 기억나지 않지만 나는 갈망하고 있었다. 그리고 그 갈망은 너무도 집요하고 집착적이어서 내가 완전히 타락한 것 같다는 느낌이 들 정도였다. 어릴 때 항상 피터팬과 헷갈렸던 판도라가 생각났다. 상자를 열면 세상의 모든 불행이 빠져 나오는 그 판도라 말이다.

"그 여자의 몸을 만질 때면 내가 정말 살아 있구나 하는 느낌이 들었어요."

내가 정신과 의사에게 말했다.

거의 20년을 바바라와 함께 잠을 잤지만 이제는 더 이상 아내와 단둘이 침대에 누워 있지 않았다. 잠자리에 누워 있으면 오만 가지 잡생각이 나를 괴롭혔다. 젊은 시절에 대한 기억이, 우리의 삶을 지탱하고 에워싸고 있는 잡다한 일에 대한 걱정이, 썩어 가는 낙숫물받이가, 수학이 싫다는 냇에 대한 걱정이, 오랜 세월 충성했는데도 내 일의 성과보다는 실수와 결함을 보고 있는 레이먼드가, 자신의 직계가족이 아닌 다른 사람에 대해 말할 때면, 심지어 사위인 나에 대해 말할 때에도 오만하게 번득이던 장모의 눈빛이 우리의 잠자리에 함께 있었다. 바바라를 안으려면 먼저 이 혐오스러운 방문객들의 엄청난 방해를 물리쳐야 했다.

하지만 캐롤린은 달랐다. 그녀와 함께 있을 때면 나는 현기증을 느꼈고 길을 잃은 것 같았다. 17년 동안 아내에게만 충실했고 평

봄 165

온한 가정생활을 위해 욕망을 억누르며 살았던 나는, 내 자신이 이곳에 있다는 것이, 환상이 현실이 되었다는 것이 도저히 믿어지지 않았다. 현실. 나는 그녀의 벗은 몸을 바라보았다. 환상적이고 커다란 젖꽃판, 기다란 젖꼭지, 배에서 허벅지에 이르는 매끄러운 곡선. 나는 성실하게 느릿느릿 움직이는 일상에서 구조되어, 제약이 없는 이곳에서 흥분한 채로 길을 잃고 헤매고 있었다. 그녀의 몸속으로 들어갈 때마다 내가 세상을 둘로 나눈 듯한 느낌이 들었다.

"일주일에 사나흘은 그녀와 함께 밤을 보냈어요. 곧 규칙적인 일상이 되어 갔죠. 그녀 집에 도착해 보면 그녀는 나를 위해 문을 잠그지 않고 있었고, TV에서는 뉴스를 하고 있었어요."

캐롤린은 청소를 하거나 술을 마시거나 우편물을 뜯고 있었다. 그리고 강바닥에 있는 돌처럼 차갑고 촉촉이 젖어 있는 백포도주 한 병이 코르크 마개가 따진 채로 식탁 위에 놓여 있었다. 그녀는 나를 맞으러 달려오지는 않았다. 무엇이든 자기가 하고 있는 일에 몰두하고 있었다. 그녀는 방을 오가며 직장일이나 정치에 관한 말을 던지곤 했다. 당시에는 레이먼드가 재선 출마를 하지 않을 것이라는 소문이 팽배해 있었고 캐롤린은 이 소문에 대단한 관심을 보였다. 그녀는 검찰, 경찰, 법조인협회 등 사방에서 소문을 주워듣고 있는 것 같았다.

그렇게 한참이 지나고 나서야 마침내 내게로 다가와 팔을 벌려 나를 안아주었다. 한번은 내가 들어서니 목욕을 하고 있어서 그대로 욕실에서 사랑을 나눴다. 한번은 그녀가 옷을 입고 있을 때 들어서기도 했다. 하지만 보통은 이런저런 일을 하며 시간을 보냈고 그녀가 침실로 나를 이끌 준비가 되고 나서야 내 예배의 시간이 시작되곤 했다.

그녀를 만지는 내 모습은 기도하는 사람 같았다. 보통 나는 무릎을 꿇고 그녀의 치마나 속치마, 바지를 벗기곤 했고 그러면 내 앞에 서 있는 그녀의 그 완벽한 허벅지가, 그 사랑스러운 삼각형이 그대로 드러나곤 했다. 내가 거기에 얼굴을 들이밀기 전부터 그 짙은 여성의 향취는 나를 아찔하게 만들었다. 완벽하게 광적인 순간들. 나는 무릎을 꿇고 눈을 감은 채로 얼굴을 그녀의 허벅지 사이에 들이대고 신들린 듯 혀로 핥아 대기 시작했고, 한편으로는 두 손을 위로 뻗어 윗옷을 더듬으며 가슴을 찾아 쥐곤 했다. 이때의 내 열정은 음악처럼 순수했다.

그러고 나면 천천히 캐롤린이 지휘권을 잡곤 했다. 그녀는 내가 자기를 거칠게 다루는 것을 좋아했고 곧 자기 몸으로 들어오라고 속삭이곤 했다. 언젠가는 내가 침대 옆에 서서 그녀의 항문 속으로 손가락을 집어넣고 흔들어 대기도 했다.

"그녀는 쉴 새 없이 말을 했어요."

"무슨 말을 하던가요?"

로빈슨이 물었다.

"뭐, 아시잖아요. 신음소리나 '좋아.' '좀 더.' '그래, 그래, 아, 좋아.' '아, 세게.' '잠깐만, 잠깐만, 잠깐만, 아, 제발, 자기야, 그래.' 같은 외마디 말들을 하곤 했어요."

나중에 깨달은 사실이지만 우리는 서로의 욕구를 충족시켜 주는 연인이 아니었다. 시간이 지남에 따라 캐롤린은 내게 싸움을 거는 것 같은 태도를 보였다. 그녀가 평소에는 고상하지만 상스러울 정도로 말을 막 할 수 있다는 사실도 알게 되었다. 그녀는 상스럽고 노골적인 말을 하는 것을 좋아했다. 떠벌리는 것을 좋아했다. 내 몸에 대해서 말하는 것을 좋아했다.

"당신의 페니스를, 단단하고 털이 덥수룩한 당신의 페니스를 빨아 주고 싶어."

이런 식이었다. 처음에 이런 말을 들었을 땐 소스라치게 놀랐다. 한번은 웃음을 터뜨렸는데 그녀가 너무도 불쾌하다는, 아니 분노에 가까운 표정을 지어 보여서 그 다음부터는 이런 거친 말을 듣더라도 아무 말 없이 받아들이곤 했다. 며칠이 지나면서 그녀의 태도가 점점 더 확실해지는 것을 느꼈다. 그녀에게 있어 우리의 사랑에는 운명이랄까, 목적이 있는 것 같았다. 자기만의 영토를 갖고 싶어 하는 것 같았다. 그녀는 혀로 내 몸을 핥아 내려오다가 내 성기를 입에 물고 빨아 댔고 손으로 음낭을 주물럭거리기도 했다. 어느 날 밤 그녀가 물었다.

"바바라도 이렇게 해줘?"

그녀의 혀로 내 성기를 핥다가 고개를 들더니 평온하고 단호한 목소리로 다시 물었다.

"바바라도 이렇게 해줘?"

바바라의 이름을 입 밖에 내면서도 망설임이나 두려움이 없었다. 이때쯤 그녀는 내가 바바라의 이름을 듣더라도 죄책감이나 수치심에 몸을 떨지는 않을 거라는 것을 알았던 것 같다. 그래, 그녀는 알고 있었다. 그녀는 우리의 침대로 내 아내를 끌어들여 내가 얼마나 방종해질 수 있는지 지켜보게 하는 능력이 있었다.

우리는 함께 있는 밤이면 거의 매일 밤 중국 음식을 시켜 먹었다. 항상 같은 소년이 배달을 했는데 그 소년은 사팔눈으로 오렌지색 실크 가운을 입은 캐롤린을 탐욕스럽게 훔쳐보곤 했다. 우리는 침대에 누워 음식이 든 종이곽을 주고받았다. TV가 켜져 있었다. 그녀는 어디에 있든 항상 TV나 라디오를 틀어 놓았다. 오랫동안 혼자 살면서 생긴 습관인 것 같았다. 우리는 침대에 누워 소문에 대해 이야기를 나눴다. 캐롤린은 혼란스러운 정치판과 그 속에서 일어나는 일 뒤에 숨은 개인의 권력욕을 날카롭게 꿰뚫고 있었다. 정치를 그런 맥락에서 보는 그녀는 나보다 더 흥분했고 나만큼 멀찌감치 떨어져 즐기면서 보는 것 같지는 않았다. 그녀는 나만큼 개인적인 명예욕과 거리를 두고 싶어 하지 않았다. 개인의 명예욕은 자신을 포함하여 누구나 가지고 있는 정당한 권리라고 생각했다.

내가 캐롤린과 만나는 동안 니코는 선거전에 막 뛰어든 상태였다. 그 당시 나는 그를 대수롭지 않게 생각했다. 캐롤린을 포함해 어느 누구도 그에게 승산이 있다고 생각하지 않았다. 하지만 캐롤린은 다른 잠재력을 간파했고 우리의 작은 낙원이 사라지기 얼마 전 어느 날 밤, 자기 생각을 내게 들려주었다. 그때 나는 니코가 선거에 뛰어든 동기에 대해 내가 생각하고 있는 바를 그녀에게 이야기하고 있던 중이었다.

"그는 떡고물을 바라는 거야."

내가 캐롤린에게 말했다.

"레이먼드의 친구들이 자기한테 떡고물이라도 던져 주기를 기다리고 있는 거야. 킨들 군에서는 예비 선거 싸움판에 뛰어드는 것이 좋은 정치 전략이 아니야. 레이먼드를 봐. 볼캐로는 레이먼드가 시장 선거에서 자기랑 맞섰다는 사실을 절대로 잊지 못하게 만들고 있잖아."
"볼캐로가 복수를 하고 싶어 하면 어떻게 될까?"
"볼캐로가 당, 그 자체는 아니잖아. 언젠가는 그도 떠나겠지. 니코는 겁쟁이라 자기 혼자 나서지는 못할 거야."
캐롤린은 내 말에 동의하지 않았다. 그녀는 니코가 얼마나 단호한 결심을 한 것인지 나보다 더 분명하게 간파했다.
"니코는 레이먼드가 지쳐 있다고 생각해."
그녀가 말했다.
"아니면 레이먼드가 곧 지칠 거라고 사람들을 설득할 수 있다고 생각하거나. 레이먼드가 재선에 나서지 말아야 한다고 생각하는 사람들이 많아."
"당원들이?"
내가 그녀에게 물었다.
그때까지 나는 그런 얘기를 들어 본 적이 없었다. 레이먼드가 재선에 나서지 않을 것이라고 말하는 사람들은 많았지만 그를 환영하지 않는다고 말하는 사람은 없었다.
"응, 당원들이. 시장 쪽 사람들도. 니코는 출마 선언을 한 것만으로도 레이먼드에게 큰 타격을 줬어. 다들 레이먼드가 물러나야 한다고 그래."
그녀가 종이곽을 향해 팔을 뻗자 시트가 흘러내리면서 그녀의 한쪽 가슴이 탐스럽게 흔들렸다.
"레이먼드는 이런 이야기 해?"

그녀가 물었다.

"나한텐 안 해."

"자기한테 불리하다는 것을 느끼기 시작하면 재선 출마에 대해서 다시 생각할까?"

나는 얼굴을 찌푸렸다. 사실 요즘 레이먼드가 무슨 생각을 하고 있는지 아는 것이 별로 없었다. 그는 이혼을 한 뒤로 점점 더 내향적이 되어 갔다. 나를 수석 부장 검사로 삼긴 했지만 속내를 털어놓는 일은 과거보다 줄었다.

"그가 물러나기로 결심하면 당은 그에게 후보를 추천하라고 할 거야. 그 권리를 놓고 협상을 할 수도 있고. 다들 그가 니코에게 총장직을 그대로 갖다 바치지는 않을 거라고 생각해."

"그렇겠지."

"그러면 누굴 추천할까?"

그녀가 물었다.

"자기 밑에 있는 누구겠지. 자신의 전통을 이어갈 수 있는."

"당신?"

그녀가 물었다.

"맥이겠지. 휠체어를 탄 후보라……. 검찰 총장은 떼논 당상일걸."

"말도 안 돼."

캐롤린이 젓가락으로 음식을 집으며 말했다.

"요즘은 그런 거 안 먹혀. 휠체어를 탄 모습이 TV에 별로 안 예쁘게 나오거든. 내 생각엔 당연히 당신을 선택할 거 같아."

나는 고개를 저었다. 반사반응이었다. 그때는 진심이었던 것 같다. 나는 캐롤린의 침대에 누워 있었고 이미 하나의 유혹을 너무 많이 탐닉했다고 느끼고 있었다.

캐롤린이 음식을 내려놓고 내 팔을 잡더니 나를 물끄러미 바라보았다.

"러스티, 당신이 원한다는 걸 그에게 알려주면 그 자린 당신 거야."

나는 잠시 그녀를 바라보았다.

"그러니까 나더러 레이먼드에게 가서 당신 시대는 끝났다고 말하라는 얘기야?"

"좀 더 기술적으로 해야지."

캐롤린이 나를 똑바로 쳐다보면서 말했다.

"말도 안 돼."

내가 말했다.

"왜?"

"배은망덕할 수는 없잖아. 물러나고 싶으면 자기가 결정을 내리겠지. 그가 상의를 해오더라도 물러나라고는 말 못 할 것 같아. 아직까지는 니코에게 맞설 가장 막강한 후보는 레이먼드니까."

그녀가 고개를 저었다.

"레이먼드가 없으면 니코에겐 명분이 없어. 누군가를 공천하고 당원들과 레이먼드의 지지자들이 밀어주면, 그 사람이 검찰 총장이 될 거야. 막상막하의 접전 따위는 없을 거고."

"당신, 이 일에 대해 꽤 심각하게 생각해 봤네."

"누가 그의 등을 밀어줄 필요가 있어."

"그럼 당신이 밀지 그래. 난 그렇게는 못 할 것 같아."

캐롤린은 벗은 몸으로 침대에서 벌떡 일어났다. 맨발로 서 있는 그녀는 유연하고 강해 보였다. 그녀가 가운을 입었다. 나는 그녀가 화가 났음을 깨달았다.
"왜 그래? 수석 부장 검사가 되고 싶었던 거야?"
그녀는 아무 대답도 하지 않았다.

"캐롤린과 마지막으로 잤을 때, 사랑을 나누는 중간에 그녀가 나를 밀어내더니 엎드리더라고요."
처음에는 왜 그러는지 몰랐다. 그러나 그녀가 몸으로 뒤에 있는 나를 툭 치자 뭘 바라는지 깨달았다. 항문 성교를 원하는 것이었다.
"안 돼."
내가 거부했다.
"해봐."
그녀가 고개를 돌려 어깨 너머로 나를 바라보며 말했다.
"자, 어서."
내가 몸을 들어 그녀의 엉덩이 뒤로 몸을 밀착시켰다.
"천천히, 조금씩."
그녀가 말했다.
내가 너무 빨리 들어갔다.
"그렇게 한꺼번에 넣지 말고."
그녀가 말했다.
"아."
그녀가 탄성을 질렀다.

나는 몸을 누른 상태에서 잠시 가만히 있다 펌프질을 시작했다. 그녀가 몸을 둥글게 구부렸다. 아픈가 보았다.

그때, 갑자기, 나는 오르가즘을 느꼈다.

그녀가 고개를 들었다. 감은 눈가에는 눈물이 맺혀 있었다. 곧 눈을 뜨더니 나를 똑바로 쳐다보았다. 얼굴에서 빛이 나는 것 같았다.

"바바라도? 바바라도 이렇게 해줘?"

그녀가 속삭였다.

32번 구역 경찰서는 여느 경찰서처럼 시끄럽지 않다. 지금으로부터 약 7년 전쯤 밤의 성자들파 수사가 한창일 때, 조직원 한 명이 총신을 짧게 자른 소총을 잠바 속에 숨겨 가지고 경찰서 안으로 들어왔다. 마치 아기를 쌀쌀한 바람으로부터 보호하려고 폭 싸서 안은 것 같은 모습이었다. 그는 잠바 지퍼를 약간 내리더니, 불행히도 그때 책상 앞에 앉아 보고서를 쓰고 있던 잭 랜싱이라는 스물여덟 살짜리 경관의 턱 아래 총구를 들이밀었다. 신원 미상의 그 조직원은 한번 씩 웃어 보이고는 총을 쏴 잭 랜싱의 얼굴을 날려 버렸다고 했다.

그 후로 이곳 경찰들은 20센티미터 두께의 방탄 유리벽 뒤에서 민원 업무를 보고, 인공위성에서 들리는 소리 같은 무선 음성 시스템을 통해 대화를 나눴다. 민원인들이나 피해자들, 경찰들이 돌아다닐 수 있는 공간이 있긴 하지만 모두 전자 잠금 장치가 되어 있다. 그리고 15센티미터 두께의 금속 문을 통과하면 거의 진공 상태 같은 공간에 들어서게 되었다. 붙잡혀 온 사람들은 지하 유치장에 갇혀 있고, 그들은 어떤 이유로도 위층으로 올라오는 것이 허용되지 않았다. 위층은 일상의 소음이 거의 차단된 상태라 보험 대리점 같은 느낌이 들었다. 사무를 보는 말단 경찰관들의 책상은 개방된 공간에 놓여 있고, 그 옆으로 커다란 사무실이 연결되어 있으며, 고위 간부들은 벽을 따라 칸막이로 나눈 사무실에 앉아 업무를 봤다. 나는 이런 사무실 한 곳에서 리오넬 케넬리를 발견했다. 밤의 성자들과 사건이 마무리된 후 처음 보는 것 같다.

"좆 같은 세비지."

그는 물고 있던 담배를 끄더니 내 등을 툭 쳤다.

리오넬 케넬리는 분별력 있는 사람이 경찰을 싫어하는 이유를 전부 다 가지고 있는 사람이다. 그는 욕을 해대고 자기 생각만 옳다고 주장하며 노골적으로 야비하게 굴고 놀랄 정도로 인종차별주의적인 말을 서슴지 않는 사람이다. 그에게 양심이 있다는 데에는 단 한 시간의 급료도 내기 돈으로 걸기 싫다. 그럼에도 불구하고, 나는 그를 좋아하는데 그 이유는 부분적으로는 그가 순수하고 변명을 하지 않는 경찰 중의 경찰이며 암흑세계 사람들의 충성심과 기괴한 생리를 잘 파악하고 있기 때문이었다. 그는 산들바람 속에 코를 들이밀고 킁킁거리며 냄새를 맡아 내는 사냥개처럼 암흑세계의 구린내를 잘도 맡아냈다. 밤의 성자들과 수사를 하는 동안 누군가를 찾아내는 일을 부탁한 사람이 바로 이 사람이다. 그는 전혀 주저하지 않았다. 마약 소굴에서 범죄자들을 끌어내 오기도 하고 경찰관이 안전하게 돌아다닐 수 있는 유일한 시각인 새벽 네시에 그레이스 거리에 있는 용의자의 집을 급습하기도 했다. 한두 번 그를 따라간 적이 있었는데 180센티미터가 넘는 키에 거구인 그가 문을 얼마나 세게 두드리던지 문짝이 부서질 정도였다.
"누구야?"
"문 열어, 타이론. 네 놈 수호천사다."
우리는 회상에 잠겼다. 리오넬이 모리스 더들리 이야기를 했다. 이미 들은 이야기지만 잠자코 들었다. 110킬로그램이 넘는 거구의 살인자이자 조직폭력배인 모리스는 러드야드 교도소에서 신학 공부에 열중하고 있다. 곧 목사 안수를 받을 것이라고 했다.
"하루칸이 화가 머리끝까지 나서 모리스랑 상종도 안 한대요. 믿어져요?"
하루칸은 밤의 성자들파 두목이다.
"세상에 갱생 같은 건 없다고 한 사람이 누구였죠?"
내 말에 둘 다 웃음을 터뜨렸다. 어쩌면 둘 다 모리스가 부엌칼로 팔에 자기 이름을 새겼다는 여자를 떠올리고 있는지도 몰랐다. 아니면 그가 쓴 이름의 철자가 틀렸다고 주장했다던 이 경찰서 소속의 경관들을 떠올리고 있는지도 몰랐다.
"지나가던 길이요, 아니면 무슨 용무라도?"
마침내 케넬리가 물었다.
"뭐, 그냥. 알아낼 게 있는데."
"뭔데요? 캐롤린 건이에요?"
내가 고개를 끄덕였다.
"어떻게 되어 가요? 들리는 소문에 따르면 강간이 아니라던데."
나는 수사 진행상황에 대해서 2분 정도 간략히 들려줬다.
"그래 뭘 알고 싶은 건데요? 그 여자랑 같이 술 마시던 남자가 그랬는가 하는 것?"
"그건 확실한 것 같아요. 기억이 알쏭달쏭한 게 있는데 한 10년 전쯤에 톰이라는 관음증 환자를 잡아넣은 적이 있지 않나요? 연인들을 몰래 훔쳐보다가 나중에 여자 집에 침입해서 총부리를 들이대고 여자를 강간했던?"
"세상에, 완전히 헤매고 있군. 지금 여자가 죽으면 무엇으로 위장할까 미리 치밀하게 계획을 세워 놓고 일을 벌이는 놈을 찾는 거요? 경찰이나 검찰 총장이나 사립 탐정이라면 모를까 그런 놈이 어디 있어요? 그날 밤 그 여자 남자 친구가 그녀랑 함께 있다가 살아 있는 걸 보고 헤어졌다면 벌써 연락이 왔을 거요. 도와주고 싶어 할 게 분명하니까."
"상황을 설명할 마누라가 없는 남자라면 그렇겠죠."
케넬리는 잠시 생각하는 눈치더니 어깨를 으쓱해 보였다. 내 말에 일리가 있다고 생각하는 것 같다.
"마지막으로 캐롤린을 본 게 언제였죠?"
내가 물었다.
"넉 달쯤 전이요. 여기 왔더라고요."
"뭐하러요?"
"당신이랑 똑같은 짓을 하러요. 뭔가 조사할 게 있다면서 뭔지도 안 가르쳐 주려고 애를 쓰던데요."
나는 웃음을 터뜨렸다. 역시 경찰 중의 경찰이다. 케넬리가 일어서더니 한 구석에 있는 이송 사건 서류 더미 쪽으로 갔다.
"어떤 신출내기를 데려와서 이 쓰레기 더미를 뒤지게 하던데요. 덕분에 그녀는 손톱을 잘근잘근 씹거나 스타킹 올이 나가거나 하진 않았죠."

"뭘 찾았는지 맞춰 볼까요? 9년 전 여름에 체포된 사람들 파일 아닌가요?"

"맞아요."

"찾는 사람 이름을 알고 있던가요?"

케넬리는 잠시 기억을 더듬다가 대답했다.

"그랬던 것 같아요. 하지만 그게 지금 기억날 것 같아요? 참, 이름에 문제가 있었던 것 같은데……."

"레온 아니에요?"

리오넬이 손가락을 마주쳐 소리를 냈다.

"성씨 미상."

성은 모른다는 소리다.

"그게 문제였어요. 그래서 고생 깨나 하던데요."

"뭐 알아낸 게 있던가요?"

"아무것도."

"확실해요?"

"젠장, 그렇다니까. 사람들 눈길을 끈 것 빼고는. 그 여자 여기 와서는 자기 엉덩이를 보고 있는 사람들하고 인사하고 다니느라고 정신없었죠. 이 서에 있는 사람 전부랑 말예요. 그 여자 여기 사람들을 잘 알고 있죠. 다시 와서 즐거운 시간을 보내더군요."

"다시 오다뇨?"

"옛날에 여기 북부 지원에서 보호 관찰관으로 일했어요. 그땐 자기가 무슨 일을 해야 하는지도 몰랐죠. 갓 들어온 사회복지사 같았거든요. 레이먼드가 검사로 고용할 줄은 상상도 못 했어요."

잊었다. 캐롤린이 북부 지원에서 보호 관찰관으로 일했다는 사실을 알고는 있었지만 잠깐 그 사실을 잊고 있었다. 노엘을 밀고 한 친구가 말했던 비서가 떠올랐다. 백인인지 흑인인지, 뚱뚱한지 날씬한지는 언급하지 않았지만 여자라고 했다. 그 여자가 혹시 캐롤린이 아닐까?
"캐롤린을 별로 좋아하지 않았나 보죠?"
"완전 잡년이었어요. 자기가 잡년인 걸 숨기지도 않았고. 직장 상사들이랑 잠을 자 주고 출세하려고 그랬죠. 별 볼일 없는 하급 상사부터 시작해서 그 여자랑 안 자 본 없을 걸요. 그걸 모두들 알고 있었고."
나는 잠시 주위를 돌아봤다. 대화를 끝낼 때가 된 것 같다. 나는 캐롤린이 아무것도 발견하지 못한 것이 맞는지 다시 한 번 확인했다.
"그렇다니까 그러네. 정 그러면 그 여자를 도와줬던 친구한테 확인을 해보던지."
"괜찮다면 불러 줄래요?"
"안 괜찮을 이유가 있나?"
그가 인터콤으로 구에라시라는 형사를 불렀다.
"왜 아직도 이런 일에 신경을 쓰고 있어요?"
기다리는 동안 그가 물었다.
"조만간 다른 사람 일이 될 텐데, 안 그래요?"
"니코요?"
"그 사람이 될 게 확실해 보이잖아요?"
지난주부터 만나는 경찰들마다 이 얘기다. 레이먼드를 싫어하

봄 179

는 것을 숨기지도 않았다.
"모르는 일이죠. 어쩌면 내가 이 사건을 해결해서 레이먼드를 구해 낼지도 모르죠."
"하나님이 시나이 산에서 내려온대도 구해 내지 못할 걸요, 내가 들은 바로는. 오늘 오후에 볼캐로가 니코 지지를 공식적으로 표명할 거라던데요."
이 소식을 곱씹어 봤다. 선거를 엿새 앞두고 볼캐로가 니코를 지지한다면 레이먼드는 물 건너갔다.
구에라시가 들어왔다. 군인같이 곧은 자세에, 이전 세대 사람들한텐 잘생긴 사람으로 통했을 법한 얼굴이다. 구두는 침을 뱉어 문질렀는지 반짝반짝 윤이 나고, 경찰복에 달린 단추들도 반짝였다. 머리는 말끔히 빗어 가르마를 탔다. 대다수의 젊은 경관들과 별반 다르지 않은 모습이다.
케넬리가 그에게 물었다.
"폴헤무스라고 여기 왔었던 여검사 기억하지?"
"가슴이 죽여줬죠."
구에라시가 말했다.
케넬리가 나를 돌아보며 말했다.
"봤죠, 이 친구 진짜 경찰이 될 거요. 브래지어 사이즈는 절대로 잊지 않는."
"요전에 살해당했다는 여검사 맞죠?"
구에라시가 내게 물었다.
내가 그렇다고 대답했다. 케넬리가 구에라시에게 하던 말을 계속했다.

"자, 여기 계신 사비치 씨는 수석 부장 검사신데, 그 여자가 여기 왔을 때 뭐 얻어 낸 거라도 있는지 알고 싶으신가봐."

"제가 알기로는 아무것도 없는데요."

구에라시가 말했다.

"그녀가 뭘 조사했죠?"

내가 물었다.

"어느 하루에 체포된 사람들 파일을 보고 싶댔어요. 그날 풍기문란죄로 육칠십 명이 체포됐을 거라고 하던대요. 8, 9년 전쯤이라던데. 어쨌든 제가 피의자 파일이 든 상자들을 바로 이리로 가져다 드렸습니다."

"어떻게 어느 하루라고 단정을 지었을까요?"

"그건 전 모르겠습니다. 뭘 찾고 있는지 알고 있는 것 같았어요. 제게 체포된 사람들이 제일 많았던 날을 찾아보라고 했어요. 그래서 그렇게 했습니다. 그 케케묵은 서류들을 뒤지는데 꼬박 일주일은 걸렸어요. 42조 위반으로 500명 정도가 체포됐던데요."

42조는 풍기문란 단속 조항이다.

하루라……. 편지 내용을 떠올려 봤다. 거기는 시간을 그렇게 좁혀 놓을 만한 단서가 아무것도 없었다. 어쩌면 캐롤린이 시작도 하기 전에 사건을 포기하면서 샘플로 명단이나 하나 뽑아 놓자고 했을지도 모르겠다.

"그녀가 원하던 것을 찾아 줬어요?"

"그런 것 같은데요. 검사님께 다시 전화를 드렸더니 보러 오셨어요. 바로 여기서 그 기록들을 드렸습니다. 수확이 전혀 없는 건 아니라고 하시던데요."

"그녀한테 보여 준 것에 대해 기억나는 거 있어요? 체포된 사람들에게 공통점이라도 있었나요?"

"모두 시민의 숲에서 체포됐고요, 전부 남자들이었습니다. 전 시위나 뭐 그런 게 있었나 보다고 생각했습니다. 잘 모르겠습니다."

"세상에."

케넬리가 혐오스럽다는 표정으로 구에라시를 보며 말했다.

"풍기 문란죄로? 집단 단속이었군. 안 그래요?"

그가 내게 물었다.

"레이먼드가 하루 반나절 동안 집단 단속을 지시했던, 그때 아닌가요?"

"그녀가 찾고 있는 것에 대해서 무슨 말이라도 하던가요? 이름이나 다른 어떤 거라도?"

"성도 모르시던데요. 그냥 이름만 알려 주셨고요. 검사님이 이 남자를 알고 있는지 어떤지도 모르겠던데요."

구에라시가 잠시 말을 멈췄다가 다시 이었다.

"그런데 왜 크리스마스하고 관련이 있다는 생각이 들까요?"

"노엘이었어요? 그 여자가 알려준 이름이?"

구에라시가 손가락을 마주쳐 소리를 냈다.

"바로 그거예요."

"레온이 아니라?"

"네, 노엘이었어요. 검사님은 성씨 미상의 노엘이란 사람을 찾는다고 말했어요. 종이에 이름을 써 줬기 때문에 기억이 나요. 그리고 그 이름 때문에 크리스마스를 연상했나 봐요."

"검사가 본 걸 보여 줄 수 있겠어요?"

"글쎄요. 치워 버린 것 같은데요."

"웃기고 있네. 내가 세 번이나 치우라고 했는데도 치우지 않아 놓고. 자, 여기, 찾아봐."

케넬리가 말했다.

그는 구석에 있는 이송 사건 서류 더미를 가리켰다.

맨 위에 올라 있는 피의자 파일을 열어 보던 구에라시가 욕을 했다. 그리고 파일 위에 놓여 있는 낱장의 종이 뭉치를 들어 보였다.

"검사님은 정리 정돈을 잘 못하시는 분이었나 봅니다. 제가 이 서류들을 검사님께 드릴 때는 순서대로 잘 되어 있었는데 말입니다."

구에라시에게 확실하냐고 물어보려다가 그럴 필요가 없을 것 같아 잠자코 있었다. 이런 건 그의 기억이 맞을 것이고 다른 서류들은 순서대로 정리가 되어 있는 것이 보였다. 게다가 나는 캐롤린이 다른 사람들이 여러 해 동안 순서대로 곱게 보관해 온 서류들을 쓰레기 다루듯 한다는 사실도 잘 알고 있다.

구에라시는 본능적으로 피의자 수사 기록과 보석 결정문 등을 분류하기 시작했다. 케넬리와 나도 도왔다. 우리는 케넬리의 책상에 둘러서서 캐롤린을 욕하며 분류 작업을 계속했다. 피의자 한 명의 파일에는 경찰 조서, 피의자의 사진과 지문이 있는 수사 자료표, 피의자 진술서, 보석 결정문이 들어 있어야 하는데, 여기 있는 6,70개의 파일 중에는 그렇게 전부 들어있는 것이 하나도 없다. 각 파일마다 빠진 서류들이 있고 뒤에 있어야 할 서류들이 앞에 올라와 있으며 옆으로 삐딱하게 꽂혀 있는 것들도 있다. 페이지 순서도 하나도 맞지 않았다.

케넬리는 '잡년'이란 욕을 계속 해댔다.

5분쯤 분류 작업을 하고 있는데 갑자기 이렇게 서류가 뒤죽박죽인 것은 캐롤린의 부주의에서 일어난 일이 아니라는 생각이 들었다. 누군가 일부러 이렇게 만들어 놓은 것이다.

"캐롤린이 왔다 간 후로 누가 또 이 파일들을 살펴봤어요?"

내가 케넬리에게 물었다.

"아무도 없는데요. 이 상자들은 이 구석에서 4개월을 썩었는데요, 뭘. 어느 놈이라도 와서 제자리에 갖다 놔 주기를 기다리면서 말예요. 이것들이 여기 있다는 것도 이 친구랑 나밖에 몰라요. 안 그래?"

케넬리가 구에라시에게 묻자 그가 동의했다.

"케넬리, 토미 몰토 알죠?"

내가 물었다.

"젠장, 그럼요. 토미 몰토 알죠. 반평생을 알아 왔죠. 그 새끼가 여기 검사였어요."

나도 알고 있는 사실이었는데 왜 이제야 생각나는지 모르겠다. 몰토는 북부 지원 판사들과 사사건건 맞선 걸로 유명했다.

"캐롤린이 여기서 보호 관찰관으로 있었을 당시에 몰토도 여기 있었어요?"

"그런 것도 같은데. 생각 좀 해봅시다. 젠장, 러스티, 내가 이 사람들 인사 기록이라도 가지고 있는 줄 알아요?"

"그를 마지막으로 본 게 언제였어요?"

커넬리가 잠시 생각에 잠겼다.

"3,4년 전쯤이죠. 식당에서 만났던가 했을 걸요. 뭐, 그렇게 나쁜 인간은 아니에요. 보면 인사 정도는 나누는 사이죠."

"그는 이 기록들을 보지 않았나요?"

"여보슈, 내 입술을 잘 봐요. 이 파일들을 살펴본 건 당신이랑 나랑 구에라시랑 그 여자뿐이에요."

커넬리가 말했다. 분류 작업이 끝나자, 구에라시는 다시 한 번 파일들을 훑어보기 시작했다.

"하나가 빠져 있죠, 그렇죠?"

내가 물었다.

"숫자 하나가 비는데요. 실수였을 것 같습니다."

"60명씩 잡아들이면 숫자 같은 건 신경 안 쓰게 마련이요."

케넬리가 대신 대답하자 다시 물었다.

"하지만 문제의 파일이 사라져 버린 것일 수도 있겠죠?"

"그럴 수도."

"그래도 법원 기록보관실에는 남아 있겠죠, 안 그래요?"

케넬리가 구에라시를 바라보고 구에라시는 나를 바라봤다. 나는 사라진 파일 번호를 적었다. 법원에는 그 파일이 마이크로필름으로 보관되어 있을 것이다. 리프랜저는 이런 일을 좋아할 것이다.

구에라시가 나가고 나서도 나는 케넬리의 사무실에 좀 더 머물렀다.

"무슨 일인지 말 안 해줄 거요?"

그가 물었다.

"미안해요."

그가 고개를 끄덕였다. 하지만 기분 나빠한다는 것은 알겠다.

"뭐, 좋아요. 예전에는 참 일도 많았는데 말예요. 이야기 거리도 많고."

심드렁하게 나를 쳐다보는 표정을 보니 우리 둘 다 비밀을 갖고 있음을 알겠다.

바깥은 기온이 27도까지 올라가 푹푹 쪘다. 4월 최고 기록에 육박하고 있다. 차 안에서 라디오를 켜 뉴스 채널에 맞췄다. 시장의 성명이 생중계가 되고 있다. 끄트머리를 들은 거지만 무슨 말씀이신지 알고도 남겠다. 검찰청에 새 인물이 필요하다, 새로운 방향으로 나아 갈 필요가 있다, 시민들이 그걸 원한다, 시민들은 원하는 걸 가질 권리가 있다.

새 일자리를 알아보기 시작해야 할 것 같다.

티볼(야구와 비슷한 운동 경기. 홈플레이트 뒤에 있는 배팅 티에 공을 올려놓고 치는 것이어서 투수가 필요 없다는 점이 야구와 다르다—옮긴이). 봄날 저녁 황혼이 지기 시작할 무렵, 아버지들이 지켜보는 가운데, 2학년 학생들의 봄철 티볼 리그 경기가 시작되었다. 한때 늪지였던 곳을 메워 만든 풀밭 위로 하늘이 낮게 내려 앉아 있다. 스트롱마이어 선생 반 아이들로 구성된 스팅거스 팀이 수비를 위해 운동장으로 나가 있다. 잠바 지퍼를 끝까지 올려 입고 야구 글러브를 낀 남녀 학생들이 나름대로 수비 자세를 취하느라 바쁘다. 아빠들은 베이스 라인까지 슬금슬금 걸어 나가 이러저러한 주문을 외쳐 댔다. 타자석에서는 록키라는 덩치 큰 여덟 살짜리가 배팅 티에 올려진 봉제 인형 근처에서 방망이를 두세 번 휘두르고 있다. 그러고는 엄청난 집중력과 힘을 발휘하여 공을 외야로 쳐 냈다. 공은 스팅거스의 흔들리는 수비를 뚫고 좌중간에 떨어졌다.

"너대니얼!"

다른 아빠들과 함께 나도 소리를 질렀다.

"냇!"

냇은 그제야 정신이 드나 보다. 야구 모자 뒤로 말 꼬리처럼 하나로 묶은 머리를 나풀거리며 잽싸게 달려오는 몰리라는 여자 아이보다 한발 앞서 공을 잡았다. 그러고는 곧바로 공을 들어 휙 하고 던졌다. 공은 엄청나게 큰 호를 그리며 내야로 날아가더니 유격수와 3루수 중간에 툭 하고 떨어졌다. 록키는 벌써 성큼성큼 달려와 3루를 밟고 있었다. 아빠만이 아들을 야단칠 수 있다는 이곳 에티켓에 따라 나는 파울 라인 근처를 왔다 갔다 하며 손뼉을 치며 외쳤다.

"정신 차려! 냇, 정신 차려."

냇을 대할 때는 아무 스스럼이 없었다. 냇은 어깨를 으쓱하고 글러브를 낀 손을 들어올려 보이더니 이가 듬성듬성 빠져 있는 입을 벌리고 할로윈데이의 호박등처럼 헤벌쭉 웃었다. 삐죽삐죽 새로 난 이들이 케이크에 꽂힌 작은 초들 같다.

"아빠, 제어력을 잃었어. 진짜로."

냇이 외쳤다.

나를 포함하여 베이스 라인 바깥에서 경기를 지켜보던 모든 아버지들이 와락 웃음을 터뜨렸다. 우리는 냇의 말을 되뇌였다. '제 어력을 잃었대.' 클리프 누들맨이 내 등을 다독였다.

"아이가 저런 어려운 말도 다 아네요."

다른 남자들도 어렸을 때는 자기 아들은 어떤 모습일까 상상해 봤을까? 나는 열정과 희망에 부풀어 20년 후에 만날 아들의 모습을 상상해 보곤 했다. 상상 속의 내 아들은 부드럽고 착하고 똑똑한 아이였다. 좋은 점은 다 가지고 있는 그런 아이.

'냇은 안 그래요. 나쁜 애가 아니죠.' 이것은 우리 부부가 흥얼거리는 노래다. 바바라와 나는 냇이 두 살 때부터 이 노랫말을 흥얼거렸다. 우리는 서로에게 냇은 나쁜 애가 아니라고 말해 줬다. 그리고 난 그 말을 믿었다. 굳게, 사랑이 가득한 마음으로. 냇은 예민하다. 친절하다. 그리고 사납고 산만하다. 태어나서부터 계속 자기 일정대로 움직였다. 내가 책을 읽어 줄 때면, 그 아이는 그래서 어떻게 되는지 미리 알려고 내 손에 있는 책장을 마구 넘겨 댔다. 내 이야기는 듣고 있지 않거나 듣고 싶어 하지 않는 것 같았다. 학교에서는 항상 문제아였다.

냇을 구제해 주는 건 무사태평한 마음과 신체적인 장점이었다. 내 아들은 아름답다. 부드러운 살결과 향취 덕분에 아이라면 누구나 아름답지만 내가 말하는 건 내 아들은 그 이상이라는 것이다. 냇은 짙고 예리한 눈에 호감 가는 얼굴을 가지고 있다. 이런 모습은 날 닮은 것이 아니다. 나는 덩치가 더 크고 땅딸막하다. 코는 보기 흉하게 크고 콧등이 네안데르탈인처럼 툭 불거졌다. 바바라 쪽 사람들이 모두 덩치가 작고 잘생겼는데 냇이 외가 쪽을 닮았다는 데는 나도 이의가 없다. 하지만 나는 내 아버지의 예리하고 음울한 슬라브인의 잘생긴 외모를 떠올리며 불안해 할 때가 종종 있다. 혹시 냇이 친할아버지를 닮지 않았을까 하는 생각이 들기 때문에 나는 항상 속으로 기도했다. 이 축복받은 외모가 냇을 오만과 잔인함으로 이끌지 않기를, 내가 만난 아름다운 사람들이 당연한 대가로, 심지어 정당한 권리로 여기는 것 같았던 그 못된 성격을 갖게 되지 않기를 기도했다.

티볼 경기가 끝나면, 우리는 자녀와 함께 흩어져 자갈이 깔린 주차장 쪽으로 갔다. 일광 절약 시간제가 실시되고 날씨가 따뜻해지는 5월이 되면 경기가 끝난 후에도 여기에 남아 소풍을 즐길 것이다. 때로는 피자를 배달시켜 먹기도 할 것이다. 아버지들은 매주 돌아가며 맥주를 가져올 것이다. 저녁 식사가 끝나면 아이들은 티볼을 다시 시작할 것이고 아빠들은 잔디밭에 누워 사는 이야기를 나눌 것이다. 이런 때가 기다려졌다. 여기 모인 아버지들 중에는 내가 잘 모르는 사람들도 꽤 있지만, 함께 예배를 마치고 나오는 신도들이 느끼는 것 같은 일종의 연대감을 나는 이들에게서 느낀다. 정신없이 바빴던 한 주간의 직장 생활에서 벗어나, 심지어 결혼 생활의 즐거움과 책임감에서도 벗어나, 아이들을 데리고 나온 아버지들끼리 느낄 수 있는 그런 공감대 말이다. 금요일 밤이면 아버지들은 무거운 책임감을 훌훌 벗어 던지고 자유로워졌다.

선선하고 비교적 빨리 어두워지는 요즘 같은 때는 경기가 끝나고 난 후, 바바라와 시내 팬케이크 집에서 만나 간단히 저녁을 먹고 들어가기로 했다. 우리가 도착했을 때 바바라는 빨간색 비닐 가죽 소파에 앉아 우리를 기다리고 있었다. 냇에게 키스를 하고 스팅거스가 아깝게 졌다는 보고를 받으면서도 그녀는 아들 너머

내게로 냉담한 표정을 던졌다. 우리는 절망적인 냉각기를 맞고 있는 중이다. 내가 캐롤린 살인 사건 수사를 맡은 것에 대한 바바라의 분노는 조금도 수그러들지 않았고, 오늘 보니 그것 말고도 뭐가 또 있는 것 같았다. 처음에는 우리가 많이 늦었나 보다 생각했는데 식당에 걸린 시계를 보니 오히려 1분 일찍 왔다. 내가 또 무슨 짓을 해서 화가 난 걸까, 머리를 굴려 보지만 잘 모르겠다.

세월이 흐르면서 바바라는 칠흑 같은 우울의 숲으로 숨어 버리는 일이 아주 잦아졌다. 이제까지 그녀를 붙잡아 놓았을지도 모르는 바깥세상의 일들은 이제 과거의 기억 속으로 사라졌다. 노스엔드에서의 6년간의 교직 생활은 사회 개혁에 대한 그녀의 신념을 무너뜨렸다. 냇이 태어나자 그녀는 다른 일자리를 알아보는 것조차 포기했다. 교외 지역의 삶이라는 울타리 속에 자신을 가둔 채 그녀는 점차 말을 잃어 갔고 혼자 있고자 하는 열망은 점점 더 강해졌다. 3년 전 그녀 아버지의 죽음은 평생 동안 딸과 아내의 욕구를 무시하고 살았던 아버지의 마지막 유기 행위로 받아 들여졌고 그녀의 상실감을 더욱 부추겼다. 그리고 부부 간에 영혼의 교류가 끊긴 결혼 생활을 하게 되면서 우울증과 번갈아 찾아오던 쾌활함이 사라졌다. 이 시기 동안 그녀는 사실상 모든 이들에게 공공연히 적대감을 드러내었는데 그녀의 손을 잡고 핥아 보면 쓴 맛이 날 것 같다는 생각까지 든 적도 있다.

그러다가 상황이 바뀌었다. 과거에는 늘 그랬다. 내 외도로 야기된 이번 냉각기는 이제까지의 결혼 생활 중 가장 길게 가고 있지만 나는 곧 나아질 거라는 기대를 갖고 있다. 지난 11월과는 달리 지금은 바바라의 입에서 이혼이나 변호사 얘기가 나오지 않고 있으니 말이다. 그녀는 우리와 저녁을 먹기 위해 여기 나와 있다. 아무 일도 없는 듯이 나와 앉아 있는 걸 보면 안정을 되찾은 듯도 싶다. 나는 난파한 배의 파편을 굳게 잡고 지나가는 여객선을 기다리는 생존자 같다. 조만간 대단히 지적이고 통찰력이 있으며 유머가 있는, 그리고 내게 대단한 관심을 보이는 여인을 다시 보게 될 것이라고 믿었다. 내가 생각하는 아내는 아직도 그런 여인이다.

자리 안내를 기다리는 동안 바로 그 여인이 돌처럼 굳은 얼굴을 하고 있다. 냇은 엄마에게서 빠져나와 갈망하는 눈으로 후식 코너를 바라보고 있다. 야구 바지 끝자락은 양말 속에 있지 않고 삐져나와 운동화를 덮고 있고 한쪽 무릎과 양손을 유리 진열장에 대고 서서 설탕을 입힌 껌과 초콜릿 바 등, 금지된 후식들을 간절한 눈으로 바라보고 있다. 늘 그렇듯 다리를 떨면서 말이다. 바바라와 나는 늘 그렇듯 냇을 감시하고 있다.

"그래서?"

갑자기 바바라가 내게 물었다. 한판 붙어 보자는 투다. 아내의 기분을 풀어 줘야 하는데 큰일이다.

"뭐가 그래서?"

"그래서 일은 어떻게 되어 가? 아직도 그 대단한 수사 때문에 난리야?"

"단서가 전혀 없어. 성과도 없고. 대혼동이야. 사실 모두들 축쳐져 있어. 바람 빠진 풍선처럼 말이야. 들었지? 오늘 볼캐로가 니코 지지를 공식적으로 표명했잖아."

내 대답에 바바라는 눈살을 찌푸리더니 다시 한 번 쌀쌀맞은 눈초리로 나를 노려봤다. 이제야 그녀가 무엇 때문에 더 화가 났는지 알겠다. 어젯밤 나는 아주 늦게 퇴근해서, 그녀가 자고 있을 거라고 생각하고 아래층에 있었다. 바바라가 잠옷 가운을 입은 채로 아래층으로 내려왔다. 계단에 서서 뭐 하는 거냐고 물었다. 내가 이력서를 쓰고 있다고 대답하자 몸을 휙 돌리더니 올라가 버렸다.
"오늘은 레이먼드가 판사 시켜 주겠다고 안 그래?"
나는 눈살을 찌푸렸다. 이런 얘기를 미리 했던 어리석은 허영심에 지금 나는 후회막급이었다. 지금은 내가 판사가 될 가능성이 거의 없다. 이틀 전만 하더라도 볼캐로는 레이먼드 호건을 기쁘게 하기 위해 자기가 얼마나 애를 쓰고 있는지 보여 줬지만 말이다.
"어떻게 했으면 좋겠어, 바바라?"
"당신이 무슨 일을 하든지 신경 안 써, 러스티. 벌써 신경 껐어. 당신이 바라는 게 그거 아냐?"
"바바라, 레이먼드는 일을 잘 해냈어."
"그래서 그 사람이 당신한테 해준 건 뭔데? 당신은 벌써 서른아홉이야. 가족이 있고. 그런데 지금 실직 수당을 신청해야 할 처지잖아. 그 사람은 당신한테 자기 짐을 지우고 자기 문제를 해결하라고 시켜 놓곤, 그만뒀어야 할 때 그만두지도 않고 진구렁 속으로 당신까지 끌고 들어갔어."
"우리가 잘한 일도 많아."
"그 사람은 당신을 이용했어. 사람들은 항상 당신을 이용했어. 그리고 당신은 그들이 당신을 이용하도록 내버려 두고만 있지도 않아. 그걸 즐겨. 이용당하기를 좋아한다고. 당신한테 신경을 쓰는 사람들은 뒷전으로 하고 학대받는 것만 좋아하고 있다고."

"나한테 신경을 쓰는 사람이란 당신을 두고 하는 말이야?"
"나, 당신 엄마, 냇. 당신은 항상 그랬어. 구제 불능이야."
냇은 빼 달라고 말하려는데, 그녀에 대한 배려 혹은 자기 보호 본능이 말을 막았다. 헬스클럽에서 다듬은 몸매를 한 자그마하고 어려 보이는 식당 여종업원이 우리를 테이블로 안내했다. 바바라는 냇이 주문하는 걸 간섭했다.
"프렌치프라이는 괜찮아, 하지만 콜라는 안 돼. 우유 마셔. 그리고 샐러드도 먹고."
냇은 징징거리며 발을 동동 굴렀다. 나는 그 아이의 등을 가볍게 때리며 똑바로 앉으라고 명령했다. 바바라는 메뉴판을 장벽처럼 세우고 초연하게 앉아 있었다.
아내가 나를 처음 만났을 때는 행복했을까? 정확히 기억나지는 않지만 그랬던 것 같다. 내가 정신이 나갔는지 대학 과학 필수 과목으로 미적분을 선택하고 나서 헤맬 때 그녀는 내 과외 선생이었다. 금방 서로에게 빠져 버려서 그녀는 내게서 과외 수업료를 한 번도 받지 못했다. 나는 그녀의 놀라운 지성과 5월의 여왕 같은 미모와 값비싸 보이는 옷과 의사의 딸이라는 배경을 사랑했다. 내 기준에서 그녀는 '정상적인' 사람이었다. 심지어 그녀의 변화무쌍한 성격도 좋았고 내게는 멀게만 느껴지는 수많은 것들을 자유자재로 표현할 수 있는 그녀의 능력도 좋았다. 무엇보다도 나를 향한 물불 안 가리는 열정이 좋았다. 내 삶에서 어느 누구도 그녀만큼 내가 곁에 있기를 갈망하고 나라는 존재를 전적으로 인정해 준 사람은 없었다. 바바라를 흠모하는 남학생이 내가 만난 사람만도 대여섯은 되었다. 하지만 그녀는 오직 나만을 원했고 나를 쫓아다녔다. 처음에는 당혹스러운 느낌이 들 정도였다. 그녀가 나처럼 음울하고 고뇌를 마음속에 품은, 쭈뼛거리는 청년을 원하게 된 것은, 그녀의 부모님이 자기 딸의 수준에 못 미친다고 생각하는 남자를 원하게 된 것은, 그 시대의 분위기 때문이 아닐까 하는 생각도 들었다.

그녀는 나나 냇처럼 외동이었고 부모의 양육 방식에 압박감을 느끼고 있었다. 부모의 관심은 숨이 막힐 지경이었고 그녀는 그것이 잘못되었다고 생각했다. 자기는 항상 자신의 바람이 아니라 부모의 바람대로 끌려가는 허수아비였다고 주장했다. 그녀는 종종 자신이 만난 사람 중에 외로움을 느낄 뿐만 아니라 말 그대로 혼자였던 사람은 내가 유일했다고 말했다. 자기가 주고 있다고 생각하는 것을 자신도 받기를 원하게 되는 것은 슬프지만 사랑도 일종의 거래이기 때문일까? 바바라는 내가 동화 속의 왕자이기를, 자기 손길이 닿으면 왕자로 변하는 두꺼비이기를, 그래서 자기가 갇혀 있는 어두운 성 안으로 들어와 못된 악마들로부터 자기를 구해 주기를 바랐다. 세월이 흐르면서 나는 너무도 자주 그 임무 수행에 실패했다.

우리 주위에선 식당이라는 작은 세상이 휙휙 돌아가고 있었다. 다른 테이블들에서는 커플들이 이야기를 나누고 있었으며, 밤 근무를 맡은 종업원들이 따로 모여 앉아 저녁을 먹고 있었고, 여종업원들이 커피를 따르고 있었다. 그리고 인생의 무게와 피곤한 일상에 눌린 서른아홉 살의 러스티 사비치가 여기 앉아 있었다. 나는 아들에게 우유를 마시라고 말했다. 그러고는 햄버거를 씹었다. 맞은편 1미터 떨어진 곳에는 내가 20년 동안 사랑한다고 말해 온 여자가 나를 무시하려고 애를 쓰며 앉아 있었다. 내게 실망스러울 때가 있다는 것을 이해했다. 상실감을 느낄 때도 있다는 것을 이해했다. 이해했다. 이해하고말고. 그게 내 능력이다. 그러나 개선할 능력은 없다. 나를 힘 빠지게 하는 것은 성인으로서의 일상생활뿐만이 아니다. 내게는 남들이 가진 어떤 능력이 없는 것 같다. 그리고 인간은 자신의 제약을 넘어서서 다른 누군가가 될 수 없다. 내게는 나만의 역사와 기억과 자주 길을 잃곤 하는 나라는 존재의 미로가 있다. 나는 바바라의 마음속에서 나오는 절규를 들었다. 그녀의 욕구를 이해했다. 그러나 나는 거기에 조용하고 슬픈 목소리로 대답만 할 수 있을 뿐이다. 내 안에는 내가 너무도 많다. 정말 너무 많다!

선거 당일은 날씨가 화창했다. 어젯밤 레이먼드의 집무실에 마이크 듀크와 라렌 리틀과 함께 앉아 있을 때, 그들은 날씨가 화창하면 유리할 거라고 했다. 당이 니코 델라 가르디아의 수중으로 넘어간 이상, 레이먼드에게는 이제 당 지도자의 바람대로가 아니라 후보를 보고 투표할 유권자가 필요하다. 지난주에는 다들 제정신이 아닌 것 같았다. 상황이 불리하게 전개될 때마다 말로는 희망이 없다고 하면서도 다들 희망을 버리지는 못했다. 어젯밤 레이먼드의 집무실에서도 다들 승리를 점치고 있었다. 《트리뷴》과 3번 방송이 공동 후원한 마지막 여론 조사는 볼캐로의 입장 발표가 있던 날 실시되었는데 레이먼드가 5퍼센트밖에 뒤지지 않은 걸로 나왔다. 듀크는 시장의 발표가 있고 나서 상황이 좋아졌으며 레이먼드가 불리한 입장의 후보로서 동정표를 많이 얻을 것으로 믿는다고 말했다. 성인 네 명이 모여 앉아 그게 사실일 것이라며 서로를 격려하고 있었다.

늘 그렇듯이, 선거 날의 검찰청은 어수선한 분위기였다. 레이먼드가 검찰 총장이 되기 전에는 상관을 위해 공공연히 선거 운동을 하고 다녔던 검찰청 직원들도 레이먼드의 임기 동안에는 적극적으로 정치에 참여하지 못하게 되었다. 검찰청 직원들이 법정에서 선거 운동 집회 입장권을 팔고 다니던 시대는 갔다. 레이먼드 호건은 지난 12년 동안 자기 직원들로부터는 기부금을 한 푼도 받지 않았고 단 1분의 도움도 요청하지 않았다. 그럼에도 불구하고 레이먼드 이전에 검찰청에 들어온 많은 행정 직원들은 밥줄을 보장해 주는 사람에게 충성을 보여야 한다는 의무감을 버리지 못하고 있었다. 10년 전 볼캐로와 체결한 불편한 암묵적인 계약의 일환으로, 레이먼드는 선거 날에는 검찰청 직원들을 쉬게 해주었다. 당에 소속된 직원들이 집집마다 돌아다니며 홍보 책자를 나눠 주고 노약자를 투표소로 태워다 주고 선거 결과를 지켜보는 등, 정당 활동을 할 수 있도록 말이다. 올해에는 그들이 니코 델라 가르디아를 위해 그 일을 할 것이다.

나머지 사람들에게는 명시된 임무가 없다. 가라앉는 배의 조종간을 잡은 1등 항해사인 나는 하루 종일 사무실에 앉아 있었다. 다른 사람들도 몇 명 있었는데 대부분이 검사들로, 그들은 준비서면을 작성하거나 재판을 준비하거나 책상 정리를 하고 있었다. 이십여 명의 신참 검사들은 주 검찰청 사람들과 함께 선거 사기 단속을 위해 현장에 나가 있다. 투표기가 작동되지 않는다거나, 투표장에 누가 총을 갖고 들어왔다거나, 선거 참관인이 특정 후보를 지지하는 배지를 달고 있다거나, 선거 참관인이 특정 후보에게 표를 던지도록 노인 유권자들을 유도하고 있다거나 하는 신고 사항을 처리해야 하는 것이 그들의 임무다. 사무실에 앉아 있는 나는 가끔씩 전화로 상황을 보고받고 기자들에게서 전화가 오면 투표 과정에 별 문제가 없는 것 같다고 대답했다.

네시 삼십분쯤 리프랜저에게서 전화가 왔다. 누군가 내 사무실 밖 복도에 TV를 가져다 놓고 튼 모양인데 별다른 소식은 없었다. 투표는 1시간 30분 후에 끝났다. TV에서 지금 나오는 뉴스는 높은 투표율에 대한 만족감에 찬 소식들뿐이다.

"졌어. 3번 방송에 아는 사람이 출구 조사 결과를 봤대. 그대로라면 니코가 8 내지 10퍼센트 차이로 이길 거라는데."

리프랜저가 말했다.

다시 심장이 쿵 하고 내려앉고 간이 쪼그라들었다. 희한하게도 이번에는 실감이 났다. 나는 창밖 너머로 법원 건물의 기둥들과 다른 건물들의 검게 그을린 평평한 지붕들과 두 블록 떨어진 곳에서 팔꿈치처럼 굽어져 흐르는 더러운 강물을 바라봤다. 거의 7년을 이 건물의 같은 면에 있는 사무실을 썼는데도 바깥 풍경이 아직도 낯설게 느껴졌다.

마침내 내가 비장한 목소리로 말문을 열었다.

"알았어. 다른 소식은?"

"없어. 알려 줘야 한다고 생각했어."

그가 잠시 머뭇거리다가 말했다.

"폴헤무스 건 계속 해야 되는 건가?"

"다른 할 일이라도 있어?"
"아니. 없어. 오늘 경찰청에서 와서 내 경찰 조서들을 전부 가져가겠대. 모라노 때문에."
경찰청장 말이다.
"그가 훑어보고 싶어 한대."
"그런데?"
"좀 이상해서. 3년 전에 자기 장모 집에 권총 강도가 들었을 땐 조서 따윈 쳐다보지도 않았던 것 같거든."
"자네도 장모가 있으면 이해할 거야."
내가 말했다. 그는 내 농담을 조금 전에 예민하게 굴었던 것에 대한 사과로 받아들였다.
"니코한테 보고할 준비를 하는 걸 거야. 웃기는 일이지."
내가 말했다.
"몰토가 벌써 속기실에서 가져다가 알려 주고 있을 텐데 말이지."
"그럴 테지. 몰라. 뭔가 앞뒤가 안 맞는 것 같아. 오늘 슈미트가 직접 여기 들어왔더라고. 아주 심각해 보이던데. 대통령이 총격이라도 받은 것처럼 말이야."
"표정 관리하는 거겠지."
"그런가. 지금 법원 파일들을 마저 훑어보러 북부 지원에 들어가."
리프랜저가 말했다. 내가 32번 구역 경찰서에 다녀온 후로 찾고 있던 파일 얘기다.
"다섯시 전에 마이크로필름 가져다 놓겠다고 했거든. 다시 가져가기 전에 가 봐야지. 뭔가 찾으면 연락해야 할 텐데 오늘밤 어디 있을 거야?"

나는 레이먼드의 지지자들과 함께 호텔 어딘가에 있을 거라고 말해 줬다. 지금 수사 결과를 가지고 뛰어오는 건 웃기는 일 같지만, 리프랜저는 레이먼드에게 마지막 경의를 표하기 위해서라도 들르겠다고 했다.

"아일랜드인들이 음식은 푸지게 차려 놓잖아."

리프랜저가 말했다.

리프랜저의 말이 맞았다. 악단의 연주 소리가 크게 울려 퍼지고 있다. 연회에 빠지는 법이 없는 젊은 여자들은 가슴에 띠를 두르고 머리에는 선거 운동용 밀짚모자를 멋지게 눌러 쓰고 여전히 즐거워하고 있다. 호건! 모두 연초록색의 게일어체다. 앞쪽, 연사들이 아직 자리를 잡지 않은 연단의 양쪽에는 호건의 홍보 사진이 2미터 높이로 확대되어 세워져 있다. 나는 더러운 기분으로 미트볼을 찍어 먹으며 연회장 안을 돌아다녔다.

나는 일곱시 삼십분쯤 5층 레이먼드의 스위트룸으로 올라갔다. 방 안에는 그의 선거 진영 사람들이 돌아다니고 있다. 보조 탁자 하나에는 콜드 컷(얇게 저민 냉육과 치즈로 만든 요리—옮긴이) 세 접시와 양주 몇 병이 놓여 있지만 나는 한잔 하라는 제의를 거절했다. 이 스위트룸에 있는 방 세 개에 전화가 열 대는 있는 것 같은데 전부 다 울려 대고 있다.

벌써 지역 TV방송 3사 모두가 니코 델라 가르디아의 당선을 예상했다. 라렌 리틀 판사가 버본이 담긴 컵을 들고 출구 조사 결과에 대해 투덜거리며 내게로 다가왔다.

"사람이 쓰러지기도 전에 죽었다고 선언하는 건 처음 봐."

그러나 레이먼드는 멀쩡하다 못해 활기차 보이기까지 했다. 그는 침실에 앉아 텔레비전을 보며 통화를 하고 있다. 그러다가 나를 보자 수화기를 내려놓고 다가와 나를 끌어안았다.

"로자트."

그가 내 세례명을 불렀다. 오늘 밤 수십 명의 다른 사람들에게 이런 행동을 반복했겠지만 나는 슬퍼하는 가족의 일원으로 받아들여진 것이 정말 고맙고 감동적이기까지 하다.

나는 레이먼드가 앉아 있는 안락의자 발판에 걸터앉았다. 의자 옆 촛대를 놓는 탁자에는 마개를 딴 잭 데니얼 한 병이 먹다 만 샌드위치 하나와 함께 놓여 있다. 레이먼드는 전화를 받고 라렌, 마이크, 조 라일리 등과 의논을 계속했다. 나는 그대로 앉아 있다. 아버지가 TV로 야구 경기를 보거나 라디오를 들을 때 곁에 앉아 있곤 했던 밤들이 떠올랐다. 긴 나무 의자에 앉아 있는 아버지 옆에 앉기 전에 나는 항상 먼저 허락을 구하곤 했다. 그때가 아버지와 가장 화목했던 때였다. 내가 나이가 들자 아버지는 마시던 맥주를 건네주기도 했다. 때로는 경기에 대해 평을 하기도 했다.

점차로 화제는 인수인계 절차 쪽으로 옮겨 갔다. 레이먼드가 니코 델라 가르디아와 연락을 하는 것이 우선일까, 아니면 아래층으로 내려가 지지자들에게 연설부터 해야 하나? 니코 델라 가르디아와 연락을 먼저 하기로 결정 났다. 마이크는 레이먼드가 전화를 걸어야 한다고 말했다. 조는 전보를 치라고 했다.

"집어치워. 길만 건너면 되는데. 가서 악수라도 하고 올 거야."

그러고는 레이먼드는 라렌에게 준비를 부탁했다. 니코를 만난 다음에 지지자들에게 연설을 하고, 그러고 나선 여기로 올라와 기자들과 일대일 인터뷰를 하기로 했다. 기자들을 멀리 할 이유가 없다는 것이다. 레이먼드는 맥에게 아홉시 삼십분경부터 인터뷰를 할 수 있도록 준비를 해달라고 했다. 열시에는 로젠버그와 생방송 인터뷰를 할 것이다. 이제까지는 맥이 여기 있는 줄 몰랐는데 그녀가 휠체어를 돌려 나를 보더니 한마디 했다.

"슬퍼."

레이먼드가 나를 따로 보자고 했다. 우리는 스위트룸 안 두 개의 침실 사이에 있는 화장실로 들어갔다. 변기와 커다란 옷장만이 덩그마니 놓여 있다.

"괜찮아요?"

내가 물었다.

"이보다 더한 일도 많았는데 뭘. 내일은 더할걸. 모레도. 그래도 죽진 않을 거야. 저기 말이야."

레이먼드가 이어 말했다.

"요 전날 밤에 말했던 거 말인데, 니코를 만나면, 지금 당장 물러나겠다고 할 거야. 레임덕이니 뭐니 하는 소리 듣고 싶지 않거든. 집무실에서 빈둥거리고 있는 것처럼 보이고 싶지도 않고. 깨끗이 물러나고 싶어. 니코가 현직 총장으로 총선에 나서고 싶다면 그러라지 뭐. 군수가 찬성만 한다면 언제라도 집무를 시작하라고 말해 줄 거야."

웃기는 소리다. 군수는 볼캐로가 아닌가. 당의장이자 시장이기도 하고 말이다. 그는 바나나 공화국 지도자보다 더 많은 직함을 갖고 있다.

나는 레이먼드에게 현명한 결정이라고 말해 줬다. 우리는 서로를 바라봤다.

"자네한테 미안해, 러스티. 총장 자리를 물려줄 부관이 있다면, 자네뿐이야. 내가 나서지 말고 그렇게 했어야 했는데. 다들 한 번 더 해보라고 난리들을 치는 바람에……."

레이먼드가 말했다.

나는 손을 내저으며 고개를 흔들었다. 이런 사과는 받고 싶지 않았다.

그때 라렌이 고개를 들이밀었다.

"러스티한테 내가 나서지 말았어야 했다고 말하는 중이었어. 러스티한테 기회를 줬어야 했는데 말이야. 새 인물이고 경력 많은 현직 검사고 정치에 별 관심이 없잖아. 검찰에 활기를 불어넣을 수 있었을 텐데. 안 그래?"

레이먼드가 말했다.

"젠장. 조만간 나도 동의할 것 같은데."

판사가 농담어린 투로 동의했다. 셋이 동시에 웃음을 터뜨렸다. 라렌은 니코 델라 가르디아 쪽 사람들과 협의한 내용을 보고했다. 오늘 밤 갑자기 최고 참모로 모습을 드러낸 토미 몰토와 이야기를 나눴는데 오늘 밤에는 만나지 않는 것이 좋겠고, 대신 내일 아침에 보잔다고 했다.

"열시래. 몇 시가 좋겠냐고 물어보지도 않고 일방적으로 통보를 하던데. 그리고 자네 혼자 오래. 기분이 어때? 벌써부터 저렇게 잘난 척이니."

라렌은 불쾌한 표정으로 잠시 가만히 있더니 다시 말을 이었다.
"내가 그랬지? 니코한테 전화로 인수인계하라고 말이야. 자네가 준비가 됐을 때."
레이먼드는 라렌이 들고 있는 버본 잔을 빼앗아 쭉 들이켰다.
"준비 됐어."
충성심은 여기까지였다. 나는 더 듣고 싶지 않아서 연회장으로 돌아왔다.
바 근처에서 레이먼드의 오랜 친구인 조지 메이슨과 마주쳤다. 벌써 취해 있다. 사람이 많아 둘 다 이리저리 밀쳐지고 있다.
"인간들이 꽤 많은데."
그가 말했다.
'바 근처만 그렇죠.'
나는 생각만 하고 말로 하진 않았다.
"잘 싸웠어. 잘 했어. 당신들 모두 자부심을 가져야 돼."
조지가 말했다.
"그러고 있어요. 저도 그렇고요."
"그래, 자넨 어떡할 거야? 변호사 개업할 거야?"
"한동안은 그래야 할 것 같은데요."
"형사 소송을 맡을 건가?"
오늘 밤 도대체 같은 얘기를 몇 번이나 나눈 걸까? 나는 조지에게 아마도 그럴 거라고, 두고 봐야 할 것 같다고 말했다. 당분간은 휴가를 떠날 것이고 그건 확실하다고도 말해 줬다. 조지는 명함을 주면서 전화하라고 했다. 소개해 줄 사람들이 있을 것 같다면서 말이다.

봄 203

20분 후 레이먼드가 연회장으로 들어왔다. TV방송국 사람들이 연단 앞을 차지하고, 카메라와 조명 장치와 마이크 등을 세워 놓아 앞이 잘 보이지 않았다. 레이먼드는 미소를 지으며 손을 흔들고 있다. 두 딸들이 그와 함께 연단에 서 있다. 악단은 아일랜드 춤곡을 연주하고 있다. 레이먼드는 청중을 조용히 시키면서 벌써 세 번째 "감사합니다."라는 말을 하고 있다. 그때 누가 내 팔을 잡았다. 리프랜저다. 사람들 속을 헤치고 오느라 꽤 피곤한 얼굴이었다. 다들 발을 구르고 소리를 지르고 휘파람을 불어 대는 바람에 너무 시끄러워서 여기서는 이야기가 불가능하다. 뒤쪽에서는 춤을 추기 시작한 사람들도 있었다. 리프랜저가 밖으로 나가자고 손짓을 해서 그를 따라 비상구 표지판이 있는 문을 열고 나갔다. 갑자기 호텔 밖 골목이 나왔다. 그가 가로등을 향해 걸어갔다. 지금 보니 뭔가 일이 잘못된 것 같다. 걱정으로 거의 기진맥진한 얼굴이었다. 관자놀이 부근에 땀이 송글송글 맺혀 있다. 안에서 레이먼드의 목소리가 들리는데 무슨 말을 하는지는 잘 들리지 않았다.

"진짜 이상한데 말이야. 경찰청에서 뭐가 잘못되어도 크게 잘못된 것 같아."

"왜?"

"잘은 모르겠는데. 요 몇 년 동안 잠잠했던 불길한 예감 같은 게 들어. 심문을 받아야 하니까 내일 아침 여덟시까지 모라노의 집무실로 오라는 메시지를 받았어. 대화나 협의가 아니라 심문이래. 내가 용의자라도 된 것처럼 말이야. 그리고 또 있어. 조금 전에 사무실로 들어가니까 내가 폴헤무스 건에 대해서 모아 뒀던 증거물 수령증을 슈미트가 전부 가져갔다는 거야. 할 말 있으면 슈미트한테 직접 하라던데."

"이 사건에서 손떼라는 소리 같은데."

"좋아. 그러지 뭐. 그런데 내 말 좀 더 들어 봐. 다섯시 전에 북부 지원에 들어갔거든. 그리고 좀 전에 말한 일들은 여섯시, 여섯시 삼십분, 그때 일어난 일이고. 그동안 거기서 뭘 찾았는지 봐 봐."

그는 잠바 속에 손을 넣고 셔츠 주머니에서 뭔가를 꺼냈다. 법정 기록 복사본 네다섯 장이다. 사건 번호를 보니 32번 구역 경찰서에서 사라진 소송 사건 번호와 일치했다. 첫 장은 파일 겉장이다.

'국민 대 레온 웰즈, 공연 음란죄 사건. 9년 전 7월의 어느 날, 법원 명령으로 기각됨.'

"야호."

내가 큰 소리로 외쳤다.

"이 페이지를 봐."

보석 결정문이다. 우리 주에서는 경범죄에 대해 피고인이 의무 불이행시에는 5000달러 미만의 보석금을 내겠다는 약속을 하고 약속 어음에 사인만 하면 보석을 허가받았다. 보석 기간 동안 그는 다른 범죄를 저지르지 않고 법정이 지정한 보호 관찰관에게 일주일에 한 번 전화로 신고만 하면 되었다. 보석 결정문에 따르면 레온의 보호 관찰관으로 지정된 사람은 캐롤린 폴헤무스였다. 그녀의 이름과 전화번호가 거기 적혀 있다.

"기다려봐, 이게 압권이야."

리프랜저가 마지막 장을 끄집어냈다. 공소취소장 사본이다. '편견 없는 공소취소장'이라는 제목이 붙어 있다. 공소취소장을 제출한 사람은 검사다. 맨 밑에 '킨들 군 검찰 총장 레이먼드 호건'이라는 서명이 보였다. 사건 담당 검사가 사인을 하도록 되어 있는 공란이 보였다. 처음에는 거기 적힌 글씨를 읽을 수가 없었다. 그러나 곧 누군지 알아차렸다.

"몰토야?"

리프랜저와 나는 한동안 가로등 아래 서서 복사본을 다시 훑어봤다. 둘 다 말이 없다. 안에서 엄청난 환호성이 들렸다. 그러고는 악단이 다시 연주를 시작했다. 「아일랜드인의 눈이 미소 지을 때」. 레이먼드가 패배를 인정했나 보다.

나는 리프랜저를 안심시키려고 애쓴다.

"걱정할 것 없어. 아무것도 확실하지 않잖아."

"이거 가져가."

그가 법정 기록 복사본을 내게 건넨다.

나는 연회장으로 발길을 옮겼다. 리프랜저는 쓰레기통들과 함부로 나뒹구는 쓰레기들을 지나 골목길 어둠 속으로 사라졌다.

"우리 관계는 그렇게 끝났어요. 끝이 안 좋았죠. 그 다음 한 주 동안에는 캐롤린이 나를 만나는 횟수를 줄이더군요. 그 다음 주에는 아예 안 보고요. 점심도 함께 하지 않고 전화도 없고 내 사무실에 찾아오는 일도 없고요. 우리끼리 하던 말로 한잔 하던 것도 없고요. 완전히 끝났어요."

내가 로빈슨에게 말했다.

나는 캐롤린이 남의 간섭을 싫어 한다는 것을 알고 있었다. 처음에는 이것이 좀 더 자유롭고 싶다는 표시라고 생각하며 두려움을 가라앉히려고 했다. 그러나 날이 갈수록 그녀의 침묵과 나의 애처로운 열망이 나를 갉아 먹었다. 그녀는 바로 한 층 아래에 있었다. 그녀와 같은 방에 있고 싶다는 것만큼 지금껏 무언가를 그렇게 간절히 바라본 적이 없었다. 나는 사흘 연속으로 그녀가 점심 먹으러 잘 가는 모튼의 써드 플로어로 달려갔다. 사흘째 되는 날 그녀가 나타났는데 레이먼드와 함께였다. 그때는 전혀 이상하게 생각하지 않았다. 눈이 멀어 있었다. 경쟁자가 있으리라고는 상상도 못 했다. 나는 30분을 혼자 앉아 샐러드 속 양상추 이파리를 이리저리 옮기며 저 멀리 떨어져 있는 그들의 테이블을 바라보고 있었다. 저 얼굴하며 저 머리! 그녀의 살을 만질 때의 감촉이 떠오르자 나는 식당에 홀로 앉아 신음소리를 냈다.

3주째에 접어들자 나는 자제력을 잃고 말았다. 용기를 낼 필요도 없었다. 그냥 마음 가는 대로 행동했다. 나는 어느 날 아침 열한시쯤 그녀의 사무실로 곧장 걸어갔다. 파일이나 쪽지, 변명거리가 될 만한 어떤 것도 들고 있지 않았다.

그녀는 안에 없었다.

나는 눈을 감은 채로 문턱에 서 있었다. 수치심과 슬픔으로 얼굴이 화끈거렸다. 이러다가는 좌절감에 죽을 것 같다는 생각이 들었다.

거기 그렇게 서 있는데 그녀가 돌아왔다.

"러스티."

그녀가 밝은 목소리로 말했다. 쾌활한 인사. 그러고는 나를 지나쳐 갔다. 나는 그녀가 몸을 구부려 서랍에서 파일을 꺼내는 것을 바라보았다. 엉덩이 부근에서 마로 된 스커트가 꽉 조여 있는 모습과 스타킹을 신은 부드러운 종아리를 보니 날카로운 관능의 화살이 나를 찌르는 것 같았다. 그녀는 바빴다. 책상 옆에 서서 연필을 메모지 위에 콕콕 찍어 대며 파일 속 서류들을 읽고 있었다.
"당신하고 다시 시작하고 싶어."
내가 말했다.
그녀가 고개를 들었다. 냉정한 표정이었다. 그녀는 책상을 돌아와 나를 지나쳐 가더니 한 손으로 문을 닫았다.
그러고는 바로 말문을 열었다.
"별로 좋은 생각이 아닌 것 같은데. 지금은 아니야. 난 지금은 별로 그러고 싶지 않아."
그녀는 문을 열었다. 그러고는 다시 책상 뒤로 돌아가더니 일을 시작했다. 몸을 돌려 라디오를 틀었다. 그러면서 내가 서 있는 곳은 쳐다보지도 않았다.
나는 캐롤린 폴헤무스가 나를 사랑한다고 생각해 본 적이 단 한 번도 없었다. 단지 내가 그녀를 기쁘게 해주고 있다고만 생각했다. 내 열정과 집착이 그녀를 기쁘게 하고 더 커 보이게 한다고 생각했다. 그래서 거부를 당하고도 그다지 고통스럽지 않았다. 슬픔으로 무너져 내리지 않았다. 나 말고 다른 남자가 있을지 모른다는 생각이 들었을 때도 그를 죽여 버리는 환상에 사로잡히지도 않았다. 그가 그녀를 나눠 갖자고 하면 그러자고 했을 것이다. 나는 그녀의 거절과 내 갈망에 망연자실했다. 내가 갖고 있던 것을 잃고 싶지 않을 뿐이었다. 나는 캐롤린과 그녀의 몸속에서 느꼈던 황홀한 해방감을 갈망했다.

내게는 우리 관계가 끝난 것이 아니었다. 어떤 것도 우리 관계를 끝나게 할 수는 없었다. 그녀의 태도는 항상 뒷전이었다. 나는 내 열정을, 그 지극한 기쁨의 순간에 도달하던 내 숭배 의식의 절정을, 내 환희의 절정을 갈망했다. 그것 없이 사는 것은 죽은 거나 다름없었다. 나는 갈망했다. 나는 갈망했다! 밤마다 안락의자에 앉아 엄청난 자기 연민에 사로잡혀서 캐롤린을 갈망했다.

그 몇 주 만에 내 생활은 엉망진창이 되었다. 균형 감각이 사라졌고 판단력은 흐려지고 기괴하고 잔인한 만화처럼 과대망상에 사로잡혔다. 열네 살 소녀가 유괴되어 범인의 트렁크에 갇혀 있다가 사흘 동안 매 한두 시간마다 강간을 당하고 두들겨 맞고 방치되어 죽음에 이른 사건이 있었다. 그동안 소녀는 범인의 얼굴을 볼 수 없도록 눈이 가려져 있었다. 나는 이 사건에 대한 조서를 읽었고 증거물에 관한 회의에 참석하기도 했다. 그러면서 나는 이 소녀 대신 캐롤린을 떠올리며 아파했다.

집에서는 바보같이 바바라에게 고백을 하고 식탁에서 눈물을 흘리고 유리컵을 붙들고 울음을 터뜨렸다. 어디서 그런 고백을 할 용기가 생겼을까? 나는 아내가 날 동정해 주기를 바랐다. 그 지극히 이기적이고 미친 행동이 결국 내 고통을 악화시켰다. 바바라는 내가 고통스러워하는 모습을 참을 수 없어 했다. 이제 내겐 갈 곳이 없었다. 직장에서는 아무 일도 하지 못한 채 혹시 지나가는 캐롤린의 모습이라도 볼 수 있을까 하여 복도만 흘끔거리고 있었다. 집에서는 아내가 간수처럼 나를 지켜보며 내가 괴로워하는 기색이라도 보이면 즉시 결혼 생활을 끝내겠다고 위협했다. 결국 나는 산책을 택했다. 12월이 지나고 1월로 접어들면서 기온이 영하로 떨어져 매서운 추위가 몇 주 간이나 계속되었다. 나는 파카를 껴입고 목도리로 얼굴을 가린 채 몇 시간이고 동네를 돌았다. 파카 모자의 털이 이마나 뺨에 닿으면 따끔거렸다. 나만의 동토대. 나의 시베리아. 언제쯤 끝이 날까? 나는 평화를 되찾기를 갈망했다.

캐롤린은 나를 피했다. 그녀는 다른 일에도 그랬지만 나를 피하는 일에도 능수능란했다. 할 말이 있으면 쪽지를 보내거나 유지니아에게 메시지를 남겼고 내가 참석하기로 되어 있는 회의에는 나타나지 않았다. 내가 그녀를 그렇게 만들었다. 가끔 서로의 모습을 보게 될 때 내 애처롭고 허기진 표정을 그녀가 못 보고 넘어가지는 않았을 것이다.

3월이 되자 나는 집에서 그녀에게 전화를 걸었다. 두세 번 그랬다. 그녀는 1960년대부터 각종 범죄를 저지른 상습범에 대한 기소를 준비하고 있었다. 나는 방해받는 때가 많은 직장 대신 집에서 이 사건과 관련된 법적 문제를 토의하는 것이 낫겠다고 내 행동을 정당화했다. 나는 냇이 잠들고 바바라가 어머니의 자궁과도 같은 서재에 틀어박혀 내가 아래층에서 전화하는 소리를 듣지 못하게 될 때까지 기다렸다. 그러고는 맥이 등사판으로 인쇄해서 나눠 준 작은 전화번호부 쪽지를 펴 들었다. 거기에는 모든 검사들의 집 전화번호가 적혀 있었다. 사실 전화번호를 찾을 필요도 없었지만 극심한 집착에 시달리던 그때는 종이에 적힌 그녀의 이름만 보더라도 이상한 만족감을 느꼈다. 우리의 관계가 환상이 아닌 실제라는 것을 확인할 수 있어서도 좋았다. 캐롤린의 목소리를 듣자마자 내 핑계거리가 얼마나 형편없는 것인지를 깨달았다. 내 입에서는 한 마디도 나오지 않았다.

"여보세요? 여보세요?"

비난이 섞이지 않은 그녀의 목소리를 듣는 순간 나는 무너져 내렸다. 지금 누구를 기다리고 있는 것일까? 전화를 할 때마다 나는 자존심 때문에라도 한두 마디 할 수 있을 것이라고 생각했다. 이야기할 내용을 미리 치밀하게 준비했다. 그녀의 무관심이나 비난을 사라지게 해줄 우스갯소리. 조금이라도 기회가 있으면 던질 진지한 말. 그러나 헛수고였다. 그녀가 전화를 받으면 난 수치심에 온몸이 화끈거리는 상태로 가만히 있었다. 눈물이 나왔다. 심장이 오그라드는 것 같았다.

"여보세요? 여보세요?"

그녀가 수화기를 내려놓으면 그제야 서둘러 전화번호부를 서랍 속에 집어넣으면서 안도감을 느꼈다.

물론 그녀는 나라는 걸 알았다. 내 숨소리에서 고독하고 애절한 무언가가 느껴졌나 보다. 3월 말 어느 금요일 밤, 나는 퇴근 후 리프랜저와 길스에 앉아 한잔 하고 있었다. 어느 순간 고개를 들어 보니 바 뒤에 있는 기다란 경사 거울 속에서 그녀가 나를 노려보고 있었다. 위스키 병들 위로 그녀의 얼굴이 있었다. 머리를 새로 해서 스프레이를 뿌렸는지 머리는 빳빳하면서도 반짝반짝 윤이 났다. 표정에 드러난 분노는 무서울 정도였다.

아무 일도 없는 듯 가장하는 것이 훨씬 더 쉬웠다. 나는 그녀에게서 눈을 떼고 바텐더를 바라보며 그녀에게 올드 패션드를 한 잔 주라고 주문했다. 그녀가 됐다고 말했지만 바텐더는 그 말을 듣지

봄 211

못했다. 그녀는 바텐더가 술을 가져올 때까지 기다렸다. 그녀는 서 있었고 나는 앉아 있었다. 금요일 밤의 식당 안은 북적거렸다. 주크박스에서는 노래가 요란하게 흘러나오고 있었고 웃음소리도 왁자지껄했다. 한 주 간의 구속에서 벗어나 성 본능이 꿈틀대기 시작하는 것이 느껴지는 분위기였다. 맥주를 다 비운 나는 마침내 용기를 내 입을 열었다.

"난 어린애 같아."

내가 그녀에게 말했다. 그녀 쪽은 보지도 않은 채 말을 계속했다.

"지금 여기 앉아 있는 것이 너무 불편해서 나가 버리고 싶어. 그리고 내가 가장 바라는 것은 당신과 이야기를 나누는 거야."

그녀의 표정을 살피기 위해 고개를 들어 보니 그녀는 무표정한 얼굴이었다.

"지난 몇 달 동안 당신 곁을 서성이면서 내가 시도했던 게 바로 그거야. 한심하지?"

"안전하지."

그녀가 말했다.

"한심해."

내가 같은 말을 반복했다.

"하지만 난 경험이 없어. 이 피곤하고 별 볼일 없어 보이는 일을 간절히 바라면서도 제대로 하지는 못하고 있어, 캐롤린. 난 스물두 살 때 약혼했어. 그리고 결혼식 얼마 전에 예비군 훈련이 있었는데, 훈련이 끝나고 술에 취해서 어느 술집 뒤에 스테이션 웨건을 세워 놓고 어떤 여자와 관계를 가졌어. 그것뿐이야. 그게 내 외도 역사의 전부야. 난 지금 죽어 가고 있어. 바로 지금 말이야. 이 거지 같은 술집에 앉아서, 숨이 넘어 가기 일보직전이야. 기분이 좋아? 난 지금 몹시 떨려. 심장이 두근거려. 조금 있으면 숨이 넘어 갈 것 같아. 한심하지, 안 그래?"
"나한테서 뭘 원해, 러스티?"
이제 그녀 차례였다. 거울 속에서 그녀가 나를 무섭게 노려보고 있었다.
"뭔가……"
내가 말했다.
"충고?"
"그게 내가 얻을 수 있는 전부라면."
그녀는 바 위에 술잔을 내려놓더니 손을 내 어깨 위에 올려놓았다. 그러고는 처음으로 나를 똑바로 보았다.
"철 좀 들어."
그녀가 말했다. 그러고는 걸어 나가 버렸다.
"바로 그때 잠깐, 그녀가 죽었으면 하고 간절히 바랐어요."
내가 로빈슨에게 말했다.

토미 몰토는 검찰청 내에서 미친 수도사라는 별명으로 불렸다. 예전에 그는 신학교에 다녔다. 키는 잘해 봐야 160센티미터 정도고 몸무게는 평균치보다 족히 20킬로그램은 넘는 과체중이며 마맛자국이 심하게 나 있고 손톱은 물어뜯어 그 주위의 살이 뜯겨졌을 정도다. 성격은 아주 극단적이었다. 준비서면 하나 붙들고 밤샘을 불사하고 한 주말도 쉬지 않고 석달 열흘을 꼬박 일에 매달릴 수 있는 사람이다. 능력 있는 검사지만 상관의 인정을 받고 싶어 안달하는 것이 눈에 보인다는 것이 문제다. 검사로서 그는 사실을 이해하기보다는 조작하는 데 더 열중인 것처럼 보였다. 배심원단 앞에서는 너무 쉽게 흥분해서 점수가 깎이지만 니코에게는 참모로서의 역할을 아주 훌륭하게 수행해 주었다. 니코 델라 가르디아에게 부족한 자제력과 규율이 있기 때문이다. 그 둘은 세인트 조스 초등학교 시절부터 친구 사이였고 둘 사이에는 같은 남부 유럽계라는 친밀감이 있었다. 몰토는 멋진 놈이냐 아니냐를 신경 쓸 만한 나이가 되기도 전에 한 집단의 일원으로 받아들여진 사람들 중에 하나였다. 몰토의 사생활은 없는 것이나 마찬가지다. 독신인데다가 여자랑 있는 것을 한 번도 본 적이 없어서 다들 별별 억측을 다 하고 있다. 내 생각에는 총각 딱지도 떼지 못했을 것 같다. 이 특이한 면 때문에 그는 외계인 취급을 받기도 했다.

내가 접견실에 들어섰을 때, 몰토는 늘 그렇듯 니코의 귀에 대고 무언가 열심히 속삭이고 있었다. 사무직원들과 비서들이 새 총장의 얼굴을 보기 위해 유리창에 얼굴을 들이밀고 그를 훔쳐보느라고 난리다. 마치 9개월 만에 그의 얼굴을 잊어버리기라도 한 것처럼 말이다. TV기자들도 니코를 따라 여기까지 올라왔다. 기자들은 니코와 몰토가 딱딱한 나무 의자에 앉아 레이먼드와의 회동을 기다리는 모습을 카메라에 담았지만, 지금은 다들 가 버리고 조용하다. 내가 들어갔을 땐 기자들은 없고 그 둘만 앉아 있었는데 그 모습이 애처로워 보이기까지 했다. 니코는 늘 양복 깃에 꽂고 다니던 꽃도 꽂지 않았다. 몰토를 보자 가시 돋친 말이 나오는 걸 나도 어쩔 수 없다.

"토미 몰토. 여기 그런 이름의 검사가 한 명 있었는데 죽었나 봐. 그렇게 전화하고 편지를 보내도 계속 씹고 있거든."

웃자고 한 소린데 웃기지도 않았을 뿐 아니라 그에게는 두려움까지 불러일으킨 모양이다. 몰토는 굵은 눈썹을 찌푸리고 내가 손을 내밀자 움찔하기까지 했다. 나는 니코에게로 관심을 돌려 이 상황을 무마하려고 했다. 그는 내 손을 잡지만 내 축하 인사받기를 주저하는 것 같다.

"자네가 날 계속 일하게 해주겠다고 했던 말 잊진 않았겠지?"

내가 흰소리를 했다.

니코는 웃지도 않았다. 사실 그는 다른 곳을 쳐다보고 있다. 굉장히 불편해 하는 눈치였다. 선거가 끝나고 마음이 허탈해진 건지, 아니면 다른 사람들처럼 그도 자신이 그렇게도 원하던 것을 얻고 나자 겁이 나 죽겠는 것인지 잘 모르겠다.

이 만남 이후에 확실해진 것은 니코가 내게 계속 일해 달라고 하지는 않을 것이라는 점이었다. 나는 비품실에 전화를 걸어 상자 몇 개 챙겨 달라고 했다. 오전 늦게 맥그래스 홀에 있는 리프랜저의 사무실로 전화를 걸었다. 그가 자리에 없을 때는 누군가가 전화를 받는데 모르는 목소리다.

"34068번입니다."

"댄 리프랜저 있습니까?"

"지금 없는데요. 실례지만, 누구십니까?"

"언제쯤 오나요?"

"누구십니까?"

"남길 말 없습니다."

나는 말을 마친 후 송수화기를 내려놓았다.

맥은 어떻게 할 건지 물어보기 위해 옆방 문을 두드렸다. 자리에 없다. 유지니아에게 어디 갔냐고 묻자, 레이먼드의 집무실에서 '니코 델라 가르디아 씨'와 회의 중이라고 했다. 거기 간 지 한 시간 가까이 된다고도 했다. 나는 유지니아의 책상 옆에 서서 허탈감과 싸우고 있다. 결국 일이 이렇게 되어 버렸다. 니코는 이제 니코 델라 가르디아 씨로 불리고 맥은 판사석에 앉을 때까지 그의 부관으로 남을 것이다. 그리고 레이먼드는 부자가 될 것이다. 내 자리는 토미 몰토가 차지할 것이다. 나는 다음 달에 대출금 이자라도 낼 수 있으면 다행이다.

유지니아 옆에 서 있는데 전화벨이 울렸다.

"레이먼드 호건 씨가 부르시는데요."

그녀가 말했다.

복도를 걸어가며 제발 침착하자고 그렇게도 마음을 다잡았건만. 니코가 총장 의자에 앉아 있는 것을 보자 사춘기 소년같이 감정이 불끈 치밀어 올라 내 자신도 놀랍다. 나는 분노와 질투와 혐오감에 사로잡혀 잠시 그대로 서 있었다. 니코는 벌써 총장으로서의 위엄을 완벽하게 갖추었다. 외투는 벗어 걸어 놓고 근엄한 얼굴을 하고 있었는데 니코를 잘 아는 내 눈에는 그가 근엄해 보이려고 무진 애를 쓰고 있는 것이 보였다. 토미 몰토는 그의 곁에 앉아 있었는데 의자가 약간 뒤로 물러나 있다. 몰토가 벌써 아첨꾼의 기술을 다 습득했다는 사실이 놀라웠다.

레이먼드가 내게 앉으라고 손짓을 했다. 그는 사실상 니코가 이 회의를 주재하는 것이어서 그에게 총장석에 앉으라고 했다고 말했다. 레이먼드 자신은 소파 옆에 서 있다. 맥은 창가까지 휠체어를 끌고 가 창밖을 바라보고 있다. 아직까지 그녀는 내게 아는 척을 안 했지만 모습을 보아 하니 여기 있고 싶어 하지 않는 기색이 역력하다. 나보다 그녀가 더 힘들어하는 것 같다.
"여기서 몇 가지 결정을 내렸는데 말이야."
레이먼드가 말했다. 그러고는 니코를 바라봤다. 침묵. 검찰 총장으로 집무를 시작한 딜레이는 충격으로 말을 잊은 듯하다.
"그럼, 내가 첫 부분을 설명해야겠군."
레이먼드가 말했다.
굉장히 엄숙한 얼굴이다. 이런 표정을 많이 보아 온 나는 지금 그가 화가 나 있으며 침착함을 잃지 않으려고 애를 쓰고 있다는 것을 알아차렸다. 분위기만으로도 내가 들어오기 전에 서로 티격태격했었다는 것을 알겠다.
"어젯밤에 시장과 이야기를 나눴는데 유권자들이 누굴 원하는지 안 이상 이 자리에 남아 있고 싶지 않다고 말했네. 시장은 내 생각이 그렇다면 니코하고 상의를 해보라더군. 니코도 동의해서 그렇게 하기로 했어. 군 의원들의 동의가 있으면 이번 금요일에 물러날 거야."
"금요일이라고요?"
나는 말이 터져 나오는 것을 미처 막지 못했다.
"내가 생각했던 것보다도 좀 빠르긴 한데 몇 가지 일들이 있어서……"

레이먼드가 말을 멈췄다. 뭔가 불안한 기색이다. 침착하려 애를 쓰고 있다. 그는 티 테이블에 놓인 서류들을 한데 모은다. 그러고는 옆에 있는 서랍장으로 가더니 뭔가를 찾는 눈치다. 힘들어하는 기색이 역력하다. 나는 모두를 위해 쉽게 가기로 결심했다.
"그러면 저도 그때 떠나죠."
내가 말했다. 니코가 말을 하려는 걸 막으며 나는 말을 계속했다.
"완전히 새롭게 시작하는 게 나을 거야, 니코."
"내 말은 그게 아니라……."
니코가 일어서며 말했다.
"레이먼드가 왜 그렇게 빨리 떠나는 건지 알려 주려고. 그의 부관들에 대한 수사가 시작될 거야. 정보가 들어왔어. 몇 가지는 선거 운동 기간 중에 입수되었는데 선거 운동 중에 그런 문제를 제기하고 싶지 않았어. 하지만 정보가 있고 심각한 문제라고 판단이 되서 말이야."
니코가 갑자기 화를 내는 것이 당혹스럽다. B파일 얘기를 하는 건가 생각했다. 몰토가 그 건과 관련이 있으니까 말이다.
"잠깐, 내가 말할게."
레이먼드가 말했다.
"러스티, 솔직히 이야기하는 게 제일 좋을 것 같아서 있는 그대로 이야기할게. 니코와 몰토가 폴헤무스 수사 건에 대해서 내게 문제를 제기했어. 자네의 수사 방식을 신뢰할 수 없대. 그래서 나도 빨리 물러나기로 했고. 이 사람들이 최선이라고 판단하는 방식으로 직접 수사할 수 있게 말이야. 이 사람들의 직업적인 판단의 문제니까. 그런데 맥이 이 사실을 자네에게 알려 줘야 한다고 그러고, 우리도 그게 좋을 것 같아서 자넬 불렀어."

나는 조용히 기다리고 있다. 내 마음속에서는 걱정에 앞서 비상경보종이 울렸다.

"수사 대상이 나예요?"

내가 큰 소리로 웃음을 터뜨리며 물었다. 저편에서 맥이 드디어 말문을 열었다.

"웃을 일이 아냐, 러스티."

그녀가 말했다. 진지한 말투다.

"말도 안 돼. 내가 무슨 짓을 했대요?"

"러스티. 지금 그런 걸 토론할 필요는 없고. 니코와 몰토는 자네가 모두에게 알렸어야 했던 일들이 몇 가지 있다고 생각해. 그뿐이야."

레이먼드가 말했다.

"그뿐인 게 아니죠."

갑자기 몰토가 끼어들었다. 그가 날카로운 눈초리로 나를 노려보며 말을 계속했다.

"내 생각엔 당신이 수사 방향을 잘못 잡았을 뿐만 아니라 거의 한 달가량이나 사실을 숨기고 어물거리고 있었어. 당신 자신의 구린 곳을 감추느라고 말이야."

"재수 없는 새끼."

내가 토미 몰토에게 말했다. 맥이 휠체어를 끌고 우리에게 다가와 있다.

"그럴 필요 없어. 그런 욕은 다른 곳에서 다른 사람하고 해야지."

그녀가 말했다.

"시끄러워. 도대체 무슨 소린지 알아야겠어."

내가 말했다.

"캐롤린이 살해된 날 밤 당신이 그녀의 아파트에 있었다는 소리야."

몰토가 말했다.

심장이 쿵쾅거리고 눈앞이 흐려졌다. 내가 고인과 정사를 벌였다고 나를 질책하는 소리를 듣다니. 말도 안 되었다. 그래서 그렇게 말했다. 웃기는 소리다. 개소리.

"뭐라고? 화요일 밤에? 바바라가 학교에 있어서 난 그때 애를 보고 있었다고."

"러스티. 충고하는데, 그 입 다물어."

레이먼드가 충고했다.

몰토가 자리에서 일어서더니 내게로 뚜벅뚜벅 걸어왔다. 화가 머리끝까지 난 표정이다.

"지문 감식 결과가 나왔어. 당신이 요청하기를 잊어 먹었던 그 지문들 말이야. 그리고 유리컵에서 당신 지문이 나왔어. 당신 거 말이야, 로자트 K. 사비치. 바에 있던 유리컵에서. 여자가 죽은 채로 발견된 곳에서 채 2미터도 떨어지지 않은 곳에서. 공무원들은 모두 지문을 찍었다는 사실을 잊었나 보지?"

내가 일어서며 말했다.

"이건 말도 안 돼."

"그리고 당신이 리프랜저에게 제외하라고 시킨 통화 기록 기억나? 당신 집 통화 기록? 오늘 아침에 전화 회사에 뽑아 오라고 시켜 놨어. 지금 오는 중일 거야. 당신은 한 달 내내 그녀에게 전화를 했어. 그날 밤에도 당신 집에서 전화를 했더군."
"개소리는 충분히 들은 것 같은데. 나가 봐도 되죠?"
내가 레이먼드의 집무실 바깥에 있는 비서실까지 나왔는데 뒤에서 몰토가 불렀다. 그가 비서실까지 따라 들어왔다. 니코가 몰토를 소리쳐 부르는 것이 들렸다.
"한 가지 알려 줄 게 있는데, 사비치."
그가 손가락으로 나를 가리켰다.
"난 다 알고 있어."
"그렇겠지."
내가 말했다.
"집무를 시작하는 날 제일 먼저 당신 영장부터 청구할 거야. 당신은 변호사를, 그것도 엄청나게 유능한 변호사를 구해 놓는 게 좋을걸."
"그 개 같은 공무집행 방해죄로?"
몰토의 눈이 잔인하게 반짝였다.
"모르는 척하지 마. 난 다 알고 있어. 당신이 캐롤린을 죽였어. 당신이 범인이야."
분노. 피가 거꾸로 솟는 것 같다. 정맥에 독약이 가득 들은 것도 같다. 그런데 이런 느낌이 왜 이렇게 낯설지가 않을까. 내가 토미 몰토에게 다가섰다.
"그래, 자네 말이 맞아."
나는 이렇게 속삭이고 방을 나갔다.

여름

국민 위반 조항 :
대 주 개정법 76610조
로자트 K. 사비치

킨들 군 대배심, 6월 회기는 다음과 같이 기소한다 :

올해 4월경, 킨들 군 재판지 내에서, 피고인 로자트 K. 사비치가 악의적인 사전 계획 하에 의도적으로 무력과 무기를 가지고 캐롤린 폴헤무스의 집에 침입하여 폭행하고 캐롤린 폴헤무스의 생명을 빼앗는 1급 살인을 저질렀다.

주 개정법 76610조 위반.

공소인정서 :

조셉 도허티, 배심장
킨들 군 대배심
6월 회기

니코 델라 가르디아
킨들 군 검찰 총장

작성 : 6월 23일

〈봉인〉

"서류랑 조서는 앞에 있고, 증인 진술서는 뒤쪽에 있어요."
 제이미 켐프가 밤나무로 만든 흠집 하나 없이 매끈한 회의 탁자에 무거운 종이 상자를 올려놓으면서 말했다. 우리는 그의 고용주이자 내 변호인인 알리잔드로 스턴의 사무실 안에 있는 조그만 회의실에 앉아 있다. 켐프는 7월의 뙤약볕 아래 이 서류들을 가지고 군청 건물에서부터 여기까지 두 블록을 걸어왔다. 넥타이는 느슨하게 풀어 놓았고, 젊은 시절부터 하고 다녔음직한 발리언트 왕자식의 금발 머리는 땀 때문에 관자놀이에 딱 달라붙어 있다.
 "가서 전화 메시지가 있나 확인하고 올게요. 돌아와서 같이 서류를 훑어봅시다. 그리고……."

켐프가 나를 가리키며 말을 이었다.

"놀라지 마세요. 우리끼리 하는 말로 경기 일으키지 마시라고요."

"경기라니?"

"용의자가 주 검찰의 증거물을 볼 때 심장에 피가 확 몰리면서 발작하는 걸 우린 경기 일으킨다고 하거든요."

켐프가 미소를 띠었다. 아직도 내게 농담을 즐길 여유가 남아 있다고 생각해 준 것이 고맙다.

"치명적인 증상은 아니지만요."

오늘은 7월 14일, 내가 캐롤린 폴헤무스를 살해한 혐의로 기소되고 3주가 흘렀다. 오늘 오후 늦게 나는 에드 멈프리 고등법원 최고 판사 앞에 출석하여 심문을 받아야 했다. 형사 소송 증거물에 관한 주 법률에 따르면 검찰은 심문이 있기 전에 변호인 측에 자기들이 제출할 모든 유형의 증거물과 증인들의 명단을 진술서 사본과 함께 넘겨주어야 했다. 그래서 이 상자가 우리 수중에 들어온 것이다. 나는 종이 상자에 붙어 있는 '국민 대 로자트 K. 사비치'라는 이제는 익숙해진 제목 딱지를 노려봤다. 나는 심홍색 표지의 법률 서적들이 여러 줄 비치되어 있고 바닥에서 벽의 3분의 1정도까지 짙은 반색 나무판자를 댄 이 편안한 회의실에 홀로 앉아, 이제는 익숙해진 공포와 열망의 파도가 지나가기를 기다렸다.

상자 맨 위에는 공소장 사본이 놓여 있다. 나는 항상 같은 문구에 주목했다. '무력과 무기를 가지고 침입하여'라는 공법상의 표현. 지난 수세기 동안 영어권에 사는 수많은 사람들이 바로 이 표현과 더불어 폭행 혐의로 기소되었다. 대부분의 재판지에서는 이미 오래전에 사라진 진부한 표현이지만 우리 주 법전은 이 표현을 그대로 쓰고 있고, 여기서 다시 보니 기묘한 자부심이 느껴졌다.

나는 존 딜링거, 블루비어드, 잭 더 리퍼 같은 최고의 흉악범들과 이보다는 덜한 수백만의 범죄자들, 반미치광이들, 학대받은 사람들, 사악한 영혼들, 한순간의 끔찍한 유혹에 굴복하여 자신에게서 인간의 광포하고 어두운 면을 발견한 수많은 사람들과 같은 반열에 오르게 되었다.

두 달 동안이나 언론에서 매일 잔인한 소문과 풍자를 곁들인 기사를 터뜨려 대자 제발 빨리 기소가 되었으면 좋겠다는 말이 내 입에서 저절로 나왔다. 그러나 내 생각은 틀렸다. 기소 바로 전날, 니코가 스턴에게 소위 피고인을 위한 '의례적 사본'이라는 것을 보내왔다. 나는 여기서 10미터 정도 떨어진, 크림색 벽지를 바른 스턴의 고급스런 사무실에서 내게 씌워진 혐의 내용을 처음으로 읽었다. 읽는 순간 심장을 비롯한 모든 장기가 동시에 작동을 멈추는 것 같았고 가슴이 무언가에 찔린 듯이 아파 장기가 파열되었나 보다는 생각까지 들었다. 얼굴에서 핏기가 사라지는 것이 느껴졌고 공포에 사로잡힌 표정이라는 것을 내 자신도 알 수 있었다. 나는 침착한 목소리를 내려고 애를 썼다. 용기를 내는 것은 생각조차 할 수 없었던 내게는 그게 유일한 대안으로 느껴졌다.

   스턴은 소파, 내 곁에 앉아 있었다. 나는 그에게 카프카 애기를 했다.

   "도저히 믿을 수 없다고 말하면 도저히 이해가 안 가고, 굉장히 화가 난다고 말하면 끔찍하고 진부한 표현일까요?"

   내가 물었다.

"아니에요. 물론 아니죠. 여기서 30년 넘게 형사 소송 변호를 맡아 온 나도 믿을 수가 없는데요, 뭘. 지금까지 내가 산전수전 다 겪었다고 생각했거든요. 정말로요. 위로하려고 괜히 하는 말이 아니에요. 이름을 밝힐 순 없지만, 예전에 한 의뢰인은 당신이 앉아 있는 바로 그 자리에 2500만 달러 상당의 금괴를 가져다 놓은 적도 있어요. 전부 금괴로요. 쌓아놓으니까 60센티미터는 훨씬 넘을 것 같았어요. 그런 일도 겪은 내가 요즘 밤에 집에 앉아 있으면 와, 정말 이건 대단한 일이다, 정말 무섭다 하는 생각이 들어요."

스턴이 말했다.

스턴의 이 말은 진정한 지혜를 담은 말로 느껴졌고 내게 위안을 주었다. 부드러운 스페인어 억양이 섞인 그의 말투는 기품이 있었다. 그의 기품과 위엄이 내게는 위안이 되었다. 이번 일을 겪으면서 내가 사랑에 목말라 하는 사람처럼 조그만 친절에도 감동하고 있다는 것을 깨닫게 되었다.

"러스티."

스턴은 내가 들고 있던 페이지를 가볍게 만지면서 말했다.

"그러니까……. 다행이라고 생각되는 유일한 것에 대해서는 아무 말 안 하는군요."

"그게 뭔데요?"

"통지가 없다는 거요. 5조항 관련 통지가 없다는 거."

"아."

갑자기 한기가 온몸을 훑고 지나갔다. 우리 주에서는 검찰이 사형을 구형할 생각이면 기소 당시에 변호인 측에 이 사실을 알리도록 되어 있다. 니코의 의도에 대해 꼼꼼히 따져 보던 지난 몇 달

동안 강한 방어 기제가 발동하여 나는 그 가능성에 대해서는 조금도 생각해 보지 않았나 보다. 벌써 검사로서의 단순한 통찰력마저도 잃고 말았나 싶은 생각에 당혹감과 수치심이 얼굴에 그대로 다 드러나는 것 같았다.

"없을 거라고 생각했어요."

내가 힘없는 목소리로 말했다.

"당연히 그렇죠. 우리 같은 직종의 사람들은 진짜 까탈스럽죠?"

공소장이 법원에 정식으로 제출되었을 때 우리는 스턴의 충고를 받아들여 집을 떠나 있었다. 바바라와 냇과 나는 장인 장모의 친구 부부가 갖고 있는 스캐전 근처의 별장으로 갔다. 밤이면 1.6킬로미터 떨어진 크라운 폭포에서 떨어지는 물소리가 들렸고 송어 낚시는 어느 때보다도 수확이 좋았다.

그러나 남쪽 640킬로미터 떨어진 곳에서 벌어지고 있는 재난이 내 마음속을 떠난 적은 한 번도 없었다. 별장에 도착한 그 다음 날 《트리뷴》의 조지 레오나드가 별장 전화번호를 어떻게 알았는지 전화를 해서 한 마디 해달라고 했다. 나는 스턴에게 물어보라는 말만 남기고 끊었다. 나중에 거실로 들어갔더니 바바라가 장모와 통화를 하고 있었다. 그녀가 전화를 끊자 내가 물었다. 물어보는 것이 예의일 것 같아서였다.

"좀 조용해졌대?"

"아니, 사방에서 난리래. TV랑 두 신문 모두랑. 1면에 실린대. 사진도 있고. 당신의 옛 직장 동료 니코가 자질구레한 것들까지

다 뿌리고 다녔던데."

알고 보니 실제 상황은 이보다 훨씬 더 심각했다. 내 사건은 신문 가판대를 도배하다시피 하고 있었다. '수석 검사 살인 혐의로 기소, 피해자와 불륜 관계.' 섹스와 정치와 범죄가 한데 섞인 사건이었다. 벌써 여러 날을 킨들 군 지역 신문들뿐만 아니라 전국 언론 매체들까지도 이 사건 소식으로 들끓고 있었다. 나는 호기심에서 기사를 읽기 시작했다. 니어링 공공 도서관은 정기 간행물실이 잘 되어 있었고 그곳에서는 내가 할 일도 별로 없었다. 스턴의 충고에 따라 나는 부장 검사직을 사임하지 않았고 무기한 유급 휴가로 처리되었다. 따라서 나는 예상했던 것보다도 더 많은 시간을 도서관에서 보내게 되었다. 노인들과 쇼핑백을 든 부인들 속에 앉아 고요와 에어컨으로 시원해진 공기를 즐기면서 내 범죄 행위를 다룬 전국 신문 기사들을 읽었다. 《뉴욕 타임스》는 늘 그렇듯이 건조하게 사실 전달에만 힘썼고 모두에게 '무슨무슨 씨'라고 경칭을 사용했으며 모순이 많은 사건 정황을 있는 그대로 실었다. 내 사건을 엽기적인 것으로 보이게 하려고 애를 쓴 것은 놀랍게도 《타임》과 《뉴스위크》 같은 전국 시사 잡지였다. 기사마다 같은 사진이 실렸는데 이삼 일을 숲 속에 숨어 나를 지켜보던 어떤 새끼가 찍은 것이었다. 스턴은 그 새끼한테 가서 사진만 찍으면 꺼지겠다는 약속을 받고 사진을 찍게 하라고 충고했다. 그대로 했더니 효과가 있었다. 이웃집 사람들 말에 따르면 우리가 스캐전 별장에서 숨어 지내는 동안 우리집 앞에 와서 일주일 넘게 진을 치고 있던 기자들이 모두 철수하고 아직까지는 다시 나타나지 않고 있다고 했다.

그래 봤자 크게 달라지는 건 없었다. 지난 12년 동안 킨들 군을 떠들썩하게 했던 사건들을 많이 맡았던 터라 기자들은 내 사진을 충분히 많이 가지고 있었고 내 사진으로 사방을 도배했다. 나는 집 밖을 나서기만 하면 나를 뚫어지게 쳐다보는 눈길들을 견뎌 내야 했다. 모두들 나를 대할 때 쭈뼛거렸고 한동안 말없이 노려보다가 겨우 한 마디씩 인사말을 던지곤 했다. 위로라고 던지는 말도 별로 없지만 던진 말들은 대개 부적절하고 우스꽝스러운 것들이었다. 세탁소 사람은 "힘든 휴가를 보내시는 군요."라고 말했고, 10대의 주유소 직원은 내가 신문에서 본 사람이 맞느냐고 물었다. 도서관이 마음에 드는 또 하나의 이유는 잡담 금지라는 사실이다.

어느 날 갑자기 모범 시민의 자리에서 끌어 내려져 불가촉천민이 된 내 기분은 어떤가? 표현할 말이 없다면 거짓말이다. 할 말은 많다. 너무 많다. 사기는 땅에 떨어졌고 걱정 근심이 나를 갉아 먹고 있으며 나는 분노와 의혹의 격동 속에서 헤매고 있다. 그러나 내 기분을 표현해 줄 가장 적당한 말은 무감각해졌다는 것이다. 나는 무감각 속으로 숨어 들어간 것 같다. 냇을 걱정하다가도, 그리고 이 일 때문에 그 아이의 미래가 어떻게 비틀어질까 걱정하다가도, 불현듯 이 일은 결국 나한테만 일어난 일이라는 생각을 하게 되었다. 내가 최고의 피해자다. 그리고 어느 정도까지는 견뎌 낼 수 있다. 나는 생각했던 것보다 아버지의 운명론을 더 많이 받아들인 것 같다. 나라는 사람은 이제까지 이성이나 질서에 대한 믿음 없이 살아온 것 같다. 삶은 경험일 뿐이다. 쉽게 설명할 수 없는 어떤 이유들로 우리는 그 삶을 지속하려고 노력하고 있을 뿐이다. 가끔씩 내가 여기 있다는 사실에 놀랄 때가 있다. 요즘 들어

길을 걸을 때 고개를 숙이고 내 신발만 보고 다니는 버릇이 생겼는데 어느 순간 내가 움직이고 있다는 사실을, 내가 어딘가 가고 있고 무언가를 하고 있다는 사실을 깨닫게 되면 깜짝 놀라게 됐다. 이 불행의 와중에도 삶이 계속된다는 사실이 희한하게 느껴졌다.

대체로 나는 이렇게 사회에서 떨어져 나와 둥둥 떠다니고 있다. 물론, 굉장히 많은 시간을 도대체 왜 이런 일이 생겼는지 생각하며 보내기도 했다. 그러다가 어느 순간에는 판단력이 완전히 사라졌다. 자꾸만 그런 생각을 하다 보면 지금까지 발을 들여 놓기를 망설이며 주춤거리고 있던 과대망상과 분노라는 검은 소용돌이 속으로 빠져 드는 것 같다. 어느 순간에 가서는 더 이상 견딜 수 없을 때가, 그리고 견디기를 포기할 때가 올 것이다. 그러나 지금은 이런 생각 대신에 이 일이 언제 끝날지, 그리고 어떤 결과가 나올지에 대해 걱정했다. 무엇보다도 이 모든 일이 실제로 일어난 일이 아니기를, 하룻밤의 꿈이기를, 나는 도저히 표현할 말이 없을 정도로 간절히 바랐다. 모든 것이 예전 그대로이기를, 캐롤린이 내 삶을 뒤흔들어 놓기 전이기를 간절히 바랐다. 그리고 냇에 대한 걱정이 나를 갉아 먹고 있다. 그 아이에게 무슨 일이 생길까? 어떻게 보호해 줄 수 있을까? 수치심으로부터 어떻게 보호해 줘야 할까? 이유야 어떻든 반고아나 다름없는 상태로 만들어 버리면 어떡하나? 이런 걱정과 좌절감과 무력감이 나를 압도할 때가, 그래서 쉴 새 없이 눈물이 흐를 때가 제일 힘들다. 그러다가 지난주에는 한두 번 아주 이상한 기분이 들었다. 깃털보다 가볍고 산들바람보다 더 부드러운 기분이, 설명할 수 없는 희망이 마음을 가득 채웠고 높은 성벽에 올라 있는 내게 드디어 주위를 내려다볼 용기가 생긴 것 같은 느낌도 들었다.

종이 상자에 든 서류들을 읽어 본 내 판단으로는 내 사건은 아주 단순하다. 니코는 십여 명의 증인을 명단에 올렸는데 그중 반 이상이 그가 제출하려는 물증, 과학적인 증거와 관련이 있었다. 리프랜저가 불려 나갈 것인데 내가 내 집 통화 기록을 뽑아 오지 말라고 시켰다는 사실을 증언하기 위해서일 것이 분명하다. 크래포트닉 부인은 캐롤린이 살고 있던 건물에서 본 사람이 나라고 증언했지만 살인 사건이 있은 날 밤에 본 낯선 사람이 나인지는 확실치 않다고도 했다. 명단에는 니어링에서 가정부로 일한다는 한 할머니의 이름도 올라 있는데 그녀는 어느 날 밤 캐롤린이 살해를 당한 그 시각 정도에 니어링과 시내를 오가는 버스에서 나를 봤다고 진술했다. 이밖에도 레이먼드 호건과 토미 몰토, 비서 유지니아, 내가 몇 번 상담을 받았던 정신과 의사 로빈슨, 그리고 무고통 구마가이를 비롯한 다수의 과학 전문가들의 이름이 올라 있다.

그럼에도 불구하고 이 사건은 분명히 정황 증거만이 있는 사건이다. 내가 캐롤린 폴헤무스를 살해하는 것을 보았다고 증언할 사람은 아무도 없다. 내가 그녀를 죽였다는 고백을 들었다고 증언할 사람도 없다. 물론 지난 4월의 그 수요일, 내가 그에게 했던 마지막 말이 화가 나서 될 대로 되라는 심정으로 하는 말투였다는 사실을 의도적으로 빼 버리고 증언한 토미 몰토를 제외하고는 말이다. 이 사건의 핵심은 물증들이다. 12년 전 부장 검사가 되었을 때 찍어 둔 지문과 같은 것으로 드러난, 유리컵에서 검출된 내 지문

두 개, 캐롤린이 살해되기 1시간 30분 정도 전에 우리집에서 캐롤린의 집으로 건 것으로 되어 있는 통화 기록, 나와 같은 혈액형의 정자가 캐롤린의 성기 속에 들어 있었음을 보여 주는, 그리고 다 죽어 있는 것으로 보아 피임약을 사용했고 따라서 서로의 동의 하에 성 관계를 가졌음을 암시하는 그녀의 질에서 채취한 추출물, 그리고 마지막으로 캐롤린의 옷과 몸 그리고 거실 곳곳에서 검출된 우리집 카펫과 같은 것으로 밝혀진 연한 갈색의 조락 V 카펫 보푸라기들이 그것이다.

마지막 두 가지 증거는 레이먼드의 집무실에서 마지막 회의가 있었던 수요일, 바바라와 내가 '검은 수요일'이라고 부르게 된 그 수요일 이후 하루이틀이 지나고 나서 주 경찰관 세 명이 우리집을 수색해서 나온 결과였다. 초인종이 울려 나가 보니 적어도 지난 6년 간 검찰 쪽 소환 명령을 집행해 온 톰 니슬렌스키가 서 있었다. 아직 상황 판단을 제대로 하지 못했던 나는 그를 보자 반가운 마음부터 들었다.

"이러고 싶진 않습니다만……."

그가 말했다.

그러고는 대배심의 소환장 두 장을 건네주었다. 하나는 혈액 샘플까지 포함하여 물증을 찾아오라는 소환장이고 하나는 진술을 요구하는 소환장이었다. 그는 또 촘촘히 적힌 수색 영장도 가지고 있었는데 경찰관들이 내가 가진 모든 겉옷의 샘플과 함께 내 집 카펫의 샘플을 채취하도록 허가하는 것이었다. 갈색 제복을 입은 경찰관 세 명이 비닐 봉투와 가위를 들고 방마다 돌아다니는 동안 바바라와 나는 거실에 우두커니 앉아 있었다. 그들은 옷장 앞에서 한 시간을 머물면서 내 겉옷들 단에서 조금씩 샘플을 잘라 냈다. 니코와 몰토는 영리하게도 살인 무기를 수색해 보라는 명령은 내리지 않았다. 법조계에서 일을 해본 사람이라면 그런 걸 집에 둘 리가 없다는 것을 잘 알고 있을 것이다. 게다가 일단 수색을 했는데 무기가 발견되지 않으면 검찰은 법정에서 그 사실을 인정해야 했다.

"여기 이거 조락 V라는 상표야?"

경찰관들이 위층에 있는 동안 내가 바바라에게 조용히 물었다.

'몰라."

늘 그렇듯이 바바라는 침착함을 유지하는 데 최우선 순위를 두고 있는 것 같았다. 입을 꽉 다물고 언짢은 표정을 짓고 있었지만 그뿐이었다. 마치 밤늦게 어린애들이 폭죽을 터뜨리는 것을 보게 될 때 지을 법한 표정이었다.

"순모인가?"

내가 물었다.

"우리한테 그런 걸 살 돈이 있었다고 생각해?"

그녀가 되물었다.

스턴에게 전화했더니 경찰이 무엇을 가져갔는지 목록을 작성해 놓으라고 했다. 그 다음 날 나는 자발적으로 시내 병원에 가서 혈액 샘플을 채취해 주었다. 그러나 진술은 하지 않았다. 그 문제를 놓고 스턴과 나는 처음으로 심각한 논쟁을 벌였다. 그는 수사 대상이 재판 전에 진술을 해봐야 검찰이 변호인 측 주장에 맞설 준비를 할 수 있게 해주는 것 외에는 좋을 것이 하나도 없다는 통념을 옹호했다. 그는 부드러운 말투로 내가 지난 4월 하순 레이먼

여름 233

드의 집무실에서 감정을 폭발시켜서 내 자신에게 얼마나 피해를 입혔는지 상기시켰다. 그러나 기소를 당하기 전이고 기소를 당할 거라고는 꿈에도 생각하지 않았던 나는 그때 말도 안 되는 이 일이 내 명성에 금이 가지 않게 하는 것만 생각했다. 내가 5조항을 들어 진술을 거부한다면 물론 내게는 분명히 그럴 권리가 있긴 하지만, 신문에야 나오지 않겠지만 검찰청 사람들은 전부 알게 될 것이고 그들을 통해 세상 사람들 절반은 알게 될 것이었다. 스턴의 말이 옳았다. 혈액 검사 결과, 나는 캐롤린과 마지막으로 함께 있었던 남자와 마찬가지로 A형 항체를 지니고 있는 것으로 밝혀졌다. 우연의 일치일 가능성은 10퍼센트 정도밖에 되지 않았다. 그제야 나는 빨리 혐의를 벗을 수 있는 마지막 기회를 놓쳐 버렸음을 깨달았다. 토미 몰토는 내게 검사로서의 특전을 줄 것을 거부했고 그래서 나는 5월의 어느 흐린 오후, 내가 불러내 조롱했던 다른 많은 사람들처럼, 작은 극장처럼 보이는 창문이 없는 작은 대배심원 방으로 걸어 들어가, 서른여섯 가지 질문에 대해서 "나는 내 변호인의 충고를 받아들여 내게 혐의를 씌울 수 있는 질문에 대해서는 답변하기를 거절합니다."라는 말을 되풀이했다.

"그래, 다른 쪽에 서서 세상을 보니까 어때요?"
스턴이 물었다. 종이 상자 속 서류들에 마음을 빼앗기고 있던 나는 그가 회의실로 들어온 것을 몰랐다. 그는 한 손으로 문손잡이를 잡고 서 있다. 먼지 하나 없이 말쑥한 정장 차림이다. 작달막한 키에 둥근 얼굴, 땀으로 번들거리는 이마의 중간에는 머리카락 몇 가닥이 빠져 나와 있다. 손가락 사이에 시가를 쥐고 있다. 그가 사무실에서만 즐기는 습관이었다. 공공장소에서 담배를 피우는 것은 공중도덕에 어긋나는 일이고 집에서는 그의 아내인 클라라가 용납하지 않았다.

"이렇게 빨리 돌아올 줄은 몰랐는데요."

"매그누선 판사 일정이 엄청 빡빡해서요. 선고 공판은 다음에 있을 거예요."

자신이 맡고 있는 다른 사건 얘기다. 법정에서 오래도록 기다리고 있었는데 아직 결론이 안 났다는 것이다.

"러스티, 심문에 켐프가 따라가도 괜찮겠어요?"

그가 이유를 설명하려 하지만 내가 말을 막았다.

"아무 문제없어요."

"아주 친절하군요. 그러면 당신 친구 니코 델라 가르디아가 보내온 것 좀 볼까요? 그 사람 별명이 뭐였죠?"

"딜레이요."

스턴이 깜짝 놀랐다. 그는 그런 별명이 생긴 이유를 몰랐다. 또한 그는 타고난 신사여서 자신과 맞서는 검찰청 내 사람들에 대한 아주 사소한 뒷얘기도 더 물어보지 못했다. 그는 외투를 벗고 비서에게 커피를 부탁했다. 비서가 커피와 함께 커다란 재떨이를 가져다 줬다.

"자, 우리는 니코의 기소 내용을 전부 이해하고 있는 건가요?"

스턴이 물었다.

"그런 것 같은데요."

"좋아요, 그럼, 한번 들어 봅시다. 니코의 모두진술을 30초 내로 요약해서 한번 해볼래요?"

레이먼드의 집무실에서 그 기괴한 모임이 있은 지 서너 시간도 채 지나지 않아 나는 스턴을 고용했고 우리는 30분 동안 함께 이야기를 나눴다. 그는 비용이 얼마가 들지 알려주었다. 변호사 수임료로 2만 5000달러를 요구했지만 나와의 친분을 감안하여 기소가 되지 않을 경우, 법정 밖 업무 수행비로 시간당 150달러, 법정 출두 비용으로 시간당 300달러씩 계산해서 제하고 나머지는 돌려주겠다고 했다. 그는 수임료 얘기는 다른 사람에게 하지 말라고 했고, 그리고 특히 검사들에게 화를 내며 함부로 말을 하지 말라고 했다. 기자들을 피하라고 했고 직장은 그만두지 말라고도 했다. 또한 그는 이번 건은 아주 무서운 사건이라고, 어릴 때 남미에서 보았던 사건이 생각난다고도 말했다. 검사로서의 내 특출한 경력으로 볼 때, 이번 일은 내게 유리하게 마무리가 될 거라고도 했다. 그러나 10년 이상 업무 관계로 만나 왔고 대여섯 건에서는 변호사 대 검사로 맞선 적이 있는 스턴은 사건의 경중을 떠나 항상 내 말을 신뢰했다. 그리고 그는 내가 정말로 살인을 저질렀는지에 대해서는 단 한 번도 물어보지 않았다. 때때로 세부 사항에 대해서는 물어보았다. 한번은 지나가는 말처럼 내게 캐롤린과 '육체적 관계'를 가졌는지를 물어보았다. 나는 망설이지 않고 그렇다고 대답했다. 그러나 스턴은 궁극적인 질문은 하지 않았다. 그런 면에서는 다른 사람들과 마찬가지였다. 내 결백을 믿는다고 몇 번이나 선언했던 바바라조차도 내게 직접적으로 그 질문을 하지는 않았다. 사람들은 참 힘든 일이라고만 말했다. 그들은 나에 대한 믿음을 부여잡고 있거나 더 많은 경우에는 내게 혐오감을 느끼고 있는 것이 얼굴에 드러나 보였다. 하지만 어느 누구도 마음속에 있는 그 질문을 드러내 놓고 하지 않았다.

그러나 스턴이 보이는 이런 태도는 커튼처럼 그에게 드리워진 공적인 모습, 그만의 업무 방식에 가깝다. 그리고 이런 태도를 보이는 데에는 몇 가지 이유가 더 있다는 것을 나는 알고 있다. 그가 물어보지 않는 것은 듣게 될 답의 진실성을 확신할 수 없어서일 것이다. 피고인이 진실을 말하는 법이 거의 없다는 것은 형사 소송을 맡은 법조인들 사이에는 중력의 법칙과 마찬가지로 자명한 사실이다. 경찰과 검찰, 변호사, 판사 모두 피고인이 거짓말을 하고 있다는 것을 알고 있다. 피고인들은 엄숙한 얼굴로 거짓말을 했다. 손에는 땀이 베인 채로 눈을 불안하게 굴리면서 거짓말을 했다. 더 많은 경우에는 학생처럼 순진한 얼굴로, 자기가 의심을 받고 있다는 사실이 도저히 믿어지지 않는다는 표정을 하고 거짓말을 했다. 그들은 자신을 보호하기 위해 거짓말을 했다. 친구를 보호하기 위해 거짓말을 했다. 그냥 재미로 거짓말을 하거나 항상 그래 왔던 습관 때문에 거짓말을 했다. 커다란 사실에 대해서, 작은 세부 사항에 대해서 거짓말을 했다. 누가 그 일을 시작했는지, 누가 그렇게 생각했는지, 누가 그 일을 저질렀는지, 누가 후회하고 있는지에 대해서 거짓말을 했다. 어쨌든 그들은 거짓말을 했다. 그것이 피고인들의 신조다. 경찰에게 거짓말을 하라. 변호사에게 거짓말을 하라. 평결을 내릴 배심원들에게 거짓말을 하라. 유죄 판결을 받을 경우에는 보호 관찰관에게 거짓말을 하라. 교도소 내 같은 방 죄수들에게 거짓말을 하라. 자신의 결백을 주장하라. 모두에게 잘못된 판단이 아닌가, 한 점 의혹을 남겨 줘라. 그러면 상황이 바뀔 수도 있다.

그러므로 스턴이 내 모든 말을 조금도 의심하지 않고 굳게 믿는다면, 그것은 그의 직업적인 통찰력에 반하는 행동일 것이다. 그래서 그는 물어보지 않았다. 그리고 여기에는 이점이 하나 더 있다. 내가 과거에 스턴에게 털어 놓았던 것을 정면으로 반박하는 어떤 새로운 증거가 나타날 경우, 직업 윤리상 그는 나를 증인석에 세우지 못하게 됐다. 그것은 내가 원하는 일이 아니다. 검찰이 가진 모든 것을 보아 두는 것이, 스턴이 내게 물어보기 전에 법조인들끼리 하는 말로 내 기억이 완전히 '새로워지게' 해놓는 것이 더 낫다. 의뢰인이 거짓말을 할 가능성이 높고, 변호사로서 그가 거짓말을 하도록 도울 수 없는 시스템 하에서, 스턴은 남아 있는 작은 공간 내에서만 움직일 수 있을 뿐이다. 그래서 그는 영리한 방식으로 변호를 하고 싶어 했다. 내 거짓말로 자신의 판단이 착오를 일으키는 것을 원하지 않고, 사실이 아닌 것으로 드러날 내 성급한 진술 때문에 자신의 선택의 폭이 좁아지는 것을 원치 않았다. 재판이 다가오면 더 많은 것을 알 필요가 생길 것이다. 그러면 그때 질문을 할지도 모르는데 그러면 나는 그에게 진실한 대답을 해줄 것이다. 그는 당분간은 늘 그랬듯이 대단히 기술적이고 애매모호한 접근 방식을 택할 것이다.

"니코의 주장은 이런 것 같아요."

내가 말했다.

"사비치는 폴헤무스에게 집착하고 있다. 수시로 그녀의 집에 전화를 걸었다. 도저히 그녀를 놔 줄 수가 없다. 계속 만나야 한다고 생각했다. 어느 날 밤 아내가 집을 비워 몰래 캐롤린에게 갈 수 있다는 사실을 알게 된 그는 캐롤린에게 전화를 걸어 만나자고 조르고 그녀도 결국 동의했다. 그녀는 마지막 작별 의식으로 그와 함께 뒹구는데 그때 뭔가 일이 잘못됐다. 어쩌면 사비치가 그녀에게 다른 남자가 있다는 사실에 질투를 느꼈을지도 몰랐다. 어쩌면 캐롤린이 이번이 대망의 마지막 만남이라고 이야기했을지도 몰랐다. 사비치는 그녀가 그에게 줄 수 있는 것보다 더 많은 것을 원했다. 그는 불같이 화를 냈다. 어떤 무거운 물체로 그녀를 내리쳤다. 그러고는 강간으로 위장하기로 결심했다. 검사인 사비치는 이렇게 하면 다른 용의자가 수십 명이 더 생길 것임을 알고 있다. 그래서 그는 그녀를 묶고, 누군가 침입한 것으로 보이기 위해 문의 잠금 장치를 풀어 놓고, 그녀에게서 피임 기구를 빼내 동의에 의한 성 관계의 흔적을 없애 버리는 악마 같은 행동을 저질렀다. 다른 범죄자들처럼 그도 몇 가지 실수를 저질렀다. 그녀의 집에 들어와서 술을 마신 것을, 그래서 바에 자신의 지문이 찍힌 유리컵이 있다는 것을 잊어 버렸다. 그리고 법의학자들이 정액 임자의 신원을 밝힐 수 있다는 사실을 깜빡 잊었거나 미처 깨닫지 못했다. 하지만 우리는 그가 이 여자에게 악마 같은 행동을 저질렀다는 사실을 알고 있다. 살인이 있던 날 밤에 자신이 현장에 있었다는 사실이 모든 물증을 통해 드러났는데도 그는 밝히지 않았거나 혹은 거짓말을 했기 때문이다."

이렇게 쏟아 놓고 나니 희한하게도 마음이 편안해졌다. 냉정한 범죄 분석이 내 삶과 정신 세계의 많은 부분을 차지하고 있기 때문에 화가 나거나 걱정스러워하는 기색이 말투에 드러나지 않았다. 재즈의 세계에 달콤한 언어가 있듯이 범죄의 세계에는 잔인한 언어가 있다. 다시 그런 말을 하고 있자니 내가 산 자들의 세계로 돌아온 것 같다. 현미경을 통해 질병을 연구하는 과학자처럼 범죄는 혐오스럽지만, 다뤄야 할 익숙한 현상으로 보는 사람들의 세계로 돌아온 것 같은 느낌이다.

나는 말을 계속했다.

"이게 니코의 주장일 것 같아요. 사전 계획이라는 문제에 있어서는 상황을 좀 더 지켜보겠죠. 사비치는 처음부터 그녀를 죽일 생각을 하고 있었고, 그녀가 잦아드는 불꽃을 다시 피워 올리기를 거부할 경우에는 알리바이가 성립될 수 있도록 그날 밤을 택한 것이라고 주장할지도 모르죠. 어쩌면 사비치가 그때 일종의 도취 상태에 빠져서 '내 것이 될 수 없다면 넌 죽어야 해.' 하는 생각에 홧김에 일을 저질렀다고 주장할 수도 있고요. 어느 쪽인지는 증거물들의 성격에 따라 달라지겠죠. 니코는 모두진술에서 자신을 가둘 말은 하지 않을 거예요. 하지만 지금 말한 것과 비슷한 내용이 나올 겁니다. 어때요?"

스턴은 피우고 있는 시가를 내려다보고 있다. 몇 주 전에 쿠바산이라고 했던 말이 기억났다. 예전에 변호를 맡았던 의뢰인이 갖다 줬는데 어떻게 손에 넣었냐고는 묻지 않았다고 했다. 짙은 갈색의 겉종이가 아주 말끔하게 타들어 가 재 속에서 잎맥이 그대로 드러나 보일 정도다.

마침내 그가 말했다.

"설득력이 있군요. 동기를 보여 주는 증거는 별로지만요. 보통 정황 증거만 있는 사건에서는 그게 중요한데 말예요. 당신을 살인 무기와 연결시켜 주는 증거가 아무것도 없어요. 검찰 쪽이 불리한 점이 또 있어요. 당신이 니코의 정적이었다는 사실이요. 당신이 자신을 정치인으로 보지 않는다는 건 잊어 버려요. 배심원들이 그 말을 안 믿을 거예요. 그리고 우리의 목표를 위해서도 그런 말을 해서는 안 되고요. 또 당신이 예전에 니코를 직접 해고했기 때문에 둘 사이에 안 좋은 감정이 있다는 증거도 있어요. 물론 검찰 총장 자신이 직접 재판에 나서지 않는다면 이 사실의 중요성은 상당히 줄어들겠지만 말이죠."

"그건 염려하지 말아요. 니코가 스포트라이트를 피하는 일은 결코 없을 테니까."

스턴이 시가를 빨면서 보일 듯 말 듯한 미소를 띠었다.

"나도 거기엔 동의해요. 자, 우리에겐 그런 유리한 점들이 있어요. 그리고 이성적인 사람이라면 당연히 의문을 제기할 이런 요인들이 정황 증거만 있는 사건에서는 대단히 중요하죠. 당신도 알다시피 배심원들은 이런 재판을 별로 내키지 않아 하잖아요. 그럼에도 불구하고 러스티, 전반적으로 증거들이 우리에게 매우 불리하다는 것은 솔직하게 인정합시다."

스턴이 잠시 말을 멈췄다. 내가 그의 입장이었더라도 그렇게 말했겠지만 그의 말이 심장을 도려내듯 아프게 느껴졌다. 증거들이 우리에게 매우 불리하다.

"자세히 조사해야 해요. 물론 어렵겠죠. 고통스럽기도 할 거고요. 하지만 지금이야말로 당신이 이 사건에 온 정신을 쏟아 부어야 할 때예요, 러스티. 내게 당신의 실수와 결점을 전부 말해 줘야 해요. 증거 하나 하나를, 증인 하나 하나를 자세히 살펴보고 또 살펴봐야 해요. 이 어려운 일을 하루에 끝낼 수 있다고는 하지 맙시다. 지금 당장 시작하는 것이 최선이에요. 이렇게 정황 증거만 있는 사건에서는 결함을 더 많이 찾아내면 찾아낼수록, 우리가 이길 가능성이 커지고 니코가 어렵게 설명할 것도 더 많아질 거예요. 기술적으로 접근하는 것을 두려워하지 말아요. 니코가 설명할 수 없는 부분이 많아지면 당신이 무죄 석방될 가능성도 커지니까요."
마음을 다잡았지만 한 단어가 둔기처럼 나를 내려쳤다. 가능성.

스턴은 우리가 곧 제기해야 할 증거물 인도 신청에 대해 다양한 의견이 나올 수 있도록 제이미 켐프를 회의에 참석시켰다. 그는 내 호주머니에서 나올 비용을 절감할 수 있도록 내가 연구 및 수사를 돕게 허락했지만 자기 지시에 따라 움직여야 한다는 단서를 달았다. 켐프와 함께 신참 변호사가 해야 할 일을 하는 동안 나는 이런 공동 작업에 생각보다 즐거워하고 있었다. 켐프는 약 1년 전부터 스턴 밑에서 일하고 있다. 듣자 하니 켐프는 옛날에 어느 정도 유명세를 누리던 록 그룹의 기타리스트였다고 했다. 판도 내고 팬들도 많았고 공연도 제법 다니곤 했다는데 인기가 떨어지기 시작하자, 그룹에서 나와 예일대 법대에 들어갔다고 했다. 전에 검찰청에서 한두 번 마주쳤을 때는 못 느꼈는데 검사들 사이에서 그는 자신의 잘생긴 외모와 부유한 가정 출신인 것을 공공연히 뽐내고 다니는 거만한 상류층 자제로서 명성을 날리고 있었다. 그가 자신과는 절대로 상관없는 세계를 거만하게 내려다보며 즐기는 것 같은 느낌을 받을 때가 종종 있지만 나는 그가 마음에 들었다.

"우선 알리바이를 기재한 진술서를 제출해야 해요."
스턴이 말했다. 제안이 아니라 명령이다. 우리는 레이먼드의 사무실에서 내가 말했던, 캐롤린이 살해된 날 밤 나는 집에 있었다는 진술을 계속 유지할 생각이라는 것을 검찰에 공식적으로 알려 줘야 했다. 이런 입장을 취하게 되면 내가 그날 밤 캐롤린을 만난 것은 사실이나 그 만남은 이 사건과는 아무 관계없는 이유에서였다고 주장하는 이론상 최고의 방어책을 포기해야 했다. 그렇게 주장하면 물증의 효과가 떨어지게 되고 검찰은 나를 살인범으로 지목할 다른 증거를 찾아야 하는데 말이다. 지난 몇 주 동안 나는 스턴이 그런 식으로 사건을 몰아 갈 것이라고 예상했는데, 그러지 않아 안심이다. 스턴이 내 말을 어떻게 받아 들였건 간에, 지금 와서 주장을 번복하고 상황을 되돌리는 것은 불가능에 가깝다고 판단한 게 분명하다. 그래서 우리는 검은 수요일에 있었던 내 감정 폭발에 대해 설득력 있게 설명해야 했다. 왜 내가 상관과 친구와 새로 들어선 검찰 수뇌부의 두 사람 앞에서 분노에 가득 찬 어투로 거짓말을 하게 되었는지 그 이유를 설명해야 했다.

스턴은 상자를 자기 앞으로 끌어당기더니 서류 분류 작업을 시작했다. 맨 위에 있는 물증 관련 서류부터 꺼내 들었다.

"핵심적인 문제부터 짚고 넘어 갑시다. 유리컵부터."

스턴이 말했다. 켐프가 나가 지문 감식 결과 보고서를 복사해 와 셋이 한 부씩 갖고 읽었다. 컴퓨터 지문 감식반으로부터 감식 결과 보고서가 나온 것은 선거 전날이었다. 그때는 이미 볼캐로가 니코 지지를 공식적으로 표명한 후였고 따라서 경찰청장인 모라노도 니코 쪽으로 돌아선 후였을 것이 분명하다. 이 보고서는 곧바로 시장에게 올라갔을 것이고 또 니코에게도 들어갔을 것이다. 그러므로 니코가 그 수요일에, 레이먼드의 집무실에서 선거 운동 기간 중에 내가 살인범임을 보여 주는 결정적인 증거를 입수했지만 세상에 알리지 않기로 했다고 말한 것은 사실인 셈이다. 선거 운동 막판에 터뜨리기에는 사안이 너무 심각하다고 판단했을 것이다.

보고서에는 내 오른손 엄지손가락과 가운뎃손가락의 지문이 나왔다고 적혀 있다. 그 밖의 다른 잠재 지문은 신원이 밝혀지지 않았다고 했다. 내 것도 아니고 캐롤린의 것도 아니라고 했다. 어쩌면 현장에 먼저 도착한 사람들 중 한 명의 것일 가능성이 크다. 살인 사건 전담 형사들이 도착하기도 전에 현장을 헤집고 다니며 아무거나 만져 대곤 하는 경찰들 중 한 명의 것일 수도 있고, 시체를 발견한 건물 관리인의 것일 수도 있으며, 응급 구조대원의 것일 수도 있고, 어쩌면 기자 중 한 명의 것일지도 모르는 일이다. 잠재 지문 문제는 니코로서는 설명하기 난감한 부분일 것이다.

"유리컵을 직접 보고 싶어요. 보면 뭔가 알아낼 수 있을 것도 같아서요."

내가 말했다.

스턴이 켐프에게 물증의 인도를 요구하는 신청서를 작성하라고 지시했다.

"그리고 지문 감식 결과 보고서도 전부 달라고 해요. 아파트에 있는 모든 집기에서 지문을 채취했을 테니까."

스턴은 이 일을 내게 시켰다. 그가 메모지 한 장을 건네며 말했다.

"모든 과학수사 증거물의 인도를 요구하는 신청서를 작성해 봐요. 관련 보고서 전부와 분광 사진 전부, 차트, 화학 분석 결과 보고서 등등. 당신이 나보다 더 잘 알 테니까."

나는 메모를 했다. 스턴이 물었다.
"물론, 과거에 캐롤린의 아파트에 갔을 때 술을 마신 적이 있겠죠?"
"그럼요. 그리고 그녀는 청소를 말끔하게 해놓고 사는 사람이 아니었어요. 내 생각엔 유리컵도 6개월에 한 번 정도 씻을까 말까 할 것 같은데요."
"그렇군요."
스턴이 말했다.
둘 다 어두운 표정이다.
켐프가 다른 제안을 했다.
"그 아파트에 있던 모든 것들의 목록을 구하는 게 좋을 것 같아요. 모든 유형의 물건들을 적어 놓은 거 말예요. 이 법의학자가 말하는 젤리 타입의 피임약은 어디에 있던 거죠? 약을 넣어 두는 서랍에 있지 않았겠어요?"
그가 나를 쳐다보며 동의를 구하지만 나는 고개를 흔들었다.
"캐롤린과 피임에 대해서 이야기를 나눈 적은 없는 것 같아. 내가 남성 우월주의자인지 모르겠지만, 그녀에게 어떻게 피임하느냐고 물어본 적이 한 번도 없어."
스턴은 시가를 손에 들고 무언가 생각하는 눈치다.
"조심해야 해요. 좋은 제안들이긴 하지만 니코가 미처 생각지 못했던 증거물을 우리가 그에게 전해 주는 기회가 될 수도 있어요. 뭔가 특이한 걸 요구해서는 안 돼요. 검찰이 발견한 것 중에서 우리 쪽에 이로운 것은 전부 우리에게 들어오도록 해야 한다는 사실을 잊지 맙시다. 검찰 쪽에 이롭다 싶은 것은 덮어 두는 것이 나아요."
 말을 마친 그가 나를 흘끔 쳐다봤다. 즐거운 기색이었다. 과거의 경쟁자와 이런 이야기를 나누는 것이 즐거운 모양이다. 자신이 예전의 어떤 재판에서 검사인 내게는 알리지 않고 덮어 두었던 어떤 구체적인 증거물을 떠올리고 있는 것도 같다.
 "우리의 의도를 드러내지 않고 우리가 직접 수사를 하는 것이 최선이에요."
 그가 켐프를 가리키며 말을 이었다.
 "그러면 신청서를 또 하나 내지. 고인의 아파트에 있었던 모든 품목의 목록을 요구하고 우리가 직접 아파트를 둘러보고 수사할 수 있도록 허가를 요청하는 신청서를 말이야. 아파트는 아직 봉쇄된 상태죠?"
 마지막 질문은 나를 향해 던졌다.
 "그럴 걸요."
 "또 하나, 캐롤린의 습관에 대해 말하는 걸 듣다가 생각한 건데요. 의사들을 소환합시다. 그녀의 죽음에 다른 요인들이 있을지도 모르니까 말이죠. 뭘 알게 될지 누가 알겠어요? 예를 들어 약물 중독 증세 같은 거라도?"
 "약을 달고 살았는지도 모르죠."
 켐프가 말했다.
 모두 웃음을 터뜨렸다. 그러면서도 분위기에는 긴장감이 감돈다.
 스턴은 캐롤린이 다니던 병원 의사들 중 한 명이라도 이름을 들은 적이 있느냐고, 늘 그렇듯 예의 바르게 물었다. 나는 그건 아니지만 군 공무원은 모두 청십자 보험에 가입되어 있다고 말해 줬다. 보험사 사람을 소환하면 의사의 이름을 포함해서 많은 정보를 얻을 수 있을 거라고도 말했다. 스턴은 내 도움에 대단히 만족한 얼굴이다.

살펴볼 다음 문서들은 캐롤린의 집 전화와 우리집 전화의 통화 기록이다. 3센티미터가 넘는 두께의 복사본에는 열네 자리 숫자들이 끝도 없이 나열되어 있다. 나는 한 장 한 장 훑어보고 스턴에게 넘겼다. 우리 집 통화 기록에서는 3월 5일, 10일, 20일에 캐롤린의 집으로 전화를 걸어 1분 동안 통화한 것으로 나와 있다. 4월 1일에 이르러서는 한참을 들여다봤다. 손가락을 오후 일곱시 삼십이분이라고 찍힌 번호에 대고 말이다. 2분 동안 통화한 것으로 나와 있다.

"캐롤린 집 번호예요."

내가 말했다.

"아, 이 모든 것은 상식적인 설명이 가능하겠군요."

스턴이 일하는 것을 지켜보는 것은 연기가 퍼지는 것을 지켜보는 것이나 그림자가 길어지는 것을 지켜보는 것과 비슷하다. '상식적인'이라는 말을 은근히 강조하는 것처럼 들리는 것은 억양 때문일까? 내가 무엇을 해야 하는지 알 것 같다.

그가 시가를 태웠다.

"집에서 애를 볼 때 뭘 하세요?"

"일이요. 비망록이나 공소장, 검찰 조서, 준비서면 같은 것들을 읽죠."

"다른 부장 검사들과 의논을 해야 할 때도 있겠네요?"

여름 247

"가끔은요."
"물론, 가끔씩은, 간단히 뭘 물어보고 약속을 조정하고 그럴 필요가 있겠군요. 여기 나와 있는 이때도 예외는 아니겠죠?"
스턴이 통화 기록의 사본을 툭 치며 말했다.
"캐롤린말고 다른 부장 검사들하고도 그런 전화를 많이 했겠군요."
나는 고개를 끄덕였다.
"그럴 가능성이 높죠. 그 달에 캐롤린이 큰 사건을 하나 맡았던 걸로 기억해요. 가서 찾아볼게요."
"좋아요."
스턴이 말했다. 그는 살인 사건이 나던 날 밤의 통화 기록을 다시 바라봤다. 입은 굳게 다물고 있고 뭔가 언짢은 기색이었다.
"일곱시 삼십이분 이후에는 더 이상 전화를 걸지 않았군요."
그가 기록을 가리키며 말했다.
다른 말로 하자면 나는 그때 집에 있었다고 주장하지만 그걸 입증할 증거가 없다는 뜻이다.
"안타깝네요."
내가 말했다.
"그래요, 안타깝네요. 그날 밤 다른 사람이 전화를 걸어오지는 않았나요?"
나는 고개를 저었다. 내가 기억하는 한 그런 일은 없었다. 하지만 내가 어떻게 대답해야 하는지 잘 안다.
"생각해 볼게요."
내가 말했다. 그러고는 4월 1일 통화 기록이 나와 있는 종이를 받아 들고 다시 살펴봤다.

"이런 것도 위조할 수 있나요? 통화 기록 말이에요."

켐프의 질문에 내가 고개를 끄덕였다.

"나도 그 생각 했었는데……. 검찰은 전화 회사로부터 이런 사본을 한 무더기씩 입수할 수 있거든. 부장 검사든 다른 누구든 피고인에게 불리한 증거를 확보하고 싶을 땐 이리저리 짜깁기를 해도 아무도 몰라."

나는 다시 고개를 끄덕이며 켐프를 바라봤다.

"이런 건 위조가 충분히 가능해."

"그럼 그럴 가능성도 알아봐야겠죠?"

스턴의 말투가 날카롭다. 그는 셔츠 소매 사이로 길게 빠져나온 실오라기를 매만지더니 레이저처럼 날카로운 눈초리로 나를 바라봤다.

"알아보면 좋겠죠."

내가 대답했다.

"음……."

스턴이 혼잣말을 했다. 아주 엄숙한 표정이다. 그러다가 켐프를 바라보며 메모하라고 지시했다.

"검찰 측 증거 제출이 끝나기 전에는 이 가능성을 살펴봐서는 안 될 것 같아. 검찰이 법정에서 우리가 이 기록들의 정확성을 의심하고 수사했는데 위조임을 증명하는 데 실패했다고 떠들어 대는 걸 듣고 싶지 않거든."

켐프에게 하는 말이지만 누가 들으라고 하는 말인지는 너무도 분명하다.

여름 249

스턴은 단호한 표정으로 다른 파일을 집어 들었다. 그러면서 차고 있던 스위스제 얇은 금시계를 확인했다. 45분 후에 심문이 시작됐다. 곧 법정으로 돌아가야 했다. 그는 우리에게 증인들을 살펴보라고 지시했다. 나는 지금까지 읽은 내용을 요약해서 보고했다. 몰토와 니코가 명단에 나온 증인 두 명, 즉 내 비서인 유지니아와 레이먼드의 진술서는 제출하지 않았다고 말했다. 스턴은 명한 표정으로 켐프에게 진술서 인도를 요구하는 신청서를 내라고 지시했다. 그는 반뿔테 안경을 끼고 증인 명단을 계속 검토했다.

"비서는 별 문제 안 돼요. 그 이유도 충분히 설명할 수 있고. 하지만 솔직히 말해서 레이먼드는 좀 걱정이네요."

스턴의 말에 내가 깜짝 놀랐다.

"니코에게는 자신에게 불리한 증언을 할 가능성이 있는 증인이라도 반드시 증인석에 세워야 할 사람들이 있어요. 이건 나보다 당신이 더 잘 알고 있겠군요, 러스티. 리프랜저 형사가 좋은 예가 되겠군요. 그는 선거 다음 날 몰토와 면담을 할 때 아주 솔직하게 당신이 당신 집 전화 통화 기록은 요청 대상에서 제외하라고 지시했다고 인정했어요. 이건 리프랜저를 법정에 세웠을 때 검찰에게 상당히 유리한 증언이 될 거예요. 그가 당신의 성격에 대해서 아무리 좋게 말을 하더라도 말이죠. 반면에 레이먼드는 유능한 검사라면 누구나 증인석에 세우기를 망설일 거예요. 배심원들 모두가 그를 알고 있고 대단히 신뢰받고 있는 사람이기 때문에 그를 불러내는 건 상당히 위험한 일이죠. 다만……"

스턴이 말끝을 흐리며 시가를 하나 더 꺼내 들었다.

"다만 뭐요? 다만 그가 내게 적대적이라면 이야기가 달라진다는 얘긴 가요? 레이먼드 호건이 내게 돌을 던지지는 못할 거예요. 12년의 세월이 있는데. 게다가, 그가 무슨 말을 할 수 있겠어요?"
 "내용이 아니라 어조가 더 중요해요. 내 생각에 레이먼드가 증인석에 앉으면 선거 다음 날 자기 집무실에서 당신이 한 말을 증언할 게 분명해요. 누구나 니코가 비우호적인 증인을 꼭 세워야 한다면 맥두걸 검사를 세우는 게 더 나을 거라고 생각할 거예요. 적어도 지난 10년 이상 유명세를 누린 사람은 아니니까요. 하지만 니코의 정적이면서도 10년 이상 당신의 친구이자 상관이었던 레이먼드가 증인석에 나와서 검찰에 동조하는 것처럼 보인다면, 그러면 정말 우리에게 불리해져요. 법정에서는 그런 미묘한 문제로 인해 막상막하이던 판세가 확 기울어지곤 하잖아요, 당신도 잘 알다시피."
 내가 그를 노려보며 말했다.
 "그럴 리가 없어요."
 "이해해요. 아마 당신 말이 맞을 거예요. 우리가 레이먼드의 증언을 예상하면서 뭔가 분명한 사실을 놓치고 있는 걸지도 모르죠. 그건 그렇고……."
 스턴이 잠시 생각하더니 말을 이었다.
 "레이먼드가 당신을 만나 줄까요?"
 "만나 주지 않을 이유를 모르겠는데요."
 "전화해 봅시다. 지금 그가 어디 있지?"
 켐프가 법률 회사 이름을 기억해 냈다. 여섯 명 정도의 파트너를 내세운 이름이다. 모든 인종을 아우른 유엔 같다. 오그래이디, 스타인버그, 말코니, 슬리보비치, 잭슨, 존스, 뭐 그런 식이다.

"최대한 빨리 레이먼드와 당신과 내가 만날 수 있도록 자리를 마련해야 해요."

스턴에게서 만남의 결과를 예상할 수 없고 불리하게 일이 진행될 경우, 대처하기 힘들 것 같다는 말을 들은 것은 이번이 처음이다. 내가 지난 4월 검은 수요일에 레이먼드의 사무실을 나오고 나서 그로부터 전혀 연락이 없었던 것은 사실이다. 하지만 그도 직장을 옮기는 문제로 바빴을 것이다. 게다가 형사 소송을 맡은 경험이 많은 그는 우리가 만나 이야기를 나누는 것이 내게 불리하게 작용할 수도 있다는 것을 알고 있을 것이다. 그래서 나는 그에게서 아무런 소식이 없는 것을 일종의 협조라고 생각해 왔다. 지금까지는 말이다. 레이먼드를 증인 명단에 넣은 것은 혹시 검찰이 나를 불안하게 하려는 악의적인 의도가 아닌가 생각해 봤다. 몰토는 그러고도 남을 사람이다.

"몰토를 증인으로 세울 거라면 왜 또 레이먼드까지 집어넣었을까요?"

내가 물었다.

아마도 몰토가 증인으로 나서지 않을 것이기 때문일 거라고 스턴이 말했다. 이제까지 니코는 자기 대신 몰토를 검사로 법정에 세운 적이 여러 번 있었다. 검사나 변호사가 한 재판에서 증인과 법정 대리인 역할을 동시에 수행하는 것은 법으로 금지되어 있다. 그럼에도 불구하고 샌스턴은 켐프에게 증인 명단에 올라 있는 몰토에 대해, 재판에 나올 검사로서의 자격 박탈을 요구하는 기피 신청서를 작성하라고 지시했다. 다른 효과는 없을지라도 검찰을 당황하게 만들 수는 있을 것이다. 또 니코로 하여금 내가 몰토에게 했던 말을 증거로 사용하지 않겠다는 약속을 받아 낼 수도 있을 것이다. 나와 마찬가지로 스턴도 니코가 검찰 측 증인 심문에서 이 진술이 나오지 않게 했을 것이라고 생각했다. 니코의 막역한 친구이자 최고 참모인 몰토의 입장을 곤란하게 하지는 못할 것이기 때문이다. 하지만 이 진술은 나를 반대 심문할 때 효과적으로 사용될 수 있을 것이다. 그러므로 몰토 검사에 대한 기피 신청서를 제출해서 니코의 목을 조르는 것이 최선이다.

스턴은 다음으로 넘어 갔다.

"이건 이해가 안 가는데요."

그는 어느 날 밤 캐롤린이 살해된 것과 비슷한 시각에 니어링과 시내를 오가는 버스에서 나를 봤다고 말한 가정부 할머니의 진술서를 높이 쳐들었다.

"니코가 무슨 생각을 하는 거예요?"

내가 설명했다.

"우리집엔 차가 한 대뿐이거든요. 몰토가 자가용 등록부를 찾아봤겠죠. 그날 밤 바바라가 그 차를 썼어요. 그러니까 내가 캐롤린에게 가자면 다른 교통편을 이용해야 했겠죠. 장담컨대, 니어링 버스 터미널에 형사들을 풀어 일주일은 찾았을 거예요. 내 사진을 알아보는 사람을 말이죠."

스턴이 말했다.

"재밌네요. 그 말은 그날 밤 바바라가 집에 없었다는 것을 인정하는 거잖아요. 왜 그녀가 차를 가져갔다고 인정하는지는 알 것 같아요. 그동안 대학 근처에서 여성을 대상으로 한 흉악 범죄가 아주 많았으니까 그녀가 밤에 대중교통을 이용하리라고는 아무도 생각하지 않을 테니까요. 하지만 그녀가 집을 비웠다는 건 왜 인정했을까요? 피고인이 버스를 타고 살인하러 갔다고 주장하고 싶은 검사는 아무도 없을 것 같은데. 그건 뭔가 앞뒤가 맞지 않거든요. 택시 회사하고 렌트카 회사에 수소문을 해봤는데 아무것도 찾지 못한 게 분명해요. 어쨌든 바바라가 집을 비운 것을 증명하는 어떤 기록을 갖고 있는 것 같은데요."

"대학 컴퓨터실의 로그인 기록일 거예요."

아들과 나는 가끔 아내가 컴퓨터 작업하는 것을 보러 간 적이 있었다.

"그 기록은 바바라가 컴퓨터를 사용했다는 것을 보여 주거든요. 컴퓨터를 사용하자면 먼저 로그인을 해야 하니까."

"그렇군요."

스턴이 말했다.

"몇 시쯤일까요? 늦은 시각은 아니겠죠? 바바라는 당신이 살인 사건이 나던 시각에 집에 있었다는 것을 알고 있을 것 아니에요. 혹은 적어도 당신이 집에 있는 것을 보고 집을 나섰을 것 아니에요. 안 그래요?"

켐프가 물었다.

"물론이지. 여덟시쯤부터 컴퓨터를 쓰기 시작했을 거야. 집에서 일곱시 삼십분, 늦어도 사십분에는 나가거든."

"그럼 냇은요? 언제 잠자리에 드나요?"

스턴이 물었다.

"그때쯤이요. 대개의 경우, 바바라는 냇을 잠자리에 들게 하고 나가거든요."

켐프가 물었다.

"냇은 자주 깨나요, 아니면 한번 잠들면 푹 자는 편인가요?"

"세상모르고 푹 자. 하지만 집에 그 아이 혼자 남겨 두고 나가 거나 하지는 않아."

스턴이 한숨을 쉰다. 이것은 우리가 증명할 수 없는 사실이기 때문일 것이다.

"그럼에도 불구하고 우리에게 도움이 되는 사실들이군요. 우리 에겐 검찰이 가지고 있는 기록은 전부 인도받아 볼 권리가 있거든 요. 이건 우리 측에 유리한 증거네요. 신청서를 하나 더 써야겠어 요. 불같이 화를 내는 문구로요. 당신에겐 좋은 일거리가 되겠네 요, 러스티."

스턴이 부드럽게 미소 지으며 말했다.

나는 메모를 했다. 그러고는 의논해 볼 필요가 있는 증인이 한 명 더 있다며 로빈슨의 이름을 가리켰다.

"정신과 의사거든요. 몇 번 상담을 받았어요."

내 정신과 의사를 잠재적 증인으로 명단에 올리는 추한 짓을 할 사람은 몰토 밖에 없다. 그가 내 발목을 잡고 있다. 나도 예전에 피고인들에게 이런 짓을 많이 했다. 자신의 생활을 샅샅이 알고 있음을 알게 하라. 몰토는 지난달에 니어링에 있는 내 은행 계좌 를 추적했다. 돌아가신 장인의 친구이며 그 은행 은행장이기도 한 번스타인 씨는 이제 내가 가도 쳐다보려 하지도 않을 것이다. 몰 토는 계좌 내역을 조사하다가 로빈슨을 발견했을 것이 틀림없다.

스턴의 대답이 놀랍다.

"알아요, 로빈슨 박사. 공소장이 법원에 제출되고 난 직후에 내게 전화를 했더군요. 당신에게 굳이 알리지는 않았지만요."
스턴은 지나치게 나를 배려했던 것이다.
"신문에서 내가 당신 변호를 맡은 것을 알았다고 하더군요. 검찰이 자기에게 연락을 했고 경찰도 면담을 시도했다는 것을 알려 주고 싶어서 전화했다고 했어요. 자기 입에서 나오는 정보로 당신을 궁지에 빠뜨리고 싶지 않다고 했어요. 그는 직업윤리 규정을 근거로 어떤 진술도 거부한다고 말했어요. 나도 동의했고, 우리가 그 권리를 포기하게 강요하지는 않을 거라고 했어요."
"그렇게 해도 되요. 신경 안 써요."
정말 신경 안 쓴다. 지난 몇 달 간 일어난 일에 비하면 이런 건 아무것도 아니다.
"당신의 변호사가 당신에게 신경 쓰라고 명령합니다. 니코와 몰토는 우리 측이 이 의사가 당신의 정신 건강 상태가 양호하고 범죄를 저지를 가능성이 없다는 것을 증언해 줄 거라고 믿고 의사의 입을 열게 할 거라고 생각하고 있을 거예요. 그래서 권리 포기 신청서를 내기를 바라고 있을 것이 분명해요."
"분명히 그렇게 증언해 줄 거예요."
"내 말을 못 알아들은 것 같은데 전에도 말했죠? 이 사건에서 동기를 보여 주는 증거는 설득력이 매우 약하다고. 아까 당신이 니코의 이론을 아주 설득력 있게 요약했는데요, 러스티. 당신이 말했죠? '사비치는 집착에 빠져 있다. 사비치는 그녀를 놔 주고 싶어 하지 않았다.' 말해 봐요, 러스티. 니코의 입장에서 이 사건을 아주 잘 파악했잖아요. 여기 당신과 폴헤무스 사이의 애정 관계를 보여 주는 증거가 어디 있어요? 직장일 때문이었다고 설명할 수 있는 몇 번의 전화 통화 기록이요? 일기 같은 것도 없어요. 꽃과 함께 보낸 카드도 없고요. 연애편지나 통화 내용도 없어요. 그것 때문에 당신 비서가 증인 명단에 오른 것 같아요. 알고 있는 내용을 증언하게 말이죠. 내 생각엔 별로 많을 것 같진 않지만."

"거의 없을 걸요."

스턴의 말이 맞다. 이런 허점을 보지 못했다. 검사로서 봤다면 놓쳤을 리가 없는데 말이다. 하지만 피고인으로서 이 모든 사실들을 보게 될 땐 이야기가 다르다. 나는 아직도 희망으로 두근거리는 마음을 가라앉힐 수가 없다. 로빈슨의 증언으로 니코가 타격을 입을 수만 있다면……. 나는 통화 기록을 가리켰다.

"작년 10월에 캐롤린의 집에서 우리 집으로 걸려온 전화들도 있어요."

"그래요? 그럼 그게 폴헤무스 양이 당신에게 건 것이 아니라고 말할 수 있는 사람이 누가 있겠어요? 당신들은 그전 달에 중요한 사건을 같이 맡았잖아요. 계속 상의할 것들이 있었겠죠. 보석금 문제 같은 거. 내 기억으론, 아이의 양육권을 놓고 싸움이 심각했던 것 같은데. 그 남자애 이름이 뭐였죠?"

"웬델 맥가펜이요."

"맞아요, 웬델. 수석 부장 검사가 사무실에선 관심을 갖기 힘든 그런 문제들이 있잖아요."

"그럼 내가 리프랜저에게 우리 집 통화 기록은 뽑지 말라고 한 이유는요?"

"더 어려운 문제군요. 하지만 결백한 사람이라면 자신을 용의선상에서 배제하고 바쁜 형사가 시간을 낭비하지 않도록 배려하는 것이 당연하다고 생각되는데요."

당연하다고 생각됐다. 대단한 말솜씨이다.

"크래포트닉 부인은요?"

캐롤린의 아파트 근처에서 나를 보았다고 증언할 땐 어떻게 방어하겠냐는 뜻으로 물었다.

"당신들은 재판을 함께 맡았어요. 상의할 문제들이 있었겠죠. 킨들 군 검찰청이라는 아주 황량한 곳에서 벗어나고 싶을 땐 어디로 가야겠어요? 당연히 당신이 살고 있는 니어링으로 가진 않겠죠. 당신이 그녀의 아파트를 들락거렸다는 사실을 부인할 사람은 아무도 없어요. 우리도 인정하고요. 유리컵에서 당신 지문이 나온 이상 말이죠."

스턴은 남미인 특유의 애매모호한 미소를 띠었다. 그의 변호 방식이 서서히 윤곽을 드러냈는데 상당히 설득력이 있다.

"그렇다고 니코가 당신이나 당신 아내를 불러내지는 못하겠죠. 그러니까 어려움이 많을 거예요. 물론 지금까지 별별 소문이 다 돌았겠죠, 러스티. 킨들 군 검사들의 반 정도는 예전부터 당신들의 불륜 관계를 의심하고 있었다고 떠들고 다닐 거예요. 하지만 소문은 증거로서 인정받지 못하잖아요. 검찰은 그런 소문을 확인시켜 줄 증인은 전혀 확보하지 못한 거예요. 그러니까 동기를 보여 주는 증거도 전혀 없는 것이 되죠. 당신의 증언 문제만 아니라면 난 좀 더 희망을 가져 볼 수 있을 것 같은데."

스턴의 크고 짙은 눈이, 깊고 진지한 눈이 잠깐 동안 내 눈과 맞부딪쳤다. 내 증언 문제. 진실을 얘기하는 문제.

"하지만 이런 건 나중 문제고. 일단 우리가 할 일은 의혹을 제기하는 거예요. 그러면 니코의 최후 진술이 있고 난 다음, 배심원들은 당신이 불행한 우연의 일치의 희생양은 아닌지 고심하게 될 거예요."

"아니면 내가 모함에 빠진 것은 아닌지 말이죠."

스턴은 이성적이고 사리 판단이 분명한 사람이다. 그는 내 말에 다시 엄숙한 표정을 지었다. 의뢰인과 변호사의 입장이 헛갈리는 것을 원하지 않는 것이 분명하다. 그가 다시 시계를 봤다. 출두 시간이 가까웠다. 나는 그의 팔목을 만졌다.

"캐롤린이 어떤 부장 검사가 뇌물을 받은 사건과 관련이 있었다고 하면 뭐라고 하시겠어요? 그리고 그 부장 검사가 토미 몰토라면요?"

스턴은 긴장한 표정으로 아주 오래도록 나를 바라보고 있다.

"설명 좀 해 봐요."

나는 B파일에 대해 짧게 이야기했다. 이것은 대배심 재판이 될 수 있을 만큼 중대한 사안이며 아는 사람이 거의 없는 일이라고 설명했다. 지금까지는 이 문제를 나만 알고 넘어 가려고 했는데 마음이 바뀌었다.

"그래서 당신이 수사한 결과는요?"

"별로 없어요. 내가 마지막으로 레이먼드의 집무실에서 나온 그날 수사가 중단됐거든요."

"수사를 계속할 방법을 찾아야 해요. 나라면 사립 탐정을 고용하겠어요. 하지만 당신에게 다른 좋은 생각이 있지 않을까요?"

스턴은 시가를 조심스럽게 비벼 끄더니 잠시 애틋한 눈으로 시가를 바라봤다. 그러고는 한숨을 한번 내쉬더니 자리에서 일어나 외투를 입었다.
 "러스티, 검사를 공격하는 것은 변호인 측에게는 항상 구미가 당기는 일이지만 배심원단을 설득할 가능성은 거의 없는 전술이에요. 아까 말한 문제들, 당신과 니코의 정적 관계라든가, 당신이 그를 해고한 당사자라는 사실 같은 건 그의 신뢰성에 타격을 주고 명성에 오점을 남길 수 있는 문제들이에요. 그런 것들은 왜 검찰이 증거가 불충분한데도 기소를 감행했는지 설명해 줄 수 있으니까요. 하지만 실제로 법정에서 맞붙기 전에, 이 문제는 아주 신중하게 고려해 봐야 해요. 당신도 잘 알고 있겠지만 검찰 쪽에 구린 것이 있어서라고 암시하는 것만으로, 재판에 이길 가능성은 아주 낮아요."
 "알아요. 그냥 알려 주고 싶었어요."
 "그렇겠죠. 그리고 말해 줘서 고마워요."
 "그냥 그런 느낌이 들어서요. 이 두 사건이 무관하지 않다는 느낌이 들어서요."
 내가 말했다. 그리고 나는 갑작스러운 충동에 사로잡혀 흔적만 남은 자존심 때문에라도 이제까지 하지 못하고 있던 말을 내뱉었다.
 "나는 결백해요."
 스턴은 내게 손을 내밀어 내 손을 툭툭 쳤다. 내게 해줄 수 있는 일이라곤 그것뿐이었을 것이다. 그는 그동안 실습을 많이 해본 것인지 모르겠지만 아주 슬픈 표정을 짓고 있다. 그의 짙은 갈색 눈에 어린 슬픔을 읽으면서 나는 킨들 군 최고의 변호사들 중 하나인 알리잔드로 스턴은 이런 열정적인 결백 선언을 너무 자주 들어왔다는 사실을 깨달았다.

한시 오십분, 켐프와 나는 법원 근처 길모퉁이에 있는 그랜드 앤 파일러 앞에서 바바라와 만나 법원으로 향했다. 건물 기둥 아래 계단에는 기자들이 떼로 모여 우리를 기다리고 있다. 냉난방실을 통해 건물 뒷문으로 들어가는 길을 알고 있었지만, 그런 방법은 단 한 번만 쓸 수 있다는 생각이 들었다. 이 엄청나게 많은 기자들과 할로겐 조명 장치들과 마이크와 이리저리 밀치면서 외치는 소리들을 정말로 피하고 싶은 때가 앞으로 올 것 같다는 생각이 들어 지금은 그냥 부딪치기로 했다. 나는 '노 코멘트'라는 말만 남긴 채 기자들 사이를 뚫고 지나가며 이상한 만족감을 느낀다.

앞니가 눈에 띄게 튀어 나온 것만 빼면 아주 잘생긴 얼굴인 5번 방송 스탠리 로젠버그 기자가 제일 먼저 우리에게 다가왔다. 카메라 기자와 다른 스태프들은 뒤에 남겨 둔 채 그는 혼자 다가와 우리와 나란히 걸었다. 우리는 서로의 이름을 부르며 인사를 대신했다.

"카메라 앞에서 한 마디 해주실 수 있어요?"

"아뇨.".

켐프가 끼어들려고 하는데 내가 막으며 계속 걸었다.

"마음이 바뀌면 제일 먼저 나한테 전화해 주겠다고 약속해 주실 수 있어요?"

"지금은 안 돼요."

켐프가 스탠리의 옷소매를 잡으며 말했다. 그래도 스탠리는 불쾌한 기색을 보이지 않았다. 그의 장점이다. 그는 켐프에게 자기소개를 하더니 나 대신에 그에게 달라붙었다. 스탠리는 재판 직전에 러스티가 방송 인터뷰를 하는 것이 모두를 위해 좋은 일이 될 것이라고 말했다. 스턴은 우리에게 누구한테라도 아무 말도 하지 말라고 지시했지만 카메라와 조명 장치와 마이크를 가진 기자들을 뒤로 하고 계단을 오르는 동안 켐프는 간단하게 대답했다.

"생각해 볼게요."

켐프와 나와 바바라가 마구 치고 들어오는 팔꿈치들에 떠밀리며 힘겹게 계단을 오르는 동안 스탠리는 뒤에 남았다.

"레이먼드 호건이 당신에게 불리한 증언을 할 거라는 소문에 대해서는 어떻게 생각하세요?"

스탠리가 멀어져 가는 우리 등 뒤에 대고 외쳤다.

내가 재빨리 돌아섰다. 스탠리가 보기 흉한 앞니를 다 드러내며 웃고 있다. 이 말로 나를 잡아 세울 수 있다는 것을 안 것이다. 나는 어디서 그런 얘기가 나왔을까 생각해 봤다. 검찰 측 증인 명단이 나온 법정 기록을 읽으면서 그런 추측을 했을지도 몰랐다. 하지만 나는 그가 레이먼드와 오랜 친분이 있다는 것과 그가 호건의 이름을 함부로 들먹이지 않을 것이라는 것을 알고 있다.

카메라의 법정 반입은 법원 명령으로 금지되어 있어, 우리가 금속 회전문을 열고 들어가는 동안 우리를 따라오는 것은 신문사와 라디오 방송사 기자들뿐이다. 그들이 녹음기를 들이밀며 큰 소리로 질문을 하지만 우리는 아무 대답도 하지 않았다. 엘리베이터를 향해 서둘러 걸어가며 나는 팔짱을 끼고 있는 바바라의 손을 잡았다.

"괜찮아?"
내가 물었다.
그녀는 긴장한 표정이지만 괜찮다고 대답했다. 스탠리가 TV에서 보던 것만큼 잘생기지는 않았다고 덧붙였다. 나는 누구나 실물은 TV보다 못하다고 말해 줬다.
킨들 군 고등 법원 수석 판사인 에드 멈프리 판사가 내 심문을 맡기로 되어 있다. 에드 멈프리는 내가 검사 일을 시작할 무렵에 검찰을 떠났다. 그는 엄청난 부자라는 이유만으로도 존경을 받았다. 그의 아버지는 시내에 극장을 여러 개 가지고 있었고 그는 극장을 확장 개조하여 몇 개의 호텔과 라디오 방송국을 만들었다. 당연한 일이겠지만 에드는 자기 재산의 영향을 받지 않는 것처럼 보이려고 애를 썼다. 그는 거의 10년 가까이 부장 검사 생활을 했고 그만둔 뒤에는 변호사 사무소를 개업해서 한두 해 정도 일하다가 판사로 임용되었다. 그는 직설적이고 능력 있는 판사로 인정을 받았지만 뛰어나다고 평가받기에는 조금 부족한 감이 있었다. 작년에 수석 판사가 되었는데 주로 행정을 담당하게 되어 있지만, 재판 초기 단계에서 진행되는 심문과 유죄 답변 거래 협상, 그리고 판결을 모두 맡고 있다.
나는 로코코 양식의 어두침침한 멈프리 판사의 법정에서 맨 앞줄에 앉았다. 내 옆에는 푸른색 정장을 말쑥하게 차려입은 바바라가 앉아 있다. 당혹스럽게도 그녀는 모자를 썼는데 테두리에서 까끌까끌한 검은색 망사가 내려와 그녀의 얼굴을 덮어 모자는 베일처럼 보였다. 아직 장례식을 하려면 멀었다고 말해 주려다가 내 신랄한 농담을 즐기지 못하는 걸 알기에 그만두었다. 내 옆에는 지역 TV방송국에서 나온 초상화 화가 세 명이 앉아 내 옆모습을 신나게 그려 대고 있다. 그 뒤로는 기자들과 단골로 법정을 출입하는 방청객들이 앉아 공식석상에서 처음으로 살인범 소리를 들었을 때 내 반응이 어떨지 흥미진진하게 기다리고 있다.
 두시 정각이 되자 니코가 법정 옆에 있는 작은 대기실에서 법정 안으로 들어왔다. 그 뒤를 몰토가 바짝 따르고 있다. 니코는 전혀 주저하는 기색 없이 대기실까지 따라 들어온 기자들이 하는 질문에 대답을 계속하고 있다. 그는 열려 있는 문을 통해 기자들과의 인터뷰를 계속했다. 검사, 좆 같은 검찰 총장, 나는 속으로 욕을 했다. 내 손을 잡고 있던 바바라는 니코를 보자 잡은 손에 힘을 줬다.
 12년 전 니코를 처음 보았을 때, 나는 그가 고등학교와 거리에서 많이 볼 수 있는 영리한 스페인계 청년임을, 세월이 지나면서 나는 저렇게 되지 말아야지 생각하고 노력했던 그런 종류의 사람임을 깨달았다. 그는 똑똑하다기보다는 영리했고 잘난 척했으며 쉴 새 없이 지껄여 댔다. 하지만 달리 친구가 없었던 나는 입사 동기인 그와 급속도로 친해졌다. 같이 점심을 먹으러 다녔고 준비서면을 작성할 때 서로 도와주기도 했다. 그렇게 처음 몇 년을 친하게 지내던 우리는 천성적인 차이로 자연스레 사이가 멀어졌다. 검사가 되기 전에 주 대법원장실에서 사무 일을 본 적이 있던 나는 법조인답다는 평을 받았다. 반면에 니코는 과거 수십 년 동안 검찰에 몸담았던 수십 명의 다른 부장 검사들처럼 검사로 임용되던 초기부터 벌써 탄탄한 정치적 연줄을 갖고 있었다. 그가 통화하는 것을 종종 들어서 아는데, 그는 사촌이자 군 의원이기도 했던 에

밀리오 토네티 사무소의 지구장 일을 했고, 그 군 의원은 니코가 검사가 될 수 있도록 밀어 주었다. 레이먼드가 마지막으로 청탁을 받아 임용했던 사람들 중 하나가 니코였다. 니코는 군청 건물 안에서 일하는 공무원들의 절반과 이미 안면이 있는 사이였고, 검사가 되고 나서도 조금도 거리낌 없이 정치적 성격의 골프 모임의 입장권을 사서 필드에 서곤 했다.

사실 그는 생각보다 능력 있는 검사였다. 도서관에서 시간을 보내는 건 싫어하지만 글을 잘 쓰고 배심원단 앞에서의 설득력도 대단했다. 지난 세월 그를 봐 와서 잘 알지만 그는 법정에 서면 대다수의 검사들처럼 농담이라고는 일체 하지 않고, 가차 없고 조금 비열해 보이기까지 했다. 지나치게 진지한 면도 있는데, 나는 항상 그것을 이른바 '클라이맥스 사건'을 예로 들어 설명했다. 지난주에 스턴과 켐프로부터 나는 니코와 함께 법정에 섰던 마지막 사건에 대한 질문을 받았다. 그때 나는 그 클라이맥스 사건 이야기를 들려주었다.

지금으로부터 거의 8년 전, 우리가 중범죄 법정에 배속된 직후의 일이었다. 배심재판에 굶주려 있던 우리는 어느 똑똑한 검사가 내던진 한심한 강간 사건 재판에 공동 검사로 나서기로 동의했다.

"니코는 피해자인 루실 팔론이라는 흑인 여성을 증인석에 앉혔어요."

내가 스턴과 켐프에게 말했다.

루실은 사건이 있던 날 오후 네시에 술집에 있다가 프레디 맥이라는 남자를 만났다. 실직자였던 그녀의 남편은 네 자녀와 함께 집에 있었다. 루실은 프레디 맥과 이야기를 나누게 되었고 집까지 태워다 주겠다는 그의 제의를 받아들였다. 배심원단은 알 리가 없었지만, 이전에 이미 강간과 폭행죄로 네 번이나 감옥에 갔다 왔던 프레디는 호주머니에서 면도칼을 꺼내 들고 모든 정황으로 볼 때 예상할 수 있는 그 일을 감행했다. 피고인의 변호를 맡은 할 러너 변호사는 배심원단에서 흑인을 모조리 빼 버렸다. 따라서 중년의 백인 열두 명이 자신이 원했던 것보다 더 심한 대접을 받은 이 흑인 여성의 배심원으로 앉아 있었다.

니코와 나는 증인 심문을 앞두고 루실을 준비시키는데 오랜 시간을 쏟아 부었지만 가시적인 성과는 없었다. 지독하게 뚱뚱한 몸이면서도 유행에 뒤떨어진 딱 달라붙는 옷을 입은 그녀는 보기 흉하기도 했거니와 자신에게 일어난 끔찍한 일에 대해서 두서없이 지껄여 댔다. 그녀는 남편이 법정 맨 앞줄에 앉아 있는데도 허풍을 떨며 완전히 새로운 증언을 했다. 그녀는 선술집에서 나오는 프레디와 길거리에서 처음 만났고 그가 길을 물었다고 주장했다. 마침내 반대 심문에서 니코가 강간에 대한 증언을 이끌어 내기 시작했을 때, 그녀는 이미 돌이킬 수 없는 나락으로 떨어지고 있었다.

"그래서 그때 피고인이 무슨 짓을 했나요, 증인?"

"그 짓을 했어요."

"그 짓이 뭡니까, 증인?"

"자기가 하겠다고 말하던 짓이요."

"당신에게 성교를 했습니까?"

"네, 검사님, 그랬어요."

"자기 성기를 당신 몸속으로 집어넣었나요?"

"네."

"그러면 면도칼은 어디 있었습니까?"

"바로 여기요. 목 바로 여기요. 여기에 들이댔어요. 내가 숨을 쉬면 금방이라도 찌를 것 같았어요."

"좋습니다, 증인."

니코가 다른 질문으로 넘어가려는 것 같아서 검사석에 앉아 있던 내가 그에게 쪽지를 건네주었다.

"이런, 제가 잊은 것이 있군요."

니코가 말했다.

"그가 클라이맥스에 도달했나요, 증인?"

"네?"

"절정에 오르던가요?"

"아니요, 검사님, 똥차처럼 가다가 서 버리던데요."

니코는 전혀 웃지 않았다. 하지만 파라거트 판사는 터져 나오는 웃음을 참을 수가 없어서 판사석 아래로 몸을 숨겼고 배심원 중 한 명은 말 그대로 의자에서 굴러 떨어지기까지 했다. 그런데도 니코는 미동도 하지 않았다.

"심문이 끝나고 법정을 나왔을 때, 니코는 앞으로는 절대로 나와 재판을 함께 맡지 않겠다고 맹세하더군요. 내가 웃음을 터뜨렸기 때문에 배심원들에게 별로 심각한 사건이 아니라는 인상을 주었다면서요."

내가 켐프와 스턴에게 말했다.

오늘따라 니코는 기분이 아주 좋아 보였다. 권력의 광채를 내뿜고 있는 것도 같다. 다시 카네이션을 달았고 아주 꼿꼿하게 서 있다. 짙은색 새 정장을 말쑥하게 차려입어 더 날씬하고 더 멋져 보였다. 이리저리 움직이며 기자들에게 포즈를 취해 주고 심각한 질문에 대답도 하고 사적인 대화를 나누기도 하는 그에게서 활기가 느껴졌다. 한 가지 확실한 것은 이 개새끼가 나를 희생양으로 삼아 즐기고 있다는 사실이다. 그는 올해 최고의 관심을 끈 살인 사건을 해결한 최고의 영웅으로 언론에 오르내리고 있다. 신문마다 그의 사진이 빠지는 법이 없다. 지난주에 읽었던 두 개의 논평 기사에서는 그가 2년 후에 있을 시장 선거에 나설 가능성이 있다고 적혀 있었다. 니코는 볼캐로에 대한 충성의 맹세로 대응했지만 아니 땐 굴뚝에 연기 나겠는가 말이다.

그럼에도 불구하고 스턴은 니코가 이 사건을 공정하게 다루려고 애쓰고 있다고 주장했다. 니코는 우리가 적절하다고 생각하는 것보다 훨씬 더 많이 언론과 접촉을 해왔지만, 그렇다고 언론으로 새 나간 정보들이 전부 다 그나 토미 몰토에게서 나온 것은 아니었다. 안 그래도 자제력이 부족한 경찰이 이런 사건에 있어서는 완전히 자제력을 잃어버리고 함부로 정보를 제공할 수도 있다. 니코는 수사 진행 상황에 대해서 스턴에게 솔직한 태도를 보였다. 물증이 나오는 대로 우리 측에 알려 주었고 공소장을 제출했다는 사실도 알려 주었다. 내가 도주의 우려가 없는 사람이라는 데 동의해 주었고 보석금 신청도 할 수 있도록 동의해 줄 것이라고 했다. 더 중요한 것은 아직까지는 공무집행 방해죄를 추가하지 않음으로써 내게 호의를 베풀고 있다는 것이다.

내가 수사상 중요한 사실들을 의도적으로 숨긴 혐의로 기소된다면 얼마나 큰 위험에 빠지게 될지, 제일 먼저 지적한 것은 스턴이었다. 초기에 가졌던 회의석상에서였다.

"러스티, 배심원단은 당신이 그날 밤 그 아파트에 있었다고 믿을 것이고, 적어도 당신이 그 사실을 알렸어야 했고, 레이먼드와 몰토와 델니코와 맥두걸과 가졌던 회의에서 거짓말을 하지 말았어야 했다고 생각할 겁니다. 당신 집 전화의 통화 기록에 관해 당신이 리프랜저 형사와 나눴던 대화 내용도 우리에게 아주 불리해요."

스턴은 아주 사무적으로 말했다. 말을 하면서도 입가에 시가를 그대로 물고 있었다. 잠깐 그의 눈이 깜빡거렸나? 그는 내가 만난 사람 중에 가장 속내를 알 수 없는 사람이었다. 그가 왜 이런 이야기를 꺼냈는지는 알 것 같다. 니코에게 거래를 제안해도 되는가? 이걸 묻고 싶은 거였다. 공무집행 방해죄라면 많이 받아 봐야 3년이었다. 1년 6개월 정도 살고 나면 나올 수 있을 것이다. 아들이 다 자라기 전에 아들의 얼굴을 다시 볼 수 있을 것이다. 5년쯤 지나면 변호사 자격을 회복할 수 있을 것이다.

나는 이성적인 판단력을 잃지 않았다. 하지만 감정적인 무기력 상태를 극복할 수가 없다. 나는 과거의 삶을 되찾고 싶다. 그뿐이다. 이런 삶을 살고 싶지 않다. 나머지 인생을 전과자로 살고 싶지 않다. 유죄를 인정하는 것은 불필요한 수족 절단에 동의하는 것이나 마찬가지다. 아니 더 끔찍한 일이다.

"유죄 답변 거래는 안 돼요."

내가 스턴에게 말했다.

"그럼요, 물론 안 되죠. 당연하죠."

그는 뜬금없이 무슨 말이냐는 표정으로 나를 바라보았다. 어쨌든 그가 직접적으로 이런 이야기를 꺼낸 것은 아니었다.

그 후로 몇 주 동안 우리는 니코가 공소장에 이 확실한 혐의를 집어넣을 것이라고 추측했다. 희한하게도 마음이 오히려 가볍던 순간에는, 특히 공소장에 넣을 혐의들이 정해지고 있는 게 확실했던 지난 몇 주 동안에는, 나는 공소장에 공무집행 방해죄만 들어갈 것이라고 상상했다. 그러나 실제로는 살인 혐의만 들어갔다. 검사가 이런 선택을 하는 데는 몇 가지 전술적인 이유가 있다. 공무집행 방해죄에 대해서는 유죄라고 생각하지만 니코가 내세우는 정황 증거들만으로는 찜찜해 하는 배심원단에게는 매력적이지만, 검사에게는 불만족스러운 타협안일 것이다. 그러나 공소장이 법원에 정식으로 제출되었을 때, 스턴은 내게 니코의 결정에 대해서 놀라운 이야기를 들려주었다.

"당연한 일이겠지만 최근 들어 니코와 자주 이야기를 나눴어요. 그는 당신과 바바라에게 좋은 감정을 갖고 있더군요. 새내기 검사 시절의 당신들 이야기도 하더라고요. 당신이 그를 위해 준비 서면을 작성해 줬다는 이야기도 하고, 자기가 이혼하기 전에 두 부부가 함께 저녁 시간을 보냈던 이야기도 하고요. 아주 진지해 보였어요, 러스티. 물론 몰토는 광적인 면이 있어요. 자기가 기소하는 사람은 모두 혐오하죠. 하지만 니코는 모르겠어요. 내 생각에, 러스티, 니코는 이 사건으로 큰 충격을 받았고 공정한 자세로 이런 선택을 한 것 같아요. 당신이 어떤 이유에서건, 그리고 어느 정도이건 공무집행에 있어 경솔했다는 이유 하나만으로 검사 생활을 못하게 만드는 것은 무책임한 일이라고 판단한 것 같아요. 당신이 살인 혐의에 대해 유죄 평결을 받으면, 벌을 받아야 한다고 생각하지만, 그렇지 않으면 당신을 확실하게 놔 줘야 한다고 생각하고 있어요. 그 점에 있어서는 그를 칭찬하고 싶어요. 그건 올바른 판단이라고 생각해요."

나를 변호해 주는 대가로 이미 2만 5000달러를 챙겨 간 변호사가 내게 이렇게 말하고 있었다.

"형사 소송 사건 번호 86-1246."

멈프리 판사 밑에서 일하는 잘생긴 흑인 법정 서기 앨빈이 외쳤다. 나는 심장이 철렁 내려앉는 걸 느끼며 앞으로 향했다. 켐프가 내 뒤를 따랐다. 조금 전에 들어온 멈프리 판사가 판사석에 앉고 있다. 냉소적인 사람들은 그가 수석 판사가 된 데에는 잘생긴 외모도 한몫했다고 말했다. 그는 사법부가 대중 매체 시대에 부응하여 선택한 사람으로, 일반 시민들이 충분히 호감을 느낄 만한 외모를 가지고 있었다. 백발을 뒤로 말끔하게 빗어 넘기고 반듯한 얼굴에 엄숙하고 날카로운 표정을 가진 그는 이상적인 법조인의 모습이었다. 해마다 법조계 잡지들 중 한두 군데는 그를 표지 모델로 삼곤 했다.

니코 델라 가르디아가 바로 내 뒤에 서 있다. 몰토는 그 뒤에 1미터 정도 떨어져 서 있다. 니코는 말쑥한 모습이지만 몰토는 너저분한 형색이다. 7월에 어울리지도 않게 껴입은 양복 조끼는 불쑥 튀어 나온 배 위에 반쯤 걸쳐져 있고 셔츠 소매는 양복 윗도리에서 너무 많이 빠져나와 있다. 몰토를 보자, 너저분한 놈이라고 욕해 주고 싶은 충동이 일지만 가까스로 참았다. 대신 니코의 눈을 바라봤다. 그가 고개를 끄덕이며 나를 불렀다.

여름 271

"러스티."

"딜레이."

내가 화답했다. 그의 허리 쪽을 내려다보니 조심스레 손을 내밀고 있다.

내 자비로움의 정도를 시험해 볼 기회도 없이 켐프가 내 윗도리 소매를 잡아끈다. 그러고는 니코와 나 사이에 비집고 들어와 섰다. 검사하고는 아무 말도 하지 말라는 지시를 다시 듣지 않더라도 그 행동이 무슨 뜻인지 잘 알겠다.

멈프리 판사가 밤나무로 된 판사석에서 나를 내려다보며 약간 미소를 지어 보이더니 말을 시작했다. 아는 체 해주는 것이 고맙게 느껴졌다.

"형사 소송 사건 번호 86-1246. 기록을 위해 대리인들은 자신의 신원을 밝혀 주세요."

"존경하는 재판장님, 저는 국민을 대변하는 니코 델라 가르디아입니다. 저와 함께 할 검사는 토마스 몰토 킨들 군 검찰청 수석 부장 검사입니다."

희한하게도 아주 하찮은 일에 화가 날 때가 있다. 나는 내 직함과 함께 몰토의 이름이 불려지자 비웃음이 터져 나오는 것을 참지 못했다. 켐프가 다시 내 옷소매를 잡아끈다.

"존경하는 재판장님, 저는 피고인인 로자트 K. 사비치를 대변하는 알리잔드로 스턴 변호사의 대리인인 쿠엔틴 켐프입니다. 존경하는 재판장님, 속기사가 우리의 출석 기록을 읽을 수 있도록 허락해 주시기를 요청합니다."

켐프의 신청이 받아들여지고 스턴 변호사 사무소가 내 변호인이라는 사실이 공식적으로 표명됐다. 그러고 나서 켐프가 말을 계속했다.

"존경하는 재판장님, 피고인은 오늘 여기 이 법정에 출석해 있습니다. 우리는 형사 소송 사건 번호 86-1246 사건의 공소장을 이미 받은 바 있음을 인정하며 따라서 공식적인 낭독을 요구하는 권리는 포기하겠습니다. 존경하는 재판장님, 우리는 사비치 씨를 위하여 법정이 혐의에 대한 무죄 답변을 기록해 주시기를 요청합니다."

"기소 혐의에 대한 무죄 답변."

멈프리 판사가 켐프의 말을 따라 하며 법정 기록에 메모를 했다. 보석금은 양측의 합의에 따라 5만 달러 기명 채권으로 정해졌다.

"어느 쪽에서든 공판 전 협의를 요청하시겠습니까?"

유죄 답변 거래를 위한 협상을 말했다. 이것은 양측에 시간을 절약해 주기 때문에 재판 전에 거의 자동으로 따라오는 절차다. 니코가 말을 꺼내려는데 켐프가 끼어들었다.

"존경하는 재판장님, 그런 회의는 법정 시간의 불필요한 낭비일 것 같습니다."

그는 메모지를 내려다보며 스턴이 써 준 말을 읽었다. 밖으로 나와서는 기다리고 있는 TV방송국 기자들 앞에서 같은 말을 반복할 것이다.

"이 사건의 혐의들은 매우 중대하며 전적으로 사실이 아닙니다. 이 지역 제일의 공무원과 법조인들 중 한 명의 명예가 사실 바탕 없이 심각한 공격을 받고 훼손되었습니다. 진심으로 말씀드리

건데, 이 사건에 대한 재판이 신속히 진행되어야 하며, 따라서 우리는 법정이 즉각적으로 공판 일정을 잡아 주시기를 요청합니다."

문구도 훌륭하지만, 이런 요구가 받아들여지는 데 있어 무엇보다도 중요한 것은 전술이다. 스턴은 신속한 재판 진행만이 이미 망가질 대로 망가진 내 정신 건강에 무리한 부담을 덜어 줄 수 있다고 몇 번이고 내게 강조했다. 그러나 나는 내가 격심한 혼란 상태에 빠져 있긴 하지만, 그런 주장을 하는 근본적인 이유는 다른 데 있음을 알고 있다. 이 사건에서 시간은 검사 편이다. 니코의 주요 증거가 시간이 지난다고 설득력이 떨어지진 않을 것이다. 내 지문이 검찰의 기억 속에서 사라지진 않을 것이다. 통화 기록들이 없어지지도 않을 것이다. 시간이 지날수록 검찰 측의 설득력은 더 커지기만 할 것이다. 현장 목격자가 나타날 수도 있다. 살인 무기의 행방이 밝혀질 수도 있다.

대부분의 피고인들이 무죄 석방이 아니라면 차선책으로 재판의 연기를 원한다는 점을 감안하면 켐프의 요구는 놀랄 만한 예외라고 할 수 있다. 니코와 몰토도 우리의 요구에 놀란 것 같다. 니코가 다시 말을 꺼내려는데, 이번에는 멈프리 판사가 가로막았다. 지금까지 들은 것만으로 충분하다고 판단한 것 같다.

"변호인 측이 공판 전 협의를 포기했습니다. 그러므로 즉각적으로 이 사건에 대한 공판 일정을 잡도록 하겠습니다. 서기, 이름을 뽑아 주세요."

멈프리 판사가 말했다.

5년 전 법정 기록실에서 물의를 일으킨 사건이 있은 후, 당시 수석 판사였던 폴리는 소송 재판 판사를 임의로 선정하는 방법을 제안했다. 나는 모두가 보는 법정에서 판사 추첨을 하자는 제의를 했다. 물론 레이먼드의 이름으로 제출된 이 제안은 즉시 채택되었고, 이 일로 인해 레이먼드는 내가 고위직을 맡을 능력이 있다는 믿음을 굳히게 되었다. 이제 판사의 이름이 적힌 나무 명패들이 빙고 게임에서 따온 밀폐된 새장 안에서 돌고 있다. 서기 앨빈이 추첨기를 돌렸다. 그러다가 멈추고 명패 하나를 꺼냈다.
"리틀 판사님입니다."
그가 말했다.
라렌 리틀. 레이먼드의 옛 동료이자 변호사들의 우상. 현기증이 나는 것 같다. 켐프는 손을 내밀어 내 손을 꽉 잡았다. 몰토는 신음소리를 냈다. 저 위 판사석에 앉아 있는 멈프리 판사의 얼굴에 한순간 미소가 떠오르는 것을 보니 기쁘다.
"이 사건과 관련한 모든 신청과 재판은 리틀 판사의 관할이 되겠습니다. 변호인 측은 14일 이내에 모든 신청을 해주시고, 검찰 측은 리틀 판사의 지시에 따라 주시기 바랍니다."
말을 마친 멈프리 판사가 판결봉을 집어 들었다. 그러고는 진행을 하려다가 말고, 니코를 내려다보며 말을 계속했다.
"니코 델라 가르디아 검사, 내가 좀 전에 켐프 변호사의 발언을 막았어야 했는지 모르겠습니다만, 이 사건은 재판이 끝나고 나면 말들이 많이 나올 것 같아서 말입니다. 켐프 변호사가 한 말을 모두 인정한다는 뜻은 아닙니다. 그러나 이 사건에서 피고인에게 씌워진 혐의들은 매우 중대한 것들이라는 켐프 변호사의 생각에는 나도 동의합니다. 오랜 세월 이 법정을 위해 훌륭하게 업무를 수행해 온 것을 우리 모두가 인정하고 있는 검사에게 씌워진 혐의들로는 말이죠. 킨들 군의 모든 시민들과 마찬가지로 나도 이 사건에서 정의가 구현되기를, 그리고 이 법정에서 이미 구현되었기를 희망한다고 말씀드리는 걸로 심의를 마치겠습니다."
 에드 멈프리가 다시 나를 향해 고개를 끄덕여 보이더니 다음 사건으로 넘어갔다.
 니코 델라 가르디아는 들어왔을 때처럼 대기실 출구를 통해 법정을 나섰다. 켐프는 표정 관리를 하려고 애쓰고 있다. 그는 메모지를 서류 가방에 넣고 나서 니코가 나가는 모습을 바라봤다.
 "저렇게 오리 궁둥이인데 걷기는 참 잘 걷네요, 그렇죠?"
 켐프가 물었다.

 "리틀 판사가 뽑혀서 정말 잘됐지?"
 바바라가 물었다. 우리는 드디어 혼잡한 시내를 빠져나와 고속도로를 달리고 있다. 운전석에는 바바라가 앉아 있다. 지난 몇 주 만에 우리는 내가 너무 정신이 산만해져서 운전을 하면 위험하다는 사실을 깨닫게 되었다. 카메라와 기자들의 외치는 소리가 없으니 살 것 같다. 기자들은 법원에서부터 거리까지 따라오며 사진기를 눌러 댔고 거대한 괴물의 눈 같은 카메라를 들이댔다. 우리는 천천히 걸었다. 편안하게 보이도록 애쓰라고 스턴이 지시했다. 두 블록을 걸어와 길모퉁이에서 켐프와 헤어졌다.
 "일이 오늘처럼만 진행된다면 니코는 모두진술도 못 하고 나가떨어지겠는데요."
 켐프는 천성적으로 쾌활한 사람이었지만 어찌 된 일인지 그 쾌활함에서 그림자가 느껴졌다. 일이 오늘처럼만 진행되지는 않을 것이다. 암울한 날들이 기다리고 있다. 나는 그와 악수를 하고 오늘 잘 해줘서 고맙다고 말했다. 바바라는 그의 뺨에 입을 맞췄다.

"리틀 판사가 뽑힌 건 다행이야. 아마 제일 잘된 일일 거야."

내가 말했다.

레이먼드 때문에 찜찜한 마음은 있다. 레이먼드나 리틀 판사가 법정 밖에서 이 사건을 놓고 이야기를 나누진 않겠지만, 판사의 막역한 친구가 증인으로 나선다는 것은 어떤 식으로든 재판에 영향을 미칠 것이고, 레이먼드의 동정심이 어느 쪽을 향하느냐에 따라 재판 결과가 달라질 수도 있다. 나는 운전대를 잡고 있는 바바라의 손을 만지며 말했다.

"따라와 줘서 고마워."

"뭘. 별거 아닌데. 우리 일이라는 것만 빼면, 아주 재미있었어."

그녀가 진지하게 호기심을 드러내며 말했다.

내 사건은 법조인들끼리 하는 말로 소위 '인기 사건', 언론의 관심이 계속 집중될 사건이다. 이런 사건에서 기자들은 배심원단이 법정에 출두하기 오래전부터 그들과의 접촉을 시도했다. 지금까지는 니코가 언론 싸움에서 승리했다. 나는 이제부터라도 긍정적인 이미지를 심어 주기 위해 최선을 다해야 했다. 기본적으로 나는 살인과 간통 혐의를 받고 있기 때문에 사람들에게 내 아내가 나에 대한 믿음을 잃지 않았다는 사실을 보여 주는 것이 중요했다. 따라서 언론 취재가 있는 자리에는 바바라가 빠지지 않고 나타나 줘야 했다. 스턴은 이 사실을 직접 설명하겠다며 바바라를 데리고 나오게 했다. 공적인 자리에 가는 것을 싫어하고 잘 모르는 사람들에게는 좀처럼 마음을 열지 않는 아내의 성격을 잘 알고 있는 나는 그녀가 이 일을 부담스러워할 거라고 생각했다. 하지만 그녀는 거절하지 않았다. 지난 두 달 동안 그녀의 지지는 한 번도 흔들리지 않았다. 그녀는 나를 어리석음의 희생양으로 공직 생활과 치열한 정치판을 사모한 어리석음의 희생양으로 보면서, 일이 예상보다 아주 잘 풀려가고 있다고 생각했다. 그녀는 내 주장을 전적으로 믿고 있다는 것을 자주 표현해 주었고 나와는 한마디 사전 상의도 없이, 장인으로부터 물려받은 유산인 신탁에서 5만 달러를 인출해 스턴의 수임료와 기타 비용으로 쓰라고 주기도 했다. 식탁에서 내가 니코와 몰토를 비난하고 스턴이 강구해 낸 복잡한 전략에 대해 설명하는 것을 몇 시간이고 집중해서 들어주기도 했다. 저녁이면 깊은 허탈감에 빠져 드는 내게 다가와 내 손을 어루만져 주기도 했다. 그녀는 내 고통을 함께 짊어졌다. 나는 그녀가 자신은 괜찮다고 말하지만 혼자서 울 때도 많다는 것을 안다.

이 엄청난 일들이 주는 스트레스뿐만 아니라 내 하루의 일정이 급격히 바뀐 덕분에 우리 부부의 관계에도 새로운 속도가 붙었다. 나는 도서관에 다니고 내 변론을 준비하고 정원에 종종 우두커니 서 있었다. 그러나 지금 우리는 많은 시간을 함께 하고 있다. 여름이 되자 바바라는 대학에서 할 일이 거의 없어졌다. 내가 냇을 캠프에 데려다 주고 나서는 오래도록 함께 아침 식사를 하며 이야기를 나눴다. 점심때는 내가 나가 샐러드용 야채를 사 왔다. 그리고 권태롭던 우리의 성 생활에도 변화가 생겼다.

"지금 같이 자고 싶다는 생각을 하는 중이었어."

어느 오후, 난해한 읽을거리와 벨기에산 초콜릿을 들고 소파에 누워 있던 아내가 말했다. 그래서 오후의 정사는 우리의 새로운 일상이 되었다. 그녀는 내 위에 올라타는 것을 좋아했다. 창밖에는 새들이 지저귀고 있고, 침실 블라인드 틈 사이로 햇빛이 스며들어왔다. 바바라는 내 성기가 몸속 깊이 들어가 있는 상태에서 엉덩이를 흔들어 댔다. 눈을 감고 얼굴은 평온해 보이지만 신음소리는 점점 더 커지고 천천히 절정을 향해 나아갔다.

사랑을 나눌 때의 바바라는 창의적이고 용감하다. 내가 성적인 불만족 때문에 캐롤린에게 간 게 아니었다. 바바라에게 무엇이 부족하다고, 무엇을 해주지 않는다고 불평할 수도 없다. 우리 관계가 최악이었을 때에도, 심지어 지난겨울 내가 어리석은 고백을 하고 난 이후에도, 우리의 성 생활은 중단되지 않았다. 우리는 혁명 세대다. 성에 대해 솔직히 이야기를 나눴다. 젊었을 때에 섹스를 마법의 전등으로 여긴 것처럼 지금도 마찬가지다. 우리는 관능의 전문가가 되어 어디를 눌러 주면 좋아하고 어디를 어루만져 주면 좋아하는지를 잘 알고 있다. 신식 여성인 바바라는 그런 전위 행위 없는 섹스를, 섹스를 하지 않는 것보다 더한 치욕으로 여길 것이다.

몇 달 동안 우리 관계를 가로막았던 실질적인 장애물은 사라지고 없다. 그러나 지금도 사랑을 나눌 때의 바바라의 모습에서 어쩐지 필사적이고 슬픈 느낌을 받았다. 아직도 우리 사이에 건너야 할 강이 있는 것 같다. 오래도록 시내의 끔찍한 소음 속에서 일했던 나는 이제 조용한 교외 지역의 한가로운 오후를 맞아, 침대에 누워 자고 있는 아내를 바라보며, 내 인생의 불가사의인 그녀에 대해 생각했다.

캐롤린에 대한 열정이 절정에 달해 있을 때에도 나는 가족을 떠난다는 것은 한 번도 생각해 본 적이 없었다. 바바라와의 결혼 생활이 흔들릴 때도 있었지만 가족으로서의 삶은 한 번도 흔들리지 않았다. 우리는 냇에게 사랑을 쏟아 붓고 있다. 나는 자라면서 다른 가족들은 우리 가족하고는 다르게 산다는 것을 알게 되었다. 그들은 저녁 식탁에 앉아 화기애애하게 이야기를 나누고 함께 영화를 보거나 외식하러 다녔다. 시민의 숲에서 함께 뛰어다니고 공놀이를 하기도 했다. 눈물이 나게 부러웠다. 그들은 삶을 함께하고 있었다. 부모와 자식이 진정한 가족으로 화목하게 사는 것이 어린 시절 유일한 꿈이었던 나는 그 꿈을 이루었다고, 그때의 상처가 다 아물었다고 생각했다.

하지만 우리가 냇 때문에 억지로 결혼 생활을 유지하고 있다고 생각하면 오산이다. 그것은 지독히 회의적인 생각이고 잘못된 생각이다. 관계가 가장 암울했을 때에도 우리는 서로에게서 좋은 점을 찾아야 한다는 마음의 목소리에 충실했다. 내 아내는 아주 매력적인 여자다. 그녀는 오래도록 거울 앞에 서서, 미리 결정한 어떤 각도로 서서, 자신이 아직도 건재함을 확인하곤 했다. 가슴은 아직도 풍만하고 아이를 낳은 후에도 허리는 처녀같이 날씬하고 지방이 붙어 턱 밑이 조금 늘어지긴 했지만 얼굴 윤곽도 예전의 아름다운 모습 그대로다. 지금이라도 애인을 만들 수 있지만 그러지 않고 있을 뿐이다. 그녀는 또한 능력이 있는 여자이기도 하다. 장인이 돌아가시면서 유산으로 10만 달러를 신탁에 맡겨 놓았다. 그러므로 그녀가 경제적인 이유 때문에 나를 떠나지 않고 있는 것은 아니다. 다행인지 불행인지 모르지만, 심각하게 부부싸움을 할 때 내게 던지곤 하는 신랄한 말속에는, 냇을 제외하고 자신이 사랑한 사람은 나뿐이었다는 그녀의 말에는 진실이 담겨 있다.

지금처럼 사이가 좋을 때의 바바라는 지극히 헌신적이다. 나를 유일한 관심 대상으로 삼는 것 같다. 나는 그녀와 바깥세상과의 창구가 되어 니어링에서 일어난 일들과 내가 들은 이야기들을 그녀에게 물어다 주는 역할을 했다. 재판이 있는 날이면 밤 열한시나 자정이 되어 집에 들어오는 일이 흔한데, 바바라는 따뜻한 저녁 식사를 차려 놓고 잠옷을 입은 채 나를 기다리고 있다. 우리는 함께 앉아 이야기를 나눴다. 바바라는 라디오 앞에 앉아 열중하는 1930년대의 아이들처럼 내가 들려주는 이야기에 굉장한 관심을 보이며 귀 기울여 들었다. 내가 저녁을 먹으며 그날 무슨 일이 있었는지 이야기하면 바바라는 웃음을 터뜨리기도 하고, 나를 통해 보는 증인들과 형사들과 변호사들의 모습에 경이로움을 표현하기도 했다.

그러면 나는? 나는 어떤가? 나는 나에게 표현되는 충성심과 헌신과 친절함과 관심을 소중하게 여겼다. 아내가 내게 집중하여 사랑을 쏟아 부어 주면 작아질 대로 작아진 내 자아는 위로를 받았다. 하지만 그녀를 경멸할 때가 전혀 없다고 주장하면 분명 거짓말일 것이다. 분노한 아버지 밑에서 상처받으며 자란 나는 가끔씩 찾아오는 그녀의 우울함과 신랄함에 비틀거리는 내 약점을 완전히 극복하지 못했다. 그녀가 발작처럼 신랄한 말을 퍼부어 댈 때는 그녀의 목을 조르고 싶은 충동 때문에 내 손이 움찔하는 것을 느낄 수 있다. 이럴 때의 대처 방법으로 무관심을 가장하는 방법은 터득했고 세월이 흐르자 정말로 무관심해졌다. 살다 보니 권태기가 거의 규칙적으로 찾아오고 그때는 서로 마주 보고 서서 뒤로 물러서려고만 했다. 그러면서 우리는 줄다리기를 하는 것처럼 상대방을 자기 쪽으로 끌어당기려고만 한다는 것을 깨닫게 되었다.

그러나 지금은 그런 시기가 지났고 거의 용서를 받기까지 했다. 이제 우리는 대발견의 직전에서 앞으로 벌어질 일을 기다리고 있다. 나를 지탱해 주는 것은 무엇인가? 갈망이다. 나른한 오후에는 내 영혼의 문과 창문을 모두 열고 이렇게나마 지내는 것이 다행이라고 생각하면서도, 나는 어떤 열망에 사로잡힐 때가 있다. 아내와 지금까지 살아오면서 감정 폭발을 무던히도 겪었다. 바바라는 오래도록 평정을 유지하지 못하는 성격이다. 그러나 우리는 가장 행복했던 순간도 함께해 왔다. 내 생애 최고의 순간에는 항상 바바라가 곁에 있었다. 결혼 초기에는 둘 다 어리숙했고 지극한 열정과 설명할 수 없는 불가사의한 느낌에 사로잡혀 있었다. 지금도 가끔씩 그때를 떠올리면 이상하게 가슴이 아파 왔다. 내가 꼭 공상과학 영화 끝부분에 남겨진 불행한 로봇같이 느껴졌다. 기계로 만든 사지가 떨어져 나가는 것을 보면서 한때는 내 몸의 일부였던 것들에게 목을 놓아 외치고 있는 것 같다. 다시 돌아와! 시간을 되돌려 줘!

내가 법대에 다닐 때, 바바라는 학생들을 가르치고 있었다. 우리는 방 두 개짜리 아파트에 살았는데, 벌레들이 득실댔고 놀라울 정도로 수리가 안 된 낡은 건물이었다. 한겨울에 보일러에서 끓는 물이 터져 나온 적도 있었고, 싱크대 아래쪽 서랍에는 쥐와 바퀴벌레가 득실거렸다. 대학가에 있다는 이유 하나 만으로 빈민가 주택으로 분류되는 것을 겨우 면할 수 있었던 집이었다. 집주인은 그리스인 부부였는데 둘 다 골골거렸다. 그들은 안마당 건너 우리보다 한 층 위에 살았다. 우리는 사시사철 집주인 남자의 기침 소리를 들어야 했다. 그는 폐기종을 앓고 있었다. 집주인 여자는 관절염과 퇴행성 심장 질환을 앓고 있었다. 집세를 가지고 올라가면 양배추 썩는 것 같은 이상한 냄새가 코를 찔렀다. 하지만 우리 처지에 얻을 수 있는 집은 이 정도밖에 없었다. 우리의 형편은 선생 초봉에서 내 등록금을 빼고 나면, 생활보호대상자 기준에 가까울 정도였다.

우리는 너무 가난해서 즐길 수 있는 오락이라곤 섹스뿐이라는 농담을 하곤 했다. 사실 지나칠 정도로 섹스에 빠져 있다는 것을 잘 알고 있던 우리가 부끄러움을 감추기 위해서 한 농담이었다. 나는 주말을 기다리며 살았다. 주말이 되면 우리는 둘만의 오붓한 안식일을 지냈다. 단둘이 저녁을 먹고 와인을 마시고 천천히 아주 오래도록 사랑을 나눴다. 아파트 안 어느 곳에선가 시작해서 흥분이 고조되면 침실로 향했다. 사랑 나누기가 1시간 이상 지속될 때도 있었다. 그러면 내 성기는 계속 발기된 상태로 있었고 온몸이 욱신거리고 아팠으며 내 작은 천사는 흥분으로 가슴이 부풀어 있었다. 그런 상태로 우리는 오래도록 뒹굴었다. 그날 밤도 이런 상황이었던 것 같다. 내가 바바라를 이끌고 침실로 들어가려는데, 집주인 부부가 창문에 얼굴을 대고 우리를 지켜보고 있었다. 그들은 너무 놀라 충격을 받은 표정이었다. 지금 와서 생각하면 놀란 토끼들 같았다. 그 부부는 도저히 믿어지지 않는다는 표정으로 눈이 휘둥그레져 있었다. 그들이 거기서 오랫동안 우리를 훔쳐보지는 않았을 거라고 생각했지만 그래도 당혹감은 사라지지 않았다.

나는 아몬드 오일을 바른, 빳빳하게 선 성기를 바바라의 손에 잡힌 채 거기 서 있었다. 바바라도 그들을 보았다. 내가 그녀에게서 물러서서 블라인드 쪽으로 향하려니까 그녀가 나를 막았다. 내 손을 만지더니 다시 내 성기를 잡았다.

"보지 마."

그녀가 다시 말했다.

"보지 마, 금방 갈 거야."

그녀는 내 얼굴에 달콤하고 따뜻한 숨을 내뿜으며 속삭였다.

심문이 있은 지 일주일 후, 스턴과 나는 5월부터 레이먼드 호건이 파트너로 일하고 있는 법률회사의 접견실에 서 있었다. 접견실은 아주 고급스러운 분위기였다. 모자이크를 한 바닥에는 내가 지금껏 본 것 중 가장 커다란 페르시아산 카펫이 깔려 있었다. 생동감 넘치는 청록색 바탕에 장밋빛 무늬가 아름다웠다. 사방 벽에는 비싸 보이는 추상화들이 많이 걸려 있었고, 방 모퉁이마다 유리와 크롬으로 된 작은 탁자들이 놓여 있었으며, 그 옆에 있는 잡지꽂이에는 《포브스》와 《월스트리트 저널》이 꽂혀 있었다. 아름다운 외모 때문에 연봉을 1000달러는 더 받을 것 같은 금발의 아가씨가 자단목으로 만든 책상 앞에 앉아 방문객을 맞았다.

스턴은 내 양복 옷깃을 매만지는 척하며 아주 작은 목소리로 내게 지시 사항을 일러 주고 있다. 셔츠 바람으로 바삐 오가는 젊은 변호사들에게는 그의 입이 움직이는 것도 보이지 않을 것이다. 스턴은 내게 말을 못 하게 하려는 것은 아니지만, 질문은 자기가 할 것이고, 나는 레이먼드의 대답을 이끌어 내기 위한 일종의 자극제 역할을 하기 위해 온 것이므로, 아무 말 말고 있으라고 했다. 무엇보다도 분위기가 어떻게 흘러가든 흥분하지 말고 침착하라고 주문했다.

"뭐 들은 거라도 있어요?"

내가 물었다.

"들은 건 많죠. 하지만 곧 직접 듣게 될 텐데 미리 추측할 필요는 없어요."

실제로 스턴은 많은 이야기를 들었다. 능력 있는 변호사는 탄탄한 정보망을 가지고 있기 마련이다. 의뢰인들이 정보를 흘릴 수도 있고 기자들이 그럴 수도 있다. 친하게 지내는 형사들한테서 정보를 얻을 수도 있다. 동료 변호사들은 말할 것도 없다. 검사 일을 할 때 보면, 변호사들은 무슨 정보가 있을 때마다 북을 둥둥 쳐서 정보를 교환하는 원시 부족 같아 보였다. 스턴의 말에 따르면, 니코는 총장직을 인계받은 직후에 레이먼드를 대배심원단 앞으로 소환했지만 레이먼드는 전직 총장으로서의 특전을 이유로 출두를 거부하려 했다. 스턴은 정통한 소식통으로부터 이 소식을 들었다고 했다. 사실이 그렇다면 아직도 레이먼드와 니코 사이에는 적대감이 존재한다고 볼 수 있는데, 증인 명단에서 레이먼드의 이름을 본 스턴이 보인 반응을 보면 그렇지도 않은 것 같다. 물론 스턴이 레이먼드의 의도에 대해 어떤 정보를 입수했다고 하더라도 그걸 밝힐 사람은 절대로 아니지만 말이다.

레이먼드의 비서가 우리를 데려가기 위해 왔다. 그의 사무실로 향하는데 레이먼드가 복도까지 나와 기다리고 있다. 양복 윗도리를 걸치지 않은 셔츠 바람이다.

"스턴. 러스티."

레이먼드는 나와 악수를 하며 내 어깨를 가볍게 툭 쳤다. 살이 쪘는지, 배 부분의 셔츠가 꽉 죄는 것 같다.

"당신들 여기 와 본 적이 있던가?"

레이먼드는 우리를 데리고 다니며 건물 구경을 시켰다. 법률 법인들은 세금 혜택을 받는 덕분에 현대판 베르사유 궁전같이 호화롭게 꾸며져 있다. 레이먼드는 자신도 잡지에서나 읽은 적밖에 없는 화가들의 이름을 들먹이며 그림들을 일일이 설명했다. 스텔라. 존스. 라우센버그.

"특히 이 작품이 맘에 들어."

레이먼드는 구불구불한 곡선들과 정사각형들이 그려진 그림을 가리켰다. 회의실에는 거대한 녹색 공작석 하나를 깎아 만든 길이가 3미터가 넘는 탁자가 놓여 있다.

스턴이 레이먼드에게 요즘 어떤 일을 하고 있느냐고 물었다. 레이먼드는 지금까지는 대체로 연방 정부 차원의 사건을 맡고 있는데 만족스럽다고 대답했다. 지금은 클리브랜드에서 터진 대형 사건을 맡고 있다고 했다. 그의 의뢰인이 국방부에 낙하산을 납품했는데, 낙하산 밧줄에 결함이 있는 것으로 밝혀졌다고 했다.

"전적으로 고의가 아닌 실수였어."

레이먼드가 개구쟁이같이 미소를 지으며 말했다.

"11만 개나 되지만 말이야."

마침내 우리는 레이먼드의 사무실에 도착했다. 회사는 레이먼드에게 복도 구석방을 사무실로 주었는데, 서쪽과 남쪽으로 창이

나 있고 거기서 내려다보이는 풍경이 아주 멋지다. 여기에도 소위 '레이먼드의 자랑거리 벽'이 있는데 몇 가지가 더 추가된 것이 눈에 들어왔다. 레이먼드의 마지막 취임식 장면을 담은 커다란 사진이 중앙을 차지하고 있다. 연단 앞에 늘어선 사십여 명의 인사들 중 오른쪽 끄트머리에 서 있는 내 모습도 보였다.

그때까지는 몰랐는데 레이먼드가 소개를 해서 보니 한 젊은 남자가 사무실에 서 있었다. 피터 뭐라는데 수행비서 역할을 하고 있단다. 피터는 수첩과 펜을 들고 있다. 레이먼드가 한 발언에 대해 나중에 논란이 있을 경우를 대비해 레이먼드의 편을 들어줄 증인 역할을 하고 있는 것 같다.

"그래, 무엇을 도와 드릴까?"

레이먼드가 비서에게 커피를 가져오라고 시킨 후에 물었다.

"먼저, 시간을 내주셔서 감사하다는 말씀부터 드리고 싶습니다. 큰 친절에 감사드립니다."

스턴의 말에 레이먼드가 손을 내저으며 말했다.

"무슨 말씀을."

그러고는 별 관계가 없는 말들을 중얼거렸다. 직접적으로 말을 하지는 않지만 우리를 기꺼이 돕고 싶다는 뜻을 내비치고 싶어 하는 것 같다.

"이해하시리라 생각합니다만, 저는 러스티가 대화에 참여하지 않는 것이 제일 좋겠다고 생각합니다. 그냥 듣고만 있어도 괜찮으시겠지요?"

스턴은 이 말을 하면서, 벌써 수첩을 들고 열심히 받아 적고 있는 피터 쪽을 흘끗 바라봤다.

"물론, 나야 상관없지."

말을 마친 레이먼드는 책상 앞에서 수선을 떨기 시작했다. 눈에 보이지도 않는 먼지를 털어 내는 시늉도 했다.

"사실 러스티가 함께 와서 놀라긴 했어. 하지만 당신들이 알아서 하는 거니까."

스턴은 양미간을 찌푸렸다. 말로 표현하기 민감하거나 적절한 표현을 찾기 어려울 때 남미 쪽 사람들이 흔히 보이는 모습이었다.

"그래, 나한테서 무슨 말을 듣고 싶은 거요?"

레이먼드가 다시 물었다.

"니코 델라 가르디아의 증인 명단에서 성함을 봤습니다. 물론 그것 때문에 이렇게 방문하게 된 거고요."

"그렇겠지."

레이먼드가 두 손을 들어 항복하는 시늉을 하며 말했다.

"스턴, 당신도 잘 알잖아. 파티 초대장을 받으면 가야지 별수 있나?"

수천 번도 넘게 본 너스레다. 그는 손동작을 너무 많이 했다. 입가에는 항상 미소를 머금고 있다. 말을 하면서도 듣는 사람의 눈은 똑바로 쳐다보지 않았다. 변호사들과 협상을 할 때는 항상 이런 식이었다. 나는 중요한 인물이긴 하지만, 유감스럽게도 당신에게 도움을 줄 수 없다는 뜻을 분명히 하는 것이다. 그러고는 방문객이 떠나고 나면 욕을 해대곤 했다.

"그러면 소환에 응하실 생각이신가요?"

"그래야지."

"알겠습니다. 그런데 총장님의 증인 진술서는 받지 못했거든요. 총장님이 검사들에게 진술하지 않으신 거라고 이해해도 되겠습니까?"

"아니, 이야기를 하긴 했지. 당신들과 이야기를 나누듯이 그 사람들하고도 말이야. 처음에 문제가 있어서 말이야. 마이크 듀크가 해결하느라고 고생했지. 지금까지 토미 몰토랑 서너 번 이야기를 나눴어. 젠장, 그것보다는 좀 많은 것 같네. 전부 개인적인 대화였어. 진술서에 서명하거나 그러진 않았어."

나쁜 징조다. 아주 불길하다. 공포와 분노가 확 치밀어 오르는데 억지로 참았다. 레이먼드는 제일 중요한 증인으로서 대접을 받고 있는 것이다. 말이 달라져 반대 심문에서 위기를 맞게 될까 봐, 아예 공식적인 진술서 따위는 받지 않은 것이다. 대단히 중요한 증인이기 때문에 검사와 자주 면담을 하면서도 말이다.

"문제가 있었다고 말씀하셨는데 면책 특권 문제였습니까?"

스턴이 물었다.

"아니, 그런 건 아니고. 여기 사람들이, 내 새 직장 동료들이 불편해 해서 말이오. 나도 좀 민망하고 그래서."

여기까지 말한 레이먼드가 웃음을 터뜨리더니 다시 말을 이었다.

"시작이 영 그렇잖아. 여기 들어온 지 사흘 됐는데 대배심의 소환장이 날아왔잖아. 솔리 바이스가 좋아했겠소?"

레이먼드가 법률 법인의 대표 이름을 들먹이며 말했다.

스턴은 아무 말이 없다. 그는 무릎에 서류 가방과 모자를 얌전히 올려놓은 채 앉아 있다. 그는 거리낌 없이 레이먼드를 뚫어지게 처다봤다. 자발적으로 먼저 말을 걸지도 않았다. 스턴이 이런 태도를 보일 때가 가끔 있다. 갑자기 예의 바른 말과 행동을 모두 중지하고 침묵을 지키며 사물을 꿰뚫어 볼 듯이 응시하고 있을 때가 있다.

"그러면 그들에게 무슨 말씀을 하셨습니까?"

마침내 스턴이 조용히 물었다. 아주 침착한 모습이다.

"내 동료들한테?"

"물론 아닙니다. 오늘 우리가 여기 온 것은 총장님의 증언과 관련하여 무슨 말씀을 들을 수 있을까 해서입니다. 총장님도 과거에 이쪽 일을 해보셔서 잘 아시지 않습니까?"

스턴은 다시 부드럽고 간접적인 평소의 말투로 돌아와 있다. 스턴의 말이 끝나자, 레이먼드는 불꽃이 갑자기 확 일어나듯 성질을 냈다.

"글쎄, 이런 이야긴 별로 하고 싶지 않은데."

그가 대화를 열심히 받아 적고 있는 수행비서 쪽을 향해 고갯짓을 해보이며 말했다.

"그건 잘 알겠습니다만. 주제라든가 분야라든가 뭐라도 좋습니다. 편하게 말씀해 주셨으면 좋겠습니다. 바깥에서는 증인이 무슨 얘기를 해달라는 요청을 받았는지조차 추측하기가 매우 힘듭니다. 이건 총장님도 잘 아실 텐데요."

스턴은 내가 알지 못하는 무언가를 찾고 있다. 여기 오기 전에 얘기한 목적은 이루었으니까 지금이라도 일어서 나가면 그만이다. 레이먼드가 어느 편인지는 알게 되었지 않은가 말이다. 그가 우리 편이 아니라는 것은 분명해지지 않았는가 말이다.

"러스티의 수사에 대해서 증언을 할 거요. 이 사건 수사를 맡고 싶다고 한 것과 나중에 내 개인 생활에 대해서 나눈 이야기 와……."

"잠깐만요. 내가 수사를 맡고 싶어 했다고요? 레이먼드, 당신이 내게 수사를 맡으라고 했잖아요."

더 이상 참을 수 없어진 내가 끼어들었다.

"그런 문제를 놓고 서로 상의를 한 거잖아."

옆으로 스턴이 손을 드는 모습이 보이지만 나는 무시하고 계속 레이먼드를 노려봤다.

"레이먼드, 당신이 내게 지시했어요. 당신은 선거 운동 때문에 바쁘니까 가장 능력 있는 사람에게 맡기고 싶다면서요, 다른 사람이 맡으면 개판을 칠까 봐 걱정된다면서요."

"그럴 수도 있었겠지."

"그럴 수도 있는 게 아니라 그랬어요."

나는 도움을 요청하는 마음으로 스턴을 바라봤다. 그는 의자에 앉아서 나를 노려보고 있다. 화가 단단히 나 있다.

"미안해요."

내가 스턴을 향해 조용히 말했다.

레이먼드는 내 변호사와 나와의 문제는 모르는 척하고 이야기를 계속했다.

"그건 기억이 안 나, 러스티. 어쩌면 자네 말처럼 그랬는지도 모르지. 내가 선거 운동 때문에 바빴던 건 사실이니까. 하지만 내 기억으론, 장례식이 있기 하루이틀 전에 이런 이야기를 나눴는데 대화가 끝나 갈 때쯤, 자네가 사건을 맡기로 한 것 같아. 그리고 자네가 맡는다는 생각은 내가 아니라 자네한테서 나온 것 같고. 그때 나는 주로 듣기만 한 것으로 기억하거든. 그런데 일이 진행되는 걸 보고 놀랐던 건 기억나."

"레이먼드! 나한테 무슨 짓을 하려는 거예요?"

말을 마친 나는 스턴을 바라봤다. 그는 눈을 꼭 감고 있다.

"이런 것도 물어보면 안 돼요?"

내가 너무 많이 밀어붙인 것이 분명하다. 이제 레이먼드는 전속력으로 피해 달아나고 있다. 그는 책상 앞으로 최대한 몸을 기울였다.

"내가 자네한테 무슨 짓을 하려는 거냐고?"

그가 같은 질문을 두 번 반복하는 동안 그의 얼굴은 점점 더 붉어졌다.

"그러는 자네는 나한테 무슨 짓을 하려는 거였나, 러스티? 그 저주받을 유리컵에 도대체 왜 자네 지문들이 묻어 있는 거야? 그리고 내 사무실에 앉아서 내가 누구랑 잤냐고 물은 건 또 뭐야? 우리 사이가 좋았던 그때도, 그리고 그보다 이 주 전에 내가 자네한테 수사를 맡겼을 때도, 수사 얘기가 나오니 기억나는데, 자네가 수사를 제대로 하지 않는다고 한두 번 자네를 몰아친 적도 있었군······."

그가 갑자기 스턴을 바라보며 말했다.

"그것도 증언할 생각이오."

말을 마친 레이먼드는 다시 나를 바라보며 말을 이었다.

"그때도, 이 주 전에도, 당연히 했어야 했는데, 자네도 그 여자랑 잤다는 얘기는 내게 한 마디도 하지 않았잖아. 우리가 나눴던 대화를 오래도록 곱씹어 봤어, 러스티. 도대체 자네가 무슨 짓을 하고 있나, 내 자신에게 물어보면서 말이야. 자넨 무슨 짓을 하고 있었던 거야?"

이건 수행 비서인 피터가 감당하기에는 너무 큰 문제인 것 같다. 그는 받아 적기를 포기하고 우리를 지켜보고만 있다. 스턴이 피터를 가리키며 말했다.

"상황을 고려해 볼 때, 나는 내 의뢰인에게 더 이상 발언을 하지 말라고 충고합니다. 그도 분명히 내 말을 따를 것이라고 생각합니다만."

"지금까지 말한 내용들을 증언할 거요."

레이먼드가 스턴에게 말했다. 그는 자리에서 일어서더니 손가락으로 하나하나 꼽아 가며 정리를 했다.

"그가 사건을 맡고 싶어 했다는 것. 수사를 제대로 하라고 끊임없이 그의 등을 떠밀어야 했다는 것. 그는 누가 범인인가 보다는 누가 그녀와 잤냐는 문제에 더 관심을 보였다는 것. 그리고 막다른 골목에 이르니까, 내 사무실에 앉아서 자기는 그날 밤 캐롤린의 아파트 근처에도 가지 않았다고 우리 모두에게 거짓말을 했다는 것. 이런 것들을 증언할 거요. 그것도 아주 기꺼이 말이오."

"잘 알겠습니다, 총장님."

스턴이 말했다. 그러고는 나를 진정시키려고 하면서 옆 의자에 놔 뒀던 회색 펠트 중절모를 집어들었다.

나는 레이먼드를 노려봤다. 그도 나를 노려봤다.

"적어도 니코 델라 가르디아는 날 무너뜨리려고 했다는 사실에 대해서는 정직하게 인정했어."

레이먼드가 말했다.

스턴이 우리 사이에 끼어들었다. 두 손으로 내 팔을 잡아끈다.

"됐어요."

그가 단호한 목소리로 말했다.

"개새끼."

스턴과 함께 피터를 지나쳐 걸어 나오며 내가 말했다.

"여기선 입조심해요."

스턴이 조용히 말했다. 접견실로 들어서면서 그는 화가 난 것이 느껴지는 말투로 제발 조용히 하라고 말했다. 나는 이 말을 듣고 잠시 입을 다물었다. 그러나 엘리베이터가 내려가기 시작하자 갑작스러운 충동에 사로잡혀 그의 팔을 잡아끌며 말했다.

"도대체 왜 저러는 거 같아요?"

"대단히 화가 나 있어요."

스턴은 1층 대리석 로비를 성큼성큼 걸어가며 말했다.

"그건 알아요. 그런데 내가 범인이라고 니코가 설득한 걸까요?"

"아마 그렇겠죠. 당신이 좀 더 신중했어야 한다고, 특히 자기를 위해서 좀 더 신중했어야 한다고 생각하는 것만은 확실해요."

"내가 충성스러운 하인이 아니었다는 말이에요?"

스턴은 손과 눈과 눈썹으로 다시 화가 난 남미 사람의 행동을 보여 줬다. 그의 마음속에는 다른 문제들이 자리하고 있다. 그는 걸어가면서 근엄한 눈으로 나를 흘끗 쳐다봤다.

"레이먼드가 캐롤린과 잤다는 얘긴 안 했잖아요. 그리고 그 문제에 대해서 그와 이야기를 나눴다는 것도요."

"잊어 버렸어요."
"그랬겠죠."
스턴의 말투에서 나를 많이 의심하고 있다는 것이 느껴졌다.
"니코가 이 사실을 자기에게 이롭게 써먹을 수 있을 것 같군요. 그건 그렇고 레이먼드와 캐롤린이 사귄 것은 언제였어요?"
"나랑 헤어진 직후예요."
스턴이 숨을 헐떡였다. 괴로운 표정을 감추려고도 하지 않았다. 자기 모국어로 혼잣말을 했다.
"그렇다면 니코는 동기 설명에 가까이 다가서고 있겠네요."
"하지만 완전히 도달한 건 아니죠."
나는 간절한 마음으로 말했다. 아직도 그는 캐롤린과 나의 관계를 입증할 수 없을 것이다.
"그렇겠죠."
스턴이 말했다. 의도적인 단호함이 느껴지는 말투였다. 그는 레이먼드의 사무실에서 보인 내 행동 때문에, 그리고 그렇게 중요한 사실을 자신에게 알리지 않은 것 때문에, 나와 거리를 두고 있는 것이 분명하다.
"나중에 더 얘기하죠."
그가 말했다. 지금은 법원에 가야 한다고. 그는 중절모를 쓰더니 나를 쳐다보지도 않은 채 뙤약볕 속으로 걸어 들어갔다.
로비에 혼자 남은 나는 폭격을 맞은 기분이다. 너무나 많은 감정들이 한꺼번에 밀려와 어지러울 정도다. 무엇보다도 내 자신의 어리석은 행동이 너무 부끄럽다. 그렇게 오랜 세월을 레이먼드 호건 곁에 있었으면서도 이 모든 일들이 그에게 어떤 영향을 미칠지에 대해서는 깨닫지 못했다. 지금에 와서야 그의 감정이 훤히 들여다보이지만 무슨 소용인가 말이다. 레이먼드 호건은 공인이다. 그는 명성을 얻기 위해 애를 쓰며 살았다. 자신은 정치인이 아니라고 말하지만 정치인의 면모를 다 갖추었다. 박수갈채를 좋아하고 모두가 좋게 평가해 주기를 갈망했다. 내가 무죄든 유죄든 상관없다. 그는 자신의 불명예에 충격을 받았다. 자기 밑에서 일하던 수석 부장 검사가 살인 혐의로 기소되었다. 그 부장 검사에게 수사를 맡겼더니 자기 면전에서 수사를 방해했다. 그리고 이젠 증인석에 앉아 자신의 경솔한 행동을 털어놓아야 했다. 앞으로 몇 년 동안은 레이먼드 호건 밑에서 부장 검사로 일하려면 말 그대로 몸과 마음을 다 바쳐야 했다는 농담이 유행할 것이다. 그와 나의 행동으로 볼 때 검찰청은 로마 시대 목욕탕보다 더 노골적이고 외설적인 곳으로 보였다. 최악인 것은, 이 살인 사건으로 인해 그가 그렇게도 갈망하던 것을 빼앗겼다는 사실이다. 살인 사건이 선거의 향배를 완전히 바꿔 놓았다. 살인 사건이 그를 이 유리와 철창으로 된 새장 속에 가둬 버렸다. 레이먼드가 화를 내는 건 내가 살인을 저질렀다는 사실 때문이 아니다. 내가 그를 또 다른 희생양으로 삼았다는 사실에 분노하는 것이다. 조금 전 내게 분통을 터뜨릴 때에 분명히 말했다. 내가 그를 망쳐 놓았다고 말이다. 내가 자신을 무너뜨리기 위해 캐롤린을 죽였다고 말이다. 그리고 나는 성공했다. 레이먼드는 이제 모든 것을 알게 되었다고 생각했다. 그리고 복수를 결심한 것이다.

    이윽고 나는 건물 밖으로 나섰다. 찔 듯이 무덥고 햇빛은 눈을 멀게 할 정도로 강렬하다. 다리가 후들거렸다. 나는 갑작스러운 충동에 사로잡혀 레이먼드의 증언과 나에 대한 적대적인 태도가 재판에 미칠 수천 가지 영향을 꼽아 보려고 노력하다가 곧 포기해 버렸다. 오만 가지 생각이 마구 뒤얽혀 있다. 갑자기 아버지의 얼굴이 보이는 것도 같다. 생각에 두서가 없다. 마침내 완전히 무너지고 있다는 생각이 들었다. 어느 순간 정신을 차려 보니 놀랍게도 내가 기도를 하고 있다. 어렸을 때 그랬듯이, 아주 어려운 일이 닥치자 잘 믿지도 않는 신에게 기도를 하고 있다.

'존경하는 신이시여, 내가 믿지 않는 존경하는 신이시여, 이 일을 멈춰 주시기를 당신께 간절히 기도합니다. 무서워 죽을 것만 같습니다. 존경하는 신이시여, 내 두려움의 냄새가, 번개가 친 뒤에 공기 중에서 맡아지는 오존 냄새 같은 악취가 맡아집니다. 시뻘건 색의 두려움이 손에 만져질 것 같습니다. 이 두려움이 뼛속까지 느껴져 온몸의 뼈마디가 다 아파옵니다. 너무도 고통스러워 이 뜨거운 거리를 걸을 수조차 없습니다. 시뻘겋게 달아오른 쇳덩이에 발이 댄 것 같아 공포와 고통에 등뼈가 휘어질 것 같습니다. 존경하는 신이시여, 존경하는 신이시여, 나는 지극한 고통과 두려움 속에 있으니, 내가 무슨 짓을 했기에 당신이 내게 이런 일을 겪게 하시는지는 모르겠지만, 제발 나를 놔 주십시오. 제발 풀어 주십시오. 간절히 기도하오니 나를 풀어 주십시오. 내가 믿지 않는 존경하는 신이시여, 존경하는 신이시여, 나를 자유롭게 놔 주십시오.'

미국에서는 형사 사건에서 검찰이 항소를 제기할 수 없다. 이것은 미연방 대법원이 다시 한 번 확인한 헌법 조항이다. 경찰관들과 후줄근한 옷을 입고 사건을 따라 돌아다니는 3류 변호사들과 부유한 파산 전문 변호사들, 이혼 소송 담당 변호사들과 금줄 회중시계를 뽐내는 마약 사건 전문 변호사들, 스턴 같은 점잖은 변호사들과 둘씩 짝을 지어 아주 사소한 소송 사건을 해결하는 대규모 법률 법인 소속 변호사들은 할 수 있는데, 유독 검사만이 판사의 판결에 대한 재검토를 요구할 권리가 없다. 판사가 어떤 권한을 휘두르든, 판사의 지시를 받는 경찰이 어떤 영향력을 발휘하든, 배심원단이 어떤 편견에 사로잡힌 평결을 내리든, 검사는 다양한 형태로 나타나는 사법부의 권력 남용을 침묵으로 견뎌 내야 했다.

  검사 시절의 경험으로 볼 때, 정기적으로 혹은 부담스럽게 이 의무의 준수를 강요받을 가능성이 가장 큰 곳은 라렌 리틀 판사의 법정이었다. 리틀 판사는 영리하고 학식이 있으며 평생의 경험을 통해 검찰의 견해를 못마땅해 하는 경향을 띠게 되었다. 20년을 변호사로서 검찰과 경찰을 조롱하고 그들과 맞서 왔던 터라 그는 판사가 되어서도 그런 습관을 버리지 못했다. 게다가 그는 검사의 신중한 태도를 십분 이용하여 재판 중에 오만하게 변덕을 부리기도 했다. 뿐만 아니라 자신이 직접 거리에서 검찰과 경찰이 자행하는 가혹 행위도 자주 목격했던 터라 거의 반사적으로 검찰에 불리한 결정을 내릴 때도 종종 있었다. 그가 판사가 된 지 2, 3년이 지나자 레이먼드는 법정에서 그와 맞대결하기를 포기해 버렸다. 그전에는 재판정에서 대놓고 서로에게 고함을 지르기도 했다. 과거에 자기네 사무실에서도 많이 그랬을 것 같았다. 그러다가 라렌 리틀은 더욱더 단호하게 판결봉을 휘두르며 휴정을 선언했고 레이먼드와 함께 판사실로 들어가 한 잔 하기도 했다.
　스턴과 내가 도착했을 때 리틀 판사는 판사석에 앉아 다른 소송 사건들에 대한 진행 보고서를 받고 있었다. 항상 느끼는 바이지만, 리틀 판사가 있는 곳엔 언제나 환하게 빛이 나는 것 같다. 법정에 들어서면 잘생기고 활달하고 매력적인 그의 모습만이 눈에 들어왔다. 리틀은 2미터가 넘는 키에 덩치도 굉장히 큰 사람이다. 그는 미식축구와 농구 장학생으로 대학에 들어가 대단한 활약을 펼치면서 유명세를 타기 시작했다. 그는 여느 흑인들처럼 짧은 곱슬머리에 백발이 성성하고, 얼굴도 크고 손도 엄청나게 크며, 남자의 음역을 아우르는 굵고 큰 목소리에 달변가이기까지 하다. 겉모습만 봐도 대단히 지적인 사람이라는 것을 알 수 있다. 일부에서는 그가 연방 법원으로 진출하려 한다고들 말했다. 그러나 그의 진짜 목표는 강북 지역의 올브라이트 윌리암슨 하원의원이 자리에서 물러나면 그 자리를 차지하는 것이라고 추측하는 사람들도 있다. 그의 야망이 무엇이든, 그는 이 지역에서 사회적 유명세와 개인적 능력 덕분에 대단히 중요한 인물로 손꼽혔다.
　우리는 어제 아침, 판사의 서기로부터 전화로 출두 명령을 전해 들었다. 이틀 전 피고인 측의 재판 전 신청 내용을 접한 판사가 현 상황을 보고받는 청문회를 열고 싶어 한다는 것이 출두 명령의 이유였다. 내 생각에는 우리 요청 사항에 대해 판결을 내리거나 재판 일정을 잡기 위해서인 것 같다.
　스턴과 나는 아무 말 없이 기다리고 있었다. 켐프는 사무실에 남아 있었다. 어제 우리 셋은 함께 모여 회의를 했고 나는 니코가 신청한 증인들에 대해서 내가 알고 있는 모든 것을 털어놓았다.

스턴의 질문은 간단명료했고 제한적이었다. 그는 내가 그날 밤 캐롤린을 죽였는지, 아니면 다른 어떤 이유로 그곳에 갔었는지, 그리고 내가 이전에 한 주장에도 불구하고, 그녀의 머리에 난 골절 상처에 들어맞는 어떤 도구를 가지고 있는지에 대해서는 물어보지 않았다.

나는 오랜 검사 생활로 익숙해진 이 비(非)가동 시간을 이용하여 주변을 살펴봤다. 기자들은 모여 있지만 초상화 화가들의 모습은 보이지 않았다. 정치적인 성향이 강한 리틀 판사는 기자들을 잘 대접했다. 서쪽 벽면에 기자석을 따로 마련해 놓았고 중요한 결정을 내리기 전에 항상 기자실에 연락을 했다. 내 나머지 인생의 방향이 결정될 법정은 고급스러운 분위기를 풍겼다. 배심원석은 결이 매끄러운 나무로 만든 의자들로 층층이 둥글게 배치되어 있고 호두나무로 된 난간이 둘러져 있다. 판사석 옆에 위치한 증인석도 비슷한 구조였다. 판사석은 좌중을 내려다볼 수 있도록 높은 연단에 위치하고 있고 붉은 대리석 기둥 두 개 사이에 세워진 호두나무 닫집으로 덮여 있다. 재판 진행을 맡은 서기와 법정 경위와 공개 법정에서 오고 가는 말을 모두 받아 적는 일을 하는 속기사를 위한 좌석은 판사석 아래 우물처럼 따로 만들어져 있다. 그 앞쪽으로 1미터쯤 떨어진 곳에 호두나무를 깎아 만든 두 개의 탁자가 놓여 있다. 소송 대리인들을 위한 이 탁자들은 판사석과는 직각으로 놓여 있고 몇 미터 떨어진 곳에서 서로 마주 보고 있는 모습이다. 전통적으로 검찰 측이 배심원석 옆에 자리를 잡았다.

다른 사건 처리가 모두 끝나면 우리 사건이 호명될 것이다. 일부 기자들은 재판 진행을 더 잘 듣기 위해 피고인석까지 진출해 있고 양측 대리인들과 내가 판사석 앞에 모여 있다. 스턴과 몰토와 니코가 대리인 신고를 했다. 스턴은 내가 출석했음을 보고했으며, 몰토가 나를 향해 씩 웃어 보였다. 지난주에 우리가 레이먼드를 만났던 일을 들은 것이 분명하다.

리틀 판사가 말문을 열었다.

"여러분, 오늘 여러분을 여기 모이게 한 것은 재판을 진행하기 위해 몇 가지 할 일이 있다고 생각했기 때문입니다. 변호인 측으로부터 몇 가지 요구 신청이 들어왔고 검찰이 특별히 이의 제기를 하지 않는다면, 지금 그 신청건에 대해 판결을 내리려고 합니다."

몰토가 니코의 귀에 대고 뭐라고 속삭였다.

"몰토 검사에 대한 기피 신청에 대해서만 이의를 제기하고 싶습니다."

니코가 말했다.

당연히 그렇겠지. 전 직원이 이 일에 매달려 있고, 몰토는 문서 작성에는 젬병이니 말이다.

라렌은 이 건에 대해서는 이미 생각해 둔 바가 있지만 맨 나중으로 미루겠다고 말했다.

라렌이 바로 앞에 놓인 서류 더미를 흘끗 보며 말했다.

"먼저 첫 번째 신청은 즉시 재판 일정을 잡아 달라는 건데요. 이 문제에 대해서 생각해 봤고, 또 여기 계신 검사님들은 이미 아시겠지만, 오늘 아침에 로드리게즈 소송에서 유죄 답변 거래가 있었습니다. 그래서 오늘부터 3주 후에 3주 정도 재판이 없는데……."

라렌이 달력을 봤다.

"8월 18일이군요. 스턴 변호사, 그날 출석할 수 있겠습니까?"

놀라운 일이다. 우리는 아무리 빨라 봤자 가을이나 되어야 공판이 시작될 거라고 예상했다. 스턴은 다른 일을 모두 뒤로 미루어야 할 상황이지만 주저하지 않고 대답했다.

"물론 할 수 있습니다, 존경하는 재판장님."

"검찰 측은 어떻습니까?"

니코는 망설이는 기색이 역력하다. 휴가를 그때로 잡아 놓았다고 했다. 몰토도 마찬가지다. 게다가 아직 증거가 더 나올 가능성도 있다. 그런 설명에 베수비오 화산이 폭발했다.

"아니, 아니. 그런 말은 안 듣겠습니다. 그런 말 하지 마세요, 딜레이 가르디아 검사."

리틀 판사는 공식 성명으로 지정이라도 하겠다는 듯이 니코의 별명을 불렀다. 리틀 판사라면 충분히 그럴 수 있는 사람이다.

"여기 제기된 혐의들은 대단히 심각한 범죄 행위예요. 피고인에게 이보다 더한 타격은 없을 겁니다. 당신들이 검사의 생명을 끊어 놓는 혐의들을 제기했잖습니까. 우리 모두는 스턴 변호사가 왜 즉각적인 재판을 원하는지 잘 알고 있습니다. 숨은 의도 같은 게 없다는 건 오래도록 재판정에 서 온 우리 모두가 잘 알고 있습니다. 스턴 변호사는 검찰 측이 인도한 증거들을 모두 살펴보았습니다. 딜레이 가르디아 검사, 그리고 스턴 변호사는 검찰 측 주장에는 설득력이 별로 없다고 생각하고 있습니다. 스턴 변호사의 생각이 틀렸는지도 모르죠. 나도 확신할 수 없습니다. 하지만 한 사람을 피의자로 이 법정에 세우려면, 그걸 입증할 준비가 되어 있어야 합니다. 지금 당장 말이죠. 나중에 증거가 또 나올 수 있다느니 하는 말은 하지 마세요. 피고인에게 다모클레스의 검(그리스 신화에 나오는 시라큐스의 디오니소스 왕이 연석에서 신하인 다모클레스의 머리 위에 머리카락 하나로 칼을 매달아 왕위에 따르는 위험을 보여 준 일에서 유래된 말로, 신변에 따라다니는 위험을 뜻한다―옮긴이) 같은 걸 남겨 두고 휴가를 떠나서는 안 됩니다. 안 되고 말고요. 오늘부터 3주 후에 1차 공판이 있겠습니다."

내 몸의 피가 다 얼어붙는 것 같다. 나는 실례한다는 말도 없이 변호인석 테이블 위에 털썩 걸터앉았다. 스턴이 잠시 뒤돌아보는데 미소를 짓고 있는 것 같다.

"이제, 또 뭐가 있죠?"

리틀 판사가 물었다. 잠시 주위를 둘러보는 그의 얼굴에 미소가 떠올랐다. 검찰 때리기에서 오는 만족감을 잘 숨기지 못하는 것 같다. 그는 재빨리 우리가 제기한 증거물 인도 신청으로 넘어갔다. 당연한 일이겠지만, 모든 증거물의 인도가 허가됐다. 몰토는 유리컵 인도 신청에 대해서 이의를 제기했다. 증거물 관리의 책임이 검찰에게 있으므로 유리컵을 변호인 측에 인도할 수 없다고 주장했다.

"변호인 측은 이 유리컵을 가지고 뭘 하려는 거지요?"

내가 벌떡 일어서서 대답했다.

"그냥 살펴보고 싶습니다, 존경하는 재판장님."

스턴이 나를 노려봤다. 그러고는 내 팔뚝을 잡아 앉혔다. 내가 나설 자리가 아니라는 뜻이다.

"좋습니다. 피고인이 유리컵을 보고 싶답니다. 그뿐입니다. 그에게는 그럴 권리가 있습니다. 검찰 측은 그에게 증거물을 보여

주세요. 나도 증거물에 대한 보고서를 훑어 봤는데, 피고인이 유리컵을 자세히 살펴보고 싶어 하는 이유를 알겠습니다. 그러므로 그 신청은 받아들입니다."

라렌 리틀 판사가 손으로 나를 가리켰다. 처음으로 내 존재를 인정하는 행동을 보인 것이다.

"그런데 피고인, 당연한 일이겠지만, 당신의 주장은 대리인을 통해서 들을 수 있게 해주세요. 직접 말씀하시고 싶다면, 언제라도 그럴 권리는 있습니다. 따로 회의를 하거나 재판 절차가 있을 때마다 참석할 권리가 있습니다. 그걸 말씀드리고 싶군요. 피고인이 훌륭한 법조인이라는 건, 이 지역 최고의 법조인들 중 한 명이라는 건, 다들 잘 알고 있을 겁니다. 그리고 우리가 하는 일에 대해서 때때로 궁금한 것이 있을 것이라는 것도 이해합니다."

나는 대답을 하기 전에 스턴을 보며 동의를 구했다. 스턴이 고개를 끄덕였다. 나는 재판정에 감사의 뜻을 표했다. 그리고 나는 듣고만 있을 것이고 내 변호인이 말을 할 것이라는 것을 알렸다.

"아주 좋습니다."

판사가 말했다. 그의 눈은 이제까지 법정에서는 볼 수 없었던 온기를 담고 있다. 나는 지금 피고인이다. 그의 특별 보호를 받는 대상이다. 그는 폭력 조직의 두목처럼 자기 수하에 놓인 나를 보호해 줘야 한다는 의무감을 느끼고 있는 것 같다.

"다음은 현장 출입 허가 신청이군요."

몰토와 니코가 상의를 했다.

"경찰관이 입회한다면, 이의 없습니다."

니코가 말했다.

스턴이 즉시 이 말에 이의를 제기했다. 곧 전형적인 법정 논쟁이 이어졌다. 이유는 자명하다. 검찰은 우리가 무엇을 찾고 있는지 알고 싶어 했다. 또 겉으로 내세울 타당한 이유도 있다. 캐롤린의 아파트의 상황이 조금이라도 흐트러지면 현장 상황을 증거로 사용할 수 없게 될 수도 있다.

"사진을 찍어 뒀을 것 아닙니까. 이런 문제가 생길 때마다 궁금했는데, 왜 검찰은 코닥 필름하고는 안 친한지 모르겠단 말이야."

기자들이 웃음을 터뜨리고 리틀 판사 자신도 미소 지었다. 이런 식이다. 그는 사람들을 웃게 만들기를 좋아했다. 그는 판결봉을 들어 니코를 가리키며 말했다.

"변호인 측 사람이 무언가를 갖고 나오지 못하게 문가에 경관을 세워 두는 것은 허락합니다. 하지만 변호인 측이 하는 일을 지켜보는 것은 허락하지 않겠습니다. 검찰은 아파트를 훑어볼 시간이 4개월이나 있었습니다. 그렇죠?"

리틀 판사는 내가 수사를 맡았던 한 달까지 포함시켜 말했다.

"그러니까 변호인 측에도 편안하게 잠깐 둘러볼 권리가 있다고 생각합니다. 스턴 변호사, 적절한 법원 결정문 초안을 만들어 제출하시면 서명해 드리겠습니다. 그리고 피해자의 법적 대리인이든, 유언 집행인이든, 상속인이든, 누군가에게 법원이 무엇을 허가하는지를 알 수 있도록 사전에 통지하십시오. 자, 이제, 몰토 검사에 대한 기피 신청 건으로 넘어갑시다."

우리는 니코가 토미 몰토를 증인 명단에 넣었으므로 몰토가 이 재판에서 검사로 활동하지 못하게 해달라고 신청서를 제출했다.

니코가 즉시 말을 시작했다. 공판을 3주 앞둔 시점에서 검사들 중 한 명을 제외시킨다는 것은 검찰에게 지나친 부담이라고 말했다. 불가능하다고도 했다. 검찰이 재판 준비를 제대로 할 수 없을 것이라고도 했다. 시간을 더 벌자는 심산인지, 신청을 무산시키려는 의도인지 잘 모르겠다. 니코 자신도 잘 모르고 있는 것 같다.

"이것 보세요, 니코 델라 가르디아 검사, 몰토 검사를 증인 명단에 올리라고 내가 명령했습니까?"

리틀 판사가 말했다.

"어떻게 검사를 증인 명단에 올릴 생각을 했는지 모르겠군요. 법정 대리인은 한 재판에서 대리인 역할과 증인 역할을 동시에 할 수 없습니다. 이것은 400여 년을 이어 내려온 전통입니다. 이 재판이 어느 쪽 당사자에게든 얼마나 중요한 것인지 몰라도 《타임》이든 《뉴스위크》든 다른 어떤 곳에서든 아무리 많은 기자들이 몰려오더라도 이 재판을 위해 전통을 바꿀 생각은 전혀 없습니다."

리틀 판사는 잠시 말을 멈추고, 이제야 눈에 들어온다는 듯이 기자석을 흘끗 바라봤다.

"또 하고 싶은 말은······."

그가 일어서서 판사석 뒤를 서성였다. 안 그래도 엄청나게 키가 큰 사람이 1미터 50센티미터가 넘는 높이의 연단에 서 있으니 거인 같아 보였다.

"딜레이 가르디아 검사, 당신이 말하는 증언은 몰토 검사가 살인범이라고 몰아세웠을 때 피고인이 '자네 말이 맞아.'라고 대답했다는, 그것 같은데요, 맞습니까?"

"'그래, 자네 말이 맞아.'였습니다."

니코가 말했다.

리틀 판사는 정정 요구를 받아들이고 그 커다란 머리를 숙여 내려다보며 말했다.
"좋아요. 검찰은 그 진술서를 아직까지 제출하지 않았습니다. 그러나 제출하겠다는 뜻은 분명히 밝혔습니다. 하지만 이런 생각도 드는 군요. 나는 그 진술이 증거로 채택될 수 있다고 확신할 수 없습니다. 스턴 변호사는 아직까지 이의를 제기하지 않았습니다. 몰토 검사에 대한 기피 신청이 받아들여지리라고 예상해서 그런 건지는 모르겠습니다만. 하지만 딜레이 가르디아 검사, 재판에서 이런 증언이 나오면 스턴 변호사는 이 진술이 적절하지 않다고 주장할 것 같은데 말이죠."
이것은 리틀 판사가 변호인 측을 돕기 위해 즐겨 사용하는 방법 중 하나다. 그는 자신이 듣고 싶은 이의 제기를 미리 예측하는 발언을 했다. 이런 것들 중 지금 것을 포함하여 일부는 변호인 측에서 분명히 제기하려고 마음먹은 것들이다. 반면에 변호인 측에서 생각하지 못하고 있던 것들도 있다. 어찌 되었건, 판사가 미리 예측한 이의 제기는 거의 매번 받아들여지게 되어 있다.
"존경하는 재판장님, 피고인은 혐의 사실을 인정했습니다."
"아, 딜레이 가르디아 검사. 정말 그렇습니까? 내가 묻고 싶은 말이 그겁니다. 지금 그가 범죄를 저질러 놓고 '그래, 자네 말이 맞아.'라고 말했다고 말하는 겁니까? 그 말은 비꼬는 말이라는 건 다들 알고 있을 겁니다. 다들 그런 식의 말을 듣는 것이 낯설지 않을 걸요. 피고인이 내가 살았던 동네에서 나고 자랐다면 '으흥, 엄마.'라고 말했을 겁니다."
법정 안 곳곳에서 웃음소리가 터져 나왔다. 리틀 판사가 한 점 더 올렸다. 그 자신도 웃으며 판사석에 앉았다.
"하지만 피고인이 사는 곳에서는 '그래, 자네 말이 맞아.' 라고 하는 것 같군요. 하지만 그 건 '자네가 틀렸어.' 라는 뜻이죠."
리틀 판사가 잠시 말을 멈췄다가 이었다.
"예의 바른 표현 방식이죠."
웃음소리가 더 크게 터져 나왔다.
"존경하는 재판장님, 그건 배심원단이 결정할 문제가 아닐까요?"
"그 반대입니다, 딜레이 가르디아 검사. 그건 먼저 재판장이 결정할 문제입니다. 이 진술이 적절한 증거라는 것을 판사인 나부터 설득시켜야 합니다. 이 진술이 더 큰 가능성을 가진 것에 대한 증거라는 것을 말이죠. 오늘 판결을 내릴 것은 아니니까 걱정 마세요. 하지만 당신이 지금까지보다 훨씬 더 설득력 있는 주장을 내놓지 못하는 한, 내 입에서는 이 증거가 부적절하다는 판결이 나올 것 같군요. 그리고 스턴 변호사의 이의 신청에 대해 입장 표명을 할 때에도 이 사실을 유념하시기 바랍니다. 왜냐하면 당신이 이 진술을 증거로 제출하거나 피고인에 대한 반대 심문에서 이 진술에 의존하지 않는다면, 나로서는 변호인 측의 이의 신청을 기각해야 할 것 같기 때문입니다."
말을 마친 리틀 판사가 미소를 지었다. 니코가 또 당했다. 판사는 지금 그 진술을 증거로 인정하지 않겠다고 말한 것이다. 니코는 지금 동료로서 몰토를 잃고 헛수고일 것이 뻔한 증거를 제출할 것이냐, 몰토를 지키는 대신 증거를 포기할 것이냐, 기로에 서 있다. 어느 것이나 달갑지 않기는 마찬가지다. 내가 몰토에게 한 말이 방금 전 이 사건에서 사라져 버렸다.

몰토가 연단으로 다가갔다.

"판사님……."

그가 말을 시작하지만 더 이상 나아가지 못했다. 리틀 판사가 말을 막았다. 그의 얼굴에서는 웃음기가 완전히 가셔 있다.

"잠깐만요, 몰토 검사, 당신이 자신의 진술의 증거 채택 가능성에 대해 말하고 싶다면 그만두세요. 그런 말을 하기 이전에, 법정 대리인이 한 재판에서 증인으로 나설 수 없다는 유서 깊은 전통이 이 사건에는 적용되지 말아야 한다고 나를 설득시키는 것이 우선일 것입니다. 그렇지 않는 한 당신에게서 더 이상 어떤 말도 듣지 않겠습니다, 몰토 검사."

리틀 판사는 재빨리 마무리를 했다. 그는 8월 18일 1차 공판에서 보자고 하고, 기자들 쪽을 한번 흘끗 보더니 법정을 나섰다.

몰토는 아직도 그 자리에 우두커니 서 있다. 불만의 기색이 역력하다. 몰토는 자신의 감정을 그대로 드러내는 경향이 있다. 검사로서는 나쁜 습관이다. 리틀 판사와 몰토 사이의 반목의 역사는 오래되었다. 캐롤린이 북부 지원에서 일했다는 사실은 잊을 수 있었지만 리틀 판사와 몰토 사이의 반목은 결코 잊을 수 없었다. 그들의 불화는 유명했다. 볼캐로에 의해 사법부의 시베리아로 추방당한 리틀 판사는 나름대로 준엄한 판결을 내렸다. 경찰들이 가혹 행위를 하지 않았다는 명백한 증거를 대지 못하는 한 그들은 가혹 행위에 대해 유죄 판결을 받았다. 궁지에 몰리고 불만이 가득했던 몰토는 리틀 판사의 법정을 단골로 드나들던 포주들과 부랑아들과 좀도둑들이 라렌 리틀이 법정으로 들어와 판사석에 앉으면 전부 일어서서 박수갈채를 보낼 것이라고 주장하곤 했다. 경찰들도 리틀 판사를 경멸했다. 그들은 인간을 달에 보낸 상상력만큼이나 풍부한 상상력으로 인종 차별적인 별명을 지어내 리틀 판사를 부르곤 했다. 내가 밤의 성자들파 수사를 마무리 지을 때까지 리틀 판사는 북부 지원에 있었는데 리오넬 케넬리는 그의 이름을 들을 때마다 욕을 해대곤 했다. 케넬리에게서 열 번도 더 들은 구타 사건 이야기가 기억났다. 경찰 한 명이 구타 혐의로 법정에 섰는데 그는 피고인이 체포될 당시 저항을 해서 구타를 했다고 주장했다. 마노스라는 이름의 그 경관은 피고인에게서 욕을 들은 후에 난투극이 벌어졌다고 말했다.

"어떤 욕을 하던가요?"

리틀 판사가 물었다.

"여기 법정에서는 말씀드리기 곤란합니다, 판사님."

마노스가 말했다.

"왜요? 법정에 있는 사람들을 모독하게 될까 봐 두렵습니까, 경관?"

리틀 판사가 재판정을 둘러보며 말했다. 법정 안에는 아침 재판을 위해 모인 피고인들과 포주들, 그리고 소매치기와 좀도둑들이 앉아 있었다.

"걱정 말고 말해 봐요."

리틀 판사가 말했다.

"저한테 씨팔놈이라고 했습니다, 존경하는 재판장님."

피고인석에서 휘파람 소리와 야유가 터져 나왔고 다들 웃고 떠들어 대기 시작했다. 리틀 판사가 판결봉을 쳐서 정숙을 되찾았지만 그 자신도 웃고 있었다.

"경관, 우리 동네에서는 그게 친근한 사람을 부르는 호칭이라는 걸 몰랐습니까?"

리틀 판사가 여전히 웃는 얼굴로 말했다.

피고인석에서는 난리가 났다. 서로 손뼉을 맞부딪치고 환호성을 질러 댔다. 마노스는 침묵을 지켰다. 1분 후, 몰토의 심문이 끝나자 리틀 판사는 변호인 측에 유리한 평결을 지시했다.

"제일 웃긴 건, 재판이 끝나자 마노스가 판사석으로 다가가더니 모자를 손에 들고 서서 학생처럼 정중한 목소리로 리틀에게 '감사합니다, 씨팔놈아.' 그러고 나가버렸다는 거 아뇨."

케넬리의 말이었다.

이 이야기를 다른 두 명에게서도 들은 적이 있다. 그들은 마지막 말에 대해서는 동의를 하지만 그 말이 판사석에서 나왔다고 주장했다.

매주, 보통 수요일 밤이면 전화벨이 울렸다. 상대방이 말을 하기도 전에 나는 누군지 알아차렸다. 수화기 속에서 그가 담배 필터를 빠는 소리가 들렸다. 나는 그와 이야기를 나눠서는 안 됐다. 그도 나와 이야기를 나눠서는 안 됐다. 우리는 서로 대화를 나눠서는 안 된다는 법정 명령을 받은 상태다. 그는 자기 이름을 밝히지 않았다.

"잘 지내?"

그가 물었다.

여름 311

"그럭저럭."

"괜찮아?"

"그냥저냥."

"힘들지?"

"당연하지."

그가 웃었다.

"자네하고 이야기하면 안 되는 거 아는데. 뭐 필요한 거 없어? 내가 도울 일은?"

"별로. 전화 줘서 고마워."

"그래. 곧 일이 다 잘 해결될 거야. 돈을 왕창 걸고 내기를 해도 좋아."

"그래. 자넨 어때? 잘 지내?"

"괜찮아. 견딜만해."

"아직도 슈미트가 감시해?"

그의 상관 이름을 대며 내가 물었다.

"당연하지. 항상 그렇지 뭐. 원래 그런 놈이야."

"얼마나 힘들게 하는데?"

"힘들긴 뭐. 그 정도 가지고."

말은 그렇게 해도 리프랜저가 힘들게 지내고 있다는 것쯤은 나도 알고 있다. 한두 번 전화를 걸어온 맥에게 들으니 경찰 본부는 검찰청에서 그를 철수시켜 맥그래스 홀로 불러들였다고 했다. 슈미트는 그를 책상 앞에 묶어 놓고 다른 형사들이 쓴 조서나 읽고 앉아 있게 했다. 이런 일은 그를 미치게 할 것이다. 하지만 리프랜저는 그전에도 항상 경찰청과 고공 줄타기를 벌였다. 그는 자기를 비방하는 사람들이 다가오지 못하도록 저 높이 쳐진 줄 위에서 묘기를 부려 아래에서 올려다보는 사람들을 아찔하게 만들곤 했다. 그가 떨어지기를 기다리는 사람들이 많았다. 그리고 이제 그가 떨어졌다. 경찰들은 리프랜저가 사실을 알고 있었으면서도 내가 숨기는 것을 방조했다고 생각했다. 항상 그런 식으로들 생각했다.
"다음 주에 또 걸게."
그는 대화가 끝나갈 때마다 이렇게 약속했다. 그러고는 약속을 성실하게 지켰다. 우리의 대화는 늘 뻔하고 별로 달라지지 않았다. 일이 터지고 한 달쯤 지나면서 심각한 일이라는 것이 모두에게 분명해질 즈음, 그는 경비를 보태주겠다는 제의했다.
"이런 일은 돈이 많이 들잖아. 나 같은 얼간이는 항상 숨겨 둔 돈이 있거든."
나는 바바라가 돈 문제를 해결해 줬다고 말했다. 유대인 여자랑 결혼해서 얼마나 다행이냐고 그가 너스레를 떨었다.
나는 이번 주에도 전화벨이 울리기를 기다리고 있었다.
"잘 지내?"
그가 물었다.
"그럭저럭."
마침 바바라도 수화기를 들어 대화를 들었다.
"내 전화야, 바바라."
리프랜저와 나 사이의 암묵적인 약속을 알지 못하는 그녀는 "안녕, 리프랜저."라고 말하고는 수화기를 내려놓았다.
"그래, 일은 잘 되어 가?"
"곧 공판이 시작될 거야. 3주 남았어. 아니, 3주도 안 남았군."

"그래, 알아. 신문에서 봤어."

그러고는 둘 다 잠시 말이 없다. 리프랜저가 자신의 증언에 대해 달리 할 수 있는 일은 없다. 그의 증언은 나를 쓰러뜨릴 것이다. 그건 둘 다 잘 알고 있다. 하지만 달리 어쩔 도리가 없다. 그는 어떤 상황인지 알기 전인 선거 다음 날, 몰토의 심문을 받았다. 상황이 이렇게 될 줄 알았더라도 대답은 달라지지 않았을 것이다. 이미 일어난 일은 일어난 일이다. 그도 자신을 이렇게 합리화시키고 있을 것이다.

"그래, 준비는 잘 되어 가?"

그가 물었다.

"열심히 하고 있어. 스턴은 대단한 사람이야. 진짜 대단해. 최고 중의 최고인 것 같아."

"그렇다고들 하더군."

그가 잠시 말을 멈춘 동안 라이터 켜는 소리가 들렸다.

"그래, 뭐 도울 일은?"

"있어."

그가 묻지 않으면 아무 말도 하지 않을 작정이었다. 나는 그렇게 마음을 먹고 있었다.

"말해 봐."

그가 말했다.

"레온이라는 남잘 찾아야 돼. 레온 웰즈. 북부 지원 검사한테 뇌물을 주었다는 남자 말이야. 자네가 찾아낸 법정 기록에 있던 피고인, 캐롤린과 몰토를 만났다던 그 친구 말이야. 스턴이 사립탐정을 고용했는데 아무 소득이 없었어. 자기가 수사한 바로는 그런 사람은 존재하지 않는대. 달리 어디 부탁할 데도 없고. 그렇다고 토미 몰토와 대놓고 이야기를 나눠 볼 수도 없고 말이야."

그 사립 탐정은 네드 버만이라는 사람이었다. 스턴은 유능하다고 했지만 그는 자기가 무엇을 해야 하는지도 모르는 것 같았다. 나는 그에게 법정 기록 사본을 넘겼다. 그는 사흘 후에 와서는 자기는 역부족이라고 했다.

"그 당시 북부 지원은 정말 아수라장이었더군요. 행운을 빌어요, 정말로. 거기서 누가 누구에게 무슨 짓을 했는지 알아내는 건 하늘에 별 따기일 걸요."

리프랜저는 아무 말이 없다. 내가 예상했던 것보다 더 오래 침묵을 지켰다. 하지만 이해가 갔다. 나를 도왔다는 사실을 윗사람들이 알게 되면 그는 해고를 당할 것이다. 항명. 15년 근속에 따른 퇴직금과 연금이 날아가 버리게 됐다.

"꼭 해달라는 건 아냐, 진짜로. 하지만 정말 중요한 문제인 것 같아서."

"왜? 그 일 때문에 몰토가 이러는 것 같아서? 그 일을 숨기려고 당신을 모함한 거라고 생각해?"

그는 자기 생각을 드러내지 않으려고 애를 쓰고 있지만, 말도 안 되는 소리라고 생각하고 있는 것이 분명히 느껴졌다.

"뭐라고 해야 할지 모르겠는데. 가능한 일이라고 생각한다는 말을 듣고 싶어? 가능한 일이라고 생각해. 그가 그 일 때문에 나를 두들겨 패는 건지 어떤지는 모르겠지만, 그 일을 밝혀내면 그에겐 엄청난 타격일 거야. 이런 일은 배심원단의 주목을 받을 수 있거든."

그는 잠자코 듣고 있다.

"증인 출두한 다음에 할게. 요즘 지켜보는 눈들이 많아서 말이야. 그리고 증인 선서를 한 자리에서 거짓말을 하고 싶지도 않고. 그러길 바라는 사람들이 많겠지만. 증언을 한 후에는 다들 나에 대해선 신경을 끌 거야. 그때 할게, 열심히. 괜찮겠어?"

괜찮지 않다. 그러면 너무 늦을 것 같았다. 하지만 이미 너무 많은 것을 부탁했다.

"좋아. 자넨 진짜 내 친구야. 진심이야."

"곧 일이 다 잘 해결될 거야. 돈을 왕창 걸고 내기를 해도 좋아."

그가 말했다.

다시 티볼 경기가 열렸다. 여름 리그다. 다행히도 이번에는 순위표 같은 건 없다. 스팅거스의 실력이 별로 좋아지지 않았기 때문이다. 대기가 무겁게 가라앉은 무더운 8월의 저녁, 아직도 선수들은 플라이 볼에 현혹되고 있다. 플라이 볼을 잡으려고 세차게 내리는 비처럼 전력 질주를 하다가 잡지도 못하고 넘어졌다. 여자 아이들은 그래도 훈련받은 효과를 보였다. 공을 던지거나 쳐 내는 기술이 나아지고 있다. 하지만 대체적으로 남자 아이들은 구제 불능인 것 같다. 미리 계산을 하고 방망이를 휘두르라고 아무리 말을 해도 소용이 없다. 여덟 살짜리 남자 아이들은 누구나 자기 방망이가 황홀한 마술을 부릴 것을 상상하며 타석에 섰다. 다들 호쾌한 홈런과 안타를 꿈꿨다. 남자 아이들한테는 공이 낮게 깔리게 치라고 아무리 이야기해도 소용이 없다.

놀랍게도 냇은 예외다. 올여름에는 냇이 달라지고 있다. 세상에 대한 집중력을 가지기 시작한 것 같다. 냇은 자신의 능력에 대해, 사람들이 자기 겉모습과 태도를 보고 자기를 평가한다는 사실에 대해 새롭게 깨닫기 시작한 것 같다. 냇이 타석에 서서 안타를 치고 나서 1루를 돌아 2루를 향해 내달리기 시작할 때 그 아이의 눈을 보면, 단순히 TV에 나온 선수들을 따라 하고 있는 것만은 아닌 것 같다는 생각이 들었다. 자신의 모습에 대해 신경을 쓰기 시작한 것이 분명히 느껴졌다. 바바라는 냇이 요즘 옷에도 민감해지고 있다고 말했다. 그 아이가 이렇게 갑자기 성숙해지기 시작한 이유에 대해 걱정할 필요가 없다면, 이런 모든 변화가 더 기쁘게 느껴졌을 것이다. 아이는 현실 세계에 발을 디디고 발전하기 시작했다기보다는 무언가에 발목이 잡혀 꿈꾸던 세계에서 현실 세계로 끌려 나온 것 같다. 그 아이가 세상 일에 관심을 돌리기 시작한 것은 그 세상이 자기 아버지에게 너무나 많은 고통을 주고 있다는 것을 알고 있기 때문이 아닌가 하는 생각이 들었다.

경기가 끝나면 우리 둘만 집으로 향했다. 소풍에는 빠져 달라고 부탁할 만큼 비정한 사람은 아무도 없었지만 이게 모두를 위한 최선이다. 내가 기소가 되고 나서 한번 소풍에 참가한 적이 있었는데 정말 힘들었다. 이제 나하고는 상관없어진 직장 일이나 내 경우와 같은 형사 사건을 보여 주는 TV 탐정물 같은, 지극히 평범한 이야기를 하다가도 갑자기 무거운 침묵이 내려앉곤 해서, 다시는 참가하지 않는 것이 좋겠다는 결론을 내렸다. 여기 모인 아버지들은 나의 참가를 기꺼이 받아들일 만큼 아주 관대했다. 문제는 내가 아이들에게 끼칠 수 있는 위험이다. 우리는 모두 앞으로의 일을 생각하고 있다. 내가 어디 갔는지, 무슨 짓을 했는지 설명하기 어려울 때, 어떻게 해야 할까 걱정들을 하고 있다. 불길한 예감으로 이렇게 멋진 저녁 시간을 망치는 것은 옳지 않다. 그래서 냇과 나는 손을 흔들어 그들과 작별하고 떨어져 나왔다. 방망이와 글러브는 내가 들었다. 냇은 민들레를 밟으며 성큼성큼 걸어갔다.

냇은 한 마디도 불평하지 않았다. 나는 이 사실에, 내 아들이 보여 주는 신뢰에 눈물이 날 만큼 감동을 받았다. 아들 친구들이 어떻게 못살게 구는지는 모르겠다. 어떤 어른도 친구들이 능글맞게 웃으며 던지는 농담이나 악의가 느껴지는 행동을 그 아이가 얼마나 힘들게 견디고 있는지 완전히 파악할 수는 없을 것이다. 하지만 냇은 그런 고통의 원천인 나를 버리기를 거부하고 있다. 살갑게 애정을 표현하는 것은 아니었다. 그러나 항상 내 곁에 머물렀다. 냇은 밖에 나가서 타격 연습을 하자고 소파에 앉아 있는 나를 끌어내기도 하고 밤에 내가 신문과 우유를 가지러 나갈 때면 꼭 따라 나왔다. 집 주위의 작은 숲 속을 산책할 때에도 꼭 내 곁에 있다. 두려워하는 기색이 전혀 없다.

"무섭니?"

오늘 밤 길을 걸으며 내가 불쑥 물었다.

"아빠가 풀려나지 못할까 봐 무섭냐고?"

재판이 아주 가까웠고 너무도 큰 사건이기 때문에 여덟 살밖에 안 된 냇도 내 말이 무슨 뜻인지 즉시 알아차렸다.

"그래."

"아니."

"왜 안 무서워?"

"그냥 안 무서워. 그리고 다 말도 안 되는 일이잖아, 그치?"
아이가 나를 올려다보며 말했다.
"말하자면 그렇지."
"재판이 열리면, 아빠가 정말 무슨 일이 일어났는지 말할 거고 그러면 모든 게 잘 끝날 거라고 엄마가 그랬어."
아, 가슴이 터질 것만 같다. 나는 한 팔로 아들을 감싸 안으며, 엄마에 대한 아들의 믿음에, 과거 어느 때보다도 더 큰 놀라움을 느낀다. 아내가 이 정도로 아이를 설득하자면 얼마나 오래도록 둘이서 이야기를 나눴을까, 나는 상상조차 할 수 없다. 바바라 혼자서 이뤄 낸 기적이다. 우리 셋은 이런 삼각관계에 있다. 나는 세상에서 냇을 가장 사랑하고 냇은 자기 엄마를 가장 사랑했다. 에너지가 넘치고 반항하기 시작하는 여덟 살인데도 그 아이는 엄마 앞에만 있으면 순한 양이 됐다. 오래도록 안고 있도록 참아 주는 사람도 엄마뿐이다. 둘 사이에는 특별한 공감대가 형성되어 있고 상호 의존성이 여느 모자보다 더 크고 점점 더 깊어지는 것 같다. 냇은 나보다는 엄마를 더 많이 닮아 신경질적이고 지적이고 어둡고 우울한 기분에 잘 빠져 들었다. 그 아이 엄마도 아이의 전폭적인 사랑에 못지 않는 사랑을 쏟고 있다. 한 번도 아이가 그녀의 관심 밖으로 밀려 난 적이 없다. 아이를 또 하나 갖더라도 냇에게 하는 것만큼 사랑을 쏟을 수는 없을 것 같다는 그녀의 말이 진심이라는 것을 나는 안다.
둘은 떨어지면 아주 불행해 했다. 지난 여름 바바라는 지금은 수학 교수가 된 대학 동창 예타 그래이버가 살고 있는 디트로이트를 방문하느라고 나흘 동안 집을 비웠다. 바바라는 하루에 두 번

씩 전화를 했다. 그리고 냇은 안절부절못하고 심술을 부리고 걸핏하면 화를 냈다. 나는 지금 엄마와 아줌마가 무엇을 하고 있을지 상상해 보게 함으로써 아이를 겨우 진정시켜 잠자리에 들게 했다.
"지금 조용한 식당에 앉아 있을 거야. 둘 다 생선 요리를 먹고 있어. 버터를 아주 조금 넣고 구운 거야. 와인도 한 잔씩 하고 있고. 디저트로는 그동안 살찔까 봐 참고 있었지만 정말 먹고 싶었던 걸 먹을 거야."
"파이?"
냇이 물었다.
"그래, 파이."
내가 그렇게도 사랑하는 내 아들은 파이를 먹는 엄마의 모습을 상상하며 잠이 들었다.

"안녕하세요."
마티 폴헤무스의 인사에 나도 답했다.
"안녕."
층계참에서 걸어 나와 장발을 한 남자의 모습을 처음 보았을 때, 나는 여기서 만나기로 되어 있는 캠프인 줄 알았다. 그런데 지난 몇 달 동안 생각조차 않고 있었던 청년이 서 있다. 우리는 캐롤린의 아파트 밖 복도에 서서 서로를 바라보고 있다. 마티가 악수를 청하고 내가 내민 손을 굳게 잡았다. 꺼려하기는커녕 오히려 반가워하는 기색이다.
"자넬 보게 될 줄은 몰랐는데."

내가 웬일로 여기 있느냐는 뜻으로 말했다.

마티는 셔츠 주머니에서 변호인 측이 캐롤린의 아파트를 둘러볼 수 있도록 허락하는 리틀 판사의 결정문을 꺼냈다.

"이걸 받았거든요."

"아, 그랬군. 그건 그냥 형식적인 거야."

판사는 캐롤린의 유산 관리 변호사에게 결정문을 보내라고 했다. 잭 버클리라는 검사 출신의 변호사였다. 잭이 결정문을 마티에게 보낸 것이 분명하다.

"그건 그냥 우리가 자네 엄마 집을 둘러보는 것이 싫으면 이의를 제기하라는 뜻으로 보낸 거지, 직접 올 필요는 없었어."

"상관없어요."

마티는 고개를 까닥거리며 말했다. 떠날 생각이 없는 것 같다. 나는 요즘 어떻게 지내느냐고 물었다.

"지난번에 만났을 땐, 낙제하면 집에 간다고 했는데?"

"진짜로 그렇게 됐어요."

마티가 별일 아니라는 투로 말했다.

"사실은 휴학했어요. 물리는 낙제했고요. 영어에선 D를 받았어요. 그것도 낙제일 거라고 생각했는데······. 6주 전에 집으로 돌아갔어요. 여기는 짐 챙기러 어제 왔고요."

나는 여기에 있기에 일이 잘됐나 보다 생각해서 물어본 거라고 말하며 사과를 했다.

"네, 잘됐어요. 제 생각에는 잘된 일인 것 같아요."

"아버지는 뭐라셔?"

"기뻐하진 않으셨죠. 특히 D를 받은 것에 대해서요. 충격을 받으셨나 봐요. 하지만 내겐 힘든 한 해였다고 말씀하셨어요. 한동안 일을 하다가 다시 돌아올 생각이에요."

마티는 특별히 뭘 보는 것도 아니면서 주위를 둘러봤다.

"이걸 받았을 때 여기 들러서 무슨 일인가 봐야겠다는 생각이 들었어요."

심리학에서는 이런 행동을 '부적절한' 행동이라고 불렀다. 이 친구의 행동이 바로 그렇다. 자기 엄마가 살해당한 아파트 밖에서 모두들 범인이라고 믿고 있는 남자와 허튼소리를 해대고 있으니 말이다. 이 친구가 지금 일이 어떻게 돌아가고 있는지 모르고 있는 건 아닐까 하는 생각이 잠깐 들었다. 하지만 법원 결정문에 '국민 대 사비치'라고 사건명이 나와 있지 않은가. 신문을 한 번도 못 봤을 리도 없다. 그 정도로 세상과 담을 쌓고 살진 않았을 것이다.

마침 켐프가 나타나 생각이 여기서 멈췄다. 계단을 올라오며 누군가와 다투는 소리가 들렸는데, 켐프가 층계참을 올라와 모퉁이를 도는데 보니, 그는 내가 별로 좋아하지 않는 덩치 큰 톰 글렌데닝 형사와 함께였다. 글렌데닝은 철저한 백인 우월주의자이다. 민족차별적인 혹은 인종차별적인 농담을 서슴지 않고, 그것도 진심을 담아 하는 사람이다. 그는 자신이 백인이고 경찰관이라는 사실에 엄청난 자부심을 갖고 있다. 다른 사람들 모두 무단 침입자인 양 취급했다. 나에 대해서도 그런 식으로 생각하며 마냥 즐거워하고 있을 사람이다. 무단 침입자가 많아질수록 그는 더욱더 신이 났다. 켐프는 글렌데닝에게 우리가 아파트를 둘러보는 동안 따라 들어와서는 안 된다고 말했고, 글렌데닝은 그건 몰토 검사에게서

들은 이야기와 다르다고 맞받아다. 결국 글렌데닝이 아래층으로 내려가 전화로 물어보기로 결론이 났다. 그가 자리를 비운 동안 나는 마티 폴헤무스에게 켐프를 소개했다.

"당신 말이 맞네. 그 판사 양반이 그런 명령을 내렸다더군요."

글렌데닝이 돌아와서 말했다.

'그 판사 양반'이라는 말에서 그가 리틀 판사를 어떻게 생각하고 있는지가 느껴졌다.

켐프가 눈을 부라렸다. 그는 유능한 변호사이긴 하지만 명문대 출신의 단점을 극복하지 못하고 있다. 이렇듯 상대방이 바보 멍청이라는 생각이 들면 자신의 생각을 숨기려고 하지 않으니 말이다.

캐롤린의 아파트 현관문에는 형광빛이 도는 주황색의 커다란 경고문이 붙어 있다. 이곳은 사건 현장으로, 킨들 군 대법원의 명령으로 봉쇄되었으며, 출입을 금지한다고 적혀 있었다. 경고문은 문을 열 수 없도록 문과 벽에 겹쳐 붙어 있다. 현관문 손잡이는 플라스틱 사슬로 묶여 있다. 글렌데닝은 면도칼로 쉽게 경고문을 잘라 냈지만 플라스틱 사슬을 푸는 데는 시간이 걸렸다. 사슬을 풀어내자 그는 주머니에서 캐롤린의 열쇠 꾸러미를 꺼냈다. 거기에는 붉은색과 흰색으로 된 커다란 증거물 꼬리표가 달려 있다. 문에는 손잡이 자물쇠 외에도 데드볼트(용수철 작용이 아니라 손잡이나 키를 돌려서 작동하는 자물쇠용 잠금쇠—옮긴이)가 설치되어 있다. 오래전에 리프랜저에게도 말했듯이 캐롤린은 결코 만만한 여자가 아니었다.

글렌데닝이 자물쇠에 열쇠를 꽂아 놓고 나서 돌아서더니 한 마디 말도 없이 켐프와 내 몸을 수색했다. 아파트 안에 뭔가 가져다 놓는 것을 막기 위해서인 것 같다. 나는 손에 들고 있던 수첩을 보여 줬다. 그는 셋 다 지갑을 달라고 했다. 켐프가 항의하려는 것을 내가 막았다. 글렌데닝은 역시 한 마디 말도 없이 마티의 몸을 수색했다. 마티는 벌써 지갑을 꺼내 들고 있었다.
"세상에. 여기 좀 보세요. 나중에 이걸 다 어떻게 정리하죠?"
마티가 방 안을 둘러보며 말했다.
그는 켐프와 나보다 먼저 아파트 안으로 들어갔다. 내가 켐프를 흘끗 쳐다봤다. 우리에게 그가 들어오지 못하게 막을 권리가 있는지, 굳이 막아야 할 이유가 있는지, 둘 다 확신이 없다. 글렌데닝이 마티의 등에 대고 소리쳤다.
"어이, 자네, 아무것도 손대지 마. 아무것도. 이 사람들만 만질 수 있어. 알겠나?"
마티가 고개를 끄덕이는 것 같다. 그는 거실을 지나 창가로 가 밖을 내려다봤다.
아파트 안 공기는 지난여름의 더위로 달궈져 후덥지근하고 케케묵은 냄새가 났다. 희미하게 썩는 냄새도 났다. 오늘 바깥 기온은 별로 덥지 않지만 창문이 모두 폐쇄되어 있고 지난 주 그렇게 푹푹 쪘는데도 한 번도 환기를 시키지 않아서 실내온도는 30도는 되는 것 같다.
귀신을 믿지 않지만 다시 이곳에 오니 불안하다. 오싹하는 한기가 등뼈를 훑고 지나가는 것 같았다. 아파트는 기괴한 방식으로 정리가 된 느낌이었다. 모든 것이 발견 당시 그대로 남겨져 있었다. 탁자와 엷은 자주색 의자는 뒤집힌 채 그대로였으며, 주방 옆

옅은 갈색의 참나무 마룻바닥에는 분필로 시체의 윤곽을 그려 놓았다. 하지만 다른 모든 것은 다시 정리가 된 듯 보였다. 소파 옆 또 다른 유리 탁자 위에는 내가 사 줬던 상감세공을 한 작은 나무 보석함이 그대로 놓여 있다. 맥가펜 재판이 진행되는 동안 함께 모톤즈에 갔을 때 캐롤린이 이 보석함을 보고 무척 탐을 냈다. 중국식 발에 그려진 붉은 용들 중 한 마리가 눈을 부릅뜨고 나를 노려보고 있었다. '신이시여, 어찌 내게 이런 고난을 주십니까.'

켐프가 내게 손짓을 했다. 곧 둘러보기 시작할 태세다. 그는 손가락이 있는 비닐봉지처럼 풍덩한 비닐장갑 한 켤레를 내게 건넨다. 굳이 이럴 필요까진 없지만 스턴의 지시 사항이다. 몰토가 오래전에 발견했다고 주장하는 지문들이 있는데 새로운 지문까지 추가할 필요는 없다는 거였다.

나는 바 옆에 잠시 멈춰 섰다. 바는 주방 옆 벽에 붙어 있다. 경찰이 찍은 현장 사진에서 봤던 것을 다시 확인하고 싶다. 나는 바에서 1미터 정도 떨어진 곳에 서서 줄지어 서 있는 유리컵을 세어 봤다. 이 유리컵들 중 하나에서 내 지문이 발견되었다고 했다. 세어 보니 열두 개다. 잘못 세었나 싶어 다시 세어 봐도 마찬가지다.

켐프가 다가오더니 속삭였다.

"도대체 어딜 찾아봐야 하는 거예요?"

그는 캐롤린이 사용했던 피임 도구들이 진짜로 있는지 확인하고 싶어 했다.

"저쪽에 화장실이 있어. 거기 가면 약이랑 화장품을 넣어 두는 서랍장이 있고."

내가 작은 목소리로 대답했다.

켐프에게 침실은 내가 살펴보겠다고 말했다. 우선 옷장부터 들여다봤다. 모든 것에 그녀의 향기가 남아 있다. 그녀가 입었던 옷들도 눈에 띄었다. 옷들을 보고 있자니 어떤 느낌이 치밀어 올랐다. 나는 이 모든 것을 억눌러 놓고 싶은 생각과 싸웠다. 그 느낌이 냉정해져야 한다는 충동인지, 아니면 이미 여기 들어서며 금지시켜 놓은 그리움인지 잘 모르겠다. 나는 서랍을 향해 걸어갔다.

앤 여왕 시대풍으로 곤봉 모양 다리를 가진 둥글납작한 침대 보조 탁자 위에 전화기가 놓여 있다. 전화번호부를 둘 만한 곳은 여기뿐일 것 같은데 하나뿐인 서랍을 열자 팬티스타킹만 눈에 들어왔다. 그것들을 들추자 겉장이 갈색 송아지 가죽으로 된 얇은 전화번호부가 놓여 있다. 형사들은 항상 뭔가를 놓치기 마련이다. 나는 그냥 있을 수가 없다. S자 페이지를 펼쳤다. 아무것도 없다. R자 페이지로 넘겨봤다. 있다. 적어도 내가 그녀의 전화번호부에 올라 있기는 하다. 내 사무실과 집 전화번호가 적혀 있다. 그것을 잠시 물끄러미 바라봤다. 레이먼드도 있다. 몰토라는 이름은 없고, TM이라고 적힌 사람이 있는데 몰토일 것이다. 의사들을 찾아봐야겠다는 생각이 들어 D자 페이지를 펼쳤다. 거기 적힌 이름들을 적고 그 쪽지를 호주머니에 집어넣었다. 밖에서 누가 다가오는 소리가 들렸다. 글렌데닝이 흑인 판사의 명령을 무시하고 우리를 감시하기 위해 들어온 거라는 생각이 먼저 들었다. 나는 금방 찾은 것을 숨기기 위해 전화번호부의 페이지들을 넘겼다. 이제 보니 마티가 문간에 서 있다. 안을 들여다보며 손을 흔들었다. 마침 펼쳐진 페이지는 L자 페이지다. 맨 위에 라렌 리틀의 이름이 보였다. 그 페이지에는 전화번호 세 개가 적혀 있다. 북부 지원에 있을 때

친하게 지냈던 사람들인 것 같다. 모두들 여기 있다. 아니 다시 생각해 보니 그런 것만도 아니다. N자와 D자와 G자 페이지를 살펴 봐도 니코의 이름은 보이지 않았다. 나는 전화번호부를 다시 팬티 스타킹 밑으로 밀어 넣었다.

마티가 계속 문 앞에 서 있다.

"기분이 아주 이상해요."

정말 그렇다. 나는 슬픈 표정으로 고개를 끄덕였다. 마티는 밖에 나가 기다리겠다고 말했다. 나는 이제 가 봐도 된다고 완곡하게 말해 보지만 멍청한 친구인지 내 말뜻을 못 알아들었다.

거실에서 켐프가 내게로 걸어오는 모습이 보였다.

"거기엔 아무것도 없어요. 거품형도 크림형도 아무것도 없어요. 다이아프램 상자도 안 보이던데요. 내가 뭘 모르고 있는 건가요? 여자들은 그런 걸 어디 숨겨 두죠?"

"내가 알기로는 숨기거나 하지는 않는데. 아내는 옷장 맨 위 서랍에 넣어 두거든. 다른 여자들은 어떤지 모르겠고."

"과학수사대에서는 젤리 형태의 피임약이라는데 여기 아파트에서 발견이 되지 않았다면 도대체 어디로 간 걸까요?"

켐프가 물었다.

"아마 내가 가져갔겠지. 다이아프램을 빼낸 후에 말이야."

나는 스턴과 함께 일하면서, 니코가 내가 했다고 주장할 내용을 1인칭으로 추측해 보는 것이 습관이 되었다. 특히 켐프는 이런 식의 말을 재미있어 했다.

"왜 그런 짓을 했는데요?"

나는 잠시 생각하다가 대답했다.

여름 327

"내가 다이아프램을 빼갔다는 사실을 숨기기 위해서일지도 모르지."

"말도 안 돼요. 그건 강간으로 위장하기 위해서 그런 거라고 쳐도 피해자가 섹스를 하고 싶을 때 어떤 식으로 피임을 했든, 그건 이번 건하고는 아무 상관이 없잖아요?"

"그땐 내가 정신이 없었겠지. 정신이 제대로 붙어 있었더라면, 유리컵을 바에 놔두고 갔겠어?"

켐프가 미소를 지었다. 그는 빠른 속도로 말을 주고받는 것을 좋아했다.

"이러면 어떨까요? 달리 다른 방도도 없는 것 같으니까. 버만을 부르는 거예요."

그가 사립 탐정의 이름을 들먹였다.

"그 친구한테 수색해 보라고 시키는 거예요. 그러면 나중에 자기가 찾아봤는데 못 찾았다고 증언할 수 있잖아요. 한 시간이면 올 것 같은데. 글렌데닝한테 그동안 기다리고 있으라고 하면 진짜 재밌을 거예요. 열 받아서 죽지나 않을지 몰라요."

우리는 아파트 밖에 서서 글렌데닝이 문을 잠그는 것을 지켜봤다. 그가 우리 등을 툭툭 쳤다. 켐프의 예상대로 그는 버만을 기다리는 것을 거절했다. 켐프는 법정 명령에 따라 우리가 오늘 하루 종일 여기를 드나들 수 있기 때문에 기다려야 한다고 말했다.

"난 록 음악이나 하던 변호사한테서는 명령 안 받수."

글렌데닝이 말했다. 아무리 좋게 보려야 좋게 볼 구석이 한 군데도 없는 사람이다.

"그럼 판사한테 가서 물어봅시다."

켐프가 말했다.

글렌데닝을 다루는 법을 빨리 터득한 것 같다. 글렌데닝은 이런 허튼소리는 처음 듣는다는 듯이 천장을 올려다보지만 궁지에 몰린 기색이 역력하다. 그와 켐프는 쿵쿵거리며 계단을 내려가면서 목소리를 높여 싸웠다. 나는 마티 폴헤무스와 함께 뒤에 남았다.

"멋진 사람이지?"

내가 마티에게 물었다.

마티가 아주 심각한 얼굴로 물었다.

"어느 쪽이요?"

"형사 말이야."

"괜찮아 보이던데요. 그 사람 말로는 누구냐, 아, 켐프 변호사가 갈락틱스 멤버였다던데요?"

내가 그렇다고 하자, 청년은 예상대로 놀라워하는 반응을 보였다. 그러고는 다시 말이 없다. 아직도 뭔가를 기다리고 있는 것 같다.

"형사들한테 심문을 받았어요."

"그랬어?"

나는 바에 놓여 있던 유리컵에 대해 생각하고 있던 중이다.

"선생님에 대해서 물어보던데요. 언제 나를 만나러 왔었냐고요."

"그래, 그게 그 사람들이 할 일이니까."

"네. 선생님이 엄마하고의 관계에 대해서 뭐라고 그러더냐고 묻더라고요."

그에게 등을 보이고 서 있던 나는 반사 작용처럼 뒤돌아서려다가 가까스로 참았다. 잊었다. 이 친구한테 말했다는 사실을 잊었다. 이 친구는 니코 측 증인이다. 니코는 이 친구의 입을 통해 나와 캐롤린의 불륜 관계를 증명하려는 것이다. 목이 바짝 타들어가는 것 같다.

"두세 번이나 물어보던데요. 난 우리는 진지하게 대화를 나눴다고 말했어요."

"그랬지."

"그리고 선생님이 그런 얘기는 전혀 하지 않았다고 말했어요."

내가 마티를 바라봤다.

"잘했죠?"

물론 나는 그에게 진실만을 얘기해야 한다고 말해 줘야 했다.

"그래, 잘했어."

"난 선생님이 엄마를 죽였다고 생각하지 않아요."

"고마워."

"이상한 인연 같은 거예요. 잘못된 인연이요."

내가 미소를 띠었다.

그러고는 손을 들어 그를 층계로 이끌고 가려는데 갑자기 어떤 생각이 뇌리를 스쳤다. 그러자 마치 벽에 쾅 부딪친 듯 엄청난 공포에 사로잡혔다. 너무 놀라 다리에 힘이 빠지고 후들거리기 시작해 층계 난간을 붙잡았다. 멍청이, 바보 같은 놈, 속으로 내 자신에게 욕을 퍼부었다. 이 아이에게 도청 장치가 되어 있다. 녹음기를 숨기고 있다. 니코와 몰토가 도청 장치를 했다. 그래서 여기 와 있는 것이고 뭔가 이상해 보이는 것이다. 우리를 따라 아파트 안으로 들어와 우리가 하는 행동을 다 지켜보고 또 따라 나와서는 거짓 증언을 했다는 데도 잘했다고 한 내 말을 다 녹음한 것이다. 조금 전 난 내 자신의 유죄를 인정한 것이다. 난 이제 끝났다. 정신을 잃을 것 같다. 다시 다리가 후들거렸다. 나는 뒤돌아서서 그를 바라봤다.

마티가 손을 내밀며 물었다.

"왜 그러세요?"

그를 보자, 내가 미쳤다는 생각이 들었다. 바보같이. 여름이라 마티는 딱 달라붙는 티셔츠에 반바지를 입고 있다. 허리띠도 안 했다. 이런 차림 속에 도청 장치를 숨길 수는 없다. 게다가 글렌데닝이 몸수색을 하는 것도 보지 않았는가. 글렌데닝의 눈에도 그런 장치는 보이지 않았다. 내 앞에는 친절하고 수줍어하고 방향 감각을 잃은 10대 소년이 서 있을 뿐이다.

갑자기 셔츠 속에서 땀이 흘러내렸다. 나는 아주 고통스럽고 온몸에는 힘이 하나도 없다. 팔에서 맥박이 심하게 뛰는 것이 느껴졌다.

마티가 나를 부축해 계단을 내려갔다.

"괜찮아. 여긴 나를 힘들게 하는 장소라서 그래."

내가 말했다.

〈2권에서 계속〉

옮긴이 | 한정아

서강대학교 영어영문학과, 한국외국어대학교 통역번역대학원을 졸업했다. 한양대학교에서 통역번역대학원 강의를 하였다. 주요 번역서로는 『속죄』, 『내 영혼의 리필』, 『잔의 첫사랑』 등이 있다.

무죄 추정 1

1판 1쇄 펴냄 2017년 4월 15일
1판 3쇄 펴냄 2024년 6월 24일

지은이 | 스콧 터로
옮긴이 | 한정아
발행인 | 박근섭
편집인 | 김준혁
펴낸곳 | 황금가지

출판등록 | 2009. 10. 8 (제2009-000273호)
주소 | 06027 서울 강남구 도산대로 1길 62 강남출판문화센터 5층
전화 | 영업부 515-2000 **편집부** 3446-8774 **팩시밀리** 515-2007
홈페이지 | www.goldenbough.co.kr

도서 파본 등의 이유로 반송이 필요할 경우에는 구매처에서 교환하시고
출판사 교환이 필요할 경우에는 아래 주소로 반송 사유를 적어 도서와 함께 보내주세요.
06027 서울 강남구 도산대로 1길 62 강남출판문화센터 6층 민음인 마케팅부

한국어판 ⓒ ㈜민음인, 2017. Printed in Seoul, Korea
ISBN 978-89-6017-117-6 04840(1권)
ISBN 978-89-6017-111-4 04840(set)

㈜민음인은 민음사 출판 그룹의 자회사입니다.
황금가지는 ㈜민음인의 픽션 전문 출간 브랜드입니다.